FEDERHERZ

VERLAG

MAY
NEWTON

OFF Limits

ICH BEGEHRE
DEN BOSS

OFF LIMITS
Ich begehre den Boss

Bildmaterial: Shutterstock, Freepik, Rawpixel
Korrektorat: Michelle Giffels

Bestellung und Vertrieb: Nova MD GmbH, Vachendorf

ISBN: 978-3-98595-371-4

WIRmachenDRUCK GmbH
Mühlbachstr. 7
71522 Backnang
Deutschland

Federherz Verlag
Süntelstraße 70
31848 Bad Münder
www.federherzverlag.de
Instagram: @federherz.verlag

EINS

Faye

Unschlüssig und mit gekräuselter Nase stehe ich in der Umkleidekabine dieser Boutique und taxiere die Faye, die mir da im Spiegel entgegenblickt. Bin ich das? Ich, die sich in Jeans und Turnschuhen am wohlsten fühlt – in einem Cocktailkleid? Aufgrund des Jobs bin ich sowieso gezwungen, klassische Kostüme zu tragen oder zumindest einen eleganten Hosenanzug. Im Big Business der New Yorker Anwaltsszene im Hotspot der Lexington Avenue gilt ein strenger Dresscode.

»Was ist, komm raus!«, höre ich Maddy, eine meiner Freundinnen, die für *das hier* verantwortlich ist.

»Los, lass dich nicht so feiern«, unterstützt Freundin Nummer 2 die Aufforderung, mich endlich zu präsentieren.

»Jessica, ich lasse mich nicht feiern, sondern ich wäge ab.«

Ein wenig drehe ich mich hin und her. Das dunkelgraue Kleidchen geht mir nicht mal bis zu den Knien. Es ist leicht ausgestellt, die Taille wird von einem breiten, mit kleinen glitzernden Perlchen besetzten Gürtel betont.

»Der Ausschnitt ist zu tief«, grummele ich und seufze. In der Sekunde reißt Freundin Nummer drei die Tür auf, um sofort loszukreischen.

»Baby, das ist der Wahnsinn.« Lizzy mustert mich von oben bis unten. »Jetzt noch die … die geilen High Heels mit den Riemchen.« Ich weiß, dass sie von denen spricht, die mehrere Hundert Dollar kosten. Allein bei der Erinnerung an das Preisschild richten sich die kleinen blonden Härchen an meinem Nacken auf.

Beherzt schiebt mich Lizzy hinaus, und ich stelle mich dem Urteil meiner modebegeisterten Freundinnen, die es sich auf den Sesseln mit einem Glas Prosecco bequem gemacht haben. Das ist ein fieser Trick des Personals, das erreichen will, dass die Kreditkarte intensiver glüht. Ich, Faye Buttler, künftige Anwältin bei der renommierten Großkanzlei James Crawford und Partner, werde gewiss nicht darauf hereinfallen. Ich bin Vollblutjuristin und, ja, eine Pragmatikerin, die sich am liebsten auf ihre Fälle konzentriert, Akten wälzt und juristische Feinheiten erarbeitet.

»Wo ist bitte der Ausschnitt zu tief?« Jessica runzelt die Stirn. »Der Stoff des Oberteils ist gerafft und das winzige Dreieck oberhalb des Dekolletés ist ja fast schon für ein Kleid zum Abschlussball des Colleges zu unsexy.« Pikiert verziehe ich meinen Mund, lasse die Bemerkung unkommentiert.

»Du hast eine so hammergeile Figur, du kannst das tragen«, werde ich von Maddy belabert. »Das Kleid unterstreicht deine Taille, die Schultern ...« Sie kommt aus dem Schwärmen gar nicht mehr heraus.

»He, hör auf, ich werde ganz rot.«

»Okay.« Auffällig übertrieben mustert sie meine Beine. »Ich wusste gar nicht, dass du so hübsche Beine hast.«

»Siehste mal«, entgegne ich und knuffe sie gegen den Arm.

»Ich style dir deine blonden Haare zu einer Hochsteckfrisur.« Lizzy steht direkt hinter mir, nimmt meine langen Haare, dreht sie und drapiert sie am Hinterkopf. »Faye ... komm, raff dich auf.« Mit einem Schmollmund legt sie ihr Kinn auf meine Schulter. »Für einen Abend, es ist *die* Einweihungsparty des voraussichtlich hipsten Clubs in Downtown.«

Aus den Augenwinkeln sehe ich, wie eine engagierte

Verkäuferin auf uns zukommt. Sie hält *die* Luxusschuhe, einen passenden Paschmina und eine Clutch in den Händen.

»Miss, damit wäre das Outfit komplett.« Zufrieden mustert sie mich. »Das Kleid ist wie für Sie gemacht.« *Ja, ja, schon klar.*

Um niemanden zu enttäuschen, schlüpfe ich in die High Heels, lasse mir den weichen Schal aus einem edlen Kaschmir- Seidengemisch um die Schultern drapieren und nehme das Täschchen in die Hand.

Es fällt mir tatsächlich schwer, meine Ablehnung aufrechtzuerhalten. Ich gefalle mir, was selten vorkommt beziehungsweise nicht im Fokus meines Interesses liegt. Sämtliche Augenpaare taxieren mich erwartungsvoll. *Soll ich oder nicht?* Ich ringe mit mir, drehe mich ein weiteres Mal langsam um die eigene Achse. Vielleicht finde ich doch noch einen Grund, um das kostspielige Vorhaben zu umgehen.

»Meinetwegen«, höre ich mich urplötzlich sagen und bin selbst irritiert. Bei der Verkäuferin blinken die Dollarzeichen in den Augen, was ich wiederum ausblende. Die Mädels fallen mir jubilierend um den Hals, so als hätte ich ihnen ein Jahresabo für ein kostenloses Shoppingvergnügen in ganz Manhattan geschenkt. Diese echte Freude erwärmt mein Herz.

Es ist ein Geschenk, mit solchen Freundinnen gesegnet zu sein, obwohl wir nicht unterschiedlicher sein könnten. Doch der katastrophale Wohnungsmarkt würfelt manchmal ungleiche Charaktere zusammen, von denen man nie ausgehen würde, dass sie harmonieren, und schon gar nicht, dass sie zu Lieblingsmenschen werden.

»Euch ist sicherlich klar, dass ich das Outfit vermutlich so gut wie nie tragen werde.« *Ach, ich kann einfach nicht aus meiner Haut.*

Lizzy ist Head of Social Media bei einem Modemagazin, Jessica verdient ihren Lebensunterhalt mit dem Casting von Models und Maddy ist Teilhaberin einer Galerie. Zusammengefasst Berufe, für die es erforderlich ist, aktiv am gesellschaftlichen Leben teilzunehmen. Für eine Juristin, wie ich eine bin, ist das zweitrangig. Die glanzvollen Auftritte in den Gerichtssälen stehen bei mir nicht im Vordergrund, zumindest bislang nicht.

»Bis du dich umgezogen hast, bummeln wir ein bisschen herum.« Beide grinsen. Weshalb wundert mich das nicht? »Kommst du zurecht?«

»Das wird eine Herausforderung, mich ohne eure Hilfe umzuziehen.« Spöttisch verziehe ich den Mund zu einem noch breiteren Grinsen. »Wir treffen uns an der Kasse.«

Und weg sind sie.

»Ich nehme Ihnen die Sachen ab«, informiert mich die Verkäuferin.

»Vielen Dank«, murmle ich, betrete die Umkleide und ziehe den schweren grauen Vorhang zu.

Ohne einen weiteren Blick in den Spiegel schlüpfe ich aus dem Luxusensemble und reiche es durch einen schmalen Spalt hinaus.

»Möchten Sie ein Glas Champagner?«, höre ich die Verkäuferin, was ich freundlich verneine.

Leise seufzend setze ich mich auf den Stuhl in der Kabine. Tatsächlich hat sich mein Pulsschlag erhöht. Zur Sparsamkeit erzogen, ist eine solche Ausgabe nicht alltäglich. Ohne den Einzug in die WG würde ich gewiss nicht in Unterwäsche in einem der teuersten Läden der Stadt sitzen. Üblicherweise bin ich eher bei *Strand Bookstore* in East Village zu finden und flaniere zwischen den Bücherregalen, die angeblich achtzehn Meilen lang sind. Ich verdränge konsequent den Gedanken, wie viele Bücher und juristische Fachliteratur ich hätte dafür kaufen können.

Zunächst fand ich es rätselhaft, weshalb die Mädels sich ausgerechnet unter den unzähligen Bewerberinnen für mich entschieden. Gegen die drei schrillen Modeikonen wirke ich wie ein grauer Farbklecks. Später erzählten sie mir, ich sei die einzige solide, eher langweilige Person aus dem Bewerberpool, von der am wenigsten Konfliktpotenzial zu erwarten gewesen sei.' Eine äußerst *schmeichelhafte* Einschätzung, auf die ich mit einem Schmunzeln reagierte. Wer hätte im Traum daran gedacht, dass mein farbloses Image mir zu einer tipptoppen Unterkunft verhelfen würde?

Ohne Hektik schlüpfe ich wieder in meine dunkelblauen Jeans, die entgegen aller Modetrends keine Löcher hat. Die Gedanken kreisen währenddessen weiterhin um meine aktuelle Wohnsituation.

Zusammengefasst wohne ich in einer insgesamt einhundert Quadratmeter großen Wohnung, in einem gemütlichen Zimmer, in dem ich mich augenblicklich wohlfühlte. Praktischerweise übernahm ich gegen einen geringen Obolus ein paar Möbel von der Vormieterin. In dem fast nagelneuen Zwei-mal-zwei-Meter-Bett kam ich mir die erste Zeit verloren vor und fragte mich, weshalb eine Person derart viel Platz zum Schlafen benötigt. Wie ich jedoch erfuhr, teilte sie das Bett regelmäßig mit wechselnden Kerlen. Zur Sicherheit überprüfte ich die Matratze auf verdächtige Flecken. Obwohl ich nichts entdeckte, wendete ich sie sicherheitshalber. Ich hingegen nutze den überflüssigen Platz für meine Arbeitsunterlagen und den Laptop, was superpraktisch ist, da ich alles kurz vorm Einschlafen nur zur Seite schiebe und keinerlei Durcheinander entsteht. In dem ebenfalls viel zu großen Kleiderschrank verstaue ich meine unzähligen Bücher, von denen der überwiegende Teil aus Fachliteratur besteht. Die Auswahl meiner Garderobe ist nämlich überschaubar und ohne nennenswerten Schnickschnack. Da ich wenig persönliche Sachen besitze, die mir am Herzen liegen, spiegelt sich das Minimalistische auch in meinem Zimmer wider. Der meiste Kram steht noch in meinem Jugendzimmer in meinem Elternhaus. Mum bringt es nicht übers Herz, das Zimmer auszuräumen. Mir wäre das egal, da der Krempel an Bedeutung verloren hat. Das liebste Möbelstück ist ein monströser Ohrensessel mit passender Fußbank, den ich von Grandma erbte. Das Teil ist genau genommen megahässlich, dennoch irre bequem, und das ist, was letztendlich zählt. Die irritierten Blicke der drei beim Einzug werde ich nie vergessen, aber es passte zu meinem damaligen Image einer spießigen Juristin.

Die offene Küche sowie das Wohnzimmer sind nicht nur Dreh- und Angelpunkt, sondern auch Treffpunkt für gemeinsame Filmabende, Krisengespräche aller Art und weinselige Abende. Ach, es ist schön, denn jeder respektiert die Privatsphäre des anderen. Sehe ich mal davon ab, dass Lizzy ebenso wie meine Vorgängerin einen relativ hohen Verschleiß an Kerlen aufzuweisen hat, die scheinbar allesamt das Verschließen der Badezimmertür in einer fremden Wohnung als unwichtig einstufen. Inzwischen habe ich mich daran gewöhnt, dass mir morgens ab und zu nackte Besucher begegnen.

Die Mädels sind Feierbiester, verfügen an den Wochenenden über eine unbeschreibliche Ausdauer, regelmäßig bis in die Morgenstunden durch die Clubs zu ziehen. An solchen Abenden genieße ich die Ruhe, das Alleinsein. Bin ich spießig? Hier reicht ein knappes Ja. Die Lebensphilosophie der Menschen in Down Town Manhattan ist eine andere. Es ist mir egal. Inzwischen arrangiere ich mich mit der Oberflächlichkeit, der allgewärtigen Hektik und der Sorge, irgendwas zu verpassen, wie zum Beispiel die erwähnte Releaseparty. Letztendlich ist es meine freie Entscheidung, in einem solchen Moloch zu leben. In dem Umfeld sehe ich ideale Erfolgsaussichten, um das Ziel einer Anwältin für Menschenrechte zu verwirklichen. Ein weiterer Grund, der mit meiner Vergangenheit zusammenhängt, aber den verdränge ich die meiste Zeit sehr erfolgreich.

Meine Gedanken driften definitiv in die falsche Richtung ab. Zügig ziehe ich den dunkelgrauen Hoodie über den Kopf, dabei elektrisieren sich meine blonden Haare, die sofort wirr in alle Himmelsrichtungen abstehen. *Egal.* Einen Moment später verlasse ich die Kabine, schaue mich suchend um. Blöderweise sehe ich weder die Verkäuferin noch meine Mitbewohnerinnen, und die Kasse ist verwaist. *Na klasse.*

Mit meinem Outfit, was durch Sneakers aus der Vor-Vorsaison unmodisch komplettiert wird, bin ich in der Edelboutique eine Außerirdische. Gucken mich die anderen Kundinnen abschätzig an? *He, Faye, wo ist dein Selbstbewusstsein?* Die Frage ist simpel zu beantworten. Zwischen Gesetzestexten, Fallakten und juristischer Fachliteratur ...

In der Nähe von Boston aufgewachsen, lebte ich sozusagen direkt vor den Türen des für mich heiligen Ortes. Die Eliteuni Harvard – das Ziel sämtlicher Wunschträume. Es ist nun einmal Tatsache, dass der Ruf diesem Institut vorauseilt, obwohl es weitere renommierte Unis gibt, auf denen ich hätte ebenfalls Jura studieren können. Einen Kompromiss gab es nicht, und wenn ich mir etwas in den Kopf setze, bin ich stur. Finanziell betrachtet schier aussichtslos, da die Studiengebühren sündhaft hoch sind. Für eine Familie mit durchschnittlichem Einkommen, wie meine, eine echte Herausforderung.

Durch meinen Fleiß ergatterte ich ein Stipendium, und so wurde der Traum Wirklichkeit. Eine neue Welt, in der ich den Nachwuchs des wohlhabenden Teils unserer Gesellschaft traf. Kommilitonen, für die ein Besuch auf einer Eliteuni quasi mit in die Wiege gelegt wurde. Die es unbeschwerter angingen, denn ihre blumige Zukunft stand im Vorfeld fest. Kein Druck, keine Geldnot, mittelmäßige Noten und trotzdem Aussicht auf eine Partnerschaft in einer Großkanzlei oder sonstigen Führungspositionen.

Ein Leben lang fiel es mir unendlich schwer, mit der Tatsache umzugehen, dass Geld die Welt regiert. Die Konzerne gewinnen Prozesse, weil sie über finanzielle Mittel für brillante Anwälte verfügen, Politiker sind korrupt und die gesellschaftliche Ausgewogenheit ist kurz vor dem Kollaps. James Crawford, einer meiner ehemaligen Gastprofessoren, ist mein juristisches Vorbild. Ein unermüdlicher Kämpfer gegen Korruption und die Organisierte Kriminalität, ein Mann, der die Gesetze und die Verfassung unseres Landes uneingeschränkt respektiert. In dem Sinn führt er seit Jahren seine Kanzlei in New York.

Ebenfalls dagegen anzukämpfen, ist bis heute eine Herzensangelegenheit, und dafür schlug ich mich durch, büffelte, während die anderen feierten.

Es gab zu dem Zeitpunkt nur noch eine einzige weitere Leidenschaft neben dem Studium. Sport! Wahrhaftig schaffte ich es in die Cheerleader-Gruppe des Footballteams der Uni. Ein Knaller, und urplötzlich bist du wer. Nicht mehr nur die namenlose Stipendiatin, was meinem Selbstwertgefühl einen extra Push gab. Dennoch eine Doppelbelastung, die ich verbissen durchhielt. Sobald ich ein festes Ziel verfolge, ziehe ich es gnadenlos durch. Egal ob die Lebensumstände mir einen kräftigen Tritt verpassen und ich dadurch ins Bodenlose falle.

Die ganze Plagerei und der Kampf haben sich letztendlich gelohnt. Nach dem Studium arbeitete ich zwei Jahre bei der Anwaltskanzlei Bernstein & Partner in Boston, davon ein Jahr in der Filiale in Manhattan. Engagiert ackerte ich rund um die Uhr, um als Junganwältin aufzufallen. Mit dem unfassbaren Resultat, zeitnah für James Crawford arbeiten zu dürfen. Ich bin derart ausgeflippt, denn es ist eine Ehre!

Das ist meine Welt!

~

Die Tage bis zu der Eröffnungsfeier sind geprägt von der Frage, ob ich nicht doch lieber einen gemütlichen Abend auf der Couch statt des Events vorziehen soll. Die riesige Einkaufstüte steht quasi bis zur letzten Sekunde unberührt in meinem Zimmer, da ich mir die Option einer Rückgabe offenhalte. Die verdammte Unsicherheit behalte ich für mich, denn die Mädels feiern weiterhin ihre Überredungskünste wie die Entdeckung des achten Weltwunders. Letztendlich ringe ich mich durch, um sie nicht zu enttäuschen.

Dann ist er da, der Tag, an dem ich meine Partyqualitäten beweisen muss. Die Vorbereitung und das Styling nutzen wir zum Vorglühen und zum Einstimmen auf die Party.

»Du bist so hübsch.«

»Nein, sie ist sexy!«

»Quatsch, sie ist heiß.«

Die Begeisterung der Mädels und zwei Gläser Sekt sorgen dafür, dass meine Anspannung weniger wird.

»Stimmt, was ein bisschen Make-up ausmacht.« Lizzy reißt die Macht über meine Schminkutensilien an sich, verzweifelt und verpasst mir aus ihrem Bestand, bestehend aus Hunderten Farbpaletten und Pinseln, einen perfekten Smokey-Eyes-Look.

»Ist das nicht zu dick aufgetragen?« Obwohl es mir überraschenderweise gefällt, fürchte ich aufzufallen, was ich auf jedem Fall vermeiden will.

»Das ist dezent.« Sie zwinkert mir zu und tuscht das letzte Mal meine Wimpern, die dadurch um ein Vielfaches länger und dichter aussehen. »Roter Lippenstift würde deine vollen Lippen unterstreichen, was meinst du?«

»Nee, das bin ich nicht«, verneine ich kopfschüttelnd.

»Auch besser so«, feixt Jessica. »Sonst fliegen alle Kerle auf dich und wir gucken in die Röhre.«

»Schon klar.« Ein schiefes Grinsen kann ich mir nicht verkneifen. »Ich bin wählerisch.« Eine meiner Standardaussagen. »Also soweit ich eingeweiht bin, ist es eine Releaseparty und keine Dating-Veranstaltung«, ergänze ich die Antwort und leere das Glas.

»Das eine schließt das andere nicht aus.«

»Ich fasse zusammen: Morgen ist somit wieder mit erhöhtem Verkehrsaufkommen in der Wohnung zu rechnen?«

Mein Spruch löst einen Lachflash aus, und wenig später kämpfen wir mit Magenschmerzen und gegen die Lachtränen, der größte Feind eines filigran geschminkten Gesichts.

In solchen Momenten bin ich froh, so unbeschwert lachen zu können und den ernsten Hintergrund, wieso sich mein Verhältnis zu Männern kompliziert darstellt, in eine dunkle Ecke meiner Seele zu verdrängen. *Nichts tut für ewig weh ... na ja.*

Das Partyvolk strömt in die neue Location, die angeblich die hippste in ganz Manhattan werden würde. Der Hype um angesagte Clubs und Restaurants ist für mich schwer nachvollziehbar. Bis auf die Adresse sind sie für mich alle gleich.

Perfekt gestylt steigen wir aus dem Taxi, und ab jetzt heißt es für mich: Augen zu und durch. Obwohl der März der Meinung ist, er müsse zum Ende noch einmal richtig fies werden und mit Temperaturen um fünf Grad versuchen, mich zu ärgern, friere ich trotz des dünnen Kleidchens nicht. Die Aufregung treibt meine Körperfunktionen in die Höhe, sodass ich eher zu einem Schweißausbruch tendiere.

Vor der Tür herrscht ein Trubel wie bei einer Filmpremiere auf dem roten Teppich. Tatsächlich entdecke ich einen Fotografen, der von den ankommenden Gästen Bilder macht. Blöderweise kennt er Lizzy, und diese steuert geradewegs auf ihn zu, fasst mich an der Hand und zerrt mich im wahrsten Sinne des Wortes hinter sich her.

»Sam, hey ...« Die beiden begrüßen sich mit einem Küsschen.

»Hier kommen die schönsten Ladys des Abends«, säuselt er. Jessica und Maddy folgen dem Bussi-Bussi-Ritual und mir schwant Böses.

»Darf ich dir Faye vorstellen?«

»Ah, die unsichtbare Mitbewohnerin?« Obwohl er es gewiss nicht abwertend meint, steigt mir die Röte ins Gesicht. »Hallo Faye.« Mit einem gequälten Lächeln lasse ich den gekünstelten Begrüßungsquatsch über mich ergehen.

»So, nun stellt euch mal auf«, fordert er uns auf. »Die werden dann auf der Homepage veröffentlicht.«

Die Juristin in mir will Einspruch einlegen. Begriffe wie Persönlichkeits- und Urheberrechte schießen mir durch den Kopf. Korrekterweise muss er mich fragen, ob ich dem zustimme. Aber hier ticken die Uhren anders. Vermutlich ist es für die meisten eine Ehre.

Die drei Mädels posieren professionell vor der Linse, und ich fühle mich steif wie eine Schaufensterpuppe. Vielleicht hätte ich noch ein weiteres Glas Sekt trinken sollen? Durch das Blitzlicht flattern mir ständig die Augenlider. Ob überhaupt ein einziges Foto von mir mit geöffneten Augen entsteht? Falls ich derart bescheuert aussehe und es auf der Homepage veröffentlicht wird, mache ich von meinem Urheberrecht Gebrauch und erzwinge das Entfernen.

Tapfer ertrage ich meine erste Bewährungsprobe, doch die Frage, wie viele es heute Abend wohl geben wird, kann ich mir selbst beantworten: eine Menge!

Dank der optimalen Kontakte erhielten wir im Vorfeld eine VIP-Eintrittskarte, was uns das Anstehen in der beträchtlich langen Warteschlange erspart. Das forsche Vorgehen der drei beweist einmal mehr, dass sie ein Teil des Ganzen sind.

Maddy hakt sich bei mir ein, und gemeinsam betreten wir den Club. Ein weiterer Schritt ist geschafft – ich bin zumindest körperlich in der Partylocation angekommen. Wo mein Geist ist? Tja, ich würde sagen, auf dem heimischen Sofa und suchtet entspannt eine meiner Lieblingsserien weg.

ZWEI

Joel

Pünktlich um zwölf Uhr am Mittag betrete ich das hochpreisige russische Restaurant *Chayhana* im Südosten von Chicago. Der Inhaber ist ein gewisser Sergej Petrow, auf dessen Einladung ich gestern von New York hierherflog, um die Modalitäten für eine eventuelle Mandantschaft zu besprechen. Wie der überwiegende Anteil meiner Klienten verdient er sein Geld mit den klassischen Einnahmequellen eines Mafioso. Dazu zählen der Verkauf von Drogen, Waffenhandel, Nachtclubs, Prostitution, Schutzgelderpressung, um nur einiges zu nennen. Petrow kontrolliert viele der Bezirke der Stadt und gehört meinen Recherchen zufolge zweifelsohne zu den gefährlichsten Männern, mit denen ich jemals in der Funktion eines Anwalts zu tun hatte. Unberechenbarkeit und ein ausgeprägter Sadismus sind eine brisante Kombination, die seine Widersacher regelmäßig zu spüren bekommen. Die Polizei und die Justiz beißen sich an ihm die Zähne aus. Darum kümmert sich ein Kollege, der ihn in allen Rechtsangelegenheiten optimal vertritt. Bei Finanzangelegenheiten fehlt es ihm allerdings an der erforderlichen Erfahrung. Deshalb beauftragte Petrow einen Spezialisten. Dessen Job entsprach jedoch nicht den Vorstellungen des eigenwilligen Mafiabosses. Über seinen derzeitigen Aufenthaltsort ist mir nichts Näheres bekannt. Oder sagen wir so: Ich will es gar nicht wissen. Je weniger ich darüber eingeweiht bin, desto besser. Aus dem Grund sucht Petrow Ersatz, damit sein schmutziges Geld in saubere Kanäle fließt, Rendite erzielt und die Wege nicht von irgendwelchen Behörden nachverfolgt werden können. Pragmatisch betrachtet ist der Job nicht ungefährlich, was mich wiederum reizt.

Mein Blick schweift umher. Die Atmosphäre vermittelt etwas Düsteres. Liegt es daran, dass ich weiß, welche Klientel hier verkehrt? Das Lokal ist wenig besucht, lediglich zwei Männer sitzen an einem kleinen Tisch direkt am Fenster und trinken Tee. Ihre bulligen Staturen lassen darauf schließen, dass sie vermutlich Petrows Bodyguards sind, auch weil sie mich aus den Augenwinkeln beobachten. Sofort eilt ein Kellner in schwarzer Kleidung und einer langen weißen Schürze auf mich zu.

»Mein Name ist Crawford, und ich bin mit Mr Petrow verabredet«, stelle ich mich vor.

»Guten Tag Sir, ja, Sie werden bereits erwartet«, erwidert er mit einem deutlichen russischen Akzent. »Bitte folgen Sie mir.«

»Gern.« Freundlich nicke ich ihm zu.

Wir verlassen den Gastraum und betreten ein Hinterzimmer. Unvermittelt stehen die beiden Männer, die gerade noch Tee tranken, neben mir.

»Sicherheitscheck«, teilen sie mir schmallippig mit und ich werde nach Waffen abgetastet. Das Misstrauen ist überall. Da ich die Einstellung kenne, lasse ich die Prozedur kommentarlos über mich ergehen. Anschließend stellen sich die Kerle, breitbeinig und die Arme vor dem Oberkörper gekreuzt, rechts und links neben die Tür.

Am Kopfende einer langen Tafel sitzt Petrow und schiebt sich gerade eine Gabel voll mit – keine Ahnung, was das genau darstellen soll – in den Mund. Ich scanne sein Erscheinungsbild innerhalb von wenigen Sekunden. So manch einer würde spätestens jetzt anfangen zu zittern, aber ich nicht. Warum auch? Er will was von mir, nicht ich von ihm. Ein weiteres Mal verschwindet die Gabel in seinem Mund.

Ich warte weiterhin an der Tür, mein Blick auf ihn gerichtet. Er ist ein Bär von einem Mann mit einem Stiernacken, auf dem ein riesiger kahl geschorener Kopf sitzt. Das Hemd spannt, es ist nur eine Frage der Zeit, wann die Knöpfe aufplatzen. Aus dem geöffneten Kragen sieht man einen Teil seines üppigen Brusthaars hervorblitzen.

Obwohl er uns mit Sicherheit bemerkt, widmet er sich weiterhin seinem Essen. Ich persönlich mag die russische Küche nicht und verbinde damit unangenehme geschmackliche Erinnerungen. Anscheinend soll das Gericht vor ihm „Hering im Pelzmantel" darstellen – ein Auflauf aus selbigem Fisch, Kartoffeln, Karotten und mit Mayonnaise aufgeschichtet ist definitiv nichts für zarte Mägen, und ich frage mich, wer auf eine solch gewagte Kombination kam.

Mit dem Gebaren der Oligarchen und Clanchefs vertraut, verhalte ich mich auch heute, bei unserem Erstkontakt, abwartend und gestehe ihm sein Alphatiergehabe zu. Ich nehme es locker, denn spätestens in einer Stunde wird er begreifen, dass er mich braucht, und ab da gelten andere Regeln, nämlich meine.

»Mr Crawford, setzen Sie sich«, erwähnt er beiläufig und schaufelt weiterhin, ohne sich von mir stören zu lassen, den Fraß in seinen Mund.

»Mr Petrow, ich grüße Sie.« Lässig nehme ich an seiner linken Seite Platz. Ich rücke den Stuhl seitlich, überschlage die Beine und lege einen Arm locker auf die Tischplatte.

»Tee?«, fragt er.

»Mit Zucker«, erwidere ich ebenso kurz angebunden. Eine auffordernde Kopfbewegung seinerseits und der Kellner eilt davon.

»Sie müssen unbedingt die Pelmeni probieren, es sind die besten der Stadt.« Kurz sieht er mich kauend an. »Originalrezept meiner Maruschka.«

Meine Höflichkeit hat seine Grenzen und ich lehne dankend ab. Der schwarze Tee wird mir in einem braunen Teeglas auf einem kleinen Silbertablett serviert. Mit einem freundlichen Nicken ergreife ich den geschnörkelten Löffel, um den Kandis in den heißen Tee zu rühren. Es ist still, bis auf das Geräusch, wie ich das Getränk umrühre und der Löffel dabei klirrend das Glas berührt.

Petrow putzt sich den Mund mit einer Serviette ab, wirft sie auf den leeren Teller und lehnt sich in seinem Stuhl zurück.

»Haben Sie mir Lösungen anzubieten?«, kommt er auf den Punkt. Seine Mimik ist regungslos.

»Wenn die Konditionen meinen Vorstellungen entsprechen, biete ich Ihnen ein maßgeschneidertes Konzept.« Meine Stimme klingt fast gleichgültig.

Petrow lacht lauthals, und mir blitzen seine Goldzähne entgegen, bis heute ein Symbol des Reichtums.

»Anwalt, Sie gefallen mir.« Erneut schallt sein tiefes Lachen durch den Raum.

»Ihr persönlicher Rechtsberater hat mich bereits mit detaillierten Informationen versorgt, und ich sehe keinerlei Schwierigkeiten, Ihre Probleme zu beseitigen«, kläre ich ihn in einer ruhigen Tonlage auf.

»Woher weiß ich das?« Fragend hebt er die Stirn in Falten.

»Mr Petrow ...«, setze ich an und schlage nun das linke über das rechte Bein und suche gezielt seinen Blick. »Da müssen Sie mir schlichtweg vertrauen.«

»Hm, hm ...« Sergej tippt mit sämtlichen Fingerkuppen direkt vor ihm auf den Tisch. Der massive Siegelring aus Gold, der in das Fleisch seines rechten Ringfingers schneidet, sowie zwei mit Brillanten besetzte Goldringe an den kleinen Fingern passen bilderbuchhaft zu seinem Erscheinungsbild.

»Das ist die Basis, und ich weiß, wie sehr Sie am Arsch sind.« Niemand, absolut keine Menschenseele würde sich trauen, so mit diesem Mann zu reden. Erwartungsgemäß verdüstert sich sein Blick. In seinem Kopf rattern die Gedanken, und man sieht förmlich, wie er abwägt, ob er mir glauben soll oder nicht.

»Nennen Sie mich Sergej, das tun alle meine Freunde.«

Er streckt mir seine Pranke entgegen und wir schlagen ein. Auf die Art besiegeln wir zunächst unsere Zusammenarbeit.

»Wodka?« Gleichzeitig winkt er den Kellner heran.

»Ja.« Die Einladung abzulehnen, wäre aus seiner Sicht ausgesprochen unhöflich, und ich will die vorteilhafte Position nicht überstrapazieren.

Gemeinsam stoßen wir an und verlassen kurze Zeit später den Raum, um in seinem Büro ungestört die Details zu besprechen. Zahlen und schlaue Investitionen sind nicht Sergejs Ding, und sein vorheriger Berater hat lausig gearbeitet.

»Der dumme Mann hat dafür gesorgt, dass die Steuerbehörde mir fast einen Besuch abgestattet hätte … nicht klug, nein.« Mit bedauerlicher Stimmlage fügt er hinzu: »Leider sah ich mich gezwungen, ihn zum Schweigen zu bringen. Er wusste zu viel.«

Ich vermute, dass sein Körper sich in der Müllverbrennungsanlage als Rauch im Chicagoer Himmel verteilt hat. Über Details denke ich nicht nach.

»Anwalt, wissen Sie, ich bin auch im Müllgeschäft tätig«, raunt er und blinzelt mir zu. *Na, dann lag ich ja richtig.*

Zwei Stunden später raucht dem gefährlichen Mafiaboss der massige Schädel, und er wird künftig freiwillig auf solche Sitzungen verzichten. Stattdessen präsentiere ich ihm lediglich die Ergebnisse und wie sein schmutziges Geld blütenrein strahlt. Mein Plan ist aufgegangen und ich kann in Ruhe arbeiten.

»Jetzt brauche ich erst einmal eine ausgiebige Entspannung.« Ungeniert packt er sich an die Eier. »Praktisch, wenn man eine schier unendliche Auswahl hat.« Mit dem Finger wischt er über das Display seines Telefons. Umgehend meldet sich eine Frau namens Claire. »Schick mir Tascha und die kleine Blonde … die Neue, du weißt schon.«

»Wie sieht es mit dir aus, Anwalt?«, wendet er sich zu mir. »Meine Mädchen sind spitze und überaus willig.« Er bleckt mir mit seinen Zähnen entgegen. Dankend winke ich ab. »Das war's«, beendet er das Telefonat, das durchaus mit einer Pizzabestellung gleichzusetzen ist.

»Dir entgeht was.« Dass er mich die gesamte Zeit duzt, ignoriere ich. Jeder von meinen kriminellen Klienten hat so seine Eigenheiten.

»Vielen Dank für das Angebot, das werde ich gern bei meinem nächsten Besuch nutzen.« Wir erheben uns, und nach kurzer Verabschiedung verlasse ich das Restaurant mit einem fetten Deal in der Tasche.

Mich befriedigen zu lassen, kann ich jederzeit, aber heute Abend gehe ich einer ganz anderen Leidenschaft nach. Mit meinem langjährigen Freund Sam schaue ich mir das Footballspiel der *Chicago Bulls* gegen die *New York Giants* an. Auch wenn ich gewiss mit den Girls auf meine Kosten kommen würde, genießen die Topkarten in der VIP-Lounge klare Priorität. Darauf freue ich mich seit Wochen.

Sam und ich kennen uns aus dem College, und er ist einer der Wenigen, mit denen ich bis heute in Kontakt stehe. Es werden mit Sicherheit ein paar unterhaltsame Stunden, wenngleich ich direkt nach dem Spiel zurückfliege.

Mein Handy vibriert, und ich erkenne Sams Nummer und nehme das Gespräch an.

»Joel, herzlich willkommen in unserem schönen Chicago«, begrüßt er mich. »Ich freue mich, dass du dich bester Gesundheit erfreust.« Er hat stets ironische Sprüche parat, da er einer der Wenigen ist, die genau über meine spezielle Mandantschaft im Bilde sind.

»Das ist reine Glückssache«, erwidere ich ebenso scherzhaft. Ernsthaft sprechen wir nie über die reale Gefahr, denn ich rede generell nicht darüber.

»Na Alter, hast du dich bereits auf die Niederlage der *Giants* eingestellt?« Aus dem Grund wechselt er das Thema.

»Abwarten, die Jungs sind in Höchstform.« Mit einem Grinsen lockere ich die Krawatte und winke ein Taxi heran. »Die Quote spricht eindeutig für uns ... Moment.« Ein

Wagen hält, ich steige ein und nenne dem Fahrer den Namen meines Hotels. »So ...«, widme ich die Aufmerksamkeit wieder meinem Freund.

»Treffen wir uns in unserem Stammdiner zum Burgeressen?«

»Was glaubst du denn? Das ist ein Ritual.« Entspannt lehne ich mich zurück. »Ich muss lediglich aus den Businessklamotten raus und auschecken.«

»In zwei Stunden?«

»Das klingt gut!«

In bester Laune beenden wir das Gespräch, und ich lasse das Treffen mit Petrow Revue passieren. Der Deal bringt mir ein stattliches Honorar. Sofern es wiedererwartend zu Unstimmigkeiten kommen sollte, bin ich zu souverän, um wie mein Vorgänger in der Müllverbrennungsanlage zu enden. Außerdem: Weshalb sich über Szenarien den Kopf zerbrechen, die vermutlich nie eintreten werden?

Viele Jobs bergen Gefahren. Siehe die Profifootballer. Bei den Matches der NFL fliegen die Fetzen. Etliche der Spieler sind spätestens mit Mitte dreißig körperlich erledigt.

Die Vorfreude verwandelt sich in Nachdenklichkeit, und es entweicht mir ein leiser Seufzer. Wären meine Knochen heute ebenfalls teilweise ramponiert? Diese Frage wird für alle Zeiten unbeantwortet bleiben.

Niemand, wirklich niemand verstand, weshalb ich die einmalige Möglichkeit einer Profikarriere bei der NFL ausschlug. In der Position des *Running Back* erhielt ich nach dem Abschluss an der Columbia die Chance, bei den *New York Giants* zu spielen. Der Traum sämtlicher Footballspieler. Die eher unfreiwillige Entscheidung betrachte ich als eine persönliche Niederlage, mit der ich bis heute hadere. Die Crawfords sind eine Anwaltsdynastie, und es ist sozusagen Pflicht, in die beruflichen Fußstapfen der Sippe zu treten. An die Diskussionen mit meinem Vater erinnere ich mich bestens, und sie rufen ausschließlich negative Gefühle hervor. Eindeutig liegt darin der Grund, weshalb ich nicht in die Kanzlei meiner hoch angesehenen Familie einstieg, sondern einen eigenen Weg beschritt.

»Was beschwerst du dich?«, stellte ich ihm die Frage. »Ich bin Anwalt geworden, exakt das war dein Wunsch.« Darauf ist es schwierig, eine passende Antwort zu geben. *Aber nicht so einer ... Tja, Dad, man kann nicht alles haben.* Unser Verhältnis leidet bis heute darunter, denn sie werfen mir pure Provokation vor, und genau das ist es. So lässt sich verletzter Stolz auch kompensieren.

Erfreulicherweise sind die Straßen nicht zu sehr verstopft und wir erreichen zügig das Hotel, das zu den exklusivsten der Stadt zählt. In der eleganten und großzügigen Lobby ist eine Menge Trubel. Ohne nach rechts oder links zu schauen, steuere ich auf die Fahrstühle zu. Die vier Aufzüge sind unterwegs und ich muss warten. Neben mir stehen drei junge Frauen und unterhalten sich angeregt. Unbeabsichtigt wandert mein Blick in ihre Richtung. Jedes Kleidungsstück und sämtliche Accessoires kosten ein Vermögen. Die drei werden ebenfalls auf mich aufmerksam und *scannen* mich. Sie erkennen ebenso den monetären Wert des maßgeschneiderten schwarzen Anzugs und der handgearbeiteten schwarzen Lederschuhe. Meine Businesskleidung ist exklusiv und selten von der Stange. Für einen Anwalt, der die Mafia vertritt, ist das so eine Art Aushängeschild, nach dem Motto *je elitärer, desto erfolgreicher*. Ob das im Allgemeinen zutrifft, vermag ich nicht zu beurteilen, aber auf mich trifft die Aussage uneingeschränkt zu.

Umgehend schalten sie ihren Flirtmodus ein. Ich weiß um meine Ausstrahlung und Wirkung auf das weibliche Geschlecht, was mir schmeichelt. Mein unnahbares Auftreten zieht sie an wie die Motten das Licht. Es ist ein Phänomen und an sich unlogisch.

Endlich erreicht eine Kabine die Lobby, und die Türen öffnen sich. Kurz bevor ich einsteige, werfe ich den jungen Frauen einen letzten schnellen Blick zu. Allerdings können sie mir kein Lächeln entlocken. Auf der Fahrt in die oberste Etage frage ich mich, wieso fast jedes dieser Modepüppchen ähnlich aussieht. Insbesondere ähneln sich ihre schmalen Näschen und die üppige Oberweite – beides ist vermutlich von ein und demselben Schönheitschirurgen modelliert worden. Blonde lange Haare, eine übergroße Sonnenbrille sowie die Luxushandtasche mit den Griffen am Unterarm drapiert – Standard und irgendwie langweilig. Für mich uninteressant. Zumindest das, was zeitlich einen One-Night-Stand überschreitet.

Diese unbedeutende Begegnung wirft unvermittelt und zum wiederholten Mal in der letzten Zeit die Frage auf, wo sich die Frauen aufhalten, die *anders* sind. Was ich darunter verstehe, weiß ich selbst nicht so genau. Die Suche nach einer Antwort werde ich auch heute verschieben müssen, da ich mein Stockwerk erreicht habe.

Auf meinem Zimmer angekommen, muss ich mich beeilen und springe unter die Dusche. Nicht einmal eine Stunde später bin ich vom Kleidungsstil eine veränderte Person. Privat liebe ich es eher lässig. Bevor ich das Hotelzimmer verlasse, gönne ich mir einen abschließenden Blick in den mannshohen Spiegel. Die schwarze Lederjacke im Used-Look erinnert mich ein wenig an die des legendären James Dean. Der coolste Typ seiner Zeit. Lockere Jeans und Bikerstiefel runden das Styling ab. Sozusagen ein passendes Outfit zu meiner großen Liebe, die ich leider viel zu selten sehe. Eine 2020 Harley-Davidson Softail Deluxe mit zig luxuriösen detailverliebten Extras. Ich verdiene eine Menge Kohle, und ja, ich zeige es gern. Lässig fahre ich mir durch meine dunkelblonden Haare und schenke mir selbst ein zufriedenes Lächeln. Die Vorfreude auf das Treffen mit Sam und das Footballspiel ist mir anzumerken, denn meine Gesichtszüge sind entspannt. Kam in der letzten Zeit eher weniger vor.

Bettys Diner gibt es, seitdem ich denken kann. Bereits zu Collegezeiten gab es dort die besten Burger. Das ist bis heute so geblieben. Damals fighteten die Footballteams der *Loyola University Chicago* und die *Columbia University New York*, auf der ich studierte, regelmäßig gegeneinander. Auf dem Platz waren wir knallharte Gegner, außerhalb allerdings footballbegeisterte Kerle. Irgendeiner schleppte uns in den Diner, und immer wenn wir uns in der Stadt aufhielten, entpuppte sich der Ort als unser Treffpunkt. Ob die anderen der Tradition treu blieben, weiß ich nicht. Da Sam nach Chicago zog, nutzen wir den Ort vor dem Besuch eines Spiels weiterhin. Leider geschieht das viel zu selten. Der beruflich hervorragend vernetzte Sam besorgte uns die VIP-Tickets. Grundsätzlich gebe ich mich bei meinen Stadionbesuchen mit normalen Plätzen zufrieden, da ist die Stimmung besser. Dennoch bin ich neugierig, welche Spielerstars sich heute dort aufhalten.

Bestens organisiert lasse ich meinen Trolley von einem Kurierfahrer zum Flughafen bringen und in der Wartelounge der Fluggesellschaft deponieren. Für einen Vielflieger in der Businessklasse kein Problem.

Sam erwartet mich bereits und winkt mich in dem gut besuchten Lokal heran. Wie er es auch heute wieder schaffte, uns einen Platz an *unserem* Tisch von damals zu organisieren, bleibt sein Geheimnis. Reservierungen sind hier nicht möglich. Mich freut's.

Herzlich begrüßen wir uns mit einer freundschaftlichen Umarmung und klopfen uns auf die Schultern.

»Joel Crawford, du alter Drecksack, du siehst blendend aus. Wie eh und je.«

»Hart erarbeitet.« Ich mache keinen Hehl daraus, dass ich mehr als zufrieden mit meinem Body bin. Durch das damals regelmäßige Training bleibt bei entsprechender Disziplin eine durchtrainierte Statur fürs Leben. Der langsame Muskelaufbau über die vielen Jahre beschert mir bis heute einen V-förmigen Oberkörper und muskulöse Oberarme mit einem Bizeps aus Stahl. Außerdem bin ich enorm auf mein Äußeres bedacht, was mich antreibt, meinen Körper in Form zu halten, Sixpack inklusive.

Hungrig lasse ich mich auf einen der Stühle nieder und reibe mir die Hände.

Sam setzt sich mir gegenüber. »Tja, bei mir ebenso.« Mit einem Augenzwinkern deutet er auf seinen Bauchansatz, der sich trotz des lockeren Fanshirts abzeichnet. »Nancys Kochkünste sind eben der Hammer.« Es stört ihn nicht, dass er mit seinen lichteren Haaren insgesamt wesentlich älter aussieht. Seitdem er aus einer Anwaltskanzlei mit einer wöchentlichen Arbeitszeit von rund siebzig Stunden ausgestiegen ist, ist er vollkommen mit sich im Reinen und vollends zufrieden. Dass er dabei sein Einkommen drastisch reduzierte, nimmt er in Kauf. »Die beste Entscheidung meines Lebens, den Job zu wechseln«, erwidert er, so als habe er meine Gedanken erraten.

»Ich freue mich für dich. Nancy und die zwei Kids sind bestimmt happy, dass du mehr Zeit hast.« Sam nickt, und ein frohes Lächeln breitet sich über sein komplettes Gesicht aus.

In dem Lokal ist es warm, und ich ziehe die Lederjacke aus. Ohne dass ich mich anstrenge, zeigt sich mein Bizeps in runder Form am Oberarm. Eine junge Kellnerin tritt an unseren Tisch. Es bleibt mir nicht verborgen, wie sie mich aus den Augenwinkeln taxiert und offensichtlich nervös wird. Spaßeshalber schaue ich ihr bei der Aufgabe meiner Bestellung tief in die Augen.

Nachdem sie gegangen ist, schüttelt Sam belustigt den Kopf. »Wie damals ... Sämtliche Kellnerinnen waren in dich verschossen. Weißt du noch, die kleine Rothaarige ...«

»Oh Mann, ja! Es tat mir echt leid, dass sie mich so angestarrt hat, dass sie mit einem Gast zusammengeprallt ist und das Tablett runter krachte.« Mit den Bildern im Hinterkopf lehne ich mich zurück. »Mit dem Trinkgeld, was sie von mir bekommen hat, hat sich zumindest der finanzielle Schaden in Grenzen gehalten.« *Wilde und geile Zeiten!*

Wie üblich dauert es nicht lange und wir quatschen über Gott und die Welt. Der Burger ist wie immer fantastisch, genau wie meine Stimmung.

»Wie sieht es denn bei dir mit der Liebe aus?«, spricht Sam blöderweise auch heute das unbeliebte Thema an.

»Wie soll es da schon aussehen?« Mit einer Papierserviette putze ich mir den Mund ab, zerknülle sie und werfe sie auf den Teller. »Du weißt, ich bin nicht für ein Familienleben gemacht.«

»Ach Joel, glaub mir, da muss dir nur die Richtige über den Weg laufen.« Neunmalklug hebt er beide Augenbrauen.

»Wie viele Menschen gibt es auf der Erde? Oder grenzen wir den Radius auf die USA ein – da ist ja ein Lottogewinn wahrscheinlicher«, kommentiere ich mit einer ablehnenden Handbewegung. »Ich liebe abwechslungsreichen Sex, Unverbindlichkeit, Freiheit«, ergänze ich in aller Deutlichkeit meine Lebensphilosophie. »Und nein ...« Dabei beuge ich mich vor. »... bevor du mir das wieder unterstellst ...«

»Ich? Niemals!« Sam schaut mich gespielt entrüstet an.

»Es ist kein Rachefeldzug gegen meinen Vater und sein Problem, dass er sich ein Enkelkind wünscht, am besten einen Jungen, der bereits sämtliche Paragraphen im Vorschulalter auswendig aufsagt und statt Mum oder Dad als erstes Wort Jura oder Richter plappert«, ereifere ich mich. *Wie ich dieses Thema hasse!*

»Joel, bleib mal locker«, bremst Sam mich aus. Angenervt verziehe ich mein Gesicht. »Ich bestelle uns zwei Bier, und dann wird es Zeit.« *Glück gehabt!*

»Ich weiß gar nicht, weshalb du scharf darauf bist, dein Team verlieren zu sehen?«, steige ich umgehend mit einem fetten Grinsen auf den dringend benötigten Themenwechsel ein. Vielleicht hat Sam recht und ich will meinen alten Herrn tatsächlich damit verletzen. Scheißegal. Hier, jetzt und heute steht ein spannendes Match bevor. Das ist, was gerade wichtig ist!

Das Spiel ist bombastisch, und bei manchen Spielzügen der *Giants* flippe ich vor Begeisterung vollends aus. Dummerweise gewinnen dennoch die *Chicago Bulls*. Ich sehe es sportlich. Der Trip hat sich definitiv gelohnt. Privat wie auch für meine Kanzlei.

Auf dem Rückflug wandern meine Gedanken wieder zum Job. Das passiert bei mir automatisch. Mir ist bewusst, dass Sergej Petrow viel meiner Zeit in Anspruch nehmen wird, bis ich die Fehler meines Vorgängers ausgebügelt und ein neues Konzept erarbeitet habe. Der Job ist meine Berufung und meine Mandanten äußerst interessante Persönlichkeiten. Den Ruf, der beste Anwalt für die Mafia zu sein, muss man sich erarbeiten und darf nicht zimperlich sein. Ab und zu ist es unvermeidlich, auf unkonventionelle Methoden zurückzugreifen. So mancher Ankläger ist vor Wut rot angelaufen, da er einen aus seiner Sicht wasserdichten Fall dennoch verlor.

Ohne zu übertreiben, bin ich ein begnadeter Rhetoriker, scharfzüngig, charismatisch, und meine Argumentationsketten sind hieb- und stichfest – auch wenn ich bei zwingender Notwendigkeit die Wahrheit ein klitzekleines bisschen zu unseren Gunsten korrigiere. Eine Manipulation oder Ungereimtheiten sind selten bis nie nachweisbar. Tja, es ist immer eine Frage der Umsetzung. Fakt ist, dass mir das amerikanische Jury-System in die Hände spielt.

Das, was meine Klienten ebenfalls an mir schätzen, ist eine perfekte digitale Vernetzung mit den Social-Media-Kanälen. Um erfolgreich zu arbeiten, ist es erforderlich, sich den Entwicklungen anzupassen. In der heutigen Zeit ist es möglich, mit einer geschickten Kampagne und einer hohen Reichweite einen Menschen zu zerstören. Zwei meiner Mitarbeiter sind absolute Cracks, und es gibt kaum einen Server, den sie nicht hacken können. Im Bedarfsfall wühlen wir, bis wir etwas gefunden haben. Das Internet vergisst nichts. Es ist eine effektive Maßnahme, um unsere Zielperson gefügig zu machen oder meine Klienten bestmöglich zu vertreten.

Körperliche Gewaltandrohung oder Ausführung gilt es zu vermeiden und ist nicht mein Stil. Dazu brauchen meine Mandanten keinen Anwalt, das schaffen sie ohne mich.

Sämtliche Faktoren sorgen für eine enorme Erfolgsquote. Das wiederum schmeichelt ebenso meinem Ego – ich verliere nur ungern. Genau genommen hasse ich es.

Direkt nach der Ankunft auf dem JFK International Airport erscheint auf meinem digitalen Kalender die Erinnerung einer Einladung für die Neueröffnung eines Clubs meines Freundes Jojo. Spontan entscheide ich, dort hinzufahren, um das neue Projekt des Goldjungen zu begutachten. Das bin ich ihm schuldig.

Es ist inzwischen um Mitternacht. In einer Stadt, die niemals schläft, strömt das Partyvolk in die Clubs. Manchmal brauche ich Ablenkung und tauche in das New Yorker Nachtleben ein. Viel zu selten lege ich die Rolle des knallharten Anwalts ab – heute jedoch habe ich megamäßige Lust, dem privaten Joel Crawford noch mehr Zeit einzuräumen.

DREI

Faye

Da stehe ich nun in dem hippsten Club von Downtown Manhattan und finde es nett, okay …

»Es ist gar nicht so überfüllt«, flüstere ich Maddy erleichtert zu.

Seit Tagen spielen sich gruselige Szenarien in meinem Kopf ab, bei denen ich mich durch Menschmassen quetschen muss, hin und her gestoßen werde, durch die hohen Schuhe stürze und von dem wüsten Partyvolk rücksichtslos überrannt werde. So abwegig empfinde ich den Gedanken nicht, denn oft genug kommt es zu solchen Panikausbrüchen. Passend dazu fiel mir die Haddsch in Mekka beim Umkreisen der Kaaba ein. Der Club scheint ebenfalls eine Pilgerstätte zu sein, zumindest wenn ich das Verhalten meiner Freundinnen bewerte. Dass ich ab und zu gern zum Übertreiben neige, spielt dabei eine untergeordnete Rolle.

»Weshalb flüsterst du?«

»Nur so«, wiegele ich ab und komme mir ziemlich blöd vor.

»Das ist das Konzept«, werde ich aufgeklärt. »Drei Ebenen. Lounge mit Cocktailbar, Restaurant und der Dancefloor mit unterschiedlichen Musikrichtungen.«

»Also für jeden Geschmack etwas.« Erleichtert atme ich aus und sehe mich gedanklich in einem ruhigen Eckchen auf einen der Sitzgruppen gemütlich meinen Longdrink schlürfen.

»Wir suchen erst mal Jojo.« Ich erfahre, dass er der Betreiber ist. Ein Paradiesvogel, stockschwul, aber einer, der einen Riecher hat für das, was gerade Trend ist. Egal, was er anfängt, es verwandelt sich sprichwörtlich in Gold, das er augenscheinlich auf seinen Style überträgt. Eine enge schwarze Hose mit goldenen Nieten und ein pompöses Jackett mit Goldglitzer. Wie er mit den riesigen Ringen und den langen spitzen Fingernägeln überhaupt alltägliche Dinge erledigt, ist mir ein Rätsel.

»Awww, ihr Süßen! Es ist soooo wundervoll, dass ihr gekommen seid.« Euphorisch umarmt er meine Freundinnen. »Ach Gottchen, wer ist denn das?« Entzückt schaut er mich an. »Wieso habt ihr mir dieses süße Häschen bislang vorenthalten?« Es folgt das Bussi-Bussi-Prozedere.

»Das ist Faye, wir wohnen zusammen und sie ist ein Partymuffel.« Maddys direkte Art ist vereinzelt grenzwertig.

»Faye, das Kleid, ein Träumchen«, säuselt Jojo.

»Danke, nur für dich gekauft.« Ich zwinkere ihm zu und bin erleichtert, dass ich zumindest einen lockeren Spruch über die Lippen bekommen habe.

»Oh je, oh je, da sehe ich Miles heranschweben, ihr Täubchen entschuldigt mich.« Dabei winkt er ihm zu. »Das Buffet ist übrigens eröffnet.« Husch und weg ist er.

Wie ich feststelle, wimmelt es von skurrilen Gästen. Alle hinterlassen sie den Eindruck: je schriller, umso besser. Auffallen um jeden Preis.

Ich werde unzähligen Personen vorgestellt, Namen und Gesichter, an die ich mich morgen vermutlich nicht mehr erinnere.

Denn es gibt einen gravierenden Nachteil – ich vertrage nicht im Ansatz die Menge an Alkohol wie meine Freundinnen. Irgendwie und irgendwo gibt es für uns VIPs ununterbrochen etwas zu trinken. Der Vorteil – denn jede Medaille hat zwei Seiten – ich taue auf. Zumindest für meine Verhältnisse. Die leise in mir schlummernde Abwehr, hier zu sein, wird sprichwörtlich ertränkt. Die drei bleiben bei mir, dafür könnte ich sie küssen. Beruflich fällt es mir leicht, mich auszutauschen und auch vor einer Gruppe zu sprechen, aber hier – das ist privat. Was erzähle ich, wenn ich nichts Spektakuläres aus meinem Leben zu berichten habe? Dass ich über Akten brüte, ist für einen schrillen Designer semispannend. Trotzdem gelingt es mir, mich auf unverfänglichen Small Talk einzulassen.

Durch die ungewohnt hohen Absätze und das lange Stehen brennen nach zwei Stunden meine Füße. Hinzu kommt ein leichtes Drehen.

»Ist es für dich okay, wenn wir uns ein bisschen umsehen?«, fragt Lizzy aus heiterem Himmel.

»Ich liebe eure Empathie. Ich muss mich unbedingt setzen.« Um den aufkommenden Druckschmerz zu reduzieren, trete ich von einem Fuß auf den anderen. Obwohl ich mittlerweile nicht mal mehr sagen kann, ob es nur eine Stelle oder doch beide Füße sind, die mich nicht mehr stehen lassen.

»Noch ein Tipp.« Jessica hebt mahnend den Zeigefinger. »Egal, wie heftig deine Füße schmerzen, ziehe niemals die Schuhe aus.« Die anderen beiden nicken zustimmend.

»Ehrlich?« Mir fallen die Mundwinkel nach unten. »Das wäre das Erste gewesen, sobald ich sitze.«

»Todsünde!«, antworten sie im Chor.

»Die medizinischen Hintergründe spare ich mir, aber du kannst dann überhaupt nicht mehr gehen, so sehr brennt der Fußballen.« Erneut frage ich mich, wieso Frauen sich derart quälen. »Wir sind nachher zu betrunken, um dich nach Hause zu tragen.«

Lachend umarmen wir uns. »Ist das wirklich in Ordnung?«, hakt Maddy noch einmal nach.

»He, klar. Ihr habt heute Abend lange genug den Babysitter für mich gespielt.«

»Wenn was ist, schreib eine Nachricht.«

»Ja, Mama.« Schmunzelnd mache ich eine scheuchende Handbewegung. »Schsch …«

Glücklicherweise stürzten wir uns bereits zu Beginn des Abends auf das Buffet, was inzwischen recht leer gefegt aussieht. Ein kleines Lachshäppchen gönne ich mir trotz allem noch und schlängele mich kauend zur Treppe, um vom Restaurant in die Lounge zu humpeln. Um mich herum Frauen, die mit ihren Stilettos die Stufen hinauf oder hinunter schweben. Bei der Vorstellung, den restlichen Abend mit den Schuhen an meinen armen Füßen zu verbringen, leide ich doppelt.

Erleichtert erspähe ich einen Platz am Ende der Theke, an dem es etwas ruhiger ist, denn die Tür führt zum Notausgang. Mit zusammengebissenen Zähnen erreiche ich den Platz und setze mich mit einem lauten Seufzer auf den Barhocker. Mein rechtes Handgelenk ist taub, da ich die gesamte Zeit die Clutch mit mir herumgetragen habe. Zu allem Überfluss piken die vielen kleinen Haarnadeln, die die Hochsteckfrisur zusammenhalten. Eine unterschwellige Müdigkeit breitet sich aus. Sehnsüchtig denke ich an meine bequeme Couch, was den Wunsch, einzuschlafen, verstärkt. Geschockt stelle ich fest, dass es gerade kurz nach Mitternacht ist. Mein Blick schweift umher und ich sehe ausschließlich aufgedrehte und bestens gelaunte Partypeople. Diese Art der Lebensfreude empfinde ich schon lange nicht mehr. Ein beklemmendes Gefühl der Einsamkeit legt sich wie ein Schleier über mich, und ich bin machtlos dagegen. Ich senke den Kopf und starre auf die polierte Oberfläche des Tresens. *Wieso will es mir nach all den Jahren nicht gelingen, ein unbeschwertes Leben zu führen? Das muss doch verdammt noch mal irgendwann aufhören.*

»Ich glaube, du brauchst dringend einen Muntermacher«, holt mich die Stimme des Barkeepers zurück.

Für eine Sekunde überlege ich, lediglich ein Wasser zu bestellen. *Scheiß drauf!*

»Einen Tequila bitte.«

Innerhalb von zwei Minuten steht das Glas mit einer Zitronenscheibe und einem Salzstreuer vor mir. Es ist eine gefühlte Ewigkeit her, als ich mir das letzte Mal Salz auf den Handrücken gestreut, es danach abgeleckt und dann in einem Zug den Shot runtergekippt habe. Erst brennt es, und im Anschluss breitet sich ein angenehm warmes Gefühl in meinem Rachen aus. Das Ritual ist unverändert, und wie eh und je schneide ich eine Grimasse beim Biss in die Zitrone.

»Bitte noch einen.« Der Barkeeper grinst, ich grinse zurück und widerstehe nur knapp dem Impuls, die Folterinstrumente von meinen gequälten Füßen abzuschütteln.

Nach dem Dritten tauchen Körper und Geist in ein unbeschwertes Universum ein. Die unterschwellige Traurigkeit verflüchtigt sich. Das Brennen der Fußsohlen ist weniger geworden. Oder spüre ich es einfach nicht mehr? *Es ist herrlich, beschwipst zu sein.* Um das Wohlbefinden weiter auszubauen, pfriemele ich an den Klemmen und Haarnadeln, bis sich die Hochsteckfrisur im Nichts auflöst. Bemüht unauffällig lockere ich meine Haare auf. Welch Wohltat.

Jetzt aber genug!, blafft mich wie so oft meine innere spießige, demoralisierende Stimme an. Manchmal hasse ich die Spaßbremse, dennoch ist ihr Einfluss gewaltig und sie gewinnt immerzu – auch dieses Mal.

Bevor ich den Barkeeper frage, was mich der Spaß kostet, drehe ich mich mit dem Barhocker noch einmal in Richtung derer, die in Gruppen zusammenstehen, sich angeregt unterhalten, lachen, anstoßen, manche bewegen sich im Takt der Musik.

Unvermittelt bleibt mein Blick hängen, ich stutze, mein Herzschlag setzt für eine Sekunde aus. Blitzschnell senke ich den Kopf. Es ist allerdings wie ein Zwang, ich muss wieder hochsehen – *ihn* ansehen. Wie in einer Slow Motion bewegt er sich auf mich zu. Unsere Augenpaare treffen sich, als würden wir uns magisch anziehen. Niemals zuvor blickte ich in solche Augen – funkelnd, smaragdgrün, tiefgründig, geheimnisvoll. Was in aller Welt passiert hier? Das ist albern und liegt am Alkohol. Es gibt keine Traummänner, jedenfalls nicht für mich.

VIER

Joel

Die Party ist erwartungsgemäß in vollem Gange und ich dränge mich durch die dicht zusammenstehenden Besucher. Hier und da halte ich kurz inne, werde gegrüßt oder sehe selbst einige bekannte Gesichter.

»Ich suche Jojo«, frage ich einen schrill gekleideten Mann, von dem ich mich vage erinnere, einer von Jojos unzähligen Liebhabern zu sein.

Dieser schaut mich pikiert an, hebt seine nachgemalten Augenbrauen, verzieht seinen Mund.

»Schätzchen, das kann ich dir leider nicht beantworten.«

Ärger in Jojos Harem? Sichtlich angepisst nippt er an seinem Champagnerglas. »Hast du Zuckerschnute nicht Lust, mit mir ein Gläschen zu trinken?« Verführerisch klimpert er mit den langen, perlenbesetzten künstlichen Wimpern.

Da es mir nicht zum ersten Mal in Jojos Umfeld passiert, entlockt es mir ein Grinsen. »Sorry, ich bin so was von hetero, da kommen wir bedauerlicherweise nicht zusammen.«

»Die Welt ist so ungerecht, so schade.« Kurz tippt er meinen Arm an. »Also ... falls du es dir anders überlegst ... Ich bin noch ein Weilchen hier.«

»Da stehen die Chancen schlecht, und leider kann ich dir wenig Hoffnung machen«, sage ich und zucke mit den Schultern.

»Ach, das ist eine solche Verschwendung der Natur, aber ich muss das hinnehmen.«

»So ist es, das Leben ist überaus grausam.« Die Ironie in meiner Stimme wird von der Geräuschkulisse verschluckt. Ich nicke ihm zu und schiebe mich bis zur Treppe, die zum Restaurant führt. Der Laden ist riesig, und ich habe keine Lust, weiterzusuchen. Für einen kurzen Augenblick schweift mein Blick in den hinteren Abschnitt der Bar, wo sich weniger Gäste aufhalten.

Schlagartig werde ich auf eine Frau mit blonden Haaren aufmerksam, die ihren Kopf in meine Richtung dreht. *Was zum Teufel* ... Blitzschnell wendet sie sich wieder ab. Ich hingegen harre aus, es sind Sekunden, die ein befremdliches Gefühl auslösen, das sich direkt in meinem Magen sammelt.

Langsam richtet sie erneut ihren Blick auf mich. Unsere Augenpaare haften aufeinander. Es sind wunderschöne, dennoch traurige Augen, die mich berühren, bei denen ich mir sofort die Frage stelle, weshalb. Um ihr ein bisschen näherzukommen, gehe ich zwei Schritte auf sie zu. Völlig irritiert stocke ich, in mir breitet sich eine Hemmschwelle aus, dieses zarte Geschöpf anzusprechen. Gedanklich schlage ich mir mit der flachen Hand gegen die Stirn. *Es sieht so aus, als wolle sie aufbrechen! Ich sollte reagieren.*

Umständlich rutscht sie vom Hocker ... strauchelt ... oh, oh, das geht schief. Aus einem Automatismus heraus springe ich auf sie zu. In allerletzter Sekunde halte ich sie fest, sie klammert sich an meine Arme. Unsere Körper berühren sich. Ein kleiner Schauer läuft mir über den Rücken. Mit aufgerissenen Augen starrt sie mich an. Seit dem ersten Augenblick fühle ich mich wie in einer Blase. Das ist absurd, dennoch will ich, dass dieses emotionale, sonderbare Erlebnis anhält.

»Upps!«

»Hoppla, Lady!«

Wir sprechen es gleichzeitig aus, der intensive, zauberhafte Moment verschwindet. Was bleibt, ist der Wunsch, sie auf einen Drink einzuladen. *Die Frau lasse ich nicht einfach so gehen.*

»Hast du dir wehgetan?«

»Nein, alles bestens.« Ihr Gesicht ist puterrot, und sie grinst verlegen, tritt einen Schritt zurück. »Die scheiß Schuhe.« Sie verzieht den Mund zu einer Grimasse.

»Kann ich mir vorstellen.« *Nein, das kannst du nicht, weil es dich bislang nicht interessiert hat.* »Allerdings sind Stilettos verführerisch.« *Das klingt schon eher nach mir.*

»Ahhwww ... fuck.« Unvermittelt ist ihr zauberhaftes Gesicht schmerzgezeichnet.

»Der Knöchel?«, frage ich besorgt. Ich sorge mich um eine Frau, die ich nicht kenne, das ist aberwitzig. Frauen spielen definitiv in meinem Leben eine relativ nebensächliche Rolle, außer beim Vögeln, da sind sie nun einmal unverzichtbar. Wieso behaupten alle, ich sei ein Macho? Völlig absurd. Die Damen werfen sich *mir* an den Hals und nicht umgekehrt.

»Nein, die Füße, der Fußballen.« Humpelnd tritt sie an den Tresen.

»Zieh die Schuhe aus«, schlage ich vor und ernte einen entsetzten Blick, so als habe ich ihr geraten, sich das Kleid vom Körper zu reißen.

»Damit wäre ich endgültig verloren«, sagt sie, und ich erfahre, welche Todsünde sich dahinter verbirgt.

Das ist meine Chance, dennoch zögere ich einen Augenblick. »Möchtest du etwas trinken? So was soll Wunder bewirken.« Ein Hauch von Nervosität meldet sich, und wahrhaftig würde ich eine Absage richtig scheiße finden. »Fußmassage inklusive«, ergänze ich, um der Frage für den Notfall einen lockeren Touch zu verleihen.

»Hm, eigentlich wollte ich nach Hause.« Kurz legt sie die Stirn in Falten. »Beziehungsweise ich müsste über den Boden schweben, um einigermaßen schmerzfrei von A nach B zu kommen.« *Sie hat Humor, die Kleine.*

»Okay, ich schlage dir einen Deal vor.« *Mäuschen, du entkommst mir nicht so ohne Weiteres.*

»Ich verkaufe meinen Körper nicht.« Ihre Stimme klingt todernst.

»So viele Dollars hätte ich auch gar nicht, um das bezahlen zu können«, gehe ich auf das Geplänkel ein.

Unser Humor scheint zumindest ähnlich zu sein.

»Schmeichler.« Umständlich wurschtelt sie sich auf den Barhocker und grinst von einem Ohr zum anderen. »Ach, egal, auf einen mehr oder weniger kommt es eh nicht an.« Ein winziges Kribbeln in der Magengegend unterstreicht meine Erleichterung.

»Joel«, stelle ich mich ihr endlich vor und lehne mich an den Tresen.

»Hey, ich bin Faye.« Sie reicht mir ihre feingliedrige Hand und ich ergreife sie.

Unsere Hände berühren sich, und erneut treffen sich unsere Blicke. Abrupt zieht sie ihre Hand zurück und wirkt für eine Sekunde irritiert, fängt sich jedoch.

»Was möchtest du?«

»Meinem Gefühl nach sollte ich auf Wasser umsteigen.« Ihr gekräuseltes Näschen verrät, dass sie gewiss *kein* Mineralwasser trinken wird. »Tequila!«

»Ich bin dabei«, sage ich und winke den Barkeeper heran.

»Wie eben?«, fragt er, und Faye nickt.

Im Nu stehen zwei Gläser nebst Salzstreuer vor uns.

»Auf unseren Zusammenprall.« Beherzt streut sie Salz auf den Handrücken, leckt darüber, kippt den Shot hinunter und beißt in die Zitrone. Ich folge ihr.

»Das ist eine schräge Kombination, aber lecker.« Sie schüttelt sich. »Normalerweise sollte man die Kamera des Handys bereithalten, um die Mimiken beim Biss in die Zitronenscheibe aufzunehmen.«

»Okay ...«, spontan ziehe ich mein Telefon aus der Lederjacke.

»Wehe!« Belustigt hält sie ihre Hände vors Gesicht. »Obwohl ... gleiches Recht für alle.« Mit einem Handzeichen signalisiert sie dem Barkeeper eine weitere Bestellung.

»Höre ich mich bereits angetrunken an? Ich frage aus reiner Vorsorge, wegen des Vorsprungs.« Ihre Stimme hat einen besorgten Unterton.

»Nein, überhaupt nicht«, flunkere ich. Ein bisschen ist ihre Zunge schwer, was sich aber süß anhört. *Süß?* Wieder so eine Bezeichnung, die ich üblicherweise eher für Sahnetörtchen mit Karamell benutze.

»Das lässt sich relativ fix ändern.« Nun bin ich derjenige, der zwei Shots bestellt.

»Soll ich die Flasche stehen lassen?« Der Barkeeper hebt fragend die Augenbrauen. »Übrigens, für die Gäste mit dem VIP sind die Getränke kostenlos.«

»Ohhhh ...« Unvermittelt leuchten ihre Augen, und vergnügt beobachte ich, wie sie aus ihrem Handtäschchen die Einladung hervorkramt. »Nur der Ordnung halber.«

»Lady, das passt schon.« Okay, das bedeutet, sie ist jemand, der Jojo näher kennt. *Gut zu wissen!*

»Wieso eigentlich nicht, oder?« Für eine Sekunde huscht Unsicherheit über ihr Gesicht.

Die Frage beantworte ich mit dem Ausziehen der Lederjacke sowie dem Heranziehen eines der wuchtigen Barhocker.

»Was ist mit dem Deal?« Im Flirtmodus neigt sie den Kopf zur Seite.

»Steht.« Im Hinterkopf meldet sich der Gedanke nach ein bisschen mehr als lediglich einer Fußmassage. Die Nacht ist noch jung und ich lasse es auf mich zukommen.

»Und weg damit.« Belustigt schaue ich zu, wie sie die Todsünde begeht, ihre Füße endlich von den High Heels befreit und sie zu Boden fallen lässt. Es sind *nur* Schuhe, die auf dem Fußboden landen, dennoch ist das ... toll? Ja, das bedeutet, sie bleibt.

Kichernd rückt sie sich zurecht, winkelt ihr Bein an und stellt ihren Vorderfuß auf die Kante der Sitzfläche meines Barhockers. Die in einem dunklen Grau lackierten gepflegten Nägel stechen mir sofort ins Auge. »Passend zum Kleid, ein Muss, sagt Lizzy.« Vermutlich eine Freundin.

Mit den Fingerspitzen streiche ich behutsam über ihren Spann. Subtile Anmache? Vielleicht. Oder der verwunderliche Wunsch, sie zu berühren?

Ob ich mir das zarte Prickeln nur einbilde oder es wahrhaftig passiert, ist unklar. Was jedoch absolut real ist, ist, wie wir uns erneut ansehen. Es ist gefährlich, denn den sanften Teil in mir verberge ich, es geht niemanden etwas an. Faye erlaube ich es für einen klitzekleinen Moment, und alles um uns herum rückt in den Hintergrund.

Wie durch ein Fingerschnippen sind wir wieder im Hier und Jetzt. Prompt zieht sie ihren Fuß zurück und greift nach der Flasche.

Ab da dreht sie auf.

»Ich trinke normalerweise nie sooooo viel Alkohol«, versucht sie ihren Zustand unnötigerweise zu rechtfertigen.

Ab und zu stützt sie den Kopf mit den Händen auf dem Tresen ab, und ich fühle mich von jeder Sekunde mehr zu ihr hingezogen.

Wie es wohl ist, ihre vollen Lippen zu küssen? Unbewusst neige ich meinen Oberkörper ein bisschen vor. Tatsächlich spüre ich ihren Atem auf meinem Gesicht.

Dennoch ist die Zeit gekommen, mehr über Faye zu erfahren. Alkohol enthemmt, und in einem solchen Zustand werden die intimsten Geheimnisse ausgeplaudert.

»Was machst du beruflich?« Der Klassiker.

»Ich? Puhh, das wird dich mega langweilen, so wie die meisten Menschen, obwohl wir wichtig sind.« Abermals wuschelt sie sich durch die strubbelige Mähne. Bevor ich nachhake, füttert sie mich mit weiteren Informationen. »Ich werde ab nächster Woche den Kampf gegen das Böse antreten, Korruption bekämpfen …« Das klingt in meinen Ohren eher ungünstig, und ich fahre mir durch die Haare. »Ich bin eine erfolgreiche Harvard-Absolventin.«

»Respekt.«

»Jura«, haut sie mit erhobenem Zeigefinger heraus.

Mir entgleiten sämtliche Gesichtszüge. *Nein, das glaube ich gerade nicht.* Unschlüssig, was ich davon halten soll, räuspere ich mich und gönne mir einen Tequila, allerdings ohne Salz und Zitrone. *Anwältin – ganz schlecht.*

»Was ich dir eigentlich schon den gesamten Abend mitteilen wollte ...« *Du bist so scharf und erotisch,* vervollständige ich gedanklich ihren Satz. Daran ändert auch diese Hiobsbotschaft nichts. »Du hast einen wirklich, also wirklich, und das sage ich selten, ach was, nie, weil mich das nicht interessiert ... einen Body, also Oberkörper, mehr habe ich ja noch nicht gesehen ...« Pause.

»Ja?« Um meine Mundwinkel zuckt es.

»Echt knackig, genau mein Ding, so Footballer-like.« Parallel tippt sie mit dem Zeigefinger auf meinen Bizeps. »Wow, und das ohne Anspannung.«

Die Anspannung eines anderen Körperteils hat sich definitiv erledigt. Es wird Zeit, sie nach Hause zu verfrachten.

Faye ist heiß, aber sie in dem Zustand zu vögeln, wird eher damit enden, dass sie mit dem Kopf über einer Kloschüssel hängt, und darauf kann ich getrost verzichten.

»Ich ... ich ... bin auch überraaa...sccccchhht ...« Was sie überrascht, bleibt ihr Geheimnis. »Uppss, es dreht sich alles. Ich ... wi...ll na...ch, nach Hause.« Innerhalb weniger Augenblicke hat sie erwartungsgemäß ihr Endstadium erreicht.

Joel der Heilige wird sie brav nach Hause bringen.

Ich winke den Barkeeper heran, um ihm ein Trinkgeld zukommen zu lassen.

»Danke!« Mit einem breiten Grinsen nimmt er die Geldscheine. »Na, die Lady hat sich aber mächtig abgeschossen.«

»Brü...gst dü ... mii...ch ... nach Hau...use.« Nur mit viel Kombinationsgabe verstehe ich sie. Den Satz hervorgepresst, beugt sie sich vor, legt augenscheinlich kontrolliert die Stirn auf die glänzende Oberfläche der Bar und bewegt sich nicht mehr. *Ich glaube, ich spinne.* Mit einem Seufzer ziehe ich meine Lederjacke an und hebe die Schuhe auf.

»Faye, he, dazu musst du mir deine Adresse verraten.« Vorsichtig stupse ich sie an. Nichts – nicht einmal ein

Grummeln, kein Laut. Belustigt beobachtet der Barmann das Geschehen.

»Kennst du sie?« Er schüttelt den Kopf. Letztendlich ist sie eine Bekannte von Jojo, sonst wäre sie nicht auf der Party. Aber der verfickte Kerl, vermutlich muss ich das wörtlich nehmen, ist mir den gesamten Abend nicht begegnet.

»Faye?«, unternehme ich einen weiteren Anlauf. Nichts. Was für ein schräger Verlauf. Entschlossen packe ich sie und versuche, das zarte Persönchen auf den Arm zu nehmen. Unerwartet leistet sie dezenten Widerstand. *Baby, du schaffst mich!*

»Okay, dann eben so.« Ohne lange zu überlegen, schnappe ich sie mir, schultere die süßeste betrunkene Frau, Anwältin hin oder her, und trage sie an den verwundert dreinblickenden Gästen vorbei hinaus.

Es bleibt mir nichts anderes übrig, sie wird ihren Rausch bei mir ausschlafen müssen.

FÜNF

Faye

Mühselig öffne ich die Augen und weiß blitzartig, dass etwas nicht stimmt. Mein gesamter Kopf ist ein einziger Schmerz. Stöhnend wälze ich mich auf den Rücken. Der fahle Geschmack und eine ausgetrocknete Kehle sind weitere Warnhinweise auf einen aus dem Ruder gelaufenen Abend. Da war doch dieser Typ – Joel. Trotz der undurchsichtigen Lage entweicht mir ein Seufzer. Genau, wir haben sehr, sehr viel Tequila getrunken, geredet, gelacht und ... ich habe völlig hemmungslos meine Füße ... Das Wort *massieren* schleicht sich in mein vernebeltes Gehirn. Hat er?

Nein, nein, um Himmels willen – ab einem gewissen Punkt fehlt mir jegliche Erinnerung. Ich und ein Filmriss? Das ist unmöglich. Erschreckenderweise sprechen die Gesamtumstände dafür ...

Aber wo in aller Welt bin ich? Allerdings ist es nicht schwer zu erraten, dass ich in einem fremden Bett liege. Hatte ich Sex? Wurde ich vergewaltigt? Vorsichtig taste ich nach BH und Höschen. Erleichtert stelle ich fest, dass ich nicht komplett nackt bin. Wo ist mein Kleid? Meine Handtasche, das Handy? Mein Herzschlag beschleunigt sich. Was soll ich jetzt machen? Wie gelähmt harre ich aus. In meinem matschigen Hirn breitet sich der absurde Gedanke aus, dass ich in Gefahr gerate, sobald ich mich rühre. Das nennt man wohl Schockstarre.

Unvermittelt vibriert es irgendwo. Panisch schieße ich mit dem Oberkörper in die Höhe, und mein Blick schweift angstvoll durch einen halb abgedunkelten Raum, der einen stylishen Eindruck macht. Auf einer Ablagefläche direkt neben dem Bett leuchtet ein Display. Mein Telefon! Hektisch greife ich danach, erkenne Maddys Nummer und nehme erleichtert das Gespräch an. *Gott sei Dank!*

»Süße, geht es dir gut?« Ihre Stimme klingt aufgelöst. »Wo bist du?«

»Ich glaube, ich bin so weit okay«, flüstere ich, da ich keinen Plan habe, wer oder was sich in meiner unmittelbaren Umgebung aufhält.

»Was ist denn genau passiert?«, höre ich Lizzy im Hintergrund.

»Ich weiß es nicht.« Verschämt reibe ich mir übers Gesicht. Die Haut fühlt sich trocken an und die Wimpern wie Borsten. Das sind die Folgen, wenn man sich nicht abschminkt. »Ich hatte einen Filmriss. Manno, wie bin ich in dieses fremde Bett gekommen?« *Ein Drama!*

Das *Uuuuiii* und das *Ohlala* der Mädels sind das Allerletzte.

»Wir haben dich gesucht und den Barkeepern und dem Servicepersonal dein Foto gezeigt«, werde ich aufgeklärt.

»Angeblich hast du es mit einem megaheißen Kerl ziemlich krachen lassen.« Das Gekicher im Hintergrund nervt mich.

»Na, wie war's?«, stellt Maddy eine absolut dämliche Frage.

»Ja genau, wir wollen alles wissen!«, kräht Jessica.

»Jedes klitzekleine Detail«, schließt sich Lizzy den gänzlich unpassenden Äußerungen an.

»Was meint ihr?«, blaffe ich. »Ich könnte tot sein, verschleppt, an Menschenhändler verkauft, vergewaltigt ...« Ein bisschen Theatralik schadet nie.

»Wichtig, dass du okay bist«, lenkt Jessica ein.

»Woher wollt ihr das wissen?« Der Katzenjammer hält Einzug. »Ich bin völlig am Arsch, ach Mann, hätte ich mich doch nicht von euch überreden lassen.«

»Sorry, wir haben das nicht so gemeint.« Maddy klingt zerknirscht.

»Habt ihr eine Idee, was passiert ist?« Ich könnte heulen.

»Kurzfassung?«

»Hm.« Weiterhin sitze ich stocksteif in dem Bett, was nach neuester Erkenntnis einer Spielwiese gleicht.

»Wie gesagt, du warst bis obenhin voll … hast irgendwann die Stirn auf den Tresen gelegt und …«

»Oh mein Gott.« Mein eh flauer Magen krampft sich zusammen.

»Es ist leider noch nicht alles …«

»Ich sterbe!« Fassungslos halte ich mir die Hand vor die Augen und schüttele meinen dröhnenden Kopf.

»Dieser Joel wollte dich nach Hause bringen, da du dich geweigert hast, hat er dich wie einen Mehlsack über den Schultern aus dem Laden getragen.« *Das kann man auch sensibler formulieren.*

»Joel? Nicht mal mehr an den Namen erinnere ich mich. Das ist ein Albtraum.« Entsetzt lasse ich mich auf den Rücken fallen.

»Nach der Story des Barkeepers vermuten wir, dass du bei ihm bist.« *Klingt schlüssig und bedeutet ein Fiasko!*

»Was mache ich nun?« Das größte Schamgefühl aller Zeiten kriecht gnadenlos in jede Faser meines Körpers. Wie konnte mir das nur passieren? Es ist eine Katastrophe!

»Du wirst da durchmüssen«, lautet die einzige Antwort.

»Es sei denn, du willst mit dem Kerl, den du eindeutig, laut Barkeeper, angeschmachtet hast, weiterhin das Bett teilen.« *Ist ja klar, dass Maddy einen solchen Spruch raushaut.*

»Nun hör auf«, erhalte ich Rückendeckung von Jessica.

Einen Moment ist es still. Die Mädels sind nicht schadenfroh, dennoch kann ich mir ihr Kichern vorstellen, sobald wir das Gespräch beendet haben. Das wird ein Running Gag, unter dem ich den Rest meines Lebens leiden werde. Es gibt keine Alternative, die düstere Realität zwingt mich zum strategischen Handeln.

»Ich melde mich, sobald ich die Adresse kenne«, leite ich das bevorstehende Szenario an.

»Wir sind in New York, und dir ist nichts Ernsthaftes passiert.« Grundsätzlich stimme ich ihr zu. »Außerdem sind wir vor Sorge fast verrückt geworden, weil wir dich nicht erreichen konnten.« *Ja, ich brauche ein paar Streicheleinheiten.* »Also wundere dich nicht, wenn du Hunderte von Anrufen von uns siehst.«

»Das tut mir leid, dass ich euch einen solchen Stress gemacht habe«, entschuldige ich mich zerknirscht und reibe mir mit einer Hand die rechte Schläfe. Das einhellige Dementi ist zumindest ein winziger Trost.

»Vielleicht müsst ihr mir etwas zum Anziehen bringen.« Inzwischen brummt nicht nur der Kopf, sondern das gesamte Gesicht glüht vor Nervosität. »Keine Ahnung, was mit dem blöden Kleid ist.« *Ich hasse mich dafür, dass ich dort war! Das hast du nun davon.* In den eigenen Wunden herumzustochern – ja, das kann ich.

Wir beenden das Telefongespräch der gruseligen Wahrheiten. Kurz halte ich inne und schließe die Augen. Deutlich sehe ich Joels durchdringenden Blick, das markante Gesicht, sein Grinsen ... Endlich setzen sich meine Gehirnzellen in Bewegung. Wie in einem Film spielt sich der Abend im Schnelldurchlauf in meinem Kopf ab. Dabei fällt mir ein, wie heftig es in der Magengegend gekribbelt hat. Ein lang vermisstes Gefühl, das wirklich zu einer absoluten Unzeit auftaucht.

»So, du hast Mist gebaut, und jetzt musst du es halt geradebiegen«, spreche ich mir im Flüsterton Mut zu. »Was soll schon passieren?«

Schnell lege ich mir ein paar Sätze zurecht, inklusive einer Entschuldigung, frage ihn nach dem Kleid, und zack, bin ich durch die Tür.

Um durch das schemenhafte Licht und meine Nervenkrise nicht irgendwo gegenzustoßen, leuchte ich mit der Taschenlampe des Handys die unmittelbare Umgebung aus. Der Raum ist groß, die Deckenhöhe beachtlich. Die Wände sehen wie gemauert aus. Ein bisschen erinnert mich die Architektur an ein Industrieloft, das hippste, was der Wohnungsmarkt aktuell zu bieten hat.

Die dünne Bettdecke übernimmt die Aufgabe der Verhüllung. Ich trete diesem Typen gewiss nicht halb nackt entgegen.

»Tür ... Schiebetür.« *Ist denn hier nichts normal?* Zunächst halte ich kurz inne und lausche. Es ist still.

Mit klopfendem Herzen und fahrigen Fingern öffne ich sie einen Spalt und luge hindurch.

»Oh.« So etwas habe ich bislang nur im Fernsehen gesehen. Eine riesige Wohnlandschaft ohne Wände, der Charme des Industriebaus ist geblieben, und was die Möbel kosten, will ich mir gar nicht vorstellen. Dieser Joel scheint eine Menge Kohle zu verdienen. Sofern ich tatsächlich bei ihm bin, im Augenblick ist es eine Vermutung.

Auf Zehenspitzen und mit angehaltenem Atem schleiche ich los und halte krampfhaft das Bettlaken um meinen Körper geschlungen. Ich komme mir vor wie ein störender Statist in einer für ein exklusives Wohnmagazin hergerichteten Wohnung. Es ist surreal.

Auf einer Anrichte im Küchenbereich steht eine Wasserflasche. Wie ein Dieb blicke ich mich um, denn ich bin am Verdursten. Hastig trinke ich einige Schlucke.

Unvermittelt höre ich ein Geräusch und zucke zusammen. Klatscht da jemand in die Hände? Merkwürdig. Eine blitzartige Neugier überlagert die Anspannung. *Ah, da geht es um eine Ecke.*

Ein paar Schritte weiter, und das Geheimnis ist gelüftet. Joel! Ein schaurig-schönes Kribbeln breitet sich aus.

Fasziniert starre ich auf den durchtrainierten Körper. Mit unfassbarer Körperspannung, die jeden einzelnen Muskel zum Vorschein bringt, führt er Liegestütze aus, und bei jedem Zweiten klatscht er in die Hände. Sein nackter Oberkörper ist mit Schweiß überzogen. Ein großflächiges Tattoo verteilt sich über die Schulter und den gestählten Rücken. Die enge kurze Sporthose zeichnet seinen knackigen Po ab, und was sich sonst noch unter dieser Hose verbirgt, möchte ich nicht wissen. *Das ist gelogen.*

»Na, wieder nüchtern?« Ich erstarre zur Salzsäule, da ich nicht damit gerechnet habe, dass er mich bemerkt. »Wer das Trinken nicht verträgt, sollte es lassen.« *Na, vielen Dank auch!* Den Gedanken, welch armseliges Bild ich abgebe, blende ich aus.

Bevor ich antworte, springt er in die Höhe und legt einen Salto aus dem Stand hin. *Angeber.* Blöderweise finde ich ihn im nüchternen Zustand ebenso anziehend. Mehr will ich mir jedoch nicht eingestehen.

Auf der Hantelbank direkt neben ihm liegt ein Handtuch. Stumm verfolge ich, wie er sich die Haare trocken rubbelt. Eine banale Handlung, wie aus einer Werbung, und trotzdem macht mich das an.

»Hat es dir die Sprache verschlagen? Soweit ich mich erinnere, hast du gestern ohne Punkt und Komma geredet.« Sein musternder Blick durchbohrt mich, und ich wünsche sehnlichst, der Boden öffnete sich unter mir. Leider passiert nichts. Betreten und mit zerknirschtem Gesichtsausdruck stehe ich wie eine Sünderin vor ihm und bin verunsichert.

Endlich hat er ein Einsehen, und um seinen Mund zeichnet sich ein minimales Schmunzeln ab.

»Ja, das war etwas viel. Entschuldigung, wenn ich dir Umstände gemacht habe«, beginne ich mit der zurechtgelegten Rechtfertigung. »Das ist eine absolute Ausnahme.«

»Nun, es war was Neues. Eine Frau, die aus der Wagentür eines Taxis kotzt, hatte ich auch noch nicht.«

»Sag mal, macht es dir Spaß, mich hier so vorzuführen?«, bricht es unkontrolliert aus mir heraus. Das Fauchen meiner Stimme ist unüberhörbar. Aber was zu viel ist, ist zu viel.

»Ich erwähne lediglich Fakten.« Gleichgültig zuckt er mit den Schultern. »Außerdem kann ich dich beruhigen, wir hatten keinen Sex.«

»Das wäre ja noch schöner …« Mitten im Satz stoppe ich. Klingt das möglicherweise zweideutig?

»Ja? Rede nur weiter.« *Der verarscht mich doch!*

»Du bist schließlich nicht unschuldig an dem Verlauf«, bringe ich zu meiner Verteidigung hervor.

»An mir lag es jedenfalls nicht.«

»Bitte?« Innerlich fängt es zu brodeln an.

»Dass wir nicht gevö…«

»Jetzt reicht es, du bist …« Unwirsch grätsche ich dazwischen. »Unverschämt!«

Auf eine Retourkutsche eingestellt, kneife ich die Augen zusammen.

»Geh erst einmal unter die Dusche, das hilft.« Irritiert fahre ich mir mit einer Hand durch die zerzausten Haare. Fast rutscht die Decke herunter. Das kaufen mir die Mädels niemals ab. Ein *unerwünschtes* Gefühl drängt sich in den Vordergrund. *Gemeinsam?* Nur bei der Vorstellung wird mir heiß – obwohl er sich wie ein Arsch benimmt.

»Komm, ich zeige dir, wo das Bad ist.« Dynamisch geht er voraus, zurück in das Schlafzimmer, und von dort aus führt eine unauffällige Tür in eine Badeoase. »Handtücher, Bademantel.« Mit dem Kopf weist er in die Richtung.

»Oh!« Ja, mir verschlägt es die Sprache. Der Typ ist schräg. Unvermittelt schießt mir eine drängende Frage durch mein matschiges Hirn. »Wo ist mein Kleid?« *Hochnotpeinlich!*

»In der Reinigung, es wird in einer halben Stunde geliefert«, erwidert er, so als wäre es das Normalste der Welt.

»Wow, äh, ja danke«, stammele ich und senke den Blick. Lediglich bei dem vagen Gedanken, wie das Taxi am Straßenrand hält und ich mir das teure Teil vollkotze, möchte ich mich in Luft auflösen. Eine tolle Geste, denn er hätte mich ebenso in dem stinkenden und besudelten Fummel nach Hause schicken können.

Ohne ein weiteres Wort verschwindet er, und endlich wasche ich mir, sprichwörtlich gesehen, die Ereignisse des gestrigen Abends ab. Das Wasser plätschert wohltuend auf den Körper und hüllt mich in eine Wasserdampfwolke ein. Mit geschlossenen Augen halte ich das Gesicht unter einen der vielen Wasserstrahlen, die überall aus der Wand heraussprudeln. Trotz der Wärme entsteht eine Gänsehaut. Offenbar verfügt er über Anstand, denn er hätte mich in dem Zustand gnadenlos durchvögeln können. Männer sind zu allem fähig, man denke nur an K.-o.-Tropfen.

Urplötzlich habe ich das komische Gefühl, beobachtet zu werden. Durch die mit Wasserdampf beschlagene Scheibe sehe ich zunächst nichts.

Unerwartet bemerke ich schemenhaft den Umriss eines Menschen. Was hat das zu bedeuten? Joel?

Hin- und hergerissen, ob ich das aufregend finden soll oder nicht, rühre ich mich nicht.

Die Tür wird einen Spalt aufgeschoben. Kein Zweifel – er ist es. Checkt er meine Reaktion? Es besteht theoretisch die Möglichkeit, dass ich schreie, in Panik verfalle. Doch in mir entsteht das komplette Gegenteil. Ein innerliches Zittern breitet sich aus, und meine Brustwarzen stellen sich auf. Vorboten für eine Erregung? Was sonst? Früher reagierten sie zumindest unglaublich sensibel. Ich merke, wie mein Herz schneller in meiner Brust klopft, und halte die Luft an.

Die Kabinentür öffnet sich vollständig, wortlos stellt er sich vor mich, sein gottgleicher Körper wird wie bei einem heftigen Sommerregen eingenommen. Das Wasser fließt in Tausenden Tropfen über seine leicht gebräunte Haut. Ungeplant entweicht mir ein leiser Seufzer.

Jetzt ist die allerletzte Chance, die Flucht zu ergreifen. Wie ist es möglich, solch einen tiefgründigen Blick zu haben, ich schaffe es nicht, wegzusehen, bin von dieser Sekunde an in seinem Bann.

»Wieso hast du mich nicht gestern ...«, flüstere ich, ringe mit mir, obwohl es zwischen meinen Schenkeln pocht, die Lust sich wie ein Lauffeuer ausbreitet. *Das ist Wahnsinn, nein, du bist wahnsinnig.* Gelingt es mir, loszulassen? Das auszublenden, was außerhalb des Minikosmos auf meinen Schultern lastet?

Der Anblick seines versteiften Schwanzes merzt den klitzekleinen unterschwelligen Zweifel aus. Ein brennendes Begehren hüllt uns ein. Nur das Plätschern des Wassers ist zu hören. Keine Worte dieser Welt könnten die spannungsgeladene Stimmung beschreiben- manchmal ist es besser zu schweigen.

Fasziniert betrachte ich seinen Körper. Ohne den Hauch einer Anspannung zeichnen sich die Muskelstränge seines Bauches unter der Haut ab. Ich liebe Sixpacks, das ist der Olymp bei einem durchtrainierten Mann.

»Weil ich dich genießen will.« Sanft streicht er mir über die Wange. Diese zärtliche Geste ist der Wendepunkt und das Eintauchen in den von mir ersehnten Kosmos. Ich wünsche mir, dass wir uns berühren, küssen, verdammt, ich giere von der einen auf die andere Sekunde danach, ihn in voller Härte und Größe in mir zu spüren. Joel empfängt die Signale.

Unerwartet greift er in meine Haare, und freiwillig lege ich den Kopf minimal in den Nacken. Er drängt mich zurück. Unsere Gesichter sind sich nahe, und ich sehe, wie sich seine Wangenknochen bewegen, meine Atmung beschleunigt sich, und es ist unmöglich, die Augen zu schließen. Joels Lippen nähern sich meinen. Es sind Sekunden, die sich wie eine kaum zu ertragende Ewigkeit anfühlen. Sein Dreitagebart kratzt an meinem Kinn. Fordernd und dennoch gefühlvoll drückt er seine Zungenspitze zwischen meine Lippen und ich öffne den Mund.

Es ist ein Kuss, der jeden Zentimeter meines Inneren

erreicht. Die Leidenschaft ist derart intensiv, dass mir fast schwindelig wird.

Er drängt mich an die Fliesenwand, und wie bei einer harmonischen Performance verschmelzen wir. Mühelos hebt er mich hoch, ich schlinge meine Beine um seine Hüften, lege die Arme um den muskelbepackten Oberkörper. Meine Schamlippen sind bereits jetzt dermaßen angeschwollen und durchblutet, sodass meine Lustperle bei der kleinsten Berührung hochsensibel reagiert. Sein knallharter wohlgeformter Schwanz dringt in mich ein, füllt mich aus. Beim ersten Stoß kralle ich die Fingernägel in seinen Rücken. Joels Halsschlagader tritt langsam hervor und sein Atem streichelt stoßweise über meine Haut. Die kraftvollen Arme halten mich mühelos. Fordernd drücke ich mein Becken vor, sehne mich danach, dass er weiter eindringt.

Unvermittelt hält er inne. Aber nicht nur er – sondern die gesamte Welt steht still. Instinktiv spanne ich sämtliche Muskeln an, um ihn intensiver in mir zu fühlen.

»Du bist so wunderschön«, raunt er. Mit zärtlicher Leidenschaft berühren seine Lippen meinen Hals. Hingebungsvoll neige ich den Kopf zur Seite, schließe die Augen. Verfolge den Weg seiner Berührungen, stoße kaum hörbare Seufzer aus. Obwohl ich es ahne, zucke ich vor lauter Sensibilisierung, als er über meine Brustwarzen leckt. Ich will mehr, so viel mehr, und hauche ein »Ja!«. Genieße, wie er meiner Bitte nachkommt, erlebe den süßen, prickelnden Lustschmerz.

Zwischen dem Plätschern des Wassers höre ich, wie heftig er atmet.

Endlich, oh mein Gott, endlich bewegt er sich wieder, und ich passe mich seinen Bewegungen an. Durch den rhythmischen Gleichklang verwandele ich mich in eine Feder, die sanft durch die Luft schwebt und an einem wundervollen Ort landet, an dem Joel mich erwartet.

»Schau mich an«, fordert er mit rauer Stimme, und ich sehe, wie sich seine Gesichtsmuskeln anspannen. Die funkelnden Augen, in denen ich glaube, mich zu spiegeln, reißen mich mit. Eine Explosion. Obwohl ich die Lust herausschreien möchte, genieße ich das Erreichen meines persönlichen Gipfels leise, gebe mich bedingungslos einem Gefühl hin, von dem ich glaubte, es niemals mehr zu erleben. Gleichzeitig bebt sein Körper, der den Denkmälern griechischer Götter gleicht, und mit einem langen, tiefen Stöhnen kommt er, und ich sauge jede Sekunde davon auf.

SECHS

Joel

Was passiert hier? Fuck, das war mehr als nur Sex. Das Gefühl überwältigt mich, ich kämpfe mit mir, um es zuzulassen. Der innere Drang, der Nähe zu Faye zu entfliehen, verliert sich bei ihrem Anblick. Jeder Zentimeter ihres Körpers wirkt grazil. Die wohlgeformten natürlichen Brüste vermitteln echte weibliche Schönheit ... Ist das dieses *anders*?

Das Wasser plätschert auf uns, sie lehnt ihren Kopf an meine Brust und ich halte sie in meinen Armen. Ihre Unterlippe zittert und sie hat ihre Augen geschlossen. Vor einiger Zeit fiel mir ein Foto eines riesigen Wasserfalls irgendwo im Dschungel auf. Der Fotograf schaffte es, die Atmosphäre perfekt einzufangen, und beim Betrachten wurde ich für einen klitzekleinen Moment ein Teil des Ganzen. Wie schräg, ich sehe Faye und mich auf einem Plateau hinter dem rauschenden Naturphänomen stehen.

»Was ist da gerade mit mir passiert?«, murmelt sie und ihre Stimme wackelt.

»Lass uns das nicht hinterfragen, sondern genießen.« Zärtlich hauche ich einen Kuss auf ihre Haare.

»Ja.« Langsam hebt sie den Kopf, und ein Lächeln umspielt ihre vollen und wunderschön geformten Lippen.

Eigentlich würde ich am liebsten Ewigkeiten mit ihr hierbleiben, doch ich sollte mich losreißen.

»Hast du Lust, etwas zu essen?« Eine unverfängliche Frage, die die Stimmung nicht zerstört. Ihre Augen leuchten und sie nickt. »Wie wäre es mit einem ausgiebigen Brunch?« Ich drehe das Wasser ab.

»Das hört sich prima an.« Die Wassertropfen perlen über ihre Haut, und ich könnte sie die ganze Zeit ansehen.

Gemeinsam verlassen wir den Duschtempel, und ich hülle sie zuerst in ein kuschliges Badetuch. Beim Abtrocknen mustert sie mich ungeniert.

»Dieser Body gehört verboten.«

»Hart erarbeitet.« Bewusst spanne ich die Bauchmuskeln an und zwinkere ihr zu.

»Hunger!« Frech grinst sie.

»Zu Befehl, Mylady.« *Was ist mit mir los?* Solches Geplänkel ist mir üblicherweise zuwider.

»Äh, was ziehe ich an?« Fragend kräuselt sie die Nase.

»Moment.« *Was für eine entspannte Stimmung, so als würden wir uns seit Jahren kennen.*

Direkt nebenan ist das Ankleidezimmer. Ich hole für sie ein Shirt, in dem sie vermutlich versinkt. Bevor ich eine Short und ein Tank-Top anziehe, betrachte ich mich im Spiegel. Mit den Händen fahre ich mir durch die feuchten Haare.

Kurze Zeit später habe ich bei dem Catering meines Vertrauens eine riesige Bestellung aufgegeben. Üblicherweise vögele ich eine Frau nur und erweise mich im Anschluss nicht als der geborene Gastgeber. Eine verrückte Entwicklung – aber eine, die mir außerordentlich gefällt.

Faye kommt aus dem Schlafzimmer. Ihre nassen Haare hat sie streng nach hinten gekämmt, und auch ohne Makeup sieht sie fantastisch aus.

»Die Wohnung ist der Hammer.« Neugierig blickt sie sich um.

»Ja, meine Innenarchitektin hat einen perfekten Job erledigt.« Da ich dabei bin, mir einen Espresso zuzubereiten, biete ich ihr einen an.

»Mein Barista um die Ecke hat nicht mal eine solche Maschine.«

»Auf manche Dinge lege ich ausgesprochen viel Wert, und dazu gehört morgens ein erstklassiger Kaffee.«

»Wie das duftet.« Mit der Hand wedelt sie den aromatischen Kaffeeduft in Richtung ihrer Nase.

»So schmeckt er auch.« Sie steht neben mir, und ein wohliges Prickeln breitet sich von Kopf bis Fuß aus.

Beim Überreichen der Tasse berühren sich unsere Finger. Am liebsten würde ich sie küssen, ihre sexy Brüste kneten ... Durch die geballte Lust blieb dafür keine Gelegenheit. Vielleicht sende ich zu deutliche Signale, denn ihre Wangen erröten dezent.

»Heiß.« Vorsichtig probiert sie einen Schluck. »Wow, wie lecker.«

»Ehrlich gesagt habe ich nichts anderes erwartet.« Wie alte Freunde stehen wir nebeneinander.

Ihre direkte Nähe ist brandgefährlich – nicht nur sexuell. Sie zieht mich in ihren Bann, berührt mich auf eine ungewöhnliche Art. Es fällt mir schwer, es zuzugeben ... Ich weigere mich, den Gedanken zu Ende spinnen. Das ist totaler Unsinn.

»Mir ist das nach wie vor schrecklich peinlich«, entschuldigt sie sich ein weiteres Mal. »Eh, niemals ist mir etwas Vergleichbares passiert.«

»Unser Kennenlernen hat eine unverwechselbare Note«, versuche ich ihr die Scham zu nehmen und lache.

»Trotzdem ...« Gespielt theatralisch hält sie sich die Hände vors Gesicht. »Wenn ich mir das vorstelle, awwwgrrr.«

»Ich behaupte mal, dass jeder von uns sich mindestens einmal im Leben so richtig abgeschossen hat.«

»Hm, mit dem gestrigen Abend gehöre ich dazu.« Ihr verschämtes Lächeln ist bezaubernd.

»Danke, dass du dich um mich gekümmert hast.« Unerwartet streicht sie mir sanft über den Arm. Wieso verursacht eine minimale Berührung ein solches inneres Feuerwerk?

Für einen Augenblick hängen wir stumm unseren Gedanken nach und trinken den Kaffee. Was wohl in Fayes Kopf vorgeht? Wie gern wüsste ich es.

Die Stimmung ist unterschwellig erregend. Ständig fliegen winzige Stromschläge zwischen uns hin und her. Unvermittelt wird mir klar, wie ungewöhnlich die Atmosphäre für mich ist. Innerlich bin ich aufgewühlt. Ich glaube, ich spinne, wo ist sie hin, die mir so eigene Gelassenheit?

Weshalb fällt mir das auf? Kurz nachgedacht, ist die Antwort simpel. Ich beschäftige mich ausschließlich mit mir selbst. Aktionismus ist bekanntlich das beste Mittel, um nicht intensiver in sich hineinhören zu müssen.

Bewusst richte ich meinen Blick geradeaus – falls mein Pokerface nicht seine erwünschte Wirkung erzielt. Das wiederum könnte sie vielleicht als Desinteresse verstehen. Oh Mann ... Wenn ich ihr zeigen würde, wie verunsichert ich bin, wäre das eine mittelschwere Katastrophe. *Nicht nachdenken, einfach handeln. Okay ...*

Wortlos stelle ich meine Tasse auf die Anrichte und nehme ihr ihre ab. Zärtlich fordernd lege ich den Arm um ihre Taille und ziehe sie an mich heran. Faye neigt ihren Kopf seitlich und lächelt verschämt, ist unschlüssig, wohin mit ihren Händen. Wenn ich sie so genau betrachte, hat sie etwas Katzenhaftes, die großen blauen Augen, die bei verschiedenen Katzenrassen auch über die Kittenzeit hinaus bleiben. Die langen geschwungenen, dichten Wimpern sind wie ein Rahmen. Eine symmetrische Gesichtsform, die Stupsnase und natürlich diese vollen Lippen mit dem ausgeprägten Lippenherz.

Unwillkürlich wandern meine Finger durch ihr Haare, und ich schiebe die andere Hand in ihren Nacken.

Vorsichtig benetze ich ihre Lippen, bis sie selbst sich mit ihrer Zungenspitze vorwärts tastet.

Aus den zurückhaltenden Berührungen unserer Münder entflammt ein Kuss voller inniger Hingabe. Ein wohlig warmes Gefühl wandert von meinen Haarspitzen bis zum kleinen Zeh. *Wir knutschen wild wie Teenager*, schießt es mir durch den Kopf.

»Wie früher«, murmelt sie zwischen den feuchten Küssen und klammert sich fest an mich. Ich höre ihr Herz schlagen.

Es wäre eine Lüge, zu behaupten, ich sei nicht erregt, was sich auch zeigt. Allerdings steht das nicht im Vordergrund.

»Es passiert gerade etwas ganz Ungewöhnliches«, entweicht es mir kaum hörbar.

»Hm«, presst sie hervor und legt ihren Kopf an meine Brust.

Das Klingeln an der Haustür holt uns in dem Augenblick aus dieser besonderen Verbundenheit zurück. Wir lösen uns voneinander und blinzeln uns zu. Ich gehe ein paar Schritte rückwärts zur Tür und beobachte, wie Faye die Tasse Kaffee wieder in die Hand nimmt und daran nippt. Dynamisch drehe ich mich um. Über die mit einer Videokamera ausgestattete Sprechanlage sehe ich, dass die Expressreinigung das Kleid zurückbringt.

»Hallo, zweite Etage links.«

Es dauert keine drei Minuten und ein junger Typ steht vor der Wohnungstür und überreicht mir das mit einer Plastikfolie geschützte Kleidungsstück. Dass ich lediglich mit einer Short bekleidet bin, stört mich nicht.

»Setzen Sie es auf die Rechnung.« Man kennt mich, denn ich lasse dort die Anzüge und Hemden regelmäßig reinigen.

»Hier, für Sie.« Ich drücke dem Boten ein Trinkgeld zu und schließe die Tür.

Unbemerkt steht Faye direkt hinter mir. »Das ist ... ist total klasse. Danke!«

»Service des Hauses«, erwidere ich und drehe mich um.

Zart und fast zerbrechlich steht sie vor mir und zieht das zu große T-Shirt geniert nach unten.

Wir sind zufällig aufeinandergetroffen, die Wendungen unvorhersehbar. Die Regeln des Alltags sind außer Kraft gesetzt und wir agieren in einem emotionalen Ausnahmezustand. *Lassen wir es fließen.*

»Wir sind schon ziemlich verrückt«, versucht Faye die gefühlsbetonten Minuten zu verwässern.

»Normal kann jeder«, gebe ich zurück und lache. »Knutschen wie die Teenager ... hat was.«

Sie kichert, und in dem Augenblick läutet es aufs Neue.

»Das ist der Caterer.«

Mit einem Mal klingelt ihr Handy, was auf der Küchentheke liegt. *Hier geht es zu wie in einem Taubenschlag.*

»Ist das in Ordnung, dass ich rangehe?«

»Klar.«

Schnell huscht sie zum Telefon. »Eine Freundin. Darf ich in dein Schlafzimmer gehen?«

»Okay.« *Niemand darf sonst allein in mein Schlafzimmer. Die Welt steht irgendwie Kopf.*

Gern hätte ich Mäuschen gespielt, da *Beste-Freundinnen-Gespräche* sehr aufschlussreich sein können. Unabhängig davon, dass das Mithören von Telefonaten ausschließlich ein Teil meines Jobs ist, muss ich dem Lieferservice zeigen, wo sie die Speisen abstellen sollen.

»Auf den Esstisch«, sage ich und deute mit der Hand in die Richtung.

Bei der Vielzahl der Platten und zwei Wärmebehältern frage ich mich, ob ich ein bisschen übertrieben habe. *Egal.*

Fayes Reaktion fällt entsprechend aus, als sie zurück in die Küche kommt. Mit aufgerissenen Augen schweift ihr Blick kopfschüttelnd und mit einem breiten Grinsen über das Buffet. »Ich musste übrigens meinen Freundinnen noch mal bestätigen, dass ich in besten Händen bin.« Bei der Erklärung platze ich ehrlich gestanden vor Neugier. Nachfragen ist tabu, und somit bleibt sie unbefriedigt.

»Ich wusste nicht, was du gern isst«, rechtfertige ich die Bestellung, die locker für weitere drei Personen ausreicht. Wir sehen uns an, und es knistert von Neuem.

Voller Entdeckerfreude inspiziert sie die Auswahl. »Ich würde sagen, fast alles, aber nicht in den Mengen.«

»Abwarten«, necke ich sie. »Manchmal passieren unvorhersehbare Dinge.« *Ja, dass du hier bist, ist definitiv so ein Fall.*

»Hmm.« Genüsslich beißt sie in einen Pancake. »Lecker.« Ich bin froh, dass sie nicht weiter auf meine Bemerkung eingeht. Zu viel reden verkompliziert so einiges.

»Sahnetörtchen zum Frühstück ... Ich bin unschlüssig, ob ich mir das gönnen soll.«

»Wieso nicht?« Scheinbar achten Frauen in jeder Lebenslage auf Kalorien. Das entlockt mir ein Schmunzeln, da Faye es nicht nötig hat.

»Ach, ich kann nicht widerstehen, die sehen so köstlich aus.«

Mein Kopfkino startet automatisch, in dem Moment, in dem sie eines in die Hand nimmt. Mit einem Kribbeln im Magen stelle ich mir vor, wie sie als lebendes Buffet auf dem Tisch liegt. Ihre Brustwarzen sind mit Erdbeeren und ihr schöner Hof mit Sahne dekoriert. Genussvoll lecke ich über ihre erhärteten Nippel, vernasche sie sprichwörtlich mit allen Sinnen.

Mit einem Schritt stehe ich direkt hinter ihr, berühre sie dennoch nicht.

»Warte«, hauche ich, und durch meinen warmen Atem entsteht bei ihr eine Gänsehaut.

»Sex und genussvolles Essen unterscheiden sich in einigen Momenten nicht wesentlich«, flüstere ich und lecke an ihrer Ohrmuschel.

Dann geschieht etwas völlig Unvorhersehbares, was mir schlichtweg die Sprache verschlägt.

Mit einem Pffrrrfff dreht sie sich um, hält die eine Hand vor den mit Schlagsahne beschmierten Mund und mit der anderen das inzwischen aus der Form geratene Törtchen.

»Das ... Sorry, das ist so süß, aber so was von kitschig«, prustet sie hervor und küsst mich auf den Mund.

Was in einer für mich peinlichen Situation hätte enden können, nimmt einen ebenso unvorstellbaren Verlauf, der, ohne zu übertreiben, das Schrägste ist, wozu ich mich in meinem bisherigen Leben habe hinreißen lassen.

»Pass mal auf!« Jetzt bin ich der, der das Überraschungsmoment auskostet. So zumindest der Plan.

Blitzschnell schnappe ich mir ein weiteres Törtchen, doch die verrückte Faye entreißt es mir. Frech und hemmungsvoll versucht sie tatsächlich, mir das Teil ins Gesicht zu klatschen.

»Hey, du solltest aufpassen.«

»Oh nein, Baby ...« Völlig außer Rand und Band rangeln wir um die Vorherrschaft. Wir knutschen, lachen, bis die Bauchmuskeln anfangen zu brennen.

»Da bekommen zuckersüße Küsse eine ganz neue Bedeutung«, keucht sie mit vorgebeugtem Oberkörper und hält sich den Bauch.

»Eben!« Mit meiner verschmierten Hand packe ich in ihre Haare, drücke sie an die Tischkante, lecke über ihre Wangen.

»Iiii ... ahhh«, kreischt sie schrill und greift nach dem letzten Törtchen. »The Winner is ...« Klatsch – wie in einem der völlig bescheuerten Schwarzweißfilme aus den 1920ern sind neben dem Gesicht auch Hals und Oberkörper beschmiert.

»Das ist jetzt nicht wahr, oder?« Ich lasse sie los und wische mir mit dem Handrücken Tränen lachend übers Gesicht. »Zuckerschnute, ist dir klar, auf was du dich da eingelassen hast?« *Na warte!*

Der vereitelte Plan wird umgehend durch einen neuen ersetzt. Ein Teil des riesigen Tisches ist leer. *Nicht mehr lange!* Beherzt packe ich sie an ihren knackigen Pobacken, hebe sie hoch. Faye schließt automatisch ihre Beine um meine Hüften und umarmt mich. Lustvoll presse ich mich an ihre Körpermitte. Ich bin wohl nicht der Einzige, der die Tatsache unglaublich erregend findet, dass sie kein Höschen trägt. Schlagartig merke ich, wie sich meine Hose anfängt auszubeulen. Überall Sahne, kleine glasierte Kirschen, Zuckerstreusel, Teigkrümel – Zutaten, die im Normalfall nicht für einen harten Schwanz sorgen. Aber heute ist ein Ausnahmezustand ausgebrochen!

»Was hast du vor?«, grinst sie frech und bewegt in winzigen kreisförmigen Bewegungen ihr Becken.

»Abwarten.« Mühelos verfrachte ich sie ans Kopfende der Tafel, setze sie auf die Kante.

»Sex und Essen?«, haucht sie und nimmt die Arme nach oben. In dem Moment, wo sie mit dem Rücken die Tischplatte erreicht, fängt sie an, sich vor mir zu rekeln. »Ist doch gar nicht soooo übel.«

»Ach?« Fragend ziehe ich die Stirn in Falten.

»Hm.« Sie formt einen Schmollmund und leckt die Sahne ab.

Langsam schiebe ich ihr Shirt hoch, beuge mich vor und lecke mehrmals über ihren Venushügel. Mit einem leisen Stöhnen stellt sie mit angewinkelten Beinen ihre Füße auf den Tisch. Unter meinen unablässigen Berührungen hebt und senkt sich ihre Bauchdecke.

»Was für ein Anblick.« Vorsichtig streiche ich mit zwei Fingern durch ihre Spalte. »Das wird ein süßes Vergnügen.« Was durchaus wörtlich zu nehmen ist.

Mein Schwanz ist prall und zuckt. Am liebsten würde ich auf der Stelle in sie eindringen, doch ich will sie vorher noch verwöhnen und hocke mich vor sie. Genüsslich drücke ich mein Gesicht auf ihre rasierte Scham, dringe mit der Zunge tief ein, spiele, stimuliere mit kreisenden Bewegungen ihre hochempfindliche Lustperle. In einem passenden Rhythmus bewegt sie ihre Körpermitte hoch und runter. Ihr Stöhnen wird lauter, sie ist klitschnass, fordert mehr. Sie bekommt mehr! Fingern und lecken, ja, das bringt sie auf Hochtouren. Zufrieden bemerke ich, dass sie kurz davor steht, ihren ersten Orgasmus zu genießen. Ihr Hecheln ist Musik in meinen Ohren.

»Wie geil, ich werde wahnsinnig!«, japst sie. »Aufhören, biitttee!« Ihre Pussy ist durch das intensive Spiel höchst empfindlich.

»Glück gehabt«, raune ich zwischen ihren Schenkeln.

Wahrhaftig trenne ich mich nur ungern von diesem herrlichen Genuss, aber ich verliere langsam die Beherrschung.

»Ich muss dich von hinten nehmen.«

Das ist nun mal die beste Stellung. Das sicht Faye ähnlich. Inzwischen hat sie das Shirt ausgezogen. Die Ekstase der Lust steigt. Sie weiß genau, welche Körperhaltung die geilste ist, und präsentiert sich mir optimal.

»Was machst du mit mir«, bringe ich noch hervor, und danach reden wir nicht mehr.

Mit festem Griff packe ich sie an die Hüften, dringe ein, genieße ihre Nässe, ihre genussvollen Lustschreie. Schnelle Stöße, die Haut, die aufeinander klatscht ... Tief in ihr drin erlebe ich bewusst und in einer unfassbaren Intensität, wie sich mein Orgasmus anbahnt. Faye schwebt durchgängig auf der Welle berauschender Minihöhepunkte. Herrlich, wie sie sich fallenlässt!

Der Augenblick, in dem ich komme, facht sie ebenfalls an. Was für ein Erlebnis!

»Oh wow«, murmele ich, und nur langsam beruhigt sich meine Atmung.

»Oh ja – ohne Worte.« Nassgeschwitzt liegt sie bäuchlings und ebenfalls schwer atmend auf dem Tisch, hat den Kopf zur Seite gedreht. Ich will mich nicht von ihr lösen und verharre einen Moment in ihr. Mit vorgebeugtem Oberkörper küsse ich ihren Rücken.

»Du bist für mich der Inbegriff einer erotischen Frau«, hauche ich, und mir fällt der Begriff *anders* ein.

Leider antwortet sie nicht darauf.

Faye hat es genossen, dennoch spüre ich, dass sie ihre Leichtigkeit verloren hat. Fast sieht es wie ein emotionaler Absturz aus. Es ist ein Balanceakt, jetzt richtig zu reagieren. Ihr abruptes Verschwinden ins Bad ist für mich ein Signal, dass sie allein sein möchte. Kopfschüttelnd betrachte ich das Schlachtfeld. Üblicherweise äußerst penibel, stört es mich jedoch in diesem Augenblick nicht. Ich lasse später einen Reinigungsservice kommen. Unglaublich – bist du das, der das hier fabriziert hat? Glücklicherweise gibt es ein Gästebad, in dem ich das Zucker-Sahne-Schweiß-Gemisch abduschen kann.

Nach einer kurzen Erfrischung stehe ich in dem Bereich des Lofts, den ich als Wohnzimmer nutze. Ich beschließe, mir einen Drink zu gönnen. Dort steht ein Schrank, in dem ich eine beachtliche Auswahl an Spirituosen vorhalte. Ein freier Samstag ist selten und die Ursache dafür maximal heiß und zuckersüß.

Die Gedanken beginnen zu kreisen. Bei aller Anziehungskraft, ist es klug, sich mit einer Anwältin einzulassen, die unmissverständlich klargemacht hat, meinem Geschäftszweig den Kampf anzusagen?

Mein Blick wandert über die edlen Flaschen, und ich entscheide mich für einen Bourbon und gieße mir eine kleine Menge in eines der Kristallgläser.

Vielleicht ist es sinnvoll, es auf sich zukommen zu lassen. Nicht immer ist es notwendig, für alles sofort die perfekte Lösung aus dem Ärmel zu schütteln. Unabhängig davon bin ich von meinen eigenen Empfindungen zu Faye überrumpelt. Sie hat todsicher etwas in mir ausgelöst. Das *etwas* muss ich erst einmal genau analysieren. Da spricht der Jurist.

Bei all den Gedankenspielen kann ich mir durchaus vorstellen, sie wiederzusehen. Unverbindlich essen gehen, die Entwicklung auf mich zukommen lassen. Ein berauschendes Gefühl, fast wie ein neuer Lebensabschnitt. *Okay, ich frage sie!*

»Joel«, holt mich Faye aus meinen emotionalen Plänen.

Ich sehe zu ihr herüber und bin überrascht, dass sie ihr Kleid und die Schuhe trägt, ihre Clutch in den Händen hält und den Paschmina um die Schulter gelegt hat. Eindeutig Aufbruchsstimmung, oder sogar Flucht?

Ihre Stimme ist leise und ihr Gesicht blass. Nichts erinnert mehr an die Frau, mit der ich vor einer halben Stunde hemmungslosen und ultimativen Sex auslebte.

»Faye?« Irritiert ziehe ich beide Augenbrauen hoch und nippe am Glas. Mit gesenktem Kopf kommt sie zwei Schritte näher, und ich sehe, wie krampfhaft sie ihre Handtasche umklammert.

»Es tut mir leid, ich kann das hier nicht.«

»So?« BÄM! Ein Knock-out in der ersten Runde. Ein Tritt in die Eier. Sofort switche ich um, verberge jegliche emotionale Regungen. Bis auf ein Räuspern gelingt es mir.

»Ich möchte dich nicht wiedersehen.« *Okaaayyy – das ist mal ne Ansage.*

Zweimal atme ich tief durch und fange mich. *Dieses Miststück, das hat noch keine gesagt.*

»Faye, das ist völlig in Ordnung. Wir haben megageil gevögelt, und das ist, was zählt.« Ein perfektes Pokerface aufzusetzen, fällt mir nicht schwer.

Ihre Augen sind glasig und ihre Unterlippe zittert. Das gesamte Auftreten passt nicht zu ihrer Verfassung. Was stimmt nicht mit ihr?

Ist es von Bedeutung? Vielleicht hätte sie tatsächlich eine Rolle in meinem Leben spielen können. Ein vor ein paar Minuten ungeheuer reizvoller Gedanke schmeckt nun ätzend, wie saure Milch. Glücklicherweise kommt der Abgang, bevor ich sie nach einem Date fragen konnte. Ein solcher Gesichtsverlust hätte mächtig an meinem Ego gekratzt.

»Ja, genau.« Jetzt weicht sie meinem Blick aus. »Danke für alles.«

Um keinen gekränkten Eindruck zu hinterlassen, gehe ich auf sie zu, begleite sie zur Tür und öffne sie. Kurz bleibt sie stehen, wirkt unschlüssig. *Nein, Baby, ich werde dich nicht aufhalten.*

»Faye, pass auf dich auf.« Stumm nickt sie und tritt ins Treppenhaus. »Es liegt nicht an dir«, presst sie hervor.

»Natürlich nicht«, gebe ich gelassen zurück.

Hektisch dreht sie sich um. Der Verdacht einer persönlichen Flucht scheint sich zu bestätigen. *Haken dran.*

»Was für eine Nummer.« Kopfschüttelnd schließe ich die Tür von innen. »Die Frauen verhalten sich zunehmend bekloppter.«

Den lächerlichen Anflug von Sentimentalität spüle ich mit zwei weiteren Bourbons herunter. Letztendlich ist es kein Drama. Bei genauer Betrachtung wären wir allein aufgrund des Jobs aneinandergeraten. Die Welt vom Bösen befreien oder so ähnlich – für Gerechtigkeit sorgen – auf welchem Planeten lebt sie? Auf meinem jedenfalls nicht.

SIEBEN

Faye

Endlich bin ich weg – weg von ihm! Die Tränen lassen sich nicht mehr aufhalten und verschleiern mir die Sicht. Die scheiß hohen Schuhe hindern mich daran, die Treppenstufen hinunterzustürmen. Dann passiert es. Ich strauchle, aber schaffe es irgendwie, mich an dem Lauf des Geländers festzuhalten. Ein stechender Schmerz durchzuckt meinen rechten Knöchel. Mit einem kurzen Schrei lande ich unsanft auf meinem Hintern. Verzweifelt beuge ich den Oberkörper nach vorn und stütze den Kopf in die Hände. Es ist mir egal, ob mich irgendwer sieht, da ich eh nie wieder herkomme.

Von den gefühlvollsten Stunden, die ich seit dem schwarzen Tag erlebte, bleibt nichts. Der Dämon, der dafür sorgt, dass dieser verdammte Schmerz nicht verschwindet und sich über meine Seele legt, breitet seine Macht vollends aus. Eine riesige Krake, die ihre Tentakel um meinen Körper schlingt und mich kaum atmen lässt.

Die Qual ist unerträglich. Nein, nein, ich will das nicht!

»Faye, das darfst du nicht, hast du mich verstanden?« Ich höre die Stimme, die ständig denselben Satz sagt. *»Du bist schuld! Vergiss das nie!«*

Wenn sie mich drangsaliert, bin ich dem hilflos ausgeliefert. Inzwischen achte ich darauf, nichts zu unternehmen, was die Schuldgefühle aufs Neue anfacht. Es ist harte Arbeit, dennoch gelingt es mir, sofern ich mich an die Regeln halte. Regeln, was für ein Scheißwort, aber das trifft es am besten. Heute war es mir egal. Ich lachte, liebte und drehte auf, so wie damals. Für ein paar Stunden vergaß ich alles um mich herum. Doch die Rückkehr in meine düstere Realität ist grausam, und deshalb bin ich mittlerweile in dieser Verfassung. Verzweifelt raufe ich mir durch die Haare, starre ins Leere. Langsam beruhigen sich meine Nerven. Natürlich habe ich kein Taschentuch dabei. Laut ziehe ich den Rotz hoch und reibe mir mit beiden Händen übers Gesicht. Der Knöchel pocht. Vermutlich verstaucht.

Von unten höre ich Schritte und Stimmen. *Okay, du bist stark, raff dich auf.*

Mühselig quäle ich mich in den Stand, beiße die Zähne zusammen und senke den Kopf. Mit einer Hand am Treppengeländer humple ich Stufe für Stufe Richtung Ausgang. Das Pärchen, was mir entgegenkommt, bemerkt nichts von meinem Ausnahmezustand.

Das einzige Ziel ist es, mich in meinem Zimmer einzuschließen und zu hoffen, dass der Druck, der auf meinem Körper lastet, aufhört. Rückzug hilft, dass die grausamen Bilder wieder an Macht verlieren, sich in ihr dunkles Kellerloch zurückziehen. *Wieso musste ich Joel begegnen? Ich war doch schon auf dem Heimweg.*

Über die Taxi-App bestelle ich mir einen Wagen. Später lösche ich den Verlauf aus der App, ich will alles, was mit Joel zusammenhängt, so schnell wie möglich aus meinem Kopf verbannen.

Ich darf ihn nicht wiedersehen. Ich werde mir einreden, dass wir bloß geilen Sex hatten und es sowieso nichts zu bedeuten hatte. One-Night-Stands trifft man nie ein zweites Mal – zumindest gilt das ab heute für mich.

Endlich erreichen wir das Ziel. Der Taxifahrer verhielt sich taktvoll, reichte mir lediglich ein Taschentuch und drängte mir kein Gespräch auf.

»Alles Gute, Miss – ich hoffe, es geht Ihnen bald besser.« Ein paar liebenswerte Worte eines Menschen, der nicht wissen kann, dass mein Leben von übermächtigen Selbstvorwürfen überlagert ist.

Freundlich nicke ich ihm zu, zahle und steige mit zitternden Beinen aus. *Zum Glück, ich bin zu Hause.* Glücklicherweise existiert ein Fahrstuhl, und mir bleibt zumindest erspart, mich die Treppenstufen hoch zu quälen.

Hoffentlich sind die Mädels nicht im Wohnzimmer. Beim Aufschließen der Wohnungstür höre ich den Fernseher. *Scheiße, ich will nicht reden.* Niemanden geht meine Vergangenheit etwas an. Darüber zu sprechen, ist grausam und hilft mir nicht, das Erlebte zu ertragen, im Gegenteil.

Der Wohnungsgrundriss ist so konzipiert, dass die offene Küche und das Wohnzimmer der Mittelpunkt sind, von dem man ins Bad und in unsere jeweiligen Zimmer gelangt. Das bedeutet, es gibt keine Chance, den prüfenden Blicken und den neugierigen Fragen zu entkommen.

Es hätte nicht schlimmer kommen können, denn die drei gammeln auf der Couch und sehen irgendeine Serie. Vor ihnen auf dem Tisch stehen gesunde Sachen wie Gemüsestreifen, gewürfeltes Obst und literweise Wasser. Eigentlich hätte ich es wissen müssen. Nach einer gemeinsam durchfeierten Nacht zelebrieren sie zusammen die Vertreibung des Katers.

»Faye, da ist sie ja!« Lizzy springt sofort auf, und nichts erinnert mit ihrer weißen Gesichtsmaske, dem hellblauen Hausanzug und den Flauschsocken an die heiße Frau in einem kleinen Schwarzen. Maddy und Jessica geben ein ähnliches optisches Bild ab und schauen erwartungsvoll zu mir herüber.

Obgleich sich alles in mir sträubt, habe ich keine Kraft, die Mädels anzulügen, die Gutgelaunte zu spielen. Weinend sinke ich auf das Sofa.

»Faye, was ist passiert?« Jessica drückt sofort die Pausetaste der Fernbedienung.

»Hat der Kerl dir etwas angetan?« Maddys Augen werden zu Schlitzen.

»Nicht direkt …«, presse ich hervor.

»Soll ich dich in den Arm nehmen?« Sie weiß, dass ich das üblicherweise nicht so mag. Bis auf ein Nicken kriege ich nichts zustande. Völlig erschöpft lehne ich meinen Kopf an ihre Schulter.

»Was ist mit deinem Knöchel? Der ist angeschwollen.« Eilig springt Lizzy auf und holt aus dem Eisfach einen Kühlakku.

»Trink erst mal ein Wasser und zieh das Kleid aus.« Wie besorgte Gänsemütter flattern sie um mich herum, und ich lasse es geschehen.

Es dauert nicht einmal zehn Minuten und ich bin in der sogenannten *Freundinnen-Fürsorge-Position.* Ungewohnt, auf dem Rücken zwischen Lizzys Beinen und mit dem Kopf auf ihrem Rumpf zu liegen. Jessica daneben hält meine Hand. Maddy sitzt gegenüber und kühlt meinen Knöchel.

»Ich möchte euch heute etwas aus meinem früheren Leben erzählen«, beginne ich zögerlich. Das Erlebnis mit Joel, die Gefühle, die mich überrollen, sind nur zwei von vielen Gründen, die zu dem Entschluss beitragen. Vielleicht wünsche ich mir, endlich dazuzugehören. Zu einer ehrlichen Freundschaft gehören Offenheit und Vertrauen. Ich kann nicht verhindern, dass mich eine Gänsehaut überzieht. Mir ist fürchterlich kalt, obwohl ich warm eingepackt bin. Das Wetter ist weiterhin ungemütlich und passt hervorragend zu meiner körperlichen und seelischen Verfassung.

Keine sagt etwas, sie lassen mir die Zeit, bis ich so weit bin. Trotz, dass ich fest entschlossen bin, über das Erlebte zu reden, suche ich nach den passenden Worten zum Einstieg. Wo soll ich beginnen?

Noch ein letztes Mal heißt es tief durchatmen, um den Mut nicht zu verlieren. All das nur, weil ich gestern Unmengen an Tequila in mich hineinkippen musste.

Ich habe gelernt, die Augen nicht zu schließen, wenn ich an die schrecklichen Erinnerungen denke, denn die Bilder gleichen einem 3D-Kino. Deshalb starre ich an die Zimmerdecke. Nach anfänglichem Zögern fließen die Worte förmlich aus mir heraus.

Drei Menschen, die sich über einen längeren Zeitraum zu meinen Herzensmenschen entwickelten, weihe ich in die traurige Geschichte aus meiner Vergangenheit ein. Eine, die mich geprägt hat und mir die Leichtigkeit des Lebens raubte, die mich zu einer verbissenen, spießigen Juristin werden ließ.

»Bis heute durchlebe ich den kurzen Glücksmoment, das Kribbeln in der Magengegend, die Freude auf einen neuen Lebensabschnitt.« Die Worte kommen nur stockend über meine Lippen. »All das dauerte nicht einmal eine Minute.« Zum unzähligsten Mal rauscht ein Schauer von Kopf bis Fuß. »Ich wurde zum Zuschauer verdammt.« Die Tränen kullern die Wangen hinunter. Die quälenden Stiche im Herzen sind kaum zu ertragen, und es fällt mir unendlich schwer, die Tatsache auszusprechen, die meinen Lebensweg prägt. »Das Schuldgefühl hat sich wie ein unheilbares Krebsgeschwür in mich hineingefressen, und niemandem wird es gelingen, mich jemals davon zu befreien«, schließe ich meine Offenbarung und blicke in betroffene und weinende Gesichter. »Sagt bitte nichts.« Verunsicherte Ratschläge oder dergleichen sind Horror, da sie eh nicht helfen und das Gefühl der Machtlosigkeit vergrößern.

Die betretende Stille hält eine Weile an. Ich richte mich auf, schäme mich für die Schuld, die ich auf mich geladen habe, befürchte Ablehnung.

Die drei stehen ebenso auf. Spontan umarmen wir uns fest und innig. Ich lasse es zu. Es ist ein winziger Trost, das Erlebte mit Menschen zu teilen, mit denen ich mich verbunden fühle. Vielleicht ist es ein neuer Abschnitt meines Lebens.

Joel werde ich nicht wiedersehen. Es ist die falsche Zeit.

Für einen Mann wie ihn wird es wohl nie der richtige Zeitpunkt sein. Das wäre Verrat.

Zwei Wochen später

Endlich stehe ich an meinem ersten Arbeitstag vor dem imposanten Gebäude in der Lexington Avenue, und das Herz schlägt mir bis zum Hals. Faye Buttler, Rechtsanwältin in ihrem Traumjob – Yeah! Ein Herzenswunsch ist in Erfüllung gegangen, ich darf mit meinem Mentor und Vorbild James Crawford zusammenarbeiten. Wie oft habe ich bei seinen Gastvorträgen an seinen Lippen geklebt. Sein Verständnis von unserem Rechtssystem und der Verfassung unseres Landes trifft es auf den Punkt. Gleichberechtigung, faire Bezahlung, Kampf gegen Korruption und Unterstützung für die, die in der Gesellschaft gerne durchs Raster fallen.

Meine blonden Haare streng nach hinten gekämmt und mit einem Knoten am Hinterkopf befestigt und einem schlichten dunkelgrauen Businesskostüm fühle ich mich optisch gewappnet. Die meisten Frauen, die in die gläserne Immobilie eilen, tragen hohe Schuhe. Ich hingegen habe mich für flache Ballerinas entschieden. Mein Bedarf an High Heels ist für alle Zeiten gedeckt. Ich will nicht durch aufreizend lange Beine auffallen, sondern durch Leistung und Engagement.

Einmal atme ich noch tief durch und betrete die moderne Eingangshalle, die ahnen lässt, dass in dem Gebäude die Big Player der Anwaltsszene arbeiten.

Die Kanzlei von James Crawford befindet sich im zehnten Stockwerk und beschäftigt hundert Mitarbeiter. Für die Verhältnisse der Anwaltsdynastie der Crawfords ist das eher unspektakulär. In vielen Bundesstaaten vertreten sie die Mächtigen und Prominenten, und alle Büros sind mindestens in der zwanzigsten Etage.

Mir haben die zwei Jahre bei Woods und Partner gereicht. Vermutlich hätte ich aufgrund meiner Qualifikationen und meines Fleißes eine steile Karriere hingelegt – aber ich wollte nicht als Sklave in einem System enden, bei dem ausnahmslos der bestmögliche Profit im Vordergrund steht. Der überwiegende Teil der Junganwälte bleibt beim Kampf, Partner einer Kanzlei zu werden, auf der Strecke. Sämtliche Mitstudenten wollten von Anfang an sprichwörtlich hoch hinaus und ackern wie die Irren für ein Eckbüro. Das ist die Maßeinheit für Erfolg. Es herrscht ein riesiger Arbeitsdruck, keine Loyalität, was die Kanzleiinhaber gnadenlos ausnutzen. Nein, ich will verdammt noch mal etwas bewegen! Ich werde meine Ideale verfolgen, und wenn ich weiterhin in einem kleinen Büro sitze. Verhungern werde ich dabei auch nicht.

Mit erhobenem Kopf gehe ich auf den Counter zu, um mir von der Empfangsdame die für mich vorbereitete Zutrittskarte abzuholen. Um zu den Aufzügen zu gelangen, muss man sich inzwischen ausweisen. Stolz nehme ich sie in Empfang, und beim Quittieren zittert meine Hand.

Oh mein Gott, wie geil fühlt es sich an, dazuzugehören!

Wie in einer Blase beobachte ich die Menschen, die sich vor den Fahrstühlen sammeln, um eine der Kabinen zu erwischen, die im Minutentakt rauf und runter sausen. Ein paar Minuten später rausche ich endlich in die zehnte Etage. Obwohl es eng ist und wir gedrängt zusammenstehen, fühle ich mich pudelwohl.

In jedem Stockwerk hält der Lift, und die positive Aufregung wächst. Dann – *juhu* – zeigt das Display eine rote Zehn. Mit erhobenem Kopf verlasse ich die Kabine und stehe sofort im Foyer des Anwaltsbüros. An der Wand prangt der Name der Kanzlei: James Crawford und Partner. Vielleicht schaffe ich es nach ein oder zwei Jahren zur Juniorpartnerin. Wieso nicht? Zumindest bringe ich sämtliche Voraussetzungen mit.

Ein weiteres Mal atme ich tief durch und trete an den Empfangscounter.

»Guten Morgen, mein Name ist Faye Buttler, und das

ist mein erster Arbeitstag.« Mit schwitzigen Händen umklammere ich die Handtasche.

»Herzlich Willkommen, Miss Buttler«, werde ich freundlich von einer Dame in einem ebenso schlichten Kostüm begrüßt. Auf ihrem Namensschild am Kragen ihres Blazers lese ich, dass sie Charon Miller heißt.

»Mrs Miller, vielen Dank.« Beherzt reiche ich ihr die Hand zur Begrüßung, was ihr ein Lächeln entlockt. Aus meiner Zeit als Junganwältin weiß ich, wie wichtig es ist, sich mit den Mitarbeitern am Empfang zu verstehen. Sie wissen über alles Bescheid und sind gleichermaßen Informationsquellen.

»Miss Buttler, ich rufe die Assistentin von Mr Crawford, sie wird Sie abholen und Ihnen Ihren Arbeitsplatz zeigen.«

»Vielen Dank.« Am liebsten würde ich die Worte singen.

»Sie können dort Platz nehmen«, bietet mir Mrs Miller an und verweist auf eine Sitzgruppe unweit des Counters.

»Sehr gern.« Freundlich nicke ich und bin froh, mich setzen zu können, denn meine Knie sind weich.

Eine große Portion Glücksgefühle sammelt sich in meinem Magen, fast wie zu Weihnachten vor der Bescherung. Ein solches Gefühl tauchte in der letzten Zeit kaum bis gar nicht auf. Ich benötigte sämtliche Strategien, um mich abzulenken. Quälende zwei Wochen liegen hinter mir. Wie ein Sträfling kurz vor der Entlassung zählte ich jeden Tag, bis endlich der heutige erste Arbeitstag auf dem Kalender prangte.

Tatsächlich gelang es mir, Joel einigermaßen aus meinem Kopf zu verbannen. Doch sobald er sich in meine Gedanken einschlich, vereinnahmte er mich zu einhundert Prozent.

Ich hasse mich dafür, dass er mein Herz berührt hat. In den Momenten spüre ich seine Lippen auf meinen, die zärtlichen Berührungen, von denen ich durch die verbundenen Augen nur erahnen konnte, an welcher Stelle meines in

Flammen stehenden Körpers ich sie genießen durfte. Die natürliche Dominanz, die von ihm ausging, löste den verbotenen Flächenbrand aus. Letztendlich bin ich selbst schuld. Bereits auf der Releaseparty hätte ich die Flucht ergreifen müssen. Weshalb schaffte Joel es, meinen Verstand auszuschalten? Die Antwort ist banal. Er fickte mir sprichwörtlich das Gehirn aus dem Kopf und katapultierte dadurch tiefe Sehnsüchte an die Oberfläche. Wie lange wird es dauern, bis ich ihn vergesse? Ständig stelle ich mir diese bange Frage.

Die fehlende Konzentration verursachte Magengrummeln. Der Job einer Anwältin verlangt es, viel zu lesen. Manchmal las ich einen Text und am Ende fiel es mir schwer, den Inhalt nachzuvollziehen. *Hoffentlich passiert mir das hier nicht.*

Die Ablenkungsversuche meiner Freundinnen nahm ich eher widerwillig an, schlichtweg um sie nicht vor den Kopf zu stoßen.

Aber ab heute wird alles anders und ausschließlich nach vorn gesehen. Die Vergangenheit sperre ich konsequent weg.

»Miss Buttler«, holt mich eine Frauenstimme aus den ungesunden Gedanken, die hier völlig fehl am Platz sind. Vor Schreck springe ich auf.

»Ja, ja. Hallo.« Glücklicherweise gelingt es mir, die Haltung zu bewahren. Joel versaut mir sogar den ersten Arbeitstag. *Verpiss dich!*

»Mein Name ist Carolin Hunter, und ich bin die persönliche Assistentin von Mr Crawford.«

Auf dem Namensschild lese ich Miss, und sie dürfte ungefähr im Alter unseres Chefs sein. Laut Internet ist er fünfundsechzig, sie schätze ich bei genauer Betrachtung auf Ende fünfzig. Sofort philosophiere ich, dass sie aus Liebe zu ihm niemals geheiratet hat und ihr Leben vollständig in seine Hände legte. *Ach, wie romantisch.* Ihre Ausstrahlung ist fantastisch und das dezent gemusterte Kleid schmeichelt ihrer Figur. Aber sie mit Miss Hunter anzusprechen, widerstrebt mir, das ist für mich total unpassend. Wenn sie dennoch darauf bestehen sollte, okay, sonst spreche ich sie mit Mrs an.

»Bitte.« Mit einer einladenden Armbewegung signalisiert sie mir, ihr zu folgen. »Zunächst zeige ich Ihnen Ihr Büro, und im Anschluss möchte Sie Mr Crawford sehen. Es wartet viel Arbeit auf uns.«

»Ich bin bereit!« Motiviert lächele ich.

»Mr Crawford hält große Stücke auf Sie, Miss Buttler.« So als wolle sie ihren Worten Nachdruck verleihen, setzt sie die Brille, die an einer Kordel um den Hals baumelt, auf und sieht über den Brillenrand. »Deshalb werde ich Ihnen ebenfalls zuarbeiten.«

»Oh WOW, das ... das ... also ich bin überwältigt.« Mir schießt die Röte ins Gesicht. »Unglaublich – was für eine Ehre.«

»Wie ich Ihnen sagte, hat er großes Vertrauen in Ihre zukünftige Arbeit.« Ein dezentes Nicken unterstreicht das Privileg, vom ersten Tag an auf die Unterstützung einer Assistentin zurückgreifen zu können. Andererseits erhöht es den Druck, die erwartete Leistung zu erfüllen.

»Kommen Sie.« Auf dem Weg beäugen mich neugierig die Kollegen. »Ihre offizielle Vorstellung ist für morgen geplant«, kommt sie meiner Frage zuvor. Das Büro ist nicht sonderlich groß, aber was der Oberhammer ist – es liegt direkt neben dem meines Chefs. Was natürlich sinnvoll ist, wenn ich von Mrs Hunter unterstützt werde. *Ich bin im siebten Himmel!*

Meine Zuversicht ist grenzenlos, und endlich bin ich mir sicher, dass das Leben mehr Sonnenschein für mich bereithält.

Sechs Wochen später ist James Crawford tot. Einfach so, still und leise stirbt er zu Hause, schläft ein und wacht nicht mehr auf. Schlaganfall. Wieso tut Gott, oder wer auch immer für diesen Schicksalsschlag verantwortlich ist, so etwas? Weshalb stirbt ausgerechnet ein Mann wie er, der für so viele Ideale eintrat? Bedürftigen durch kostenlose Beratung und anwaltliche Unterstützung, sogenannte Pro-Bono-Fälle, zu ihrem Recht verhalf? Menschen, die sonst nicht den Hauch einer Chance hätten. Ich bin wütend, dass er die Kanzlei und mich mit all seinen Visionen allein lässt. Meine Welt bricht erneut zusammen und ich sehe einer ungewissen Zukunft entgegen. Fuck – das Leben ist ein Arschloch!

ACHT

Joel

Die Geschichte mit Faye nagt an meinem Ego. Niemals zuvor gab mir eine Frau einen Korb. Unfassbar, wie sie sich vor mir aufbaute, etwas von »*ich kann das nicht*« faselte und überstürzt das Loft verließ. Vielleicht vögelte ich ihr tatsächlich das Hirn heraus. Ihrem Verhalten nach durchaus eine Option. *Ich bin genervt, ja!*

Das Beste wäre gewesen, sie ins Taxi zu verfrachten oder sie an der Theke sitzen zu lassen. Früher oder später hätte sie jemand aufgegabelt, der sie kennt.

Das befremdliche Magenkribbeln und eine unerklärliche Anziehungskraft überlagerten definitiv meinen gesunden Menschenverstand. Das größte Übel, was mich richtig ankotzt, ist, dass ich überhaupt darüber nachdenke. Schließlich gibt es ausreichend Frauen, die davon träumen, dass ich mit ihnen spreche. Vom Vögeln mal abgesehen.

Inzwischen sind fast acht Wochen vergangen, und ich denke leider viel zu häufig an Faye. Die Krönung des Desasters sind die heißen Bilder, die mir viel zu oft durch den Kopf fegen. Ihre Hingabe, die sich in jeder Faser ihres gesamten Körpers widerspiegelte. Das leise Spiel der Verführung, was dennoch wie ein Orkan in mir tobte. Niemand beißt so erotisch in ein fucking Sahnetörtchen. Ja, verdammte Scheiße, sie schmeckte so süß. Das Zittern ihres von Schweiß überzogenen Körpers, wie sie die kleinen, immer wiederkehrenden Orgasmen erlebte, all das ist dauerpräsent. Ihr Stöhnen, die Lustschreie, die sie unkontrolliert ausstieß, hallen in meinen Ohren nach. Durch das ungewollte Prickeln meines Unterleibs rutsche ich auf dem Bürostuhl hin und her. Wehe, mein bestes Stück verselbstständigt sich trotz aller Gegenwehr. Wer prahlt denn damit herum, dass er seine Erektion nach Belieben steuern kann? Eben ... Glücklicherweise kenne ich weder ihren Nachnamen noch ihre Telefonnummer, und ich schlage zehn Kreuze, wenn meine Sinne endlich wieder im Modus eines Joel Crawford agieren. Ablenkung heißt das eigentliche Zauberwort. Blöderweise fehlt mir einfach die Zeit, mich auf die Suche nach einem gepflegten und insbesondere ausschließlich körperlich fokussierten One-Night-Stand zu begeben. Starrköpfig weigere ich mich nämlich, mir es aufgrund der Bilder selbst zu besorgen. ... *Ich wichse mir keinen auf eine Anwältin.* So weit kommt es noch.

Tatsache ist, so etwas wird mir kein zweites Mal passieren. Sollen die Damen allesamt von mir aus sturzbetrunken vom Hocker fallen. Mir ist es auf jeden Fall scheißegal.

Mir bleibt keine Zeit, weiter darüber nachzudenken, denn mein Handy vibriert. Ich greife danach und erkenne die Nummer. Sie gehört zu einem meiner wichtigsten Mandanten. Enrico Russo, das Oberhaupt eines der mächtigsten Mafiaclans, von internationaler Bedeutung, brutal und menschenverachtend, ein ähnliches Kaliber wie Petrow. Auch er braucht einen Anwalt, wie ich es bin. Bei ihm kümmere ich mich überwiegend um Rechtsstreitigkeiten, bin aber auch Treuhänder eines Teils seines gewaschenen Vermögens. Irgendeiner in der Großfamilie hat immer ein juristisches Problem. Mit dem Zeigefinger wische ich über das Display.

»Crawford, ich brauche Ihre Hilfe«, kommt er ohne Begrüßung auf den Punkt.

»Mr Russo, Ihnen ebenfalls einen schönen guten Tag.«

Da schwillt mir der Kamm. Auch ein Mafiaboss hat ein Mindestmaß an Höflichkeit einzuhalten.

»Ja, ja«, knurrt er zusammenhangslos, und ich belasse es dabei.

»Was kann ich für Sie tun?« Mir passt der Ton, den er mir gegenüber anschlägt, nicht.

»Einer aus unserem neuen Freundeskreis möchte die Einladung nicht annehmen.«

»Ah, okay.« Übersetzt: Ein Mitglied der Jury weigert sich, unsere Interessen verbindlich zu vertreten.

»Ich erwarte, dass Sie das Problem lösen«, kläfft er fordernd. »Und zwar ohne großes Aufsehen.« Übersetzt: keine Exekution, sonst hätte er mich wohl kaum kontaktiert. Ein toter Geschworener in einem Mafiaprozess sorgt für Unruhe und unnötige Aufmerksamkeit. »Crawford, Sie sind für die Scheiße verantwortlich.«

»Mr Russo, Sie wissen doch, ich habe für alles eine Lösung.« Wenn ich eines in den letzten zwei Jahren gelernt habe, ist es, dem cholerischen Anfall des Oberhauptes gelassen gegenüberzutreten.

Seit jeher kompensiert er seine optischen Defizite mit der Macht, die er besitzt. In den 1970er-Jahren personalisierte Enrico Russo das teuflische Gesicht der Mafia. Bis zum heutigen Tag gelang es keinem Staatsanwalt, ihn zu verknacken. Die Liste seiner Bauernopfer ist lang. Die überwiegende Zahl nahm die Schuld auf sich, ging für ein paar Jahre in den Knast und genoss im Anschluss ein finanziell sorgenfreies Leben.

Bei genauer Betrachtung ähneln sie sich alle, egal ob sie Russo, Petrow oder sonst wie heißen. Machtbesessene Männer, die ausschließlich auf ihren eigenen Vorteil bedacht und es gewohnt sind, dass die ganze Welt nach ihrer Nase tanzt. Aber was beschwere ich mich? Es ist meine Entscheidung gewesen, diese Klientel zu vertreten.

»Liefern Sie mir eine effektive Lösung, und zwar umgehend.« Gerade strapaziert dieser Wichtigtuer allerdings meine Nerven. Dennoch ist Fingerspitzengefühl gefragt, und ich reagiere beherrscht. Die Bestechung eines Jurymitgliedes in Kombination mit subtil angedrohter Gewalt ist kein Thema für ein Telefongespräch. Vorsicht und ein gesundes Misstrauen sind extrem unerlässlich.

»Sobald ich den Schriftsatz fertig habe, komme ich sofort zu Ihnen.«

Theoretisch könnte ich mich sofort auf den Weg machen, allerdings springe ich für niemanden, auch nicht für einen Mafiaboss. Eine wichtige Regel im Umgang mit Leuten wie ihm ist, niemals Schwäche zu zeigen, nur so ist es möglich, auf Augenhöhe zu arbeiten.

»Hm, ja, na gut«, brummt er, da er weiß, dass ich mich von ihm nicht herumkommandieren lasse.

»Sie wissen, wenn ich sage, ich kümmere mich, ist dem so«, beruhige ich ihn abermals. Seine Nerven sind mittlerweile nicht mehr die besten.

»Sicher, sicher«, lenkt er ein. »Die Nummer meines Chauffeurs kennen Sie. Er steht Ihnen zur Verfügung.«

Ein angenehmer Service, den ich gern in Anspruch nehme.

Oftmals beendet er ein Telefonat ohne Gruß, dieses Mal bin ich derjenige. Das Setzen von solchen kleinen Akzenten unterstreicht meine Position.

Bewusst lasse ich mir Zeit und fordere erst gegen Abend die Limousine an, die mich zur 432 Park Avenue bringen soll, in der die Russos eine luxuriöse Stadtresidenz auf vierhundert Quadratmetern besitzen. Das Familienoberhaupt prahlt nur allzu gern mit dem erlangten Reichtum und lässt dabei keinerlei Gelegenheit aus. Die Immobilie gehört definitiv zu seinen Statusobjekten, denn es bedarf keiner Erklärung über den Marktwert. Selbstredend ist allgemein bekannt, wie das Vermögen entstand, aber niemand spricht darüber.

Den gesellschaftlichen Status pflegt insbesondere Mrs Russo, die mich wie immer elegant gekleidet empfängt.

»Mr Crawford, mein Mann erwartet Sie in der Bibliothek.«

»Mrs Russo, kann es sein, dass Sie mit jedem Mal, wenn wir uns begegnen, jünger aussehen?« Ich spiele gern den Charmeur, und sie reagiert mit einem Augenzwinkern.

Das Dienstmädchen nimmt mir den Sommermantel ab, und die Dame des Hauses begleitet mich.

»Ich hoffe, Sie schaffen es, ihn zu beruhigen, es ist ungesund für sein Herz.« Ihre Stimme klingt besorgt. Ich bewundere sie für ihre Haltung und die unerschütterliche Liebe zu ihrem Ehemann, und das, obwohl sie von all den Morden und Grausamkeiten, die auf sein Konto gehen, weiß. Vermutlich kompensiert sie es mit ihrem ausgeprägten christlichen Glauben und den von ihr ins Leben gerufenen Stiftungen.

»Ich bin mir sicher, es wird mir gelingen«, versuche ich sie mit einem aufmunternden Nicken zu beruhigen. »Sie kennen meinen Einfluss auf ihn.«

»Ich wünschte, mein Sohn Alessandro würde seinem Vater weniger Kummer bereiten und auf Sie hören.« Die klassischen Sorgen einer Mutter.

Mich ehren die offenen Worte, dennoch halte ich mich zurück. Alessandro ist ein Arsch, ein kleiner, dicker kläffender Köter, der mit allen Mitteln um Anerkennung buhlt. Er ist dumm, und das ist in Kombination mit Machthunger und Geltungssucht eine brandgefährliche Mischung. Bereits seine Anwesenheit nervt, die leider in der letzten Zeit zunimmt.

Mrs Russo verabschiedet sich, und ich klopfe an die massive, weiß lackierte Zimmertür und warte auf eine Antwort.

»Ja!«, höre ich den Alten, gleichzeitig öffnet mir Alessandro die Tür und ich betrete einen mit Zigarrenqualm durchzogenen Raum.

»Joel.« Es ist unschwer zu erkennen, wie er sich ein Lächeln abringt. »Wir erwarten Sie bereits.« Er mustert mich, und ich sehe in seinen wässrig blauen Augen den Neid. Ich wäre auch neidisch, wenn ich mich im Alter von achtundzwanzig Jahren figürlich und vom Haarwuchs meinem siebzigjährigen Vater annähern würde.

Der vorliegende Fall ist insbesondere problematisch, da sich die Gegenseite nicht auf einen Vergleich einlassen wollte. Wie dumm muss man sein. Bei der Umsetzung ist Sand im Getriebe, und das ärgert mich. Ein pikanter Fall, bei dem ich ein Familienmitglied der Russos vertrete, das kurze Zeit später ebenfalls erscheint.

Heute Abend gilt es insbesondere die Gemüter zu beruhigen und dafür zu sorgen, dass die Hitzköpfe nicht überreagieren. Das wäre nicht das erste Mal. Vielleicht liegt es am Erbgut eines Mafioso, dass die meisten der körperlichen Gewalt nicht abschwören. Nach verhältnismäßig kurzer Zeit habe ich mein Ziel erreicht und unterbreite einen Vorschlag, der Zustimmung findet. Dennoch ist mir nicht entgangen, dass Alessandro vergeblich versucht, meine Kompetenz zu untergraben. Dieses einfältige Würstchen ist mir jedoch nicht im Geringsten gewachsen. Fakt ist: Wir sind und werden keine Freunde. Aber er ist in meinem Leben so unbedeutend, dass es sich nicht lohnt, auch nur einen Gedanken an ihn zu verschwenden.

~

Am nächsten Tag erhalte ich zum ersten Mal einen direkten Anruf meines russischen Klienten aus Chicago. Petrow ist höchstzufrieden, und die Gefahr, als Leiche in seiner Müllverbrennungsanlage zu landen, tendiert gegen null. Das neue Konzept, die Umschichtung seines Vermögens hielten mich die letzten Wochen auf Trab. Einmal flog ich sogar in die Schweiz, um mich höchstpersönlich um einen Transfer zu kümmern. Das, was jedoch zählt, ist, dass alle am Ende zufrieden sind.

Da tatsächlich nichts Dringendes anliegt, beschließe ich, mir heute Abend endlich mal wieder eine Ausfahrt mit meiner Harley zu gönnen. Kleine Highlights, die mir den knallharten Alltag versüßen.

Mit einer gewissen Vorfreude sitze ich relaxt, die Füße auf dem Tisch, wippe ständig hin und her und spiele mit einem Kugelschreiber zwischen den Fingern. Bevor ich das Büro verlasse, sinniere ich über eine gewiefte Strategie, um einen Mandanten optimal zu vertreten. Dieser Vollidiot ist mit seinen fünfundzwanzig Jahren ein Wiederholungstäter, was die Angelegenheit kompliziert macht. Die Jury ist bei solchen Fällen unnachgiebig. Ob ich einen Zeugen aus dem Hut zaubern soll, der ihm ein stichhaltiges Alibi verschafft? Zumindest ein erster Ansatz.

Das Handy vibriert, und ich werfe einen Blick auf die Nummer. *Mein alter Herr, was will der denn?* Unschlüssig, ob ich das Telefonat annehmen soll, runzele ich die Stirn. *Okay.* Schwungvoll nehme ich die Füße vom Tisch, angle nach dem Telefon und wische über das Display.

»Vater, was für eine Überraschung, hallo.« Meine Tonlage ist distanziert, sie entspricht unserem Verhältnis.

»Joel, schön, dass ich dich erreiche.« Täusche ich mich oder klingt er angespannt?

»Ich bin im Büro und arbeite an einer Vermeidungsstrategie.« Die Info muss ich platzieren. »Der Sohn von Luciano Conti, ihm gehören zig Nachtclubs«, füge ich mit einem inneren Grinsen ungefragt hinzu.

Seine Reaktion fällt wie erwartet aus. »Ich möchte nichts Näheres wissen.«

»Conti zahlt einen unglaublich hohen Stundensatz, das lohnt sich«, lege ich nach. Zwar habe ich ihn provoziert, dennoch ärgere ich mich. Er weigert sich weiterhin, meinen eingeschlagenen Weg zu akzeptieren.

»Joel, lassen wir das. Ich rufe in einer delikaten Angelegenheit an.« *Oha.* »Nun ...« Er räuspert sich, und ich höre deutlich an seiner Stimme, wie unangenehm ihm der Anruf ist. Allein das ist ein Grund, sich erneut bequem hinzusetzen. Entspannt lege ich erneut die Füße auf den Schreibtisch und schalte den Lautsprecher ein. »Einer deiner Onkel, James Crawford, ist gestern verstorben.«

»Das tut mir leid, aber du rufst nicht an, um mir die Todesnachricht zu überbringen.« James Crawford und ich vertraten unterschiedliche Auffassungen, er distanzierte sich klar und deutlich von meinen Mandanten. Aufgrund dessen brach er den Kontakt zu mir vor Ewigkeiten ab.

»Die Welt hat einen Samariter weniger«, rutscht es mir heraus.

»Das ist pietätlos!« Die Entrüstung ist unüberhörbar.

»Entschuldige«, lenke ich ein, denn ich bin über den Maßen neugierig, was hinter dem Anruf steckt.

»In einem muss ich dir bedauerlicherweise recht geben ...« *Ah, ein Lob aus seinem Mund, das verspricht spannend zu werden.* »Er hat es mit seinen Pro-Bono-Fällen leider übertrieben.«

»Das wundert dich?« Verständnislos schüttele ich den Kopf. »Obwohl man nichts Abfälliges über einen Toten sagen sollte, er war ein verbohrter Idiot und lebte in einer nicht real existierenden Welt.«

»Ich benötige deine Hilfe«, offenbart er den Grund des Anrufes und kommentiert meine Worte erwartungsgemäß nicht.

»Bitte?« Verwundert kratze ich mich am Kinn. »Nur damit ich es korrekt verstanden habe ... *Du* brauchst *meine* Hilfe?« Ich wiederhole die Worte laut und deutlich. »Wie schwer ist es dir gefallen, mich anzurufen?«

»Schwer«, erwidert er tonlos.

»Zumindest bist du ehrlich.« Ich streite nicht ab, welch erhabenes Gefühl dieser Augenblick bei mir auslöst, und nehme die Füße vom Tisch.

»Ist es dir möglich, heute spontan zum Essen vorbeizukommen?«

»Telefonisch können wir nicht darüber sprechen?« Fragend ziehe ich die Stirn in Falten. Der Gedanke, mit meinen Eltern in einer steifen Atmosphäre Abend zu essen, ist wenig verlockend.

»Nun, deine Mutter würde sich freuen, dich endlich mal wiederzusehen.« Im Hintergrund höre ich, wie er hin und her wandert. Die lederbeschlagenen Schuhsohlen verursachen auf dem Marmorfliesen ein klackerndes Geräusch. »Es ist zu Komplex.«

»Das ist wenig konkret.« Auf dem Tisch steht eine offene Wasserflasche, nach der ich greife. »Da du dich durchgerungen hast, mich um Hilfe zu bitten, scheint es wahrhaftig eine mittelschwere Katastrophe zu sein.« Die Ironie in meiner Stimme ist unüberhörbar. Wenig überraschend schweigt er, und ich trinke einen Schluck.

»Joel, bitte, es geht um die Familie«, schaltet sich unerwartet meine Mum ein.

»Mum, du weißt, dass dies für mich kein stichhaltiges Argument ist.«

»Joel, das wissen wir, aber es ist von sehr großer Tragweite, bitte.«

Kurz schließe ich die Augen und atme tief durch. Ihr etwas abzuschlagen, fällt mir schwer. »Okay, einverstanden. Dir zuliebe.« Es ist mir wichtig, das extra zu erwähnen, um meinen Standpunkt zu verdeutlichen.

»Um sieben Uhr?«, übernimmt sie die Regie.

»Richte ich mir ein.«

»Danke, Joel«, höre ich Dad im Hintergrund. *Dank mir nicht zu früh.*

Pünktlich parke ich die Harley vor dem Eingang des villenähnlichen Hauses, das bei dem Wetter und den blühenden Sträuchern und Blumen einladend aussieht. Ein perfekter Tag, um es potenziellen Kaufinteressenten zu zeigen. Zwar bin ich hier aufgewachsen, verbrachte aber viele

Jahre auf einem Internat. Eine emotionale Verbindung zu dem Gebäude habe ich deswegen nicht. Die Vergangenheit liegt hinter mir, ich lebe im Hier und Jetzt, und ehrlich gesagt ist es mir egal, was mit dem Haus passiert.

Ich steige ab und bocke mein Schätzchen auf. Das Chrom blitzt in der Sonne. Was für eine Schönheit. Gespannt auf die pikanten und komplexen Hintergründe, springe ich die Stufen zum Eingang hinauf, die Tür öffnet sich und ich werde direkt herzlich von Mum empfangen.

»Ach Junge, ich bin so erleichtert, dass du gekommen bist.« Sie wirkt angespannt.

»Bitte, warten wir ab«, versuche ich ihre Euphorie zu bremsen. »Sobald ich erfahre, worum es sich handelt, kann ich dir sagen, ob ich der Familie helfe.«

Sie sieht mich liebevoll an und drückt meine Hand. Ja, Mütter haben es drauf, wenn es sich darum dreht, ihre Söhne emotional zu manipulieren.

Zwei Stunden später ist das Geheimnis gelüftet. Die Klienten, die ich vertrete, treten regelmäßig mit pikanten, zum Teil komplizierten oder illegalen Angelegenheiten an mich heran. Aber das hier übertrifft so einiges.

»Fassen wir das jetzt einmal zusammen.« Wir sitzen auf der Terrasse und beenden das Essen mit einem Kaffee. Um meine Mundwinkel zuckt es. Unverblümt gestehe ich mir zu, dass es mir gefällt, Dad in der Rolle des Defensiven zu erleben. Allerdings brauche ich das nicht sonderlich hervorzuheben, ihm ist die Tatsache bewusst.

»Ich soll sozusagen die Karre aus dem Dreck ziehen?« Mit einer Hand fahre ich mir durch die Haare, dabei rutscht der Ärmel meines körperbetonten T-Shirts über den Bizeps und bringt eines der Tattoos zum Vorschein. Er hasst Tattoos, denn so etwas haben für ihn nur kriminelle Underdogs.

»Wenn du das so auf den Punkt bringen möchtest, ja.« Er sitzt mit geradem Rücken bewegungslos auf dem Stuhl und hat die Hände gefaltet vor sich.

Mum zieht sich bei der Art von Gesprächen ab einer gewissen Zeit zurück.

»Die Kanzlei ist pleite, hat diverse Verbindlichkeiten und zwei verdammte Pro-Bono-Fälle an der Backe, die solch gesellschaftliche Relevanz besitzen, dass der Imageschaden des Namens Crawford beträchtlich wäre, sofern wir die Mandate niederlegen, richtig?«

Durch den versteinerten Gesichtsausdruck befürchte ich, dass der eigentliche Hammer noch kommt. Denn bislang liegt kein triftiger Grund vor, mich mit ins Boot zu holen. Obwohl es mich reizt, ihm dies unter die Nase zu reiben, halte ich mich zurück.

»Die Verbindlichkeiten sind das Problem«, setzt er an und senkt den Kopf, blickt auf den Tisch. Ja, am Himmel der Familie Crawford haben sich dunkle Wolken zusammengebraut und der Sturm wird in wenigen Augenblicken ausbrechen.

»Vladimir Ivanov, ich vermute, der Name sagt dir was?«

»Allerdings.« Mein Blick verdüstert sich. »Ein Syndikat, mit dem man sich besser nicht anlegt.«

Dad nickt und knetet seine Hände. »Es ist absurd, dass ich überhaupt so etwas erleben muss.« Für meinen überkorrekten alten Herrn eine krasse Ohrfeige. »Ohne das Wissen der Familie hat ... hat James die Schulden nicht bei einer Bank ...« Mit Daumen und Zeigefinger reibt er sich die Nasenwurzel.

»Du musst nicht weitersprechen«, erlöse ich ihn. »Der Gläubiger ist die russische Mafia.« Ich lehne mich zurück und taxiere ihn, zwinge ihn dazu, mich anzusehen. »Weshalb begleicht ihr die Verbindlichkeiten nicht? An Geld scheitert es nicht.«

»Der Familienrat hat beschlossen, sich nicht ohne Weiteres auf die abenteuerlichen Forderungen einzulassen.«

Der Familienrat der Crawfords ist eine alte Tradition und trifft sich, sobald weitreichende Entscheidungen anstehen.

»Du weißt, was ich davon halte, einer der Gründe, weshalb ich meine eigenen Wege gehe«, erwidere ich mit ruhiger Stimme, obwohl meine Toleranzgrenze weit überschritten ist. Inzwischen ahne ich, wohin die Reise geht. »Was wollt ihr von mir?« Sofern ich richtigliege, wäre es der Gipfel der Frechheit. In Anbetracht der Vermutung verschärft sich automatisch meine Tonlage.

»Wir sind einstimmig zu der Überzeugung gekommen, dass wir dich bitten möchten, die Verhandlungen für uns zu führen ...«

»Ja, weil?« Die imaginäre Anzeige meiner aushaltbaren Gelassenheit ist im dunkelroten Bereich, und es wird nicht mehr lange dauern, bis ich explodiere.

»Wir sind der Meinung, dass du die besseren Voraussetzungen für solche Gespräche mitbringst und auch in den Kreisen über einen gewissen Einfluss verfügst.«

Das war's, BÄM! Wie eine Rakete schieße ich in die Höhe. »Das ist ein Witz, oder?« Unkontrolliert schlage ich mit der flachen Hand auf den Tisch, sodass das Geschirr klappert. »Ich würde zu gern wissen, was in euren Köpfen vorgeht.«

Mum eilt aufgrund der Lautstärke auf die Terrasse. Dad steht ebenfalls auf und stützt sich mit den Händen auf der Tischplatte ab.

»Wirst du deine Familie unterstützen?« Seine Halsschlagader pocht und die Stirn ist von Schweiß überzogen.

»Meine Familie?« Mein höhnisches Lachen schallt durch den gesamten Garten. »Das schwarze Schaf, der, der sich nicht den unflexiblen, verbohrten und verstaubten Traditionen beugen wollte und quasi abgestraft wurde, weil seine Mandanten kriminell sind?« Die Luft brennt, und nicht einmal Mum schafft es, mich zu bremsen. »Unabhängig davon hat jeder Bürger das Recht auf eine anwaltliche Vertretung, aber ehrlich gesagt, scheiß auf die Verfassung.« Fakt ist, hier, jetzt und heute ist das Familienband endgültig zerrissen.

Parallel zu den überkochenden Gefühlen rattert es jedoch im Hinterkopf. Welche Vorteile entstehen für mich?

Wie nutze ich die Situation, um für meine Kanzlei Profit herauszuschlagen, mein Image zu optimieren? Seit geraumer Zeit spiele ich mit dem Gedanken zu expandieren. Mehr Anwälte, größere Büroräume, Spezialisierungen auf Fachbereiche ... Einige Male atme ich tief und kontrolliert durch. Dabei schließe ich die Augen. Eine effektive Maßnahme, um mich schnellstmöglich zu beruhigen. Meine Eltern rühren sich nicht, ihre Gesichter sind bleich. Einen solchen emotionalen Ausbruch sind sie von mir nicht gewohnt. Mein Puls- und Herzschlag normalisieren sich, sodass ich in der Lage bin, die Unterhaltung auf einer sachlichen Ebene weiterzuführen. In Sekundenschnelle manifestiert sich meine Idee. Blitzschnelles Reagieren gehört zu meinen Stärken und ist insbesondere vor Gericht hilfreich.

»Setzen wir uns wieder«, gebe ich den Ton an. »Mum, du bleibst bitte hier.«

Schweigend schenkt sie die Wassergläser voll.

»Okay, ich bin grundsätzlich bereit, mir einen Überblick zu verschaffen.« Die Erleichterung auf den Gesichtern meiner Eltern ist unübersehbar. »Moment ... Es ist keineswegs eine Zusage.« Mit einem Schluck leere ich das Glas. »Sofern ich für mich persönlichen Benefit sehe, werde ich es unter eigenen Bedingungen in Erwägung ziehen.«

»Einverstanden.« Um Dads Mundwinkel zuckt es.

»Ja, was denn sonst?« Den ironischen Unterton hebe ich deutlich hervor. In diesem Match spielen wir nach meinen Regeln. Ein triumphaler Augenblick!

NEUN

Faye

Die Ungewissheit, wie es mit der Kanzlei weitergehen wird, belastet mich. Mit dem Tod von James Crawford zerplatzten von heute auf morgen sämtliche berufliche Träume. Objektiv betrachtet brauche ich mir keinerlei Sorgen zu machen. Juristinnen mit meinen Qualifikationen und Noten sind begehrt.

Es fällt mir dennoch schwer, optimistisch in die Zukunft zu sehen. Seit Jahren arbeitete ich darauf hin, und PUFF, mein Lebensziel löst sich in Luft auf.

Verbittert erkenne ich, dass meine zweite Lebensplanung gescheitert ist. Mir schnürt es die Kehle zu und mein Magen verkrampft. Es ist ungerecht. Wieso spielt mir das Leben so übel mit?

Wie viele Tränen ich geweint habe, frage ich mich bis heute. Unendliche. So wie auch die Trauer in meinem Herzen unendlich ist.

Wo würde ich momentan stehen, wenn das Schicksal nicht derart zugeschlagen hätte? Es ist Unsinn, darüber nachzudenken, doch es geschieht zwangsläufig. Vielleicht sollte ich künftig nichts mehr planen, da ich offensichtlich dazu verdammt bin, dass sich meine Träume in Albträume verwandeln.

Joel – er schaffte es, mich für eine kurze Zeit, für wenige Stunden, aus dieser Einsamkeit herauszuholen. Die Erinnerung, wie ich aus heiterem Himmel wieder die frühere Faye verkörperte, ein Gefühl wie in einem Märchen. Um sich intensiver darauf einzulassen, fehlte mir allerdings der Mut. Nur ein Gedankenspiel, denn von seinen Gefühlen habe ich keine Ahnung. Erleichtert über seine coole Reaktion, glaubte ich zunächst besser mit meinem Rückzug umgehen zu können. Oft grübele ich darüber, was gewesen wäre, sofern ich nicht fluchtartig das Loft verlassen hätte. In manchen Nächten flüchte ich in diese Fantasiewelt. Es ist ein gefährlicher Grat, auf dem ich mich bewege. Wenn ich morgens aufwache und feststelle, dass alles nur in einem Traum stattfand, ist die Enttäuschung übermächtig.

Ernüchterung macht sich in mir breit. In den leidenschaftlichen Fantasievorstellungen spüre ich Joels Lippen auf meiner Haut. Körper, Geist und Seele stehen in Flammen. Pure Ekstase. Und nun? Kein Sex unter der Dusche, eine Kuchenschlacht wird in naher Zukunft ebenfalls nicht anstehen, und von dem klebrig süßen phänomenalen Ende mag ich überhaupt nicht sprechen. Ernüchternd.

»Miss, wir sind da«, holt mich der Taxifahrer aus meinen Gedanken und ich zucke zusammen. Auf der Fahrt ins Büro verschwand die Welt um mich herum. Heute ist ein bedeutender Tag, denn in wenigen Stunden wird über das Schicksal der Kanzlei entscheiden.

Ich bin äußerst angespannt, sodass ich ausnahmsweise ein Taxi nutze. Die Vorstellung, in einer vollen U-Bahn zu stehen, löste Übelkeit in mir aus. Möglicherweise ist es die letzte Taxifahrt, die ich mir leisten kann. Ich rechne mit allem. Den Gerüchten zufolge gibt es ein großes Ausputzen. Was immer das bedeutet. Die Ungewissheit nervt. Was mich ebenfalls wahnsinnig ärgert, ist, dass Mrs Hunter und ich nicht für eine Sekunde eingebunden wurden. Drei Tage nach dem Tod rückte ein Schwarm Anwälte an, verschanzte sich in einem der Konferenzräume und benutzte uns als Aktenträger. Auf unsere Mithilfe legten sie keinen Wert. Die IT versorgte die düsteren Herren mit allen Passwörtern, sodass sie auf sämtliche Daten und Korrespondenz zugreifen konnten. Echte Arschlöcher. Insbesondere da mein Boss nicht einmal beerdigt worden war. Dennoch entschlossen wir, die Füße stillzuhalten und abzuwarten.

Eine Woche nach James Crawfords Tod wurde er in einem würdevollen Rahmen beigesetzt. Die Beerdigungsfeier empfand ich seinem Status angemessen, was ich von dem Umgang mit seinem Lebenswerk bislang nicht behaupten kann.

Wie am ersten Tag betrete ich mit klopfendem Herzen den Büroturm. Wie jeden Morgen ist hier ein riesiges Getummel.

Statt unmittelbar zu der Zugangskontrolle zu hasten, steuere ich die Cafébar an. Mrs Hunter, mit der ich über die letzten Wochen ein super Arbeitsverhältnis aufgebaut habe, rief mich gestern Abend an, um sich mit mir vor der Arbeit zu treffen. In Zeiten wie diesen hinterfrage ich ihren Vorschlag nicht. Ich ahne jedoch, dass sie Informationen hat, die unsere Zukunft betreffen.

»Faye!« Sie winkt mir zu und ich eile zu dem Tisch. Wie immer zeigt sie keine echte Gefühlsregung, bleibt vollkommen neutral.

»Mrs Hunter, guten Morgen.« Dass ich sie mit Mrs anspreche, dem stimmte sie zu. Ebenso verwende ich auf eigenen Wunsch ihren Nachnamen. Möglicherweise bin ich konservativ, dennoch ist es für meine Person eine Frage des Respekts. Sie ist ein Schatz und hat den gesamten Durchblick, ohne sie wäre ich gnadenlos untergegangen. Der Tod von James Crawford hat sie heftig getroffen. Auch wenn sie es nicht zeigt, ist ihr Herz voller Trauer. Ob die beiden eine Affäre oder gar mehr verband, weiß ich nicht. Darüber spricht sie nicht. Ich würde mir für sie wünschen, nicht ihr ganzes Leben ohne Hoffnung verbracht zu haben.

Mit Magengrummeln setze ich mich zu ihr. »Danke für den Kaffee.«

»Gern.« Nervös knetet sie ihre gepflegten Hände. Ich bewundere sie für die perfekt lackierten Fingernägel, so was kriege ich nicht hin.

»Haben Sie Neuigkeiten?«, komme ich postwendend auf den Punkt.

»Wie Sie wissen, brodelt die Gerüchteküche seit einiger Zeit. Welches der Familienmitglieder die Nachfolge antritt, ist bislang völlig unklar.«

»Es ist unfair, uns hinzuhalten.« Verärgert rolle ich die Augen. »Das sorgt für übermäßige Unsicherheit.«

»Die Mutmaßung, dass die Kanzlei verkauft werden soll, ist vom Tisch«, klärt sie mich auf.

Erleichtert atme ich auf. »Das klingt positiv.«

»Es hätte uns nicht schlimmer treffen können«, vernichtet sie mit leiser Stimme den winzigen Anflug von Hoffnung.

Unweigerlich schießt mir ein Schreck durch die Glieder. »W-a-s b-e-d-e-u-t-e-t d-a-s?«

»Wie ich hörte, ist eine vollständige Umstrukturierung geplant.« Sie senkt den Blick. »Die Ideologie von James wird langfristig nicht fortgeführt. Der Entschluss ist unwiderruflich.« Es ist das erste Mal, dass sie in meiner Gegenwart seinen Vornamen benutzt.

»Oh, das muss ja nichts heißen«, versuche ich etwas Zuversicht einzubringen und trinke einen kleinen Schluck Kaffee, der inzwischen kalt ist. »Die Neuausrichtung und neue Klienten müssen ja nicht zwangsläufig schlecht sein.« Woher ich gerade den Optimismus hernehme, ist mir rätselhaft, da ich Veränderungen normalerweise skeptisch gegenüberstehe.

»Nun ja, wenn Sie Mafiosi und Kriminelle zu einer gelungenen Erweiterung unserer Mandanten betrachten, gebe ich Ihnen recht.« Ein tiefer Seufzer und Kopfschütteln unterstreichen ihre Betroffenheit.

»Puh …« Mehr bringe ich nicht heraus. Den Spruch,

dass jeder ein Anrecht auf eine Verteidigung hat, spare ich mir. Der Gedanke, Mörder, Vergewaltiger oder korrupte Politiker zu vertreten, löst einen akuten Brechreiz in mir aus. »Tja, wenn das so ist, werde ich kündigen. Meine Ideale verrate ich nicht«, erkläre ich umgehend mit fester Stimme. Es fehlt nur noch, dass ich mit der Faust auf den Tisch schlage, um meiner Aussage Nachdruck zu verleihen.

Mrs Hunter ist anzusehen, wie ihr die gesamte Situation zusetzt. Ihre berufliche Zukunft sieht leider eher düster aus, das wissen wir beide. Ironisch betrachtet werden junge knackige Assistentinnen mit langjähriger Berufserfahrung gesucht – eine ätzende Entwicklung.

»Es war mir wichtig, dass Sie es vor allen anderen erfahren.«

»Danke, Mrs Hunter, das verringert den Schock und ich kann mich darauf einstellen.« Ein Lächeln gelingt mir nicht. Das Loch in der Magengegend nimmt inzwischen riesige Ausmaße an.

Sie wirft einen Blick auf ihre Armbanduhr. »Dann lassen Sie uns in die Höhle der Löwen gehen und abwarten, was uns im Detail erwartet.«

Wie Verbündete marschieren wir zu den Aufzügen. Auf dem Weg nach oben erinnere ich mich an den ersten Tag und wie happy ich war, da ich endlich dazugehörte. Ein leiser Seufzer entweicht mir, und ich senke traurig den Kopf. Schweigsam steigen wir aus. Die angespannte Atmosphäre ist deutlich spürbar. Mir ist schlecht. Noch eine halbe Stunde.

Neuordnung hin oder her, und solange ich nichts Konkretes höre, gehe ich meiner Arbeit nach. Es sind morgens zuallererst Routinegriffe. Dazu gehört es, sofort die Mails zu checken. Wir tauschen uns oft intern darüber aus, und da sammelt sich ruckzuck eine Menge an. Beim Eingeben des Passwortes erhalte ich eine Fehlermeldung.

»Hä? Was ist das denn für ein Mist?« Ungläubig runzele

ich die Stirn. *Okay, du bist nervös, versuch es ruhig und konzentriert ein zweites Mal.* Erneut funktioniert es nicht. Fluchend springe ich auf, um nachzuhaken, ob die Kollegen ebenso Probleme haben. Herrschte beim Betreten der Kanzlei *nur* eine angespannte Stimmung, ist inzwischen ein riesiger Tumult ausgebrochen. Alle sprechen aufgelöst durcheinander.

»Urplötzlich sind sämtliche Rechner ausgefallen.«

»Ich kann mein Passwort nicht mehr benutzen.«

»Die Zugangskarte zu dem Technikraum ist gesperrt.«

Die Worte fliegen mir um die Ohren.

»Was ist das denn für ein Benehmen?«

»Unfassbar, eine Frechheit.«

Mir fällt dazu leider nur eines ein: Das sind Mafiamethoden.

Wie bei einem Viehauftrieb bewegen wir uns in den größten Konferenzraum der Kanzlei. Die Luft brennt, und auch ich gebe mir keine Mühe, die aufkommende Wut zu unterdrücken. Der Entschluss, den Job zu kündigen, verfestigt sich bereits nach einer halben Stunde. *Nicht mit mir.*

Die Stimmung der Belegschaft schwankt zwischen Sorge, Entrüstung und Entschlossenheit.

»Was bilden die sich ein?«, brumme ich meiner Sitznachbarin zu. »Zehn Minuten über die Zeit, eh eine Frechheit, uns warten zu lassen.«

Am liebsten würde ich direkt aufstehen und mir das Gelaber nicht anhören. Es wird mich sowieso nicht betreffen. Je länger wir abwarten, desto mehr drehe ich durch mein Wissen am Rad. Vielleicht stürmt gleich ein Killer der Mafia herein und ballert uns ab. Problem gelöst.

Bevor der gnädige Herr oder die hochverehrte Dame uns die Ehre gibt, teile ich aufgeregt die Ereignisse per Gruppenchat mit den Mädels. Die Empörung ist einstimmig, und der Entschluss, sofort zu kündigen, findet Zustimmung. Obwohl ich sicher bin, schnell einen neuen Job zu finden, wollte ich eine erste Rückendeckung. Für unser Zusammenleben ist es wichtig, dass die drei meine Entscheidung mittragen, schließlich splitten wir die Kosten auf. Erleichtert lehne ich mich zurück, und die extreme Anspannung verschwindet.

Die Unruhe im Raum nimmt zu, denn inzwischen ist es halb zehn.

»Mir reicht es«, zische ich für alle gut hörbar. Genervt springe ich auf. »Es ist eine Unverschämtheit, uns derart vorzuführen. Und dass man uns den Zugang zu unseren Rechnern verwehrt, ist der Gipfel der Dreistigkeit.« Üblicherweise halte ich mich zurück, gehöre nicht zu denen, die für Aufruhr sorgen. *Das wäre meine erste Revolution.* Zu meiner Freude erhalte ich zustimmendes Nicken und Raunen. Angespornt durch den Zuspruch, lege ich nach. *Ich kündige ja eh!* »Wir sind hier keine dressierten Affen, die auf die Fütterung warten, sondern qualifiziertes Personal, und wir erwarten einen respektvollen Umgang.«

»Miss Faye Buttler, setzen Sie sich«, höre ich eine Männerstimme im Rücken, deren Schärfe Papier zerschneiden könnte. »Oder möchten Sie die Moderation des Meetings übernehmen?« Von irgendwoher kenne ich die Stimme. Allerdings spreche ich täglich mit enorm vielen Menschen und kann sie nicht zuordnen. Was mir jedoch missfällt und meinen Ärger anfacht, sind die ungehobelte Tonlage und der Spruch. *Typisch Unterwelt. Vermutlich ist das der neue Umgangston, aber nicht mit mir.*

Sowieso in Fahrt, schieße ich herum, um mit *das ist ein Angebot, das ich gern annehme* zu kontern.

Doch schlagartig rutscht mir ein schrilles »Ach du Scheiße« heraus. Sofort drehen sich zig Köpfe in meine Richtung. Joel – nein, das ist ein Albtraum! Gefühlt dreitausend Blitze rauschen von unten nach oben, die Beine verwandeln sich in eine weiche Masse und mir stockt der Atem. Zusammengefasst stehe ich kurz vor einem Herzinfarkt. Langsam hebe ich den Kopf, richte meinen Blick auf ihn und sehe in funkelnde Augen. Sie durchbohren mich. Abrupt fühle ich mich nackt. Er ist der Einzige im Raum, der jeden Zentimeter meines Körpers kennt. Der weiß, wie ich schmecke und wie ich die Orgasmen herausschreie – intimste Details! Kreidebleich sinke ich auf den Stuhl und starre auf den Boden. Obwohl niemand nur den Hauch einer Ahnung hat, möchte ich im Erdboden versinken. Der Entschluss, zu kündigen, steht fest. Gewiss werde ich nicht für jemanden wie ihn arbeiten. Unabhängig von meiner höchstpeinlichen Ausgangslage zeigt er sofort seinen Arschlochcharakter.

»Meine Damen und Herren, ich habe heute das Meeting einberufen, um Sie über die Zukunft der Kanzlei zu informieren.«

Aus den Augenwinkeln beobachte ich ihn. Souverän präsentiert er sich vor dem Team. Der teure und maßgeschneiderte Anzug unterstreicht die athletische Figur. Niemand wird vermuten, dass sich unter dem feinen Zwirn ein Körper aus Stahl und filigran gestochene Tattoos verbergen. Die Haare trägt er heute streng frisiert, das verleiht ihm mehr Seriosität. Ich will das nicht empfinden, verdammter Mist – doch er ist heiß, abgöttisch sexy ... aufregend dominant, ein Sexgott. Zum Glück kündige ich.

ZEHN

Joel

Was für ein Auftritt! *Faye Buttler, du bist eine Zicke.* Ich genieße es, wie sie mich perplex anstarrt und es ihr die Sprache verschlägt. *Die Überraschung ist mir vollends gelungen.* Nicht einer sagt ein Wort, alle halten den Atem an. Aber so weiß die gesamte Belegschaft, wo der Hase langläuft. Niemand widerspricht mir, wagt es, dumme Sprüche abzusondern. *Leider brauche ich dich noch, sonst würdest du im hohen Bogen aus meiner Kanzlei rausfliegen.*

Die Entscheidung, auf die Bitte des Familienrates einzugehen, fiel mir nicht leicht. Ich überlasse nichts dem Zufall – denn Erfolg kommt nicht einfach so angeflogen, sondern ist die Fähigkeit, aus allem das Optimum herauszukitzeln. Die akribische und detailverliebte Vorbereitung und eine konsequente Durchführung sind absolute Voraussetzungen.

Dabei spielt es keine Rolle, ob ich einen Mafiaclan wie die Russos anwaltlich vertrete oder nach reiflicher Überlegung die Kanzlei von James Crawford übernehme. Letztendlich überwiegen die Vorteile, und die Familie akzeptiert sämtliche Forderungen und lässt mir freie Hand, wie ich die Pro-Bono-Fälle ohne Imageverlust abschließe und dafür sorge, dass der russische Clan die Füße stillhält. Kein Einmischen, alleiniger Inhaber sowie Geschäftsführer, und sollte ich mir einen Partner ins Boot holen, bestimme ausnahmslos ich und benötige nicht, wie sonst üblich, die Zustimmung des Familienrats.

Aufgrund des repräsentativen Standorts, der räumlichen Vergrößerung plus auf den ersten Blick qualifizierten Mitarbeitern sehe ich positive Entwicklungschancen.

Um herauszufinden, wen ich übernehme, beschäftigte ich mich intensiv mit jeder einzelnen Vita und ließ die sozialen Netzwerke durchwühlen. Mit all den Parametern lässt sich ein Profil erstellen. Die Basis für ein persönliches Interview.

Die größte Überraschung erlebte ich, als ich herausfand, wer sich hinter dem Namen Faye Buttler verbarg.

Mit einem lauten Lacher schmiss ich mich in den Bürostuhl zurück und kam aus dem Kopfschütteln nicht mehr heraus. Ich las, dass sie nicht nur ein Fan der Philosophie von James, sondern er auch noch ihr Mentor war.

Bei ihrer Einstellung postete sie, dass sie der glücklichste Mensch sei und endlich ihren Traumjob antrete. *Na ja, da hatten sich zwei gefunden.*

»Menschenrechtsanwältin in spe, Robin Hood gegen Korruption und all das Böse auf unserem Planeten ...«, knurrte ich vor mich hin und ärgerte mich über dieses schlagartig auftretende Prickeln in meiner Magengegend. »Verbohrte Idealistin, auch wenn du heiß und zum Anbeißen daherkommst, hast du hier bei mir nichts zu suchen.«

Bei der Durchsicht ihrer sozialen Netzwerkkontakte und Postings bestätigte sich ihre Ideologie, die sie ebenfalls privat teilt. Sonst gab es wenig Persönliches – pure Langeweile. In ihrem Feed fanden wir geteilte Beiträge über vermisste Kinder, Katzen und Hunde, Menschenrechtsaktivisten, Umweltskandale. Der uninteressanteste Mensch des gesamten Universums.

Dennoch blieb mein Blick an ihrem Bewerbungsfoto

hängen. Fotos wie diese sind spießig und von der Realität oftmals weit entfernt. Fayes Foto stellte keine Ausnahme dar. Doch ob ich wollte oder nicht, tauchte eine völlig andere Frau vor meinem geistigen Auge auf. Dazu fiel mir nur ein einziger Satz ein: *Stille Wasser sind tief!*

Die abzeichnenden Niederlagen, egal welcher Art, hake ich ab, sobald ich erkenne, meine Ziele nicht zu erreichen. Abweichungen von der Regel gibt es nicht. Niemals werde ich auf Knien hinter ihr herumrutschen, scheißegal wie brandheiß ich Faye finde. Unabhängig davon waberte in mir das verletzte Ego, wie sie es wagte, mich quasi abzuservieren. Konsequent verbot ich mir jegliche Gedanken an sie, an die leidenschaftlichen Stunden und besonders an die Gefühle, die mich überrannten. Und ja, ich suchte und fand meine körperliche Befriedigung.

Notiz an mich selbst: ab sofort nur noch Miss Buttler!

Nachdem ich ihr ihren Status verdeutlichte, wende ich mich an die Belegschaft. Routiniert vor Gericht zu sprechen, verschiedene Tonlagen oder Gesten optimal einzusetzen, ist mein Alltagsbusiness. Auf den Punkt und scharf formulierte Fragen sind eine gefürchtete Waffe. Was mir bei all dem zugutekommt, ist das Wissen um meine Ausstrahlung, von der sich die Zeugen der Gegenseite oft genug einschüchtern lassen. Jedem ist bekannt, wer meine Mandanten sind. Niemand darf sich in Sicherheit wiegen, sofern es uns nicht gefällt.

»Meine Damen und Herren, entschuldigen Sie den ungewöhnlichen Einstieg.« Die Blicke richten sich auf Faye. Ja, ich weiß, dass ich unfair agiere, doch ich muss sie unverzüglich auf Distanz halten, damit sie mir nicht zu nahekommt.

Es geschehen viele seltsame Dinge und die Welt ist voll von unvorhersehbaren Ereignissen. Sogar in einer Stadt wie New York City hätte man sich zufällig ein zweites Mal über den Weg laufen können. Unter gewissen Umständen wären wir eventuell wieder im Bett gelandet ... aber das? Ich bin ihr neuer Boss, und mit Mitarbeiterinnen zu vögeln, ist tabu. Das Problem ist ab heute unwiderruflich vom Tisch, denn ich bin durchaus in der Lage, Berufliches und Privates konsequent zu trennen.

»Mein Name ist Joel Crawford, und wie Sie sicherlich gehört haben, werde ich nach dem Ableben meines Verwandten die Kanzlei übernehmen.« Ich sehe in betretene Gesichter, da allen klar ist, dass gravierende Veränderungen anstehen.

Lässig stecke ich eine Hand in die Hosentasche. »Die Philosophie, die ich verfolge, unterscheidet sich grundlegend von der bisherigen.« Niemand wagt nur einen Piep.

»Hier werden ab sofort zahlungskräftige Mandanten vertreten. Pro-Bono-Fälle gehören der Vergangenheit an. Wissen Sie, weshalb?« Eine rhetorische Frage, dennoch schaue ich mit hochgezogenen Augenbrauen in die Runde. »Weil diese Kanzlei ohne meine Übernahme in Grund und Boden gestampft worden wäre. Oder um es in einem Wort auszudrücken – das Unternehmen ist pleite.« Der Schock zeichnet sich in den Gesichtern aller ab. »Für die kostenlose Rettung der Welt sind künftig andere zuständig.«

Mit erhobenem Kopf und ohne eine Miene zu verziehen, fixiere ich einige aus der Belegschaft. Es sind die, die nicht in mein Konzept passen beziehungsweise den alten Strukturen hinterherheulen werden. Der Blick hat die erwünschte Wirkung, und jeder zeigt seine Nervosität auf seine eigene Weise. Miss Buttler ignoriere ich. »Die Kanzlei wird neu strukturiert. Mitarbeiter werden gefeuert, neue kommen hinzu. Das ist das Business.« Gezielt lege ich eine Sprechpause ein. »Vielleicht sind Sie es«, nun zeige ich wahllos mit dem Finger auf die Junganwälte und Sachbearbeiter. »Oder möglicherweise Sie.«

Kurz streift mein Blick Miss Buttler, die in sich zusammengesunken auf dem Stuhl sitzt und ins Nichts starrt. *Anwältin – selbst schuld, dass du dich mit dem Wissen auf sie gelassen hast.* Das Leben wird regelmäßig von statischen Unwahrscheinlichkeiten heimgesucht, auch wenn es dieses Mal echt scheiße ist.

»Selbstverständlich habe ich bereits eine Vorauswahl derer getroffen, von denen ich glaube, sie passen in mein Team.« Erneutes Raunen, und aus den Augenwinkeln sehe ich, wie Miss Buttler die Augen zusammenkneift.

Jetzt wird es spannend. Kleine psychologische Spielchen sind meine Spezialität. »Wer glaubt, dass er oder sie die Qualifikationen und insbesondere die neue Ausrichtung mittragen möchte, steht bitte auf.« Die Spannung im Raum steigt. Wie zu erwarten, bleibt *meine* Miss Buttler mit düsterem Blick sitzen – was ihr jedoch nichts nützt.

Interessiert beobachte ich, wer sich spontan entscheidet, wer zögert. Bingo – von denen, die ich im Vorfeld für ein Interview ausgewählt habe, sind sechzig Prozent aufgestanden. Mein Gespür ist gut, sehr gut! Die Idee, die Passwörter und Rechner für sämtliche Mitarbeiter zu blockieren, diente dem simplen Zweck, einem möglichen Datenklau vorzubeugen. Daten sind das Kapital eines Unternehmens. Erst wenn ein neuer Arbeitsvertrag unterschrieben wurde, erlaube ich den Zugriff.

»Ich werde mich jetzt verabschieden und übertrage Mr Knight die Gesprächsführung.« Mit einer einladenden Handbewegung bitte ich den unauffällig aussehenden Mann zu mir. Doch sein Äußerliches täuscht. Er ist von Beginn an mein Büroleiter, und auf ihn ist Verlass, dass er die Personalangelegenheiten in meinem Sinne vorbereitet, und zwar zügig und effizient. Mein Bestreben ist es, das Team schnellstmöglich zusammenzustellen. Jede Stunde, in der ich mich damit beschäftigen muss, kostet Geld.

Mit dynamischen Schritten gehe ich in das ehemalige Büro von James, das dringend einer Modernisierung bedarf, aber ein Eckbüro ist Pflicht. Eine hervorragende Aussicht, die meinen Erfolg widerspiegelt.

Einen Moment hole ich tief Luft und öffne mein E-Mail-Postfach, das überquillt. Ich brauche zeitnah eine qualifizierte Assistentin. Ms Hunter? *Wer nennt sich heute noch freiwillig Miss?* Ich bin mir sicher, dass sie es nicht schafft, sich nach Jahren auf einen neuen Chef einzustellen. Das entscheide ich aber in den kommenden Tagen, bis dahin stelle ich sie frei. Kein Arbeitsvertrag, kein Zugriff auf die Infrastruktur der Kanzlei.

Um richtig durchstarten zu können, gibt es einige Rituale. Krawatten sind leider ein notwendiges Übel, und sobald ich die Möglichkeit habe, ziehe ich sie aus, das Gleiche gilt für das Sakko. Die Ärmel meines Hemdes kremple ich bis knapp unter die Ellenbogen hoch. Eine Wasserflasche steht griffbereit auf dem Tisch. Auf ein Glas verzichte ich, da ich aus Bequemlichkeit aus der Flasche trinke.

In der Sekunde, in der ich starte, höre ich auf dem Flur Getöse und Stimmen. Urplötzlich fliegt die Bürotür auf. Überrascht ziehe ich die Stirn in Falten, und ja, ich bin baff.

»Mr Crawford ...« Faye steht mit hochrotem Kopf auf der Schwelle. »Sie können mich nicht zwingen, für ... für eine ...« Eine blonde Haarsträhne hat sich aus ihren streng zurückgekämmten Haaren gelöst, ihre Wangen glühen. Der elegante dunkelgraue Hosenanzug sieht super aus! STOP!

»Mr Crawford, entschuldigen Sie, Miss Buttler besteht unter lautstarkem Protest darauf, ausschließlich mit Ihnen zu sprechen.« Mr Knight steht hinter ihr. »In Anbetracht der Problematik ist das wohl unumgänglich.«

Sofort fange ich mich. »Ich kümmere mich, danke schön.« Mit erleichtertem Gesichtsausdruck verschwindet er. Wie sie es geschafft hat, ihn in diese Lage zu bringen, kläre ich später. Dass er quasi kapituliert, ist eine Leistung.

»Miss Buttler, gibt es Probleme?«, frage ich mit scharfem Ton und bleibe sitzen. Natürlich gibt es welche, und ich kenne sie.

»Ja, und tun Sie nicht so, als wüssten Sie davon nichts.« Mit geballten Fäusten steht sie weiterhin auf der Türschwelle. »Das ist Erpressung, Nötigung.« *Herrlich, wie sie aufdreht – daran erinnere ich mich noch sehr gut.* Das sind Gedanken, die gerade völlig fehl am Platz sind.

»Möchten Sie, dass die gesamte Kanzlei Ihr persönliches Problem mithört?«

Mit bebenden Nasenflügeln und zusammengekniffenen Augen tritt sie ein und schließt unsanft die Tür.

»Bitte setzen Sie sich.« Einladend zeige ich auf den Stuhl vor dem Schreibtisch. Was mir auffällt: Sie schafft es nicht, mich anzusehen.

»Nein, das lässt sich auch im Stehen klären.«

»Wie Sie möchten.« Einwilligend hebe ich die Hände.

»Ich werde unter keinen Umständen für Ihre Verbrecherkanzlei …«, setzt sie mit giftigem Ton an.

»Ich rate Ihnen, Miss Buttler, Sie sollten mit Ihrer Wortwahl vorsichtiger umgehen«, unterbreche ich. *Heiße Wildkatze!* Allerdings hat sie keine Narrenfreiheit. Ohne ersichtlichen Grund stehe ich auf, gehe um den Schreibtisch herum und drei Schritte auf sie zu. Uns trennen nur zwei Meter, doch diese verdammte Anziehungskraft ist derart präsent, dass ich sie trotz ihres unverschämten Auftritts am liebsten küssen würde. Das Widerspenstige macht mich an. Beherrscht unterschreite ich die Verbotszone nicht.

»Ihr Vertrag verpflichtet Sie jedoch dazu«, konfrontiere ich sie sachlich mit der Wahrheit.

»Das kann ja sein …« Sie weiß ganz genau, welche Klausel ich anspreche. »Sie können mich nicht zwingen.«

Joel, verdammt, halte Abstand! Ihre Lippen glänzen, da sie mit der Zunge vor Aufregung ab und zu darüber leckt. Bedächtig drehe ich mich um, gehe wieder hinter meinen Schreibtisch und setze mich. Eine zwingend notwendige Maßnahme, da ich merke, wie sehr ich mich nach ihr sehne, sie körperlich begehre. Ihr mit einem ausgebeulten Hosenschritt gegenüberzustehen, ist das Letzte, was ich jetzt brauche. Privates von Geschäftlichem trennen ist gerade sprichwörtlich in die Hose gegangen.

Mit ein paar Klicks rufe ich ihren Arbeitsvertrag auf. »Wenn ich aus Ihrem Vertrag zitieren darf …«

»Ich kenne die Passage, die mich auch bei der Übernahme verpflichtet, aufgrund finanzieller Zuwendungen während des Studiums meine Arbeitskraft mindestens für weitere zwei Jahre der Kanzlei und seinem Nachfolger zur Verfügung zu stellen.« Ihr Körper steht unter Strom.

»Exakt. Es sei denn, dass der neue Inhaber Sie aus dem Vertrag entlässt«, vervollständige ich die Textstelle. »Was ich jedoch nicht vorhabe.«

»Wieso nicht?« Ihre Stimme klingt schrill. »Das ist unmöglich und völlig absurd.«

»Nun, die Ausgangsbasis für eine Zusammenarbeit gestaltet sich unglücklich, da Sie eine komplett andere Auffassung des Rechtssystems haben, die mit meiner kollidiert.« Ich werde mit keinem einzigen Wort unsere private Verbindung erwähnen – denn ich benötige tatsächlich ihre Hilfe. »Weiterhin haben Sie sich verpflichtet, die laufenden Pro-Bono-Fälle im Sinne des jeweiligen Mandanten abzuwickeln, um einen möglichen Imageschaden von der Kanzlei abzuwenden.«

»Ich habe bei der Unterzeichnung niemals damit gerechnet, dass Mr Crawford so kurzfristig stirbt. Es war ein Vertrag, der sich auf die Zukunft ausrichtete.« Ihre Stimmung kippt. Eilig kramt sie in ihrer Handtasche nach einem Taschentuch. »... Nein, ich kann das nicht.« Sie spricht unvermittelt so leise, dass ich sie kaum verstehe. Doch der Satz kommt mir bekannt vor. Um meine Mundwinkel zuckt es, und gerade hasse ich diese Situation, die so absolut verrückt ist, sofern man bedenkt, wie viele Anwälte es in New York gibt.

»Miss Buttler, ich muss leider darauf bestehen, dass Sie Ihren Vertrag einhalten.«

»Und falls ich das nicht will?« Erstaunlich rasch kehrt sie wieder in den Angriffsmodus zurück.

»Dann fechten wir das vor Gericht aus, und ich muss Ihnen nicht sagen, wer da von uns den Kürzeren zieht.« Langsam stresst mich dieses unnötige Gespräch, und ich werde lauter. Das Zucken ist verschwunden. »Ist das angekommen?«

»Es ist angekommen.« Abrupt zittert ihre Unterlippe, und ihr Gesicht ist unvermittelt aschfahl.

Erstmals treffen sich unsere Augenpaare – die verfluchte Anziehung, die Sehnsucht, sie zu berühren. Das gibt ein Desaster. Für uns beide!

ELF

Faye

Mein gesamter Körper steht unter Strom, und ich fürchte, dass mir jeden Augenblick die Beine wegbrechen. Oder sollte ich sagen, mein komplettes Leben?

Joel Crawford hat unwissentlich die schlimmsten Erinnerungen meiner Vergangenheit ans Tageslicht katapultiert. Nicht einmal das meterhohe dicke Mauerwerk hielt, es stürzte zusammen wie ein Kartenhaus. Nur das Wissen, Joel nie wiederzusehen, half mir, die Mauer erneut aufzubauen. Ich werde mich auch nach all den Jahren dem nicht stellen, dazu quält es mich zu sehr. Zwei Menschen sind tot, und ich trage dafür die alleinige Verantwortung. Brutal und rücksichtslos strukturiere ich meinen gesamten Lebensweg und achte darauf, dass die meterdicke Eisschicht um mein Herz nicht schmilzt. Joel Crawford ist Gift für mich, weil er die Schuldgefühle wie die Lava bei einem Vulkanausbruch in die Höhe schleudert. Der zerstörerische heiße Strom walzt sich unaufhaltsam voran. Wenn er auf seine Forderung besteht, werde ich überrollt.

»Miss Buttler, ist alles okay mit Ihnen?« Joels Stimme holt mich aus meinen panischen Gedanken.

»Ja.« Ich lüge, und er bemerkt es, was auch keine große Kunst ist. Das Auftreten einer Topanwältin sieht anders aus. Moralische Bedenken sind kein Argument, welches vor Gericht zählt. Kampfansage? Dies würde bedeuten, eine Klage wegen Vertragsbruch am Hals zu haben – eine, die ich vermutlich verliere. Für meine Karriere stellt das einen irreparablen Schaden dar. In der heutigen Zeit muss der Lebenslauf blütenrein sein.

»Miss Buttler, ich fasse kurz zusammen.« Der minimale Moment, der eine trügerische Nähe vermittelte, ist vorüber.

»Bitte.« Konzentriert straffe ich meinen Körper und hebe den Kopf. Aus beruflicher Sicht ist es erforderlich, seinem Gegner in die Augen zu sehen. Das kriege ich verdammt noch mal nicht hin.

»Punkt eins, Sie weigern sich, Ihren Vertrag einzuhalten, und ich verklage Sie. Die Konsequenzen sind Ihnen bewusst.« Inzwischen hat er eine lässige Körperhaltung angenommen, sich zurückgelehnt und spielt mit einem Füller, den er hin und her dreht. Ich hingegen versuche, ruhig zu atmen. »Punkt zwei, Sie kommen zur Vernunft, verlassen die Rolle der heiligen Samariterin und akzeptieren, dass wir mit Ihnen oder ohne Sie einen neuen Weg gehen werden.«

»Wieso möchten Sie eine Anwältin in Ihrer Kanzlei beschäftigen, die eine völlig andere Rechtsauffassung vertritt?« *Endlich bist du wieder zurück!*

»Eine durchaus berechtigte Frage.« Das maßgeschneiderte Hemd lässt den durchtrainierten Oberkörper erahnen. *Lass dich davon nicht ablenken, das ist kindisch.* »Ihre Qualifikation ist hervorragend, und ich will *Sie* für die erfolgreiche Abwicklung der zwei Pro-Bono-Fälle, die für ein positives Image der Kanzlei sorgen.« Er legt eine kurze Pause ein.

Das ist typisch, soziales Engagement heucheln und die Lorbeeren kassieren, obwohl es ihn einen Scheißdreck interessiert. Gern würde ich ihm meine Ansicht um die Ohren hauen, zwinge mich dennoch, den Mund zu halten. Meine Ausgangslage ist eher unvorteilhaft.

»Ich sage es nur ungern, doch Sie sind die Einzige, die mit den Fällen vertraut ist.«

Ist das meine Chance, Forderungen zu stellen? Herr Superanwalt, jetzt haben Sie einen strategischen Fehler vom Feinsten hingelegt.

»Miss Buttler, das ist eine Tatsache, und das wissen Sie genau«, hebelt er meine Überlegungen aus. »Ich erwähne es, damit Sie nicht davon ausgehen, Profit daraus schlagen zu können.« Der regungslose Gesichtsausdruck untermauert seine Vormachtstellung.

Leider fällt mir keine schlagkräftige Reaktion ein. Ist das ein Wunder, bei all dem Stress? Schweigend stehe ich wie ein Depp in der Mitte des Büros und ärgere mich, mich nicht gesetzt zu haben.

»Okay, machen wir es kurz. Ich biete Ihnen nach einem erfolgreichen Abschluss im Sinne meiner Kanzlei an, über eine frühzeitige Vertragsauflösung nachzudenken.«

Aus beruflicher Sicht ein optimales Angebot. Es dreht sich bei der Entscheidung leider nicht nur darum. Ich weiß nicht, ob ich die Kraft aufbringe, ihn täglich zu sehen. Das ist unprofessionell, dennoch Fakt.

»Das ist sehr großzügig von Ihnen, nichtsdestotrotz muss ich in Ruhe darüber nachdenken.« Das Herz schlägt mir bis zum Hals, aber zumindest versuche ich dadurch nicht vollständig mein Gesicht zu verlieren.

»Bitte?« Mit einem Sprung steht er auf und stützt die Hände auf dem Schreibtisch ab. Eine Zornesfalte hat sich über seiner Nasenwurzel gebildet. »Miss Buttler, das Angebot gilt nur in diesen Minuten.«

Unvermittelt kommt mir ein aberwitziger Gedanke. Will er sich rächen, mir das Leben zur Hölle machen? Fühlt er sich in seinem männlichen Ego gekränkt? Ein Mann wie Joel, der sich die Frauen aussuchen kann, ist ein solches Verhalten mit Sicherheit nicht gewohnt. Deshalb reagiert er so schroff, spricht das Thema nicht an. Vielleicht sollte ich es ansprechen. Allerdings besteht die berechtigte Gefahr, dass der Schuss mächtig nach hinten losgeht. *Ach Mensch, wenn ich nur wüsste, wie ich heil aus der Nummer herauskomme.*

»Und? Miss Buttler, meine Zeit ist begrenzt.« Mit dem

Zeigefinger tippt er auf das Glas seiner sündhaft teuren Uhr.

»Ich weiß es nicht.« Bereits beim Aussprechen durchflutet eine gewaltige Hitzewelle meinen Körper bis in die letzte Haarspitze. Am liebsten würde ich fluchtartig das Büro verlassen und eine Klage wegen Vertragsverletzung in Kauf nehmen. »Das ist die Wahrheit«, füge ich kleinlaut hinzu und hebe die Achseln.

Unruhig warte ich auf Joels Reaktion, rechne mit einer harschen Antwort, da ich ihm dadurch weitere kostbare Zeit raube.

Kurz senkt er den Kopf, atmet tief ein und aus. Seine Augen bleiben weiterhin nach unten gerichtet.

»Wir reden hier ausschließlich über die geschäftlichen Angelegenheiten.« Seine Stimme hat an Schärfe verloren. Mir klappt der Unterkiefer herunter, denn mit einer solchen Aussage habe ich nicht gerechnet.

Innerhalb von Bruchteilen einer Sekunde entsteht eine unerklärliche knisternde Spannung zwischen uns. Ohne Mühe gelingt es mir urplötzlich, direkt in seine tiefgründigen Augen zu sehen, und leider versinke ich sofort ungewollt darin, als er meinen Blick erwidert.

»Nehmen Sie mein Angebot an. Verhalten wir uns professionell.«

»Ja, das sollten wir«, antworte ich leise. Trotz sämtlicher Bemühungen, keine Schwäche zu zeigen, merke ich, wie ich gegen die aufkommenden Tränen kämpfen muss. *Das darf doch nicht wahr sein, scheiße … peinlich!* »Gibt es eine Alternative?«

»Nein, Miss Buttler, die gibt es nicht.« Für eine Sekunde blitzt Joel, der zärtliche Liebhaber auf. »Eine vernünftige Entscheidung.« Er deutet ein Lächeln an.

»Es wird sich herausstellen.« Das bedeutet einen unvorstellbaren Kraftakt, aber ich werde es durchziehen.

»Wenden Sie sich bitte an Mr Knight, der wird die Formalitäten erledigen«, übergeht er meine Bemerkung.

Mit einem leisen Seufzer nicke ich und drehe mich um.

Der gesunde Menschenverstand schreit mich an, schnellstens das Büro zu verlassen. Aus mir unerfindlichen Gründen bleibe ich trotzdem an der verschlossenen Tür stehen.

»Miss Buttler.«

»Ja?« Alles an mir bebt und zittert, sonst rühre ich mich nicht.

Wie in Slow Motion kommt Joel Crawford auf mich zu. Durch die Angst vor seiner unmittelbaren körperlichen Nähe traue ich mich kaum, Luft zu holen.

Absolut unerwartet reicht er mir die Hand. Nur zögerlich ergreife ich sie. Durch die Berührung unserer Fingerspitzen werde ich bildlich gesprochen in eine Badewanne mit prickelndem Champagner geworfen. Es ist ein Innehalten, ein Warten auf etwas Verbotenes. Wir stehen uns so nah gegenüber, dass ich seinen Atem auf meinem Gesicht wie eine sanfte Windbrise spüre. Es genügt eine klitzekleine Annäherung, damit wir uns küssen. Das Parfüm, das er benutzt, ist anziehend, unterstreicht seine Persönlichkeit. Meine Augenlider flattern, mein in sich zerrissenes Herz rast. Empfindet er ebenso? In mir tobt der Wunsch, alle Ängste über Bord zu werfen. Doch ab sofort gibt es ein riesengroßes und leuchtendes Verbotsschild, meine Sehnsucht und dieser erregenden Leidenschaft nachzugeben: Joel Crawford ist mein neuer Boss!

ZWÖLF

Joel

Fayes vollmundigen Lippen sind meinen so nah, und ich spüre ihre Aufregung. Es ist unmöglich, sie gehen zu lassen. Die Begierde ist übermächtig, und ich werfe alle Bedenken über Bord, dränge sie an die Wand.

»Du willst es doch auch?«, raune ich ins Ohr und lecke mit der Zungenspitze durch ihre Ohrmuschel. Ein heiseres Ja bringt mein Blut endgültig zum Kochen. Es gibt nur noch uns beide. Ich will sie jetzt und hier …

»Ich glaube, ich sollte besser gehen.« Fayes Stimme holt mich aus meiner Fantasie, die so kurz war wie ein Sekundenschlaf und haarscharf vorbei an einem Kontrollverlust, der meiner Position mächtig geschadet hätte. Die Fähigkeit, mich umgehend auf brisante Gegebenheiten einzustellen, hilft mir dabei. *Wie komme ich nur auf die Idee, ihr die Hand zu geben?* Kritisch betrachtet ist das schon ein No-Go.

»Ja, es ist alles geklärt.« Räuspernd trete ich einen Schritt zurück. »Wie gesagt wird Mr Knight den Änderungsvertrag aufsetzen, in dem Sie sich bereit erklären, für mich zu arbeiten.« *Worauf lasse ich mich nur ein?* Eines ist klar, ich werde sie auf Abstand halten.

Mit wenigen Schritten stehe ich hinter meinem Schreibtisch und setze mich. Sofort richte ich meine Aufmerksamkeit auf einen Schriftsatz, der aufgeschlagen vor mir liegt. Statt endlich zu gehen, kommt sie wieder einen Schritt näher.

»Mr Crawford ... ich habe noch eine Frage.« Ihre Stimme klingt gefestigt.

»Ja?« Mein Ton ist bewusst unfreundlich gewählt, und ich hebe meinen Kopf, um ihr einen düsteren Blick zuzuwerfen.

»Werde ich mein altes Büro behalten?«

»Wo ist das?« Natürlich weiß ich, dass es direkt neben meinem liegt, was mir überhaupt nicht schmeckt.

»Direkt nebenan ... also zu Ihrer Linken.«

»Vermutlich nicht.« Sofort fallen ihre Mundwinkel nach unten. »Ihre Position hat nicht mehr den Stellenwert wie bei meinem verstorbenen Vorgänger.« Genau so hält man sich üblicherweise unliebsame Menschen vom Hals.

»Das ist Unsinn, dass ich das Büro räume, da es unnötigen Aufwand bedeutet und ich auch auf Mrs Hunters Hilfe zurückgreifen muss.« Gerade ist nichts von der lüsternen Wildkatze übrig, die sich schnurrend von mir verwöhnen ließ. Stattdessen fährt sie ihre Krallen aus. Das ist gefährlich, nicht für mich, sondern für sie. »Das hat sich bewährt.«

»Miss Buttler ...« Ja, ich muss mich wahrhaftig zusammenreißen, dass ich sie nicht anbrülle. »Was unnötig, nötig, wichtig oder unwichtig ist ...« Jetzt fixiere ich sie, und ihr Unwohlsein wird deutlich sichtbar. In einer scharfen Tonlage bringe ich die Angelegenheit auf den Punkt. »Das entscheide ich.« Um ihr zu demonstrieren, wie unwichtig sie ist, widme ich mich wieder der Akte. »Noch etwas, Miss Buttler?«

»Das ist doch alles scheiße«, höre ich sie murmeln. Ohne eine Verabschiedung verlässt sie mein Büro und knallt die Tür zu.

»Ich glaube, ich spinne.«

Dumm ist sie nicht, denn sie hat sehr wohl begriffen, dass sie die Einzige ist, die am schnellsten die beiden Fälle abwickeln wird. Soweit ich bei einer ersten Durchsicht feststellen konnte, würde es viel Zeit in Anspruch nehmen, einen neuen Anwalt einzuarbeiten. Das Thema ist komplex, die Aktenberge inzwischen meterhoch. *Gratulation, Mr James Crawford!*

»Ms Hunter muss ihr zuarbeiten, ich glaube, ich bin im falschen Film«, brumme ich kopfschüttelnd. Wird uns ein neutraler Umgang miteinander gelingen? Diese Frau treibt mich bereits am ersten Tag in den Wahnsinn, und ich hege riesige Zweifel.

Faye Buttlers nächster Auftritt lässt nicht lange auf sich warten. Das Personalkarussell dreht sich in Höchstgeschwindigkeit. Die ersten Interviews sind vielversprechend. Mein Plan ist es, feste Mitarbeitergruppen zusammenzustellen, die unabhängig voneinander arbeiten. Die Fälle und manche Abwicklungen sind speziell, und es hat sich bewährt, den Kreis der Mitwirkenden so klein wie möglich zu halten. In den Teams werden jeweils zwei langjährige und vertrauensvolle Mitarbeiter die Neuen briefen und insbesondere beobachten. Ich will keine glückliche große Anwaltsfamilie, sondern Effizienz.

Etliche Angestellte wurden sofort freigestellt, da ich nicht sicher bin, ob sie zu mir passen. Das wird sich erst in den nächsten Tagen entscheiden. Bislang gab es keinerlei Probleme.

Zufrieden mit dem Ergebnis, habe ich mir gerade ein paar Sandwiches bringen lassen und stelle mich auf eine halbe Stunde Pause ein.

Gerade beiße ich in einen der leckeren Snacks, als die Bürotür aufgerissen wird. Im Türrahmen steht Miss Faye Buttler, und ihrem Gesichtsausdruck nach zu urteilen ist sie, um es vorsichtig zu formulieren, abermals auf einhundertachtzig.

»Mr Crawford, ich verlange, dass Mrs Hunter nicht freigestellt wird. Sie ist unverzichtbar für die Kanzlei, kennt sich bestens aus …« Dieses Mal fällt die Tür geräuschvoll von innen zu. Sie steht unter extremem Stress. »Wollen Sie nur aufreizend hübsche Assistentinnen, die mit ihrer Optik brillieren, statt mit Leistung?« Ungefragt baut sie sich direkt vor meinem Schreibtisch auf, und ihre Halsschlagader pocht heftig.

Ihre rasante Show entlockt mir ein schräges Grinsen. Gelassen tupfe ich mir den Mund mit einer Serviette ab und lehne mich zurück. *Du bist eine solch heiße Wildkatze, aber leider mit einem Verbotsschild auf der Stirn.*

»Miss Buttler, ich wusste gar nicht, dass Sie in der Position sind, Forderungen zu stellen oder Personalentscheidungen zu treffen.« Ihr Auftritt ist irrwitzig und ich nehme sie nicht ernst. Ungewollt räume ich ihr einen Bonus aufgrund unserer speziellen Verbindung ein. Jede oder jeder andere wäre im hohen Bogen hinausgeflogen, ohne jemals wieder in New York eine Anstellung zu finden. Wenn ich eines hasse wie die Pest, ist es Kontrollverlust meiner Anwälte. Das ist brandgefährlich und sorgt im schlimmsten Fall für eine Niederlage vor Gericht.

Mit geballten Händen steht sie vor mir. »Sie wollen effizientes Arbeiten? Dann setzen Sie das Personal so ein, dass dies schnell gelingt.«

»Was passiert, wenn ich auf Ihre Forderungen nicht eingehe?« Ich habe keine Ahnung, welcher Teufel mich gerade reitet. Um meine Mundwinkel zuckt es, und ich verschränke die Arme hinter dem Kopf.

»Das … das …« Ich könnte schwören, dass eine unerschöpfliche Auswahl an sarkastischen Bemerkungen in ihrem süßen Köpfchen herumspukt, sie sich jedoch zurücknimmt. »Das werden wir dann sehen.«

»Ah, hm, so, so. Ich hätte Ihnen in dem Fall einen Vorschlag zu unterbreiten …« Ungläubig zieht sie die Stirn in Falten. »Sie können mich mit Sahnetörtchen bewerfen.« BÄM, das saß. Ja, so schnell geht's, sofern man seine rote Linie überschreitet.

Die kämpferische Stimmung ist verschwunden. Innerhalb von Sekunden verfällt sie in eine Art Starre, beißt sich auf ihre Unterlippe, ihre Augen füllen sich mit Tränen, eine löst sich und kullert die Wange herunter. Offen gestanden schockiert mich ihre Reaktion.

»Das war fies und verletzend.« Mit einem leisen Schluchzer senkt sie den Kopf, dreht sich um. »Es wird nicht funktionieren.« Die Traurigkeit, die sie unvermittelt ausstrahlt, trifft mich mitten ins Herz.

»He ...« Eine unsichtbare Macht zwingt mich aufzustehen. »Faye, warte.« Zum Glück reagiert sie auf meine Bitte. Zum zweiten Mal an diesem Tag stehen wir dicht beieinander, berühren uns dennoch nicht.

Die Tränen sind inzwischen zahlreich über ihre Wangen gekullert.

»Entschuldige, das war unangemessen.« Ein *Du* ist in der Lage erlaubt. So gern würde ich sie in den Arm nehmen.

»Schon gut.« Leise schnieft sie und hebt minimal die Achseln. »Mein Auftritt war auch völlig überzogen. Aber ich bin fix und fertig. Hier bricht gerade meine berufliche Zukunft auseinander.«

»Miss Buttler, leider laufen die Dinge im Leben nicht immer so, wie wir es uns wünschen. Träume zerplatzen, neue werden geboren.«

»Wow, das klingt schön, und ja, vieles können wir traurigerweise nicht beeinflussen.« Hoffte ich darauf, dass Fayes Niedergeschlagenheit sich etwas verliert, bekomme ich das Gefühl, sie verstärkt sich.

»Machen Sie Feierabend, und morgen wird es ruhiger.«

»Vermutlich.«

»Ach, noch eins ...«

»Ja?«

»Der Satz mit der Effizienz und dem Einsetzen des optimalen Personals klingt gar nicht so übel.« Wieder switchen die Blitze hin und her. »Ich denke darüber nach.«

Die kommenden Tage bleiben turbulent, bis die Personalangelegenheiten abgeschlossen sind.

Miss Hunter, die ich mit Mrs anspreche, wird zunächst meine Assistentin. Faye – es funktioniert nicht, sie in Gedanken Miss Buttler zu nennen – wird ihr Büro weiterhin nutzen. Um sie ein bisschen im Auge zu behalten, habe ich ihr Paul zur Seite gestellt, der seit zwei Jahren für mich arbeitet und ein *Trüffelschwein* ist, wenn es um Feinheiten geht, die manches Mal von unschätzbarem Wert sind. Um den direkten Kontakt zu ihr zu vermeiden, berichtet er mir über die Fortschritte. Sie ist ein regelrechtes Arbeitstier, und ich hege kaum einen Zweifel daran, dass sie die beiden Fälle optimal zum Abschluss bringen wird.

Die Teams sind ebenfalls zusammengestellt. Je nach Umfang des jeweiligen Auftrages sind sie unterschiedlich groß und nutzen ein in sich abgeschlossenes Büro. Jeder hat eine Verschwiegenheitsklausel unterschrieben, die es ihnen verbietet, außerhalb ihrer Arbeitsgemeinschaft über ihre Arbeit zu sprechen. Verschwiegenheit ist unerlässlich. Unberechtigte Mitwisser stellen ein Risiko dar. Wer möchte schon mit der Bestechung eines Richters in Verbindung gebracht werden?

Die Angelegenheit mit dem Russensyndikat regele ich ebenso auf meine Art und hole sie ins Boot. Die erfolgreiche Geschäftsbeziehung zu Petrow ist wie ein Türöffner. Aus gefährlichen Gläubigern entwickeln sich Geschäftspartner, die gern auf meine Kontakte zurückgreifen, und dadurch ergeben sich wiederum interessante Geschäftszweige. Die Philosophie ist simpel: Mache sie alle zu deinen Verbündeten, die davon profitieren. Schmutzige Geldströme optimal zu waschen, ist ein stetiges Thema in diesen Kreisen.

Der Plan, *seriöse* Geschäftsleute für die Kanzlei zu gewinnen, geht ebenfalls auf. Deswegen gründete ich eine neue Firma, in der mein Name nicht sofort auftaucht. Mein Ruf, für die Unterwelt zu arbeiten, eilt mir voraus. Das Problem ist gelöst, und so mancher Klient erfreut sich durchaus an Methoden, die steuersparend und gewinnbringend sind.

Geld ist der Motor, und ich bin der Mechaniker, der dafür sorgt, dass alles wie geschmiert läuft.

Joel Crawford – du bist ein Genie!

Damit es auch jeder erfährt, plane ich eine hochkarätige Einweihungsfeier. Ob ich jemanden aus meinem Familienkreis einlade, muss ich mir gründlich überlegen. Familie kann man sich nicht aussuchen, Freunde, Geschäftspartner und Mitarbeiter hingegen schon.

DREIZEHN

Faye

Nach vierzehn Tagen kehrt endlich Ruhe ein. So wie es aussieht, hat mein Boss sein neues Konzept in Rekordzeit umgesetzt. Der unglückliche Start sitzt mir immer noch emotional in den Knochen. Ich erinnere mich nicht mehr genau, wann ich das letzte Mal derart unter Strom stand.

Diese fast magischen Momente zwischen uns empfinde ich als unheimlich. Meine Freundinnen beziehen diesbezüglich eine klare Stellung, die sie mir am selben Abend nach meinem ausführlichen Bericht des ersten Horrortages einhellig präsentierten.

»Auch wenn er einen auf cool macht, hat er definitiv Gefühle für dich.« Lizzy und Maddy waren sich einig und holten per Textnachricht noch die zustimmende Meinung von Jessica ein, die beruflich bedingt an der *wichtigen* Gesprächsrunde nicht teilnahm.

Die Vorstellung löste sofort zwiespältige Gefuhlswallungen aus, die bis heute nicht verschwunden sind.

»Egal, was er empfindet oder nicht, du stehst hier im Mittelpunkt. Du musst dir sicher sein, ob du dich gefühlsmäßig traust, dich auf ihn einzulassen.«

»Er ist mein Boss, das geht nicht«, brachte ich das naheliegendste Argument auf den Tisch.

»Das ist eine andere Baustelle«, wurde ich aufgeklärt.

»Betrachte es als ein Langzeitprojekt, ehrliches Interesse verfliegt nicht einfach so.«

»Höre in dich hinein, und vielleicht lernst du dadurch, wieder ein Stück mehr loszulassen.«

Die Ratschläge prasselten auf mich ein, und leider blieb es nicht bei einer Flasche Wein. Eine Harakiri-Nummer, die allerdings durch mein Adrenalin und zwei Kopfschmerztabletten am nächsten Tag keine allzu großen Schäden verursachte. Es handelte sich schließlich um einen regelrechten Freundinnen-Notfall, den ich dank der Überwindung, über meine Vergangenheit zu reden, nicht allein auszuhalten brauchte.

Bisher ist mir noch kein echter Mafioso oder Killer begegnet. Das wiederum ist nicht schwer, da ich mich überwiegend in meinem Büro aufhalte, das ich mir mit meinem Aufpasser Paul teile. Joel ist ein Kontrollfreak und hat überall seine Vertrauten platziert, um sicherzugehen, dass wir Ehemaligen uns an die Regeln halten. Die sind streng, und der frühere Teamspirit ist verschwunden.

Zwischenzeitlich arrangiere ich mich mit der neuen Situation. Welche Alternativen gab es sonst? Keine. Ich bin zufrieden, dass ich mir das Büro erkämpft habe und dass Mrs Hunter zunächst den Job behält. Es ist eine krasse Umstellung, aber sie zieht es ohne mit den Wimpern zu zucken durch. Sie lässt sich nicht aus der Ruhe bringen, auch wenn ich an ihrer Stelle manchmal ausgeflippt wäre. Joel Crawford ist ausgesprochen mürrisch, wortkarg und beratungsresistent. Deshalb bin ich froh, dass Paul ihn über den Fortgang informiert. Ein Lob kam natürlich nicht, obwohl ich auf einen Ansatz gestoßen bin, um so dem Reifenhersteller mit ein bisschen Glück grobe Fahrlässigkeit nachzuweisen. Bei Unfällen mit geplatzten Reifen sind unzählige Menschen verletzt worden und gestorben. Die Opfer sind überwiegend finanziell schlecht gestellt, da es sich um alte und wieder neu aufgezogene

Autoreifen handelt. Die Welt ist manchmal schon richtig ungerecht.

Aktuell bin ich mit meinen zwiespältigen Gefühlen kein Stück weiter. Magische Momente gab es ebenfalls keine mehr, was daran liegt, dass wir uns seitdem nicht mehr allein in einem Raum aufhielten. Streckenweise ertappe ich mich dabei, wie ich zur Toilette gehe, nur um zu überprüfen, ob er in der Kanzlei ist. Das ist verdammt albern, dennoch löst es ein wohliges, kribbeliges Gefühl aus, wenn ich ihn durch die verglasten Wände des Konferenzraumes sehe und wie er Gespräche und Verhandlungen führt. Es sind nur Sekunden, und wie mit einem Fingerschnippen werde ich aus der Bewunderungsblase zurückgeholt. Ob es ihm auch so geht? Das *Projekt JG*, wie wir Mädels es bezeichnen, setzt das voraus. Es steht drei zu eins gegen mich, doch ich bleibe skeptisch. Im Grunde verpacken wir meine Unfähigkeit, Gefühle zuzulassen, in ein Spaßformat. All das hilft tatsächlich, und ich hoffe, der Effekt hält an. Mal eine andere Strategie.

Die dritte Woche verläuft unspektakulär, zumindest für mich. Wie es den Kollegen und Kolleginnen geht, das weiß ich nicht, denn die Kommunikation außerhalb des eigenen Teams tendiert gegen null.

Umso irritierter bin ich, nachdem ich die Rundmail von Joel durchlese. Im Betreff steht *offizielle Einweihungsparty*. Sofort frage ich mich mit einem Grinsen, ob die inoffizielle an mir vorbeiging.

Ungläubig lese ich von einem Event, das in drei Wochen stattfindet. Es handelt sich um eine Pflichtveranstaltung, der man nur mit einem triftigen Grund fernbleiben darf. Wenig verwunderlich klingt dies emotionslos und autoritär. Das allein vermiest mir die ganze Sache.

»Die Organisation wird von einem externen Dienstleister übernommen, um keinerlei Einschränkungen in Ihren Aufgabenbereich zu verursachen«, lese ich laut vor. »Hhmm, hmmm …«, überfliege ich die Sätze und bleibe an dem Wort *Dresscode* hängen. »Ich erwarte elegante und keine aufdringliche Abendkleidung.« Was ist denn das für eine bekloppte Formulierung? »Die weiblichen Angestellten haben darauf zu achten, dass die Rocklänge der Veranstaltung angepasst ist.« Lachend und kopfschüttelnd schmeiße ich mich in meinem Bürostuhl zurück. »Joel Crawford, wenn ich es nicht besser wüsste, liest es sich wie eine humorvolle Ergänzung.«

»Was ist denn so lustig?« Paul betritt unser Büro und schaut mich verwundert an. Er ist und bleibt eine Spaßbremse. Im Vergleich zu ihm bin ich eine echte Partykanone. Habe ich ihn in den letzten Wochen überhaupt einmal lachen gesehen? Ich glaube nicht. Egal.

»Haben Sie die Einladung zur Einweihungsveranstaltung gelesen?« Gar nicht so leicht, mir das bereite Grinsen zu verkneifen.

»Ja, und ich konnte nichts lesen, was mich in dem Maße erheitert hätte.« Mit ernster Miene setzt er sich mir gegenüber an seinen Arbeitsplatz.

»Dresscode? Rocklänge?«, versuche ich ihm auf die Sprünge zu helfen.

»Nicht spaßig, sondern erforderlich«, kommentiert er knapp.

Okay, dann eben nicht. Womöglich wird er wieder petzen, dass ich mich darüber lustig gemacht habe.

Je länger ich jedoch über das Event nachdenke, desto mehr wird mir bewusst, dass ich Schiss habe, da wir zu einhundert Prozent aufeinandertreffen werden. Da knallen heimliche Sehnsüchte und Realität aufeinander. *Ich melde mich krank!* Der humoristische Faktor ist verpufft. Mir wird sicherlich etwas einfallen. Ansonsten wird es einen Krisenplan geben, bei dem ich dringend Unterstützung von den Mädels benötige.

Die Mittagspause verbringe ich auf einer Parkbank im

Bryant Park. Den Luxus einer grünen Oase in unmittelbarer Nähe des Büros gönne ich mir regelmäßig. Auch heute erlaubt das frühsommerliche Juniwetter eine kleine Auszeit. Die Zeit nutze ich dafür, um erste Szenarien zu kreieren, und komme zum Entschluss, dass ich zeitnah beginnen muss, meine *Krankheit* glaubwürdig zu inszenieren. Das sollte mir gelingen. So könnte ich zum Beispiel mit dem Rauchen von filterlosen Zigaretten anfangen, um echt klingenden Husten vorzutäuschen. Eine kostspielige und ungesunde Schnapsidee, die ich umgehend verwerfe. Rizinusöl verursacht Durchfall, aber den könnte ich genau genommen lediglich vortäuschen. Es ist nicht zu erwarten, dass dies jemand kontrolliert. Pflichtbewusst, wie ich bin, fehlt mir die erforderliche Fantasie. Nervenzusammenbruch – den müsste ich nicht simulieren. Mit einem lauten Seufzer lehne ich mich zurück. Nachdenklich ziehe ich die Sonnenbrille auf und blinzle in die Sonne.

Um mich herum tummeln sich unzählige Menschen, darunter eine beachtliche Anzahl des männlichen Geschlechts. In allen Ratgebern heißt es, nicht nach einem Partner zu suchen, sondern auf den Zufall vertrauen. Bei all den Tipps fehlt jedoch die Konstellation *Rechtsanwältin für Menschenrechte trifft auf Verbrecheranwalt, der sich nach heißem Sex irgendwann als der Boss entpuppt.* Vermutlich ist das zu selten, sodass es einer Erwähnung inklusive Verhaltenshinweisen bedarf. Von der Anwältin, die in ihrer Vergangenheit gefangen ist, liest man in den einschlägigen Magazinen ebenfalls nichts. Bevor ich in tiefes Selbstmitleid verfalle, signalisiert mir der Blick auf meine Armbanduhr das nahe Ende der Mittagspause.

Zurück im Büro bekomme ich fast einen Herzinfarkt. Oh Gott, eine direkte Mail von IHM. Im Betreff steht *Eröffnungsveranstaltung der Kanzlei. Aufgabenbereich Miss Buttler.*

Ist das zu glauben, meine Hände sind mit einem Schlag

fahrig, und ich traue mich nicht, sie zu öffnen. Das ist ebenso albern wie die heimlichen Blicke bei meinen teilweise gefakten Toilettengängen.

Wahrhaftig dauert es ein paar Minuten, bis ich mich mutig durchringe. Die Mail ist förmlich sowie kurz und knapp gehalten. Das war abzusehen. Der Inhalt jedoch nicht. Sofort bekomme ich einen Kloß im Hals.

»... Sie sind die federführende Anwältin der Pro-Bono-Fälle und werden dem Ganzen ein Gesicht geben. Um die Neuausrichtung meiner Kanzlei und der neu gegründeten Gesellschaft optimal zu repräsentieren, erwarte ich von Ihnen besonderes Engagement ...«

Was das genau bedeutet, bleibt offen. Neben dem Schrecken ärgere ich mich. *Ein paar Informationen wären hilfreich, Mr Joel Crawford.*

Mrs Hunter – sie wird sicherlich eingeweiht sein, was da auf mich zukommt. Sofort stürme ich unter dem verwunderten Blick meines Kollegen hinaus und zum Arbeitsplatz der Kollegin.

»Faye, alles okay?« Sie schaut mich prüfend an. »Sie sind blass.«

»Wissen Sie Näheres über dieses Event?«, sprudele ich hervor. »Mr Crawford hat mir eine Mail geschrieben ... Ich soll das Gesicht für die *sogenannte* soziale Seite werden.« Eine Farce! »Was bedeutet das?« Hilfe suchend schaue ich sie an.

»Tja, unser neuer Boss weiß sich zu verkaufen.« Sie schiebt die Brille hoch. »Ich vermute, Sie müssen aktive Präsenz zeigen.«

»Mit all den Mafiaklienten und Verbrechern Small Talk halten?« Erschrocken nehme ich die Hand vor den Mund. »Entschuldigung.« Der kleine verbale Ausrutscher beweist, dass ich mich weiterhin mit dem Mandanten nicht anfreunden kann und nicht will.

»Ja, so in etwa, aber es werden auch viele Klienten anwesend sein, die geblieben sind.«

»Wie beruhigend.« Ich versuche nicht einmal, die Ironie zu verbergen.

»Es wird unabhängig davon sicherlich eine abwechslungsreiche Veranstaltung. Das Buffet ist grandios, und es ist doch schön, mal wieder mit den Kollegen zu plaudern.« Das ist typisch für sie, sie stellt das Positive in den Vordergrund. »Mr Crawford wird Sie an dem Abend unterstützen.« *Genau das ist mein Problem.* »Manchmal zeigt er auch menschliche Züge.« Blitzartig schießt mir die Röte ins Gesicht. *Oh jaaaaa* ... Pfeilschnell fühle ich mich ertappt. *Mrs Hunter sieht mich so komisch an.* »Sie haben recht, es gibt keinen Grund, mich aufzuregen«, rudere ich zurück und ärgere mich, überhaupt mit ihr darüber gesprochen zu haben.

»Damit das Event einen lockeren Rahmen erhält, wird eine Soulsängerin auftreten, den Namen behält er für sich«, verrät sie mir ein weiteres Detail. Bei der Erklärung zucke ich innerlich zusammen. Bei genauer Betrachtung wird es eine Party, und um es einhundert Prozent zu benennen – eine Art Releaseparty. Das *Projekt JG* bekommt neue Brisanz, und dazu benötige ich die Erfahrung der Mädels, da es eine Herausforderung sein wird. Eines weiß ich bereits im Vorfeld: Sie werden mich zwingen, mich in Schale zu werfen, und ich befürchte, es wird darauf hinauslaufen, High Heels tragen zu müssen.

VIERZEHN

Joel

Der Tag der Einweihungsfeier ist gekommen. Die Vorbereitungen liefen perfekt und ich bin zufrieden. Insbesondere gefällt mir die Gästeliste. Kaum jemand sagte ab. Vielleicht liegt es an der Neugier, bekannten Unterweltgrößen persönlich gegenüberzustehen. Die Motive sind mir relativ gleichgültig. Die letzten Wochen forderten mich, und deshalb plane ich, mir nach dem heutigen Abend ein paar Tage eine Auszeit zu gönnen. Es wird Zeit, mein Golfhandycap zu verbessern und einfach abzuschalten.

Faye habe ich tatsächlich nicht mehr gesprochen. Es gab dazu keinen Anlass. Ich gehe davon aus, dass sie sich für die Veranstaltung entsprechend vorbereitet hat. Ob ich mich freue, sie zu treffen? In meiner Brust schlagen zwei Herzen. Faye schafft es, Gefühle in mir wach zu kitzeln, die ich in der Intensität bewusst nie wahrnahm oder ahnte, dass sie existierten. Die Kuchenschlacht ist ein solches Ereignis, das wohl für mein restliches Leben eine spezielle Rolle einnehmen wird.

Ihre Präsenz will einfach nicht aus meinen Gedanken und erotischen Fantasien verschwinden. Sofern ich nicht ihr Boss wäre, gäbe es überhaupt eine reale Chance für ein Miteinander? Offensichtlich schleppt sie irgendeine Altlast mit sich herum, was das Verhältnis ebenfalls kompliziert. Aktuell ist keine Zeit für Träumereien. Träume bringen einen im Leben nicht weiter, im Gegenteil, sie sind ein Klotz am Bein, bremsen einen aus, und am Ende kommt eh nichts dabei heraus.

Die Veranstaltung beginnt offiziell um sechs Uhr abends. Die Mitarbeiter bestellte ich eine Stunde früher ein. Obwohl die Zahl zwischenzeitlich gestiegen ist, kenne ich bislang jedes Gesicht. Im Vorfeld möchte ich ein paar Worte an die Belegschaft richten.

Das Servicepersonal verteilt Champagnergläser an die Angestellten. Die Idee, mit allen anzustoßen, verdanke ich meiner Assistentin.

Soweit ich das beurteilen kann, sind wir vollzählig. Bis auf …

»Ist Miss Buttler noch nicht anwesend?«, knurre ich Mrs Hunter zu.

»Leider nicht.« Entschuldigend hebt sie die Achseln. Wie sehr mich das ärgert, verberge ich. »Seien Sie nicht zu streng mit ihr.«

Im Grunde hat sie recht, denn *eine* Minute nach sechs Uhr ist gewiss keine Verspätung, die Stress rechtfertigt.

»Hm.« Niemals würde ich ihr zustimmen. »So, meine Damen und Herren, sind Sie alle mit einem Glas versorgt?«

»Bitte noch ein paar Minuten, Mr Crawford«, ruft mir eine Servicekraft zu.

Galgenfrist, Miss Buttler! Weshalb reagiere ich darauf übertrieben genervt?

Das BING des Fahrstuhls signalisiert mir das Öffnen der Türen, und ich drehe mich in die Richtung.

Aus dem Lift tritt eine junge Frau, die mir sofort den Atem raubt.

Ein geschmackvolles dunkelblaues Businesskleid mit einem dezent ausgeschnittenen Kragen, der wie die Aufschläge der Ärmel weiß abgesetzt ist. Ein farblich passender Gürtel und hohe Schuhe schmeicheln ihrer Figur. Ich versinke in ihrem Anblick, und mir wird heiß und kalt. Das intensive Gefühl wird nicht nur durch ihr elegantes Outfit ausgelöst, sondern ich sehe sie verrückterweise in verführerischer Spitzenunterwäsche. Für mich schwebt sie über den Fußboden – nun bin ich vollends durchgeknallt. Die üblicherweise streng nach hinten gestylten blonden Haare fallen in leichten Wellen über ihre Schulter. Vollmundige hellrot geschminkte Lippen, die ich sofort auf meinen zu spüren glaube.

Sie hebt den Blick ... Unsere Augenpaare treffen sich, verschmelzen miteinander.

»Entschuldigung, Mr Crawford, es herrschte extrem viel Verkehr«, flüstert sie mir zu, huscht schnell an mir vorbei und stellt sich zu den anderen. In den wenigen Sekunden wird mir klar, warum ich dringend Distanz einhalten muss. Faye Buttler – wirst du endgültig meine Schwachstelle?

Bevor ich mit einer kurzen Ansprache beginne, räuspere ich mich und nehme eine souveräne Stehposition ein. Niemand hat nur den Hauch einer Ahnung, welche Monsterwelle von Emotionen gerade über mich hinwegrollte. Urplötzlich nervt mich der gesamte Auftritt. Das bin ich nicht, und der Sektumtrunk ist eine Scheißidee. Weshalb große Dankeshymnen schwingen auf das, was sowieso selbstverständlich ist, nämlich, im Job Leistung zu bringen, verstand ich nie. Lob soll motivieren, was für ein Quatsch – wer nicht grundsätzlich leistungsorientiert ist, fliegt raus.

»Machen wir es kurz«, setze ich an. »Sie sind alle von mir gebrieft, was ich von dem heutigen Abend erwarte.« In der hinteren Reihe höre ich leise Stimmen. Durch die niedrige Reizschwelle reagiere ich maximal genervt. »Falls es die Herrschaften in der letzten Reihe nicht interessiert, dürfen Sie gern nach Hause gehen und Ihre persönlichen Sachen gleich mitnehmen.« Blitzartig verstummt jegliches Flüstern und Raunen. »Um es noch einmal klar und deutlich zu formulieren, die Veranstaltung dient nicht zu Ihrer Bespaßung, sofern es bislang nicht angekommen ist. Genießen Sie nun Ihr einziges Glas Alkohol am heutigen Abend.«

Dezent proste ich meinen Mitarbeitern zu und verlasse das Foyer. Vorsätzlich vermeide ich, Faye anzuschauen. Um es genau zu nehmen, ist sie dafür verantwortlich. Weshalb erlaubt sie sich, zu spät zu erscheinen? Aus dem Grund wurde ich gezwungen, sie direkt anzusehen ... Forsch gehe ich in mein Büro und ärgere mich sofort, dass ich keine Zeit gefunden habe, meine Footballbilder aufzuhängen und weitere Lieblingsstücke aus meiner aktiven Zeit als Spieler zu dekorieren. Die Aufgabe delegiere ich nicht, das ist mein privates Vergnügen, und darauf lege ich gesteigerten Wert.

Am liebsten würde ich mir durch die Haare raufen, so sehr bin ich von den intensiven Gefühlen angewidert. In letzter Sekunde widerstehe ich dem Impuls, da meine Businessfrisur zerstört wäre.

»Fuck, das ist doch alles ätzend.« Grantig gehe ich hin und her und bin froh, dass mein Büro nicht einsehbar ist. Ich will ungestört arbeiten und nicht in einem Glaskasten sitzen, in den jede x-beliebige Person hineinglotzen kann. Die Büros sind den Teams vorbehalten.

Selbstverständlich ist es kein Problem, über den Dingen stehend aufzutreten und sämtliche Irrungen und Wirrungen meines Herzens in den Hintergrund zu verfrachten. So weit kommt es noch, dass ich mich an einem wichtigen Abend wie diesem davon beeinflussen lasse.

Eine Stunde später sind etliche der Gäste bereits eingetroffen und ich bin wieder *normal*. Der Begrüßungs- und Gesprächsmarathon beginnt. Im Foyer sind Stehtische aufgestellt und das Büffet aufgebaut. Der Ort ist ideal für einen lockeren Austausch und ich behalte den Überblick. Im Vorfeld erhielt jeder von den Eingeladenen einen Besucherausweis, um problemlos durch die Kontrolle und zu den

Fahrstühlen zu gelangen. Nach dem Verlassen des Lifts werden sie von zwei Mitarbeiterinnen begrüßt. Auf einer Liste werden die Namen der eintreffenden Besucher abgehakt. Das verschafft mir eine zusätzliche Übersicht.

Sofern Interesse besteht, zeigen wir die Kanzlei, die nach dem Umbau stylish und funktional ist. Aus meiner Sicht ist es wichtig, dass alte und neue Mandanten davon einen Eindruck bekommen. Viele Verhandlungen finden hier statt, und sie müssen sich angemessen repräsentiert fühlen. Der Familienname Crawford wird mich zwar immer begleiten, dennoch sollte das der allerletzte Grund sein, mit mir zusammenarbeiten zu wollen.

Mit einem heimlichen Schmunzeln beobachte ich, wie die Gäste das Buffet plündern. Ein wiederkehrendes und verblüffendes Szenario, da sämtliche Anwesende nicht am Hungertuch nagen. Kostenlos ist auch in den Kreisen anscheinend ein Magnet. Die Sängerin präsentiert ihre Songs dezent im Hintergrund. Die Grundstimmung ist entspannt.

Interessiert verfolge ich, wie Faye das Gespräch mit denen sucht, die auf einer von mir aufgestellten Namensliste stehen. Leider gibt es nichts zu kritisieren. Charmant verkauft sie sich als das Gesicht für soziales Engagement. Überwiegend Leute, die ihren Moralvorstellungen entsprechen dürften. Klienten wie die Familie Russo und meine speziellen russischen Freunde sparte ich aus. Eine reine Vorsichtsmaßnahme, da ich ihre ausgeprägte Abneigung kenne. Die Begrüßung übernehmen wir zusammen. Allerdings weiß sie das noch nicht.

Enrico Russo hat wahrhaftig darum gebeten, Faye persönlich kennenzulernen. Wie drückte er sich aus: »Crawford, wie ich hörte, sind Sie unter die Gutmenschen gegangen.« Das hämische Lachen im Anschluss passte zu ihm. Glücklicherweise telefonierten wir, und ich brauchte meine angewiderten Gesichtszüge nicht verbergen.

»Mein neues Image wird auch Ihnen zugutekommen«,

bremste ich ihn aus. »Win-Win, heißt die Zauberformel.« Auf den blöden Spruch zu reagieren, sparte ich mir.

»Wenn Ihre Gutmenschen-Anwältin entsprechende Qualifikationen besitzt, könnte ich mich ebenfalls durchringen, in ein soziales Projekt zu investieren.« Wieder lachte er. *Hast du heute einen Clown gefrühstückt?* Ehrlich gestanden ging mir das Gewäsch tierisch auf die Eier.

»Mr Russo, lassen wir alles auf uns zukommen, und gern stelle ich Ihnen Miss Buttler vor, sie ist ein Teil des Teams.«

Was mich an dem Plan stört, ist die Anwesenheit von Sohn Alessandro. Der Pisser verfügt über keinen Anstand, und leider hat er bei seinem Vater eine gewisse Narrenfreiheit. Die beiden sind sich charakterlich ähnlich. Vielleicht lässt er ihn auch gewähren, weil er die Unberechenbarkeit und die gefährlichen cholerischen Ausbrüche nur allzu gut kennt. Nicht nur einmal musste ich dafür sorgen, dass die Strafanzeige wegen Körperverletzung und Beleidigung keinerlei gravierende Konsequenzen mit sich brachte. Von den unzähligen Verkehrsverstößen mal abgesehen. Ein unattraktiver Emporkömmling, der sich einbildet, ihm gehöre die Welt. Sofern Enrico Russo tatsächlich so dämlich sein würde, ihn als Oberhaupt des Clans in Betracht zu ziehen, lege ich das Mandat nieder. Aber so weit wird es wohl nicht kommen.

Jetzt ist der richtige Zeitpunkt gekommen, um Faye der Familie vorzustellen. Leider ist Mrs Russo nicht mitgekommen. Sie würde dem Ganzen ein bisschen mehr Seriosität verleihen.

»Miss Buttler«, winke ich sie zu mir an einen der Stehtische heran.

Zack – ihr charmantes Dauerlächeln verschwindet. *Was für ein Biest.*

»Mr Crawford, alles zu Ihrer Zufriedenheit?« Welch schnippischer Unterton. Bewusst hält sie Abstand.

»Sagen Sie es mir.« Lässig stütze ich mich mit dem Unterarm auf dem Tisch ab und drehe mich seitlich zu ihr.

»Das ist eine Farce«, faucht sie in meine Richtung.

»Ah?« Gespielt ahnungslos hebe ich beide Augenbrauen.

»Diese Heuchelei und Doppelmoral.« Tödlich beleidigt kneift sie die Augen zusammen und streicht sich eine Haarsträhne aus dem Gesicht.

»Ich weiß nicht, was daran heuchlerisch ist, wenn Sie den Gästen von Ihrer Arbeit erzählen.« *Ja, ich stichele.* Dennoch hilft es mir, das übermächtige Gefühl von vorhin wettzumachen.

Innerlich kocht sie, kämpft dagegen an, mir eine passende Antwort um die Ohren zu hauen. *Baby, ich durchschaue dich!*

»Miss Buttler, nennen Sie es, wie Sie möchten, für mich ist es eine Businessstrategie.« Meine verschärfte Stimmlage kommt bei ihr an, und ihr Körper verspannt sich. »Ist Ihnen bei Ihrem Small Talk ein echter Killer oder Schwerverbrecher begegnet?«

»Bitte?« Ihr Blick verdüstert sich. »Was ist das für eine Frage?«

»Wissen Sie es oder nicht?«, fordere ich sie nochmals auf zu antworten.

»Also ehrlich gestanden verstehe ich den Hintergrund nicht, und nein, ich weiß es nicht so genau«, knickt sie bereits in der ersten Runde ein. »Zumindest ist mir kein bekanntes Gesicht aufgefallen.«

»Somit ist Ihnen nicht klar, wie Ihre Gesprächspartner ticken. Möglicherweise haben die von Ihnen ungeliebten Mandanten ernstes Interesse an den sozialen Projekten. Es steht alles in den Sternen.«

»Das ist reine Spekulation.« Scheinbar will sie sich nicht geschlagen geben.

»Sie spekulieren ebenfalls«, halte ich dagegen.

»Mr Crawford, was wollen Sie mir sagen?« Sichtbar angepisst, verzieht sie ihren schönen Kussmund.

»Vorurteile sind ein schlechter Ratgeber bei Mandantengesprächen, vor Gericht und generell im Leben.« Ursprünglich wollte ich auf etwas ganz anderes hinaus, nutze den Schlagabtausch aber spontan für eine persönliche Lektion, die eigentlich hier und heute nichts zu suchen hat. Die genau genommen mit meiner unerwarteten Gefühlswelt zusammenhängt.

»Na ja, grundsätzlich bin ich Ihrer Meinung.«

»Grundsätzlich?«

»Sofern dem Fakten zugrunde liegen, sind es keine Vorurteile.« Unruhig tritt sie von einem Fuß auf den anderen. Ob sie ahnt, in welche Richtung das Thema geht?

»Kürzen wir das ab«, höre ich mich sagen, straffe meinen Körper und verenge die Augen.

»Wenn Sie das so sehen.« Die Verunsicherung wächst, und ihr Blick wandert hin und her.

»Ihr Schubladendenken beziehungsweise Ihre festgefahrene Meinung über meine Kanzlei haben Sie heute Abend wieder bestätigt.« Jetzt meldet sich mein gekränktes Ego erstmals lautstark. Heimlich eine Frau zu begehren, die sich gezwungen fühlt, sich an einem Ort aufzuhalten, den sie ablehnt, ist echt beschissen.

Irrungen und Wirrungen meines Herzens in den Hintergrund zu verfrachten. So weit kommt es noch, dass ich mich an einem wichtigen Abend wie diesem davon beeinflussen lasse. Waren das nicht meine Gedanken? Dumm gelaufen, würde ich sagen.

Die Röte schießt ihr ins Gesicht. »Was heißt das?« Unvermittelt wackelt ihre Stimme und sie schluckt.

»Ich konfrontiere Sie, Miss Buttler, mit Fakten.« *Ganz schlechter Zeitpunkt.* »Ich verweise auf den Beginn unserer Unterhaltung.« *Arbeitest du gerade aktiv daran, Distanz zu schaffen?*

Urplötzlich senkt sie den Kopf. »Es tut mir leid.«

»Muss es nicht«, wiegele ich mit einer lässigen Handbewegung ab. »Manchmal verselbstständigen sich die Inhalte.«

Innerlich bin ich aufgewühlt, kämpfe dagegen an, dennoch lässt es sich nicht abstellen.

»Es ist genau so«, überrascht sie mich mit leiser Stimme und seufzt.

»Ich weiß …« … *und das ist ein ätzendes Gefühl.* Den Nachsatz spreche ich logischerweise nicht aus. »So, und jetzt sollten wir wieder zur Tagesordnung übergehen.« Zur Bestätigung klopfe ich zweimal locker mit der geballten Hand auf den Tisch.

»Mr Crawford … danke!«

»Für was?« Kurz stutze ich.

»Die kleine Lektion.«

Gleichzeitig schmunzeln wir. Unsere Blicke treffen sich, und auf einmal ist sie wieder da – die knisternde Verbindung. Ist das eine Wende? Ich hasse es, mich zurückhalten zu müssen. Zumindest würde ich gern ihre Hand ergreifen. Hier ist abermals Selbstbeherrschung gefragt.

»Ich stelle Ihnen die Familie Russo vor«, wechsele ich zum ursprünglichen Thema. Ohne die Miene zu verziehen, stütze ich mich auf den anderen Unterarm und neige mich minimal vor. »Das ist ein auf Fakten basierendes Vorurteil.« Dabei zwinkere ich ihr zu.

»Die …« Ihre Augen weiten sich vor echtem Entsetzen, und die Abneigung ist ihr sofort anzusehen.

»Ja, genau die! Da ist alles vertreten – Mord, Prostitution, Waffenhandel, Drogendelikte.«

»Muss das sein?« Fast flehend sieht sie mich an.

»Es ist erforderlich, dass ich Sie vorstelle.«

»Weshalb?«

»Weil ich es so will, und für eine unkomplizierte Zusammenarbeit ist das bei Persönlichkeiten wie den Russo-Männern wichtig.«

»Eine Welt voller Machos«, murmelt sie und schüttelt den Kopf.

»Er braucht mich ... und ich ihn. Eine Win-Win-Partnerschaft.« Ich zucke mit den Schultern.

»Al Capone der Neuzeit, so heißt es zumindest.«

»Interessanter Vergleich«, stimme ich Faye zu.

»Da wird übrigens geheuchelt, was das Zeug hält. Mr Russo spendet nicht einmal einen Cent für einen guten Zweck. Also machen Sie exakt das, was Sie bereits den gesamten Abend mit Bravour durchgezogen haben.«

»Ach?« Skeptisch zieht sie eine Augenbraue hoch.

» ... und nein, ich meine es ehrlich und musste mir dazu keinen abbrechen«, nehme ich ihr vorsorglich den Wind aus den Segeln.

»Danke.« Ein verlegenes Lächeln huscht über ihr Gesicht. »Und beim Heucheln bin ich im Übrigen warmgelaufen«, lockert sie die Grundstimmung zwischen uns ebenfalls auf.

»Auf in die Höhle der Löwen!« Aufmunternd nicke ich ihr zu. »Ich habe Sie vorhin bereits angekündigt.«

»Puh.« Ihr Unwohlsein ist ihr umgehend anzusehen.

Kurz bevor wir den Tisch der Russos am anderen Ende des Foyers erreichen, halte ich für einen Augenblick inne. Unbeabsichtigt stehen wir so nah beieinander, dass wir uns zufällig berühren. Blitze donnern durch meinen Körper, und ich spüre, dass es ihr genauso geht. Wir sehen uns einfach nur an. Ein magischer Moment.

FÜNFZEHN

Faye

Das Gespräch und der unerwartete Verlauf überraschten mich. Joel Crawford konfrontierte mich aus heiterem Himmel mit einer unliebsamen Tatsache. Den gesamten Abend pflegte ich Small Talk und zwang mich zu lächeln, denn ich hielt die meisten Anwesenden für Verbrecher. Was aber veranlasste ihn, mich gerade heute damit zu konfrontieren? Die Schwierigkeit ist, dass er seine Mimik derart perfekt im Griff hat und ich nichts daraus ableiten konnte. Die Entschuldigung ist ernst gemeint. Zunächst befürchtete ich einen Rauswurf zu einem perfide gewählten Zeitpunkt. Allein es ihm zuzutrauen, ist mies. Fakt ist, dass er Klienten vertritt, die ich aus tiefstem Herzen verabscheue. Joel Crawford tut dennoch das, wozu ein Anwalt beauftragt wird: die Unschuld seines Mandanten zu erstreiten. Nun kommt die Eingebung, die Erkenntnis. Seit dem ersten Moment benutze ich es als Vorwand, um ihn emotional von mir fernzuhalten. Unbewusst hat er mein Schutzschild zerstört. Das Lob verschlimmert das Ganze ebenfalls. Da das alles noch nicht reicht, um mich gefühlsmäßig zu triggern, werde ich in wenigen Minuten dem Mann gegenüberstehen, der das Fundament meiner Schutzmauer darstellte. Ab sofort stehe ich mit meinen Ängsten allein auf weiter Flur. Die knisternde Verbindung, die uns gerade erfasst hat, verdeutlicht das Problem. *Ich bin am Arsch!*

Gemeinsam treten wir an den Tisch heran, an dem Vater und Sohn stehen. Aufgrund meines Unwohlseins bleibe ich zunächst einen Schritt hinter Joel. Offensichtlich erwarten sie uns bereits ungeduldig. Ich vermute, es ärgert sie, dass Joel die Dreistigkeit besitzt, anderen Klienten seine Aufmerksamkeit zu widmen. *Arrogantes Pack.*

»Crawford, das ist schön, dass Sie sich für ein Ihrer wichtigsten Mandanten endlich Zeit nehmen«, poltert der Senior los und bestätigt meine Meinung.

Enrico Russo tritt genau so auf, wie ich mir ein solches Arschloch vorstelle. Aalglatt, protzige Uhr, schweres Goldarmband und einen Ring mit einem großen Brillanten. Der gestärkte Hemdkragen knüpft direkt mit dem Doppelkinn an. Da bekommt der Begriff eines dicken Halses sofort eine andere Bedeutung. In Sekundenschnelle taxiere ich beide. Krass, wie sie sich optisch und in ihrer Körpersprache ähneln. Für mich fehlt in dem Gesamtbild allein die fette Zigarre.

»Mr Russo, das hat den Vorteil, Ihnen nun meine volle Aufmerksamkeit zu schenken.« Joels Lachen ist perfekt gespielt, denn seine Augen spiegeln das nicht wider. Mit festem Handdruck begrüßt er den Alten. »Das dürfte doch in Ihrem Sinne sein.« *Wenn sie nicht voneinander profitierten, würden sie sich vermutlich verabscheuen.*

»Da haben Sie recht.«

»Alessandro, schön, Sie hier heute ebenfalls zu sehen.« Dieser Typ löst bei mir ab der ersten Sekunde ein beängstigendes Unwohlsein aus.

»Guten Abend, Joel, ich muss mir doch ansehen, in welchen Räumen Sie künftig unsere Familie vertreten.« Seine Stimme ist überheblich.

Bevor mein Boss die Gelegenheit bekommt, mich vorzustellen, grätscht ihm *Fettkloß Junior* dazwischen. Ich will ihn nicht mit einem übergewichtigen Mops vergleichen, das hat das arme Tier nicht verdient.

»Ah, da ist sie ja, das gute Gewissen der Kanzlei.« *Wie er mich ungeniert mustert … eklig!*

»Miss Buttler.« Joel macht eine einladende Armbewegung und berührt mich unbeabsichtigt. *Wusch*, ein Prickeln saust von unten nach oben, pausiert kurz in der Mitte. Mit dem erprobten Dauerlächeln trete ich direkt neben ihn. »Darf ich Ihnen einen, wenn nicht den wichtigsten, Mandanten vorstellen?« *Ich befürchte, wir werden bald auf der immer größer werdenden Schleimspur ausrutschen.* Unauffällig sieht er mich an und lächelt mit den Augen. *Oh fuck*, das verbotene Gefühl stoppt unverblümt im Unterleib und dreht seine Kreise.

»Guten Abend, Mr Russo.« Obwohl sich alles in mir sträubt, reiche ich ihm die Hand. »Es ist mir eine Freude, Sie persönlich kennenzulernen.«

»Na, das kann ich mir nicht wirklich vorstellen.« Sein unnatürliches lautes Lachen krönt den Spruch.

»Dad, bring doch diese attraktive Lady nicht in Verlegenheit.« Wie als wären wir alte Buddys, zwinkert er mir zu. »Miss Buttler, ich bin Alessandro Russo.« Innerlich angewidert begrüßen wir uns ebenfalls mit einem Handschlag. Die schwitzigen Wurstfinger halten meine Hand unnötig lange fest. »Joel, mein Freund, bei Ihrer Mitarbeiterin gerät man fast gern mit dem Gesetz in Konflikt.« Mit leichtem Nachdruck entziehe ich ihm meine Hand und wische sie dezent und unauffällig am Stoff meines Kleides ab.

»Das haben Sie auch bereits ohne geschafft.« Überrascht von einer solch provokanten Bemerkung, werfe ich Joel einen Blick zu. Die Augen minimal zusammengekniffen, gibt er sich nicht einmal Mühe, seine Verärgerung zu verbergen. Alessandro kommentiert dies lediglich mit einem schiefen Grinsen und schenkt sich aus der fast leeren Champagnerflasche ein Glas nach.

»Mr Crawford, natürlich sind wir neugierig auf Ihre neuen Räumlichkeiten, der erste Eindruck sieht vielversprechend aus.« Da deutet sich meine Rettung an, denn das ist nicht mein Job. »Oder, Sohn?«

»Sicherlich führe ich Sie persönlich durch die Kanzlei«, stimmt Joel dem Vorschlag zu.

»Ach, ich werde lieber die Anwesenheit von Miss Buttler genießen und ein wenig über ihre Arbeit plaudern.« Mir sackt das Blut in die Beine. *NEIN!!* »Oder sie übernimmt den Rundgang, das ist ebenfalls eine Option.« Die Arroganz sprüht ihm aus allen Fettporen. Unfassbar, aber wahr, rückt er ein bisschen näher an mich heran.

Unvermittelt entsteht eine angespannte Stimmung. Joels Nasenflügel beben.

»Mr Crawford, lassen Sie ihn, Sie wissen doch, wie er ist«, schaltet sich der Senior ein. »Vielleicht hat die reizende Miss Buttler einen positiven Einfluss auf meinen Sohn.« *Das überhebliche Gelache ist ätzend.*

»Gern beantworte ich Ihnen ein paar Fragen, dazu bin ich heute Abend da.« Mit den anzüglichen Sprüchen sollte ich fertigwerden.

»Wenn das für Sie in Ordnung ist?«, vergewissert sich Joel, und ich nicke ihm zustimmend zu. Dennoch merke ich, wie es ihm zuwider ist. *Mein Held!* Egal, was für ein emotionales Chaos im Hintergrund herrscht, niemals zuvor fühlte ich mich ihm so verbunden.

»Na, Crawford, dann zeigen Sie mir mal Ihre heiligen Hallen.«

Die beiden marschieren los. Obgleich sich noch einige Gäste in dem großzügigen Foyer verteilen, stülpt sich sofort größeres Unwohlsein wie eine unsichtbare Folie über mich. Selten bin ich einem Typen begegnet, den ich von der ersten Sekunde an dermaßen entsetzlich fand. Einerseits liegt es an dem Namen Russo. Doch das ist es nicht allein, sondern die unverhohlene Anmache. Kerle wie Alessandro gehen davon aus, dass alle Menschen, mit denen sie verkehren, aufgrund ihres kriminellen Status ehrfürchtig auf die Knie fallen. Bei dem Gedanken, wie er Frauen zwingt, mit ihm zu ficken, läuft es mir eiskalt den

Rücken herunter. Solche Egozentriker akzeptieren kein Nein. Ihm möchte ich definitiv nicht allein im Dunkeln begegnen.

»Miss Buttler, trinken Sie ein Glas Champagner mit mir«, startet er die erwartete Offensive.

»Mr Russo, nein danke, ich trinke nicht.« Unauffällig rücke ich einen Schritt von ihm weg. Setze mein Heuchlerlächeln auf.

»Nennen Sie mich bitte Alessandro, Mr Russo ist zu förmlich.« Trotz meines *Neins* winkt er eine der Servicekräfte heran. »Ein Gläschen dürfen Sie mir nicht abschlagen.« Um offensichtlich seine mit Diamanten verzierte Protzuhr zu zeigen, legt er die Handgelenke auf den Tisch, sodass die Ärmel seines Jacketts leicht nach oben rutschen. *Teuer und hässlich.*

»Sir?«, fragt sie.

»Was glauben Sie wohl, was ich von Ihnen will?«, blafft er die junge Kellnerin unvermittelt an. »Eine Flasche des Champagners und zwei neue Gläser.« *Wie unangenehm.*

»Natürlich, sofort.« Die Tonlage ist sie nicht gewohnt, errötet und eilt davon. Mir verschlägt es die Sprache. Selbst Small Talk wird zu einer Herausforderung. Ich kann nur hoffen, dass ich schnellstens erlöst werde.

Ein paar Augenblicke später stehen die Flasche und zwei neue Gläser auf dem Tisch. Ungefragt gießt er beide voll. So viel zum Thema, ich möchte nichts trinken. Um keine Diskussion auszulösen, gebe ich klein bei und wir prosten uns zu. Ich nehme lediglich einen winzigen Schluck, Russo kippt den teuren Champagner wie Wasser mit einem Zug herunter. Wie zu erwarten, schenkt er sich umgehend nach.

»Was interessiert Sie an meiner Arbeit?«, versuche ich das Gespräch auf die berufliche Ebene zu lenken. »Vielleicht, welche Pro-Bono-Fälle ich gerade bearbeite und die Hintergründe?«

»Faye, ich darf Sie doch so nennen?« Zack, und er leert das nächste Glas.

»Ja, natürlich«, lüge ich, und es wird immer anstrengender, die Fassade aufrechtzuerhalten.

»Die scheiß Fälle sind mir egal.« Abermals greift er nach der Champagnerflasche. »Trinken Sie Ihres aus, Sie wissen gar nicht, was Ihnen entgeht. Da hat Ihr Boss tief in die Tasche gegriffen.« Unüberhörbar wird seine Zunge schwer.

»Für unsere Mandanten und an einem solchen Abend nur das Beste.« Habe ich das wirklich gesagt? Ich höre mich fast an wie Joel.

»Finden Sie es nicht langweilig, stundenlang in Akten herumzuwühlen? Um sich in einem Büro zu verschanzen, sind Sie viel zu heiß.« Ohne Hemmungen glotzt er auf meinen Ausschnitt.

»Selbstverständlich trete ich ebenso vor Gericht auf.«

»Ach was, lässt Sie der großartige Joel Crawford an die Front?« Die Abfälligkeit in seiner Stimme ist nicht zu überhören.

Inzwischen hat er sich mir abermals genähert. Ein runder Tisch bietet glücklicherweise die Möglichkeit, mit unauffälligen Bewegungen gegenzusteuern. Trotzdem fehlt nicht mehr viel, bis er meine persönliche Wohlfühlzone überschreitet. Suchend halte ich Ausschau nach meinem Retter. *Fuck, wo bleiben die beiden?* Wahrhaftig bin ich in einer Zwickmühle. Weiterhin die Höfliche mimen, durchhalten, bis Rettung naht, oder Fettkloß Junior stehen lassen? Einen klitzekleinen Moment werde ich das Gelabere aushalten, schalte am besten auf Durchzug. Ein schneller Blick auf die Uhr verrät mir, dass ich erst zehn Minuten mit ihm allein bin. Trotzdem kommt es mir wie eine Ewigkeit vor.

»Faye, ich bin der Meinung, wir sollten unsere Bekanntschaft vertiefen.« Sein Alkoholpegel ist gestiegen. Vermutlich gab es vorher ein paar Lines Koks. »Es wird nicht zu Ihrem Nachteil sein.« Sein selbstgefälliges Grinsen unterstreicht die Unverschämtheit. »Wie Ihnen bekannt ist, bin ich ein wichtiger Mandant der Kanzlei und möchte es auch bleiben.«

»Mr Russo, ich bin mir nicht sicher, was Sie mir damit sagen wollen.« Meine Nackenmuskulatur verspannt sich schlagartig, ein eindeutiges Zeichen von aufkommendem Stress.

»Wissen Sie, liebe Faye, Mr Crawford kümmert sich vornehmlich um die Belange meines Vaters, und ich will Sie als meine persönliche Rechtsberaterin.«

»Niemals«, rutscht es mir unüberlegt heraus. *Diplomatie ade!* »Mr Russo, ich muss mich bedauerlicherweise um ein paar andere Gäste kümmern.« *Der Typ ist gestört.*

Blitzartig packt er mein Handgelenk, und die glasigen Augen verdüstern sich. Die Farbe des fetten Gesichts verwandelt sich in ein teuflisches Rot. »Vergessen Sie nicht, wer ich bin«, zischt er. »Ein Wort von mir, und das war es mit Ihrer Karriere.«

»Mr Russo, lassen Sie das.« Vehement und so unauffällig wie möglich versuche ich mich loszureißen, schaffe es aber nicht. Das Foyer ist inzwischen fast leer, niemand bemerkt die brenzliche Lage. Unmöglich, ich kann hier doch nicht laut um Hilfe rufen. Das endet in einer Katastrophe. Obwohl ich weiß, dass ich nicht ernsthaft in Gefahr bin, erhöhen sich Puls- und Herzschlag.

»Oder fickst du mit dem überheblichen Arsch?«, kläfft er gereizt.

»Und wenn dem so wäre?«, höre ich Joels Stimme, und wie aus dem Nichts steht er zwischen uns. »Lass deine Finger von ihr, klar?«

»Oh, oh, da ist ja jemand angepisst.« Endlich lässt er los und hebt mit einem süffisanten Grinsen die Hände.

»Alessandro, lass es gut sein«, schaltet sich der Senior ein und nimmt ihn zur Seite. Die Stimmung in einem Radius von einem Meter um den Stehtisch ist zum Bersten angespannt. Wie angewurzelt bleibe ich stehen und beobachte die Szene. Joels Augen funkeln bedrohlich, eine tiefe Zornesfalte hat sich über der Nasenwurzel gebildet.

»Mr Crawford, nehmen Sie es meinem Sohn nicht übel, Sie kennen ihn.« *Unfassbar, er ignoriert mich.*

»Es gibt Grenzen, und die sind hier überschritten.« Mein Gott, er legt sich meinetwegen mit ihnen an. Meine Nerven sind wie Drahtseile gespannt.

»Alessandro, entschuldigen Sie sich bei Miss Buttler.« Nicht eine Sekunde verliert Joel die Kontrolle. Ruhig und mit messerscharfer Stimme unterstreicht er seine Dominanz.

»Wir gehen jetzt besser«, übergeht der Senior die Aufforderung.

»Ja, ja«, brummt der Arschloch-Sohn und kippt schnell den letzten Rest Champagner in sich hinein.

Um Joels Mundwinkel zuckt es, souverän steht er mit erhobenem Kopf und gestrafften Schultern vor einem der gefährlichsten Mafiosi. »Das sehe ich ebenfalls so, und sorgen Sie dafür, dass Ihr Sohn sich künftig von Miss Buttler fernhält.«

Der Alte räuspert sich. »Wir telefonieren, wie vorhin besprochen. Wir finden übrigens allein heraus.«

Fassungslos verfolge ich, wie die beiden zum Fahrstuhl gehen. Erschreckend, wie sich meine Vorurteile bestätigen.

»Alles in Ordnung?« Joels Stimme fühlt sich auf meiner Haut wie ein warmer Sommerregen an.

»Ja, nein, ich bin völlig durcheinander.« Meine Beine zittern schlagartig, und ich halte mich an der Tischkante fest.

»Es tut mir sehr leid, ich hatte keine Ahnung, dass er sogar in diesem Rahmen die Kontrolle verliert.«

Unvermittelt spüre ich, wie sich seine Hand meiner nähert. Gleichzeitig gleiten unsere Hände unter den Tisch. Wie selbstverständlich verbinden sich unsere Finger im Verborgenen miteinander. Wundervolle Sekunden, in denen ich auf einer rosaroten Wolke schwebe. Die zarten Berührungen von Joels Fingerspitzen treiben mir die Tränen in die

Augen. Die Anspannung, die Angst, zu versagen, das widerliche Auftreten von Russo Junior, all das schwappt an die Oberfläche. Den gesamten Abend gelang es mir, die Gefühle zu ignorieren, sie bei dem kleinsten Anflug zu verscheuchen, sogar unser Gespräch verlief ungewöhnlich souverän. Aber jetzt? Vergleichbar mit einem Eimer kaltem Wasser werden sämtliche Emotionen über mir ausgeschüttet.

Aus den Augenwinkeln sehe ich mich um. Selbst diese Annäherung ist unzulässig. Niemand darf es mitbekommen. Die Sehnsucht nach der winzigsten Berührung überstrahlt die Angst, aufzufliegen. Streng genommen stehen wir auch viel zu dicht beieinander. *Wie gern würde ich mit Joel zumindest für eine Weile in einen eigenen Kosmos eintauchen.*

Wie befürchtet steuert ein Mandant auf uns zu. Umgehend lösen sich unsere Hände. Joel rückt von mir weg und räuspert sich. Meine Tränen sind dankenswerterweise so freundlich und vertrocknen.

»Mr Brown, wir hatten noch keine Gelegenheit, miteinander zu reden«, wendet er sich ihm zu. *Ich hasse ihn, diesen Mr Brown.*

»Mr Crawford, eine gelungene Einweihungsfeier und fantastische Räumlichkeiten.«

»Ein erster Schritt, um die Kanzlei für die Zukunft optimal aufzustellen.«

Bla, bla ...

Unvermittelt genehmige ich mir ein Glas Champagner. Einen Rest hat Fettkloß übrig gelassen.

»Mr Brown, darf ich Ihnen Miss Buttler vorstellen?«, wendet sich Joel unerwartet an mich und sieht mir direkt in die Augen. Wusch – das verbotene Prickeln tobt ungeniert durch mich hindurch. Blöderweise erröte ich auch noch.

»Sie kümmert sich aktuell um unsere Pro-Bono-Fälle.« Seine Stimme klingt erwartungsgemäß professionell distanziert.

Abrupt switche ich ebenso in den Business-Modus und mache, was ich den gesamten Abend tat: Small Talk. Ein paar Minuten später stehe ich allein an dem Tisch, doch die Veranstaltung ist längst nicht zu Ende. Allerdings bin ich es. Mein Herz blutet, und ich habe nur einen einzigen Wunsch. Ich will nach Hause ...

Der ehrgeizige und disziplinierte Anteil in mir zieht erwartungsgemäß seinen Job durch. Dummerweise haben zwei Gläser von dem edlen Prickelwasser ein mir unbekanntes Gefühl losgetreten. Eine seltsame Gelassenheit, verbunden mit einer geheimen Mission, die zum Ziel hat, zumindest noch ein weiteres Mal mit Joel an einem der Tische zu stehen ...

Vorbereitungen für diesen Plan sind:

a) ihn so gut es geht nicht aus den Augen lassen – unbemerkt.

b) geschäftig tun – vornehmlich im Foyer

c) ein wenig mit Kollegen, Gästen kokettieren, lachen – Reaktion checken

d) das Vorhaben nicht bewerten – Vernunft, Sinnhaftigkeit

Idealer Verlauf: Er wird mich ansprechen und meinen Wunsch erfüllen. Genau genommen ist das die einzige Option.

Das Fatale an solchen Planungen: Sie sind nicht kalkulierbar. Die Umsetzung hängt maßgeblich von der Zielperson ab. Um es kurz zusammenzufassen, tauchte Joel nicht mehr in der Lobby auf. Wahrscheinlich war er bereits mit einigen Klienten aufgebrochen, um in einer Bar den Abend ausklingen zu lassen. Mein trauriges Resümee lautet: Es ist besser so.

Scheinbar sind alle gegangen, denn die Reinigungstruppe rückt an. Das ist das endgültige Aus, weil die Tische abgebaut werden.

Müde und niedergeschlagen schleiche ich in mein Büro,

um endlich die High Heels loszuwerden. Vorsorglich deponierte ich gestern ein Paar Ballerinas. Die Beleuchtung auf den Gängen ist generell gedimmt, und bis auf meine Schreibtischlampe gibt es keine weiteren Lichtquellen. Um die Schuhe zu tauschen, setze ich mich auf meinen Bürostuhl. Erst jetzt bemerke ich, wie fix und fertig ich bin. Seufzend lockere ich meine Haare auf und lasse einen Blick über meinen Arbeitsplatz gleiten. Aufgeräumt, picobello. Die Akten sowie Schriftsätze sind ordentlich in einem speziellen Schrank eingeschlossen. Vorgabe vom Boss.

Lahm stehe ich auf, schnappe meine Handtasche, es wird wirklich Zeit, nach Hause zu verschwinden. Nach Mitternacht ist eine unchristliche Uhrzeit, sofern morgen früh der Wecker um sieben Uhr klingelt.

Ich schalte das Licht aus und verlasse mein Office. Unvermittelt bemerke ich, dass ein schmaler Lichtstrahl am Boden aus Joels Büro scheint. Ach Mensch, weshalb ist das Leben so kompliziert?

Auf dem Weg zum Aufzug höre ich Staubsauger, Geklapper und wie aus dem Nichts eine Stimme ...

SECHZEHN

Joel

Geschafft! Lässig die Füße auf dem Schreibtisch, die Hände hinter dem Kopf verschränkt, sitze ich auf meinem Bürostuhl und überlege, ob ich den Tag mit einem exzellenten Whiskey ausklingen lassen sollte. Die Einweihungsfeier erfüllte vollends die Erwartungen. Der Anwalt, der mit skrupellosen Methoden Kriminelle und Mitglieder der Mafia vertritt, erhält Zuspruch von sogenannten gesellschaftsfähigen Mandanten, die erkennen, wie mit meiner Strategie Geld zu verdienen ist. Diese Tatsache löst eine Genugtuung aus, insbesondere gegenüber meiner Familie. Von denen erwartungsgemäß niemand hier auftauchte.

Einer der verbliebenen Gäste kam überraschenderweise kurz vor Ende der Veranstaltung auf mich zu und bat um eine vertrauliche Unterhaltung. Gemeinsam setzten wir uns hier zusammen. Das Gespräch krönte den Tag mit einem lukrativen Deal.

Weswegen bin ich dennoch nicht euphorisch? Die Antwort lautet wie in der letzten Zeit so oft: Faye, immer wieder Faye! Sie dominiert auch gerade meine Grundstimmung, die ich als gedämpft beschreiben würde.

Ein magischer Moment, bei dem sich unsere Hände berührten. Heimlich und verboten. Ich begehre sie! Mit den Bemühungen, das Gefühl ausschließlich auf das Sexuelle zu beschränken, bin ich kolossal gescheitert. *Gratulation, Mr Crawford!*

Mit dem festen Willen, den emotionalen Gau herunterzuspülen, springe ich auf. Bis auf das kaum wahrnehmbare Brummen des Laptops auf Stand-by ist es ruhig. Unvermittelt höre ich, wie die Tür des Nachbarbüros ins Schloss fällt. Wie ferngesteuert stehe ich sofort vor der verschlossenen Bürotür – mein Instinkt sagt mir, dass es Faye ist. Soll ich mich von meinen Sehnsüchten leiten lassen? Ich hadere. Mir bleiben nur wenige Sekunden. Du bist so verdammt schwach! Mit Schwung reiße ich die Tür auf, trete über die Schwelle, sehe sie von hinten, für einen Wimpernschlag schließe ich die Augen. Mein Körper steht unter Strom ... Nein, sie darf nicht gehen!

»Faye!« Unfassbar, mir klopft das Herz spürbar an meine Brust. Langsam dreht sie sich zu mir herum, hält inne. »Bitte geh nicht.«

Zwei große Schritte, und ich stehe direkt vor ihr. Ihr Gesichtsausdruck ist regungslos, ihre Handtasche fällt zu Boden. Mit dem Bewusstsein, dass ich gerade einen Fehler begehe, drücke ich sie an die Wand. Nehme ihren Kopf zwischen meine Hände. »Ich bin süchtig nach dir!« Das leichte Zittern ihres Körpers überträgt sich auf mich, und ich spüre ihren Atem auf meinem Gesicht. »Manchmal ist es unerträglich, dich zu sehen und nicht berühren zu dürfen.«

»Das ... ist ... Wahnsinn.« Worte, die ich nicht hören will. »Es ist tabu ... verboten.«

Eine bittere Wahrheit, von der ich mir nichts mehr wünsche, als dass wir sie ausblenden. Zärtlich küsse ich ihre vollmundigen Lippen, folge meinem Gefühl. Vorsichtig öffnet sie den Mund, behutsam finden unsere Zungenspitzen zusammen. Ein Kuss, ein zartes Spiel der Verführung – ein einvernehmliches Zeichen, die reale Welt für eine Weile zu verlassen.

Schweigend fassen wir uns an die Hände und gehen in mein Büro.

Unsicherheit umgibt sie, und sie stellt sich vor die große

Panoramascheibe, blickt in den von tausend Lichtern durchzogenen Nachthimmel. Die Schultern hochgezogen, die Arme ausgestreckt neben ihrem Körper, öffnet und schließt sie nervös die Hände.

Leise trete ich hinter sie und lege meine Arme um ihre Taille. Meinen Kopf gesenkt, berühre ich ihre Haare, die nach Rosen duften. Sanft lehnt sie sich an meinen Oberkörper, und die Nervosität beginnt sich aufzulösen.

Die Stimmung ist elektrisierend, meine Erregung ergreift vollends von mir Besitz. Wird sie zulassen, dass wir uns lieben?

Behutsam wandern meine Hände über den weichen Stoff ihres Kleides. Unsere Gesichter schmiegen sich aneinander. Kleinste Regungen unterstreichen die Sinnlichkeit des Augenblicks. Die Luft vibriert.

Sachte öffne ich den Reißverschluss des Kleides, das durch ihre minimalen Bewegungen zu Boden gleitet. Abermals vergehen ein, zwei Minuten, in denen wir ausharren, hinaussehen, die Zeit anhalten. Meine Lippen liebkosen ihre nackten Schultern. Ein Glücksgefühl breitet sich aus, denn sie ist wie Wachs in meinen Händen und genießt leise seufzend.

Niemals zuvor erlebte ich, was es bedeutet, wenn die Welt stillsteht. Die Grenzen sind fließend, und ohne zu zögern hebe ich sie hoch und trage sie die wenigen Meter zu meiner großflächigen Sitzgruppe. Ihre Augenlider flattern, die porzellanfarbene Haut ist mit einer Gänsehaut überzogen.

Sanft lege ich sie mit dem Rücken auf die breite Sitzfläche. Ihren Mund umspielt ein sinnliches Lächeln und sie schließt die Augen. Die Arme lang hinter dem Kopf ausgestreckt, rekelt sie sich in ihrer dezenten und hocherotischen Unterwäsche. Der lilafarbene Spitzen-BH formt ihre Brüste, sodass die Rundungen hervorblitzen. Das Pantyhöschen mit abgesetzter Spitze umschmeichelt Venushügel und Scham.

Ihr Anblick ist betörend. Rasch ziehe ich mich aus und bemerke, wie Faye mich mit halb geöffneten Augenlidern beobachtet.

»Legst du dich auf den Rücken?«, flüstert sie zu meiner Überraschung.

»Das ist brandgefährlich.« Mit einer Kopfbewegung deute ich auf meinen steifen Schwanz. »Ich will dich lange genießen.«

»Wir lieben uns umso intensiver.« Grazil zieht sie ihre Unterwäsche aus.

Wie recht sie hat! Ihr Erscheinungsbild, wie sie in der Reiterposition auf mir sitzt, mit ihren Fingernägeln über meinen nackten Oberkörper fährt, ist ein erotisches Feuerwerk. Ab und zu beugt sie sich vor und unsere Münder finden sich zu einem stürmischen Kuss zusammen ...

»Du bringst mich um den Verstand.«

»Das hast du schon geschafft.« Ihre Stimme wackelt.

Ich versinke geradezu in ihrem Anblick, massiere ihre Brüste, erkunde die Stellen ihres Körpers, die ich erreiche. Die Ruhe vor dem Sturm.

Mein Becken angespannt, reitet sie meinen Schwanz und reibt ihre Lustperle auf meinem Schambein. Immer heftiger krallt sie ihre Fingernägel in meine Haut. Den Kopf in den Nacken gelegt, versinkt sie vollends in dem Gefühl des sich nähernden Höhepunkts. Unsere Bewegungen werden zügelloser.

»Faye, du bist so wunderschön!« Eine heiße Welle nach der anderen jagt durch meinen bis in die letzte Faser angespannten Körper.

Vergleichbar mit einem Tanz, in dem das Paar harmonisch und fließend zusammenfindet, eins wird, kosten wir jeden Moment aus. Die Sekunde, in der Begehren, Rausch und Hemmungslosigkeit uns in einen Ausnahmezustand katapultieren, ist unbeschreiblich.

Erschöpft beugt sich Faye vor, schlingt ihre Arme um mich. Noch bin ich in ihr, es vermischen sich unsere Säfte, unser Schweiß.

Keiner spricht ein Wort, und ich habe das Gefühl, Faye will in mich hineinkriechen. Fest umklammert sie mich. Urplötzlich höre ich leise Schluchzer.

Zärtlich streiche ich ihr über die Haare. »Was ist mit dir?« Sorge breitet sich aus. »He, wir werden eine Lösung finden.« Die Bedenken, wie wir künftig miteinander umgehen, sind nachvollziehbar.

»Das ist es nicht.«

Unerwartet schießt sie mit ihrem Oberkörper in die Höhe. Ich schaue in unendlich traurige Augen. »Ich habe das nicht verdient.« Hektisch springt sie auf.

Irritiert stütze ich mich auf den Unterarmen ab und sehe sie fragend an, warte auf eine Erklärung. Nichts. Stattdessen beginnt sie ihre Klamotten zusammenzuraffen.

»He!« Fassungslos springe ich ebenfalls auf und greife nach ihrem Arm. Mit einem wirren Blick, fast panisch, sieht sie mich an und schlägt meine Hand zur Seite.

»Lass mich los. Wir dürfen das nie, hast du gehört, niemals wieder tun!«, schreit sie wie eine Irre los.

»Stopp!« Energisch packe ich sie an ihren Oberarmen. »Faye, beruhige dich!« Eine beängstigende Anspannung umhüllt sie. So was habe ich noch nie erlebt. Ist das eine Panikattacke, denn sie ringt nach Luft. »Komm runter, atme tief durch.«

Langsam beruhigt sie sich. »Ich muss los, das ist alles Scheiße, das ist Verrat, das geht nicht.«

Niemals zuvor ist eine Frau nach dem Sex mit mir dermaßen ausgeflippt. Jede andere wäre im hohen Bogen hinausgeflogen. Faye möchte ich helfen, sie verstehen.

Hektisch und völlig planlos versucht sie sich anzuziehen. Abermals halte ich sie auf. Wir stehen uns gegenüber, Tränen kullern über ihre Wangen.

»Hast du Angst? Egal, was es ist, ich unterstütze dich«, versuche ich sie zu beruhigen. »Aber rede mit mir!« Sie schüttelt den Kopf, ihre Unterlippe zittert. »Bitte.« Mir bricht es das Herz, sie so zu sehen, und das Schlimme ist, ich habe nicht den Hauch einer Ahnung, was sie in dem Ausmaß belastet. »Was meinst du mit Verrat?«

»Es tut mir leid, ich habe mich überschätzt und es liegt nicht an dir.« Woher kommt mir der Satz bekannt vor?

»Okay, ich rufe dir ein Taxi, und morgen nimmst du dir frei.« Keine Chance, zu ihr durchzudringen. Stumm nickt sie. »Egal, was es ist, lass uns darüber reden«, wiederhole ich das Angebot abermals in aller Deutlichkeit. »Ich verschiebe meinen Trip in die Hamptons.« Mehr fällt mir nicht ein, um ihr zur Seite zu stehen.

»Nein, Joel, das brauchst du nicht.«

»Sicher?« Mit der rechten Hand streiche ich ihr eine Haarsträhne aus dem Gesicht. »Ich bin zwei Wochen nicht da.«

»Vielleicht ist das ganz gut.« Langsam komme ich mir etwas verarscht vor. Wie zutiefst Faye mein Herz auch berühren mag, die Grenze des für mich Erträglichen ist erreicht.

»Vermutlich«, erwidere ich knapp und sammele ebenfalls meine Klamotten ein. Im Gegensatz zu ihrem Auftritt im Loft gebe ich mir keine Mühe, meine Verstimmung zu verbergen. Eilig ziehe ich meine Shorts an. Die Nacktheit ist inzwischen fehl am Platze. Mit zig Fragen im Kopf drehe ich mich zum Fenster, dennoch nehme ich das Lichterspiel der Stadt nicht wahr. Für mich ist in den letzten Sekunden eine ungewollte Finsternis ausgebrochen.

»Ich geh jetzt.« Am liebsten würde ich sie aufhalten, schütteln, bis sie sich endlich öffnet. Doch ich rühre mich nicht. »Bitte verzeih mir.« Was für ein megabeschissenes Tagesende. »Du brauchst dich nicht um ein Taxi für mich zu kümmern.« *Okay, von mir aus.*

Nein, ich habe keinen Bock, souverän zu handeln, was bedeuten würde, sie halbwegs *normal* zu verabschieden. Stattdessen drehe ich mich nicht einmal herum. Ohne ein weiteres Wort verlässt sie mein Büro.

. . .

»Was ist das bitte für eine Scheiße.« Zum Glück bin ich allein auf der Etage, denn ich brülle mir den Frust von der Seele. »Fuck, was war das für eine Nummer?«

Zwischenzeitlich wieder angezogen, wandere ich hin und her, raufe mir durch die Haare. *Ja, sie hat recht – Abstand ist angesagt.* Gefühlt zum ersten Mal behandele ich eine Frau anständig, zeige Verständnis, biete Hilfe an und kriege zum Dank einen solchen Abgang.

Mit einem lauten Seufzer falle ich in den Bürostuhl, strecke die Beine aus und nehme die Hände hinter den Kopf. Die Frage drängt sich auf, ob es ein Fehler war, heute mit ihr zu schlafen. Soweit ich das verfolge, steht kommende Woche bei einem der Pro-Bono-Fälle eine außergerichtliche Einigung an. Bei dem anderen wird es wahrscheinlich auf eine Gerichtsverhandlung hinauslaufen. Je nachdem, welcher Richter den Vorsitz erhält und wie sich die Jury zusammenstellt, beides sind Parameter dafür, wie lange die Verhandlung dauert.

Aufgrund des gesamten Scheiß' werde ich ernsthaft darüber nachdenken, Faye nach dem Abschluss zu feuern und nicht auf die Vertragsklausel zur Weiterbeschäftigung zu bestehen.

Wahrhaftig bin ich froh, morgen den Alltag für zwei Wochen hinter mir zu lassen. Sicherlich sehe ich im Anschluss klarer. Heute Abend eine vorschnelle Entscheidung zu treffen, ist unklug. Unabhängig von dem generellen Prinzip, eine Nacht darüber zu schlafen, bin ich zu aufgewühlt. Mein Herz schlägt heftig an meine Brust, und ich fühle einen unbekannten Schmerz in mir.

Um das merkwürdige Ereignis kurzfristig aus dem Kopf zu verbannen, kommt mir eine Idee. Mit einem oder auch zwei, vielleicht drei Whiskeys werde ich das Büro mit den Footballsachen dekorieren. Gruppenbilder von meiner und anderen Collegemannschaften, Aufnahmen von Siegesfeiern, Wegbegleitern. Pokale verdienen ebenso eine entsprechende Würdigung. Das emotional Wertvollste ist der Football meines letzten Spiels auf dem College. Erinnerungen an eine geniale Zeit, die ich auch in zehn oder zwanzig Jahren feiern werde. Die positiven Rückblicke streicheln mein Ego. *Faye Buttler, du hast es angekratzt.*

SIEBZEHN

Faye

Zusammengekauert liege ich in meinem Bett. Das Kopfkissen ist von den unendlich vielen Tränen durchnässt. Luftholen fällt mir schwer, denn die Nase ist zu und der Rotz läuft ohne Ende. Das mit den Taschentüchern habe ich aufgegeben. Lediglich ein inzwischen zerfetztes und unbrauchbares halte ich in der rechten geballten Hand. Symbolisch betrachtet ist das vielleicht ein letzter Strohhalm, an den ich mich klammere.

Mein gesamter Körper ist ein Schmerz. Die scharfen Splitter meines gesprengten Herzens bohren sich unablässig ins Fleisch. Wieso löst etwas, was eigentlich überhaupt nicht mehr vorhanden ist, solche Qualen aus?

Tausend Fragen, nein, Vorwürfe, hämmern an meine Schädeldecke, sodass mir fast der Kopf platzt. Ich kann niemandem die Schuld geben. Für all das Leid bin ausschließlich ich allein verantwortlich.

Weshalb musste ich mich auf der Releaseparty von diesem Jojo mit Tequila abschießen? Wieso bin ich nicht direkt an dem Morgen abgehauen? Warum verlor ich vollständig die Kontrolle? Gnadenlose Selbstüberschätzung. Oder weil ich mir ein solches Gefühl seit Jahren wünsche, mit der Gewissheit, es nie wieder zu erleben? Ausgemerzt durch ein tragisches Unglück. Meine erste und einzige Liebe starb. Das Schicksal raubte mir meinen Lebensweg, sämtliche Träume.

An manchen Tagen glaubte ich, es nicht zu überleben. Von einem auf den anderen Tag verwandelte sich mein farbenfrohes Leben in einen düsteren Albtraum. Um in einer Welt ohne Sonne zu existieren, bedurfte es Disziplin. Die letzten Jahre richtete ich mein Augenmerk ausschließlich auf den Aufbau meiner Karriere. Ein festgestecktes Ziel hilft, nicht an seiner Trauer zu ersticken, so der Rat einer Psychologin. Den befolgte ich gnadenlos. Tatsächlich dominierte das Unglück nicht mehr ausnahmslos meine Gedanken und Gefühle.

Mit einem hervorragenden Abschluss in der Tasche zog ich nach New York, stellte mich aktiv einem Teil der Vergangenheit. Arbeitete als Junganwältin in einer der Kanzleien, die im Jahr Hunderte Millionen umsetzen. Äußerlich funktionierte Faye Buttler. Der nächste Punkt war der Einzug in die Mädels-WG. Die Mieten sind maßlos überteuert, und für eine vernünftige Wohnung bezahlst du ein Vermögen. Das Experiment Wohngemeinschaft ging auf – ein weiteres Stück zurück in die lang vermisste Normalität.

Mit der Entscheidung, in die Anwaltskanzlei von James Crawford zu wechseln, realisierte ich den ersten Schritt, um dem Ziel, eine Anwältin für Menschenrecht zu werden, näherzukommen. Endlich, endlich sprießte ein zartes Pflänzchen der Zuversicht aus einem bislang ausgedörrten Boden.

Was habe ich nur verbrochen, dass ich wieder am Nullpunkt bin? Welche ätzende Herrschaft hat zugelassen, dass ich Joel Crawford begegne? Das ist so verdammt unfair, dass er ausgerechnet in diesem Lebensabschnitt auftauchte, sich in mein zerstörtes Herz einschlich. In der Bibel würde es heißen, ich habe *von der verbotenen Frucht genascht* und wurde ebenfalls aus meinem klitzekleinen Paradies hinausgeworfen.

Dass er mein Boss ist, ist ein weltliches Problem, das sich lösen ließe. Joel ist mein Traummann. Wenn ich ihn sehe, erinnert er mich manchmal an Patrick, so wie er eventuell heute aussähe. Ich vergleiche die beiden nicht. Das, was sie verbindet, sind die innigen Gefühle, die ich für sie empfinde.

In den Momenten, in denen wir diese unfassbare Anziehungskraft verspüren, rückt er gefährlich nah an das heran, was ich niemals für möglich gehalten habe, es noch einmal zu erleben. Vielleicht wäre etwas ganz Großes daraus entstanden, denn Amor öffnet Türen, von denen man glaubt, sie existieren nicht.

Doch die Schuldgefühle lasten unglaublich schwer auf meinen Schultern. Jemand Neuem Eintritt in mein Herz zu gewähren, ist ein Verrat an zwei Menschen, die durch mich starben. Welches Recht also besitze ich, dieses unfassbare Glück ein zweites Mal zu erleben? Viele finden die Liebe ihres Lebens niemals.

Der heutige Sex mit Joel überschritt eine unsichtbare Grenze. Patrick und er schienen sich zu vereinen. Damals schwebten wir in anderen Sphären – genauso kann ich die tiefgreifenden Gefühle zwischen Patrick und mir erklären. Auf den ersten Blick schlugen unsere Herzen im Gleichklang. Voller Freude auf eine gemeinsame Zukunft, schmiedeten wir Pläne, da wir keine Sekunde daran zweifelten, nicht zusammenzubleiben. Es klingt megaverrückt, doch ich erinnere mich deutlich an die Intensität, an jedes Kribbeln, an die Schmetterlinge, die wie wild herumflatterten. Das waren wundervolle und einzigartige Erlebnisse. Heute fühlte ich genau das. Das, wovor ich mich bereits beim ersten Mal fürchtete, ist eingetreten. Ich kann nicht loslassen und werde es wohl niemals. Eine traurige Seele handelt nicht rational, deshalb schaffe ich es nicht, mit Joel darüber zu reden. Möglicherweise würde er es falsch interpretieren, sich wahrhaftig als einen Ersatz betrachten. Aber weshalb spekuliere ich über seine Reaktion? Sinnlos. Aus und vorbei.

Obwohl ich körperlich fix und fertig bin, ist an Einschlafen nicht zu denken. In der zusammengerollten Igelposition höre ich mein Herz schlagen. Wie soll es weitergehen? Mit meinem Auftritt dürfte ich das Ende eingeleitet haben. Joel Crawford ist kein Mann, der zum Bittsteller wird, und exakt in die Richtung habe ich ihn gedrängt. Seine Reaktion – eindeutig! Genau die Charaktereigenschaft werde ich nutzen. Letztendlich gibt es nur eine Möglichkeit. Ich will, dass seine Gefühle für mich verschwinden, sich in Luft auflösen.

ICH muss ihm vorspielen, dass ich nichts für ihn empfinde. Bei unserer entgegengesetzten Berufsauffassung finden sich ebenso Streitpunkte, die verdeutlichen, wie unterschiedlich wir sind.

Es ist eine alternativlose Lösung, denn sogar eine räumliche Trennung bietet keinerlei Garantie, nicht wieder schwach zu werden.

Teil zwei des Plans, der sich wie von selbst schmiedet, ist die angestrebte Distanz. Am liebsten würde ich sofort alles hinwerfen, doch da ist mir das Risiko zu groß. Zunächst muss ich die beiden Fälle professionell abwickeln, sodass er keinen Grund hat, mir die immens wichtige berufliche Empfehlung zu verweigern. Heute sind die Bedingungen andere, und ich werde ihn erneut bitten, mich aus dem Vertrag zu entlassen. Sofern er das Arschloch raushängen lässt, nehme ich einen Kredit auf, um die Summe zurückzuzahlen. Im Anschluss bin ich frei. In der Theorie ein perfekter Plan. *Faye Buttler, auch das wirst du durchstehen!*

Tatsächlich nutze ich das Angebot eines freien Tages. Beziehungsweise mein Körper verordnet es mir, denn ich höre den Wecker nicht und schlafe unglaubliche zehn Stunden.

Joels zweiwöchige Auszeit ist ein Segen und verschafft mir die Zeit, mich emotional auf den Plan vorzubereiten. Die Mädels weihe ich nicht ein, sie würden mich für verrückt erklären und versuchen, mir das Vorhaben auszureden.

Meine Grundstimmung ist beschissen, was ich nicht anders erwartete. Dennoch setze ich alles daran, mir nichts anmerken zu lassen.

Niemanden wundert es, dass ich mich in mein Büro verschanze, schließlich stecke ich in den letzten Vorbereitungen. In zwei Tagen steht der Verhandlungstermin für einen Vergleich mit dem Reifenhersteller an. Ich muss punkten, den besten Gewinn für meine Mandanten herausholen.

Die Argumentationskette ist penibel ausgearbeitet, die Summe unserer Schadenersatzforderungen unterliegt ebenfalls einer Taktik. Insgesamt fühle ich mich optimal vorbereitet und hoffe, dass wir ein gemeinsames Ergebnis erzielen. Den ganzen Fall vor Gericht zu verhandeln, daran ist keinem von uns gelegen. Die Gegenseite signalisierte ein ähnliches Interesse, was mich zuversichtlich stimmt.

Was Paul betrifft, verhalte ich mich so entspannt wie möglich. Hier ist mein Schauspieltalent gefordert. Zu seinen Aufgaben gehört nun mal das Petzen, und ich will, dass er gegenüber Joel die Klappe hält. *Ach, es ist alles ein verdammter Mist …*

In der Nacht vorher schlafe ich absolut beschissen, wache ständig auf, weil ich mich laufend hin und her wälze. Gefühlt habe ich nicht mal eine Stunde durchgeschlafen. Völlig gerädert werfe ich jedes Mal einen Blick auf die Uhr.

Mit einer speziellen Atemtechnik gelingt es mir Gott sei Dank, langsam zur Ruhe zu kommen. Endlich werden meine Lider schwer. Mein letzter Gedanke ist, dass ich nicht irgendwelchen aufwühlenden Blödsinn träume, um für den bedeutenden Termin fit zu sein.

• • •

Mit einem Schrei des Entsetzens schieße ich urplötzlich schweißgebadet in die Höhe, taste nach rechts, greife ins Leere. *Patrick, wo bist du?* Mein Herz rast.

Einen Moment benötige ich, um zu realisieren, dass ich zu Hause in meinem Zimmer bin und im eigenen Bett liege. *Oh mein Gott, wieder einer dieser horrormäßigen Albträume.* Mir bleibt auch nichts erspart. Inhaltlich drehen sie sich alle um Patricks Tod. Oftmals ist es wirres Zeug. Allerdings gibt es einen regelmäßig wiederkehrenden Traum, der mir auf unfassbar realistische Weise vermittelt, Patrick sei am Leben und kehre zurück. Die pure Qual! Die Bilder sind so deutlich und klar, seine Stimme, die Berührungen erlebe ich zutiefst realistisch. Ein Grund für sein Verschwinden nennt er nie und ist verwundert, weshalb ich glaubte, er sei gestorben. Mir ist das alles scheißegal, ich bin glücklich, ihn in die Arme zu schließen. Unbeschreibliche Glücksgefühle überwältigen mich, und endlich blicken wir einer farbenfrohen Zukunft entgegen. Mal für Mal ist die Verbitterung jedoch gigantisch und schmerzvoll, weil ich realisiere, wieder nur geträumt zu haben.

Genauso wie gerade. Heute spielte eine dritte Person mit. Langsam lege ich mich auf den Rücken, starre mit aufgerissenen Augen ins Dunkle. Beide Hände krallen sich in das Laken. Mein schweißüberzogener Körper zittert, und urplötzlich zwinge ich mich, das verdammte Bild aus meinem Kopf zu vertreiben, aber es gelingt mir nicht. Wie festgetackert. Ein Baby sitzt auf Patricks Schoß und gurrt fröhlich vor sich hin. Zwar weiß ich nicht, wo der Winzling herkommt, aber das ist unwichtig. Hauptsache, es ist da und ich bin seine Mutter. Absolut schräg, denn ich habe dieses Kind niemals entbunden. Doch das Grauen schlechthin sind die Augen. Sie sind die von Joel, und er spiegelt sich darin.

Das überschreitet endgültig meine Belastungsgrenze. Wie aus dem Nichts überfällt mich eine grauenhafte Übelkeit. Panisch springe ich aus dem Bett, halte mir die Hand vor den Mund. Schaffe ich es rechtzeitig? Oder kotze ich den Boden voll? Wie eine Irre stolpere ich durch den Flur ins Bad. In allerletzter Sekunde beuge ich mich über die Kloschüssel und mein Magen entleert sich. Sofort setzen Krämpfe ein. Zusammengekrümmt kauere ich auf dem Fliesenboden. Bete, dass ich von einer zweiten Attacke verschont bleibe.

Oh Mann, noch nie ist mir ein Termin derart auf den Magen geschlagen.

Um den ekelhaften Geschmack loszuwerden, rappele ich mich mit butterweichen Beinen auf und klammere mich ans Waschbecken. Mit fahrigen Händen drehe ich den Wasserhahn auf und halte meinen Mund unter das kalte Wasser. Gurgele, spucke es aus, lösche den Durst. In der Hoffnung auf einen halbwegs klaren Kopf spritze ich mir Wasser ins Gesicht. Dummerweise werfe ich einen Blick in den Spiegel. *Ach du Scheiße, wie sehe ich denn aus?* Dunkle Augenringe, die sich bis zum Jochbein ziehen. Die Haare stehen in alle Richtungen ab und ich bin bleich wie eine Leiche.

Die Babyszene erklimmt die Spitze der Unmenschlichkeit, exakt in der Nacht vor dem wichtigsten Termin seit Ewigkeiten. Ist es eine Verschwörung, die mich außer Gefecht setzen will und hartnäckig an meiner Zerstörung arbeitet? Ich bin so durch den Wind, dass ich die Theorie nicht ausschließe. *Jetzt ist es so weit, du wirst bekloppt.*

Inzwischen ist es halb sechs. In einer Stunde klingelt der Wecker. Schlafen sollte ich nicht mehr, da wird das Aufwachen zur Zerreißprobe.

Was mir bleibt, ist Kaffee, sehr viel Kaffee, eine Wechseldusche und eine Menge an ungesunden Kohlenhydraten. *Ich muss den Termin rocken!*

Bereits am Empfang höre ich, wie elendig ich aussehe. Die liebe Mrs Miller schaut mich mitfühlend an und empfiehlt mir eines ihrer Wundermittelchen. Da ich sogar Verschwörungstheorien mittlerweile nicht kategorisch ausschließe, nehme ich mir eines der Beutelchen – rein vorsorglich. Kaffee und Süßkram haben nur bedingt geholfen.

»Faye, wie siehst du denn aus?«, empfängt mich Paul, der das blühende Leben verkörpert und eine Duftwolke an Aftershave mit sich herumträgt. Nicht gut – sofort bekomme ich Kopfschmerzen.

»Vielen Dank auch.« Mürrisch werfe ich meine Handtasche auf den Boden. *Kein Wort zur Petze!* »Das ist eine optische Täuschung.« Gespielt dynamisch setze ich mich. Paul reagiert auf den Spruch lediglich mit einem schiefen Grinsen.

»Ich habe mit Mr Crawford noch einmal das Konzept für den heutigen Tag durchgesprochen«, informiert er mich aus heiterem Himmel und besitzt die Frechheit, mir freundlich zuzunicken. *Bäm, die Rakete hebt ab.*

»Bitte was?« Entsprechend eines perfekten Raketenstarts springe ich in die Höhe und stütze die Hände auf den Tisch. »Das hast du mit mir abzusprechen!« Die Worte spucke ich aus wie saure Milch. »Du untergräbst meine Arbeit, das ist eine Unverschämtheit, ich kann auch gern nach Hause verschwinden.« Vor Aufregung wird mir schwindelig. »Vermutlich ist alles geistiger Durchfall und die Strategie Mist.« Perplex sieht er mich an und hebt beruhigend die Hände.

»He, was ist denn mit dir los?«, unterbricht er mich, bevor ich weiter ausraste. »Der Boss hat es abgenickt.«

»Oh wie gnädig, einen Tag vor dem Termin.« Fauchend wie eine Katze lasse ich mich zurück auf den Stuhl fallen. Meine Reaktion ist völlig übertrieben, das ist mir klar. Eigentlich sollte ich froh sein, dass Mr Crawford, wie ich ihn gedanklich wieder nenne, einen abschließenden prüfenden Blick über das Konzept wirft. Stattdessen fühle ich mich gedemütigt.

»Er hat eindeutig deine Arbeit gelobt«, gießt Paul unwissentlich weiteres Öl ins Feuer.

»Hm.« Früher wäre ich vor Freude in die Luft gesprungen. Bewusst schaue ich weg, verschanze mich hinter meinem großen Bildschirm und starre auf den schwarzen Monitor. Sogar die einfachsten Routinegriffe klappen nicht. Herzlichen Glückwunsch, falls das so weitergeht, endet der Tag in einem Desaster. Nicht nur das Konzept muss stimmig sein, sondern auch die Art der Gesprächsführung. Hierbei taktieren wir, wenn erforderlich, wird gepokert – zu all dem sehe ich mich gerade nicht in der Lage.

In den vier Stunden bis zu dem Termin versuche ich irgendwie fitter zu werden. In meiner Not greife ich sogar auf das Wunderpulver von Mrs Miller zurück. Ein Booster ist es nicht, dafür schmeckt es zu sehr nach Gummibärchen. Die Übelkeit hat sich zum Glück verabschiedet, stattdessen spinnt der Kreislauf. *Stichwort Verschwörungstheorie.*

Langsam wachsen Panik und Frust ins Unermessliche. Es ist doch nicht möglich, dass mir ausgerechnet heute meine Gesundheit einen Strich durch die Rechnung macht.

Eine halbe Stunde vor dem Meeting flüchte ich auf die Toilette. Obwohl ich kein großer Fan von Make-up, Rouge und Co bin, nutze ich die kosmetischen Errungenschaften, um zumindest optisch den Anschein einer kämpferischen Anwältin zu vermitteln.

Mrs Hunter hat uns den Konferenzraum vorbereitet und die erforderlichen Unterlagen bereitgelegt. Jeder Handgriff, der mir erspart bleibt, ist eine Hilfe. Hierfür bin ich ihr dankbar. Ebenso dafür, dass sie kein Kommentar bezüglich meiner Verfassung abgibt.

Inzwischen sind die Vertreter der Gegenseite eingetroffen und von Mrs Miller in den Besprechungsraum geführt worden. Paul und ich stoßen bewusst etwas später dazu. Mit schwitzigen Händen stehe ich hinter meinem Bürostuhl und konzentriere mich auf eine gleichmäßige Atmung. Ich habe das Gefühl, mein Skelett ist verschwunden, denn mein Körper ist eine einzig weiche Masse. Schweißperlen bilden sich auf meiner Stirn, und mein Hirn ist wie leer gefegt.

»So, Faye«, Paul betritt schwungvoll unser Büro. »Jetzt wirst du den Arschlöchern die Hosen runterziehen.«

Urplötzlich sitze ich in einem Karussell, alles dreht sich. Egal wie sehr sich alles in mir sträubt, muss ich mir eingestehen, dass ich die Verhandlungen nicht optimal leiten kann.

»Paul, bitte übernimm du die Gesprächsführung«, presse ich matt hervor. »Ich bin gesundheitlich angeschlagen«, ergänze ich verbittert.

»Bist du dir sicher?« Das hämische Grinsen fällt aus. Im Gegenteil, er sieht besorgt aus. »Es ist dein Baby.«

»Ohne Frage, aber ich darf mein Ego nicht über das Wohl unserer Mandanten stellen.« Spätestens in der Sekunde ist der Zeitpunkt gekommen, dass Mr Crawford von meiner Verfassung erfährt. Ein Gedanke, der mir zuwider ist.

»Hut ab, Faye, du beweist Stärke.« *Wenn ich die hätte, würde ich jetzt nicht hier so stehen.*

»Kann sein.« Erschöpft zucke ich mit den Schultern. »Lass uns gehen.«

Auf dem Weg bündle ich die letzten Kräfte, straffe so gut wie möglich meinen puddingweichen Körper und hebe den Kopf. Einen Moment, bevor wir die Arena betreten, stoppt Paul.

»Es tut mir wirklich leid, dass es dir so schlecht geht. Ich wollte dir das gern noch sagen.« Fast wirkt er ein bisschen verlegen. »Du bist eine echte Teamplayerin.«

»Danke.« Ich versuche zu lächeln, aber bis auf ein Zucken der Mundwinkel passiert nichts.

Nicht nur meine gesundheitliche Verfassung ist ein Schlag ins Genick. Auch die Chance, Mr Crawford zu beweisen, wie genial ich bin, um ihm nach erfolgreichem Abschluss alles vor die Füße zu werfen, ist hinfällig. Das schwächt meine Position bei der Durchführung des Plans, in der ich ausnahmslos die emotionslose Powerfrau verkörpere.

. . .

Tatsächlich schlagen wir den perfekten Deal heraus. Jubeln dürfen gern die anderen, denn meine Verfassung schreit nach Ruhe und Rückzug. Ich bin maßlos von mir enttäuscht. Ein beängstigendes Zeichen für eine erfolgreiche Anwältin, die sich vor einem solchen Termin in die Hosen macht. Klar habe ich für meinen Zustand eine Theorie. Mein blöder Körper hat gestreikt, weil ich unter Versagensängsten leide. Mich möglichen Misserfolgen zu stellen, fiel mir bereits in der Vergangenheit schwer, denn ich strebe nach Perfektionismus. Sonst fällt mir kein Grund ein. Das ist ein Punkt, an dem ich hart arbeiten muss und werde.

ACHTZEHN

Joel

Die Rückmeldung über die erfolgreiche Vergleichsverhandlung nehme ich zufrieden zur Kenntnis. Trotz der Auszeit behalte ich die Ereignisse der Kanzlei im Auge. Mich einhundert Prozent aus dem Business auszuklinken, gelingt mir nie. Die Information, dass Faye die Gesprächsführung kurzfristig an Paul übergab, wundert mich. Das passt nicht zu ihrer ehrgeizigen Einstellung. Dass dem so war, hat mir ein Mitarbeiter gesteckt. Von Paul kam keine Erklärung, was mich ärgert. Normalerweise ist genau das sein Job. Die Frau bringt alles durcheinander. Darüber ist das letzte Wort noch nicht gesprochen.

Die freien Tage in meinem direkt am Strand von East Hampton gelegenen Ferienhaus schaffen die räumlich notwendige Distanz zu Fayes merkwürdigem Abgang.

Das Haus kaufte ich mir vor drei Jahren von einem meiner Klienten. Er musste es sozusagen schnellstens loswerden, und so nutzte ich die Gelegenheit und zahlte einen Schnäppchenpreis – zumindest für die Verhältnisse in den Hamptons. Nur ungefähr zwei Stunden von New York City entfernt, ist die Entfernung ideal für eine Miniauszeit für einen Workaholic, wie ich es bin. Im Verhältnis zu den Luxusanwesen ist meines eher ein Gartenhäuschen. Der Wahnsinns-Ausblick von der Terrasse auf das Meer und der direkte Zugang, der über einen Trampelpfad zu dem langen Sandstrand führt, ist eine Kulisse, die trotzdem pure Entspannung verspricht.

Im Mai ist es hier, bis auf die Wochenenden, noch relativ ruhig. Der große Run beginnt mit den Sommerferien, üblicherweise Ende Juni. Ich erhielt keine Einladungen zum Barbecue oder sonstigen Anlässen. Auch in den Restaurants ist vergleichsweise wenig Betrieb. Bei meiner aktuell abgefuckten Stimmungslage hätte ich sowieso abgesagt. Mir ist einfach nicht nach Gesellschaft. Kaum etwas kann mich aufheitern. Die Anreise mit der Harley ist das erste Highlight, auf das ich mich jedes Mal aufs Neue freue. Doch dieses Mal blieben die Glücksgefühle aus.

Beim Golfen bin ich unkonzentriert und muss öfters die Zähne zusammenbeißen, da ich derart grottenschlecht spiele und am liebsten die Schläger in tausend Einzelteile zerlegen würde. Selbst das Joggen am Strand und den spektakulären Sonnenuntergang mit einem Glas Wein auf den herrlich bequemen Loungemöbeln der Terrasse anzusehen, füllt die Leere nicht. Der Auslöser für all das trägt den Namen Faye. Ja, verdammt, ich vermisse sie!

Zusammengefasst läuft überhaupt nichts rund. Nicht mal Lust auf unverbindlichen Sex verspüre ich. Die Vorstellung, im schlimmsten Fall künftig unter Erektionsproblemen zu leiden, ist gelinde gesagt eine Katastrophe. Sind dies erste Alarmzeichen für eine Erkrankung? Vielleicht ist es sinnvoll, einen Arzttermin bei einem Urologen zu vereinbaren. Um es nicht zu vergessen, spreche ich eine Erinnerungsnotiz in mein Handy.

Das, was allerdings so richtig rund läuft, ist mein Gedankenkarussell. Ich grübele und zermartere mir das Hirn, was hinter Fayes Verhalten steckt. Sie tritt mich sozusagen in den Arsch, und ich mache mir Gedanken. Das glaubt mir kein Mensch.

Aus ihren zusammenhangslosen Bemerkungen schließe ich ein Ex-Freund-Trauma. Aber was meint sie mit Verrat? Realistisch betrachtet ist es sinnlos, darüber nachzudenken. Pure Spekulation. Letztendlich ist es ihre Entscheidung, ob sie auf mich zukommt, mein Angebot steht.

Beruflich gesehen wird es aus heutiger Sicht definitiv auf keine gemeinsame Zukunft hinauslaufen. Einen endgültigen Entschluss fasse ich später. Niemals zuvor verhielt ich mich derart inkonsequent und wankelmütig.

Neun Tage sind vergangen, und meine Laune hat sich nur bedingt gebessert. Da kommt es mir im Grunde gelegen, dass ich früher abreisen muss, denn mich erreicht ein Anruf eines Mandanten. Dr. Ethan Green, ein guter Freund eines anderen Klienten, steckt in Schwierigkeiten. Eine junge Assistenzärztin hat ihn wegen sexueller Nötigung angezeigt. In Zeiten von MeToo eine heikle Angelegenheit, die in Schallgeschwindigkeit zum Karrierekiller werden kann.

Ich zweifle keine Sekunde daran, dass die Anschuldigungen stimmen, und frage mich, weshalb die Vorgesetzten nicht ihre Finger von ihren weiblichen Mitarbeiterinnen lassen können. Sex ist inzwischen überall käuflich. Alternativ gibt es in einer Stadt wie New York City unzählige Clubs und Bars, in denen jeder was zum Ficken findet.

Was ich darüber denke, ist allerdings unerheblich, und die Verteidigung von Green abzulehnen, ist keine Option. Um Details zu erfahren, vereinbare ich mit ihm direkt am nächsten Tag einen Termin im Büro. Der bekannte Promiarzt steht besonders unter Druck. Sofern die Öffentlichkeit davon erfährt, dürften vermutlich etliche seiner berühmten Patientinnen auf Distanz gehen. Niemand möchte bei dem Thema in die Schusslinie geraten.

Das Treffen findet auf Wunsch des Mandanten am frühen Vormittag statt.

Zu meiner Verwunderung ist Fayes Büro leer. Von Mrs Hunter erfahre ich, dass sie sich auf der Toilette mehrfach übergeben hat.

»Ich habe sie nach Hause geschickt«, erklärt sie mir arglos. »Miss Buttler ist in den letzten Tagen sehr angeschlagen.«

Sie sitzt hinter ihrem Schreibtisch, ich stehe davor und blicke auf sie herunter. Die Position beschreibt deutlich das Machtgefüge.

»Erscheint Miss Buttler überhaupt noch mal im Büro?«, poltere ich unvermittelt los. Schlagartig bin ich angefressen. »Wer hat Ihnen die Befugnis dazu gegeben?«

»Mr Crawford.« Mrs Hunter sieht über ihren Brillenrand, und die von ihr ausgehende Gelassenheit nervt. »Dazu brauche ich keine Befugnis, das ist gesunder Menschenverstand.« Verhielt sie sich vor meinem Kurzurlaub bereits ebenso? Unfassbar, was sie sich erlaubt.

»Darüber sprechen wir noch.« Missbilligend verziehe ich die Mundwinkel und stecke eine Hand in die Hosentasche.

»Selbstverständlich, Mr Crawford.« Klingt ihre Stimme verächtlich? Was, falls sie über unsere private Verbindung eingeweiht ist? Frauen tratschen gern und viel, insbesondere wenn der Chef außer Haus ist.

Bevor ich reagiere, klingelt das Telefon. Sie nimmt ab. »Mrs Miller ... Alles klar, ich gebe Mr Crawford Bescheid, dass sein Mandant eingetroffen ist.«

Wortlos wende ich mich ab und gehe in mein Büro, um mir die Krawatte umzubinden. Meine Dünnhäutigkeit ist befremdlich und passt überhaupt nicht zu mir. Ohne dass ich es steuern kann, spielt sich die Abschiedsszene in schnellen Bildern vor meinem geistigen Auge ab. »Verdammter Dreck.« Die Art von Ablenkung vor dem Erstgespräch ist ein Unding. Am liebsten würde ich die Erinnerungen wie eine Datei löschen.

Das Gespräch mit Dr. Ethan Green bringt unschöne Details ans Tageslicht. Der schwanzgesteuerte Endsechziger gesteht auf meinen Druck hin, dass es noch mehr Frauen gibt, von denen er seine Wichsgriffel nicht lassen konnte. Das extrem sonnengebräunte und mit Botox geglättete Gesicht, die silbergrauen Haare und eine sportliche Figur dürften ihm in seinem Leben viele Gratisficks gebracht haben. Er hat die berechtigte Sorge, dass die vier weiteren sich durch die Anzeige ermutigt sehen, ebenfalls zur Polizei zu gehen.

»Was schlagen Sie vor? Ich zahle auch jedes Stundenhonorar, wenn Sie mich aus der Scheiße ohne einen Imageverlust herausboxen.« Für seine ungünstige Position verhält er sich überraschend entspannt. Von Reue keine Spur. »Ach, was frage ich, Sie sind für solche pikanten Fälle der Richtige.«

»Das ist korrekt.« Vor mir liegt ein Blatt Papier mit Notizen. Da bin ich Oldschool. »Um die Sache aus der Welt zu schaffen, brauche ich zusätzliche Informationen.«

»Daran sollte es nicht scheitern.«

»Insbesondere benötige ich, sofern möglich, die Tage und Uhrzeiten, wann die Treffen mit den Frauen stattfanden. Das ist wichtig, um Ihre Alibis zu konstruieren.«

Er legt die Stirn in Falten und kratzt sich am Kinn. »Schwierig.«

»Versuchen Sie es.« Für mich eine klare Anspielung, dass es sich nicht um einen einmaligen Vorfall handelt, und meiner Einschätzung nach ist das wohl auch bei den anderen Betroffenen der Fall. »Namen und Adressen ist selbstredend.«

»Was planen Sie als erste Maßnahme?«

»Ich beantrage Akteneinsicht, natürlich widersprechen wir und kündigen eine Anklage wegen übler Nachrede an.«

»Was, wenn etwas nach außen dringt? Zum Beispiel durch Social Media?« Erstmals nehme ich eine gewisse Sorge wahr.

»Wir sind keine Zauberer, um das Problem verschwinden zu lassen, aber mein Team und ich sind nah dran.«

»Mr Crawford, das klingt vielversprechend.« Zufrieden bleckt er seine unnatürlich weißen Zähne.

»Zeigen Sie sich ab sofort mit Ihrer Frau in der Öffentlichkeit, spielen Sie heile Welt.« Dass die Ehe am Arsch ist, daran zweifele ich nicht. »Dr. Green, ich informiere Sie über den Verlauf.« Dynamisch springe ich auf, und er erhebt sich ebenfalls. »Sofern tatsächlich etwas nach draußen dringen sollte, verweisen Sie auf mich, Sie reagieren nicht.« Klare Ansagen sind bei solchen Alphatieren erforderlich.

»Mr Crawford.« Wir schütteln uns die Hände. »Danke schön.«

»Einem Freund von Victor helfe ich gern.«

Ich begleite ihn zu den Fahrstühlen, und mit einem zufriedenen Gesichtsausdruck geht er hinein. Obwohl er keinen blassen Schimmer hat, welche Strategie ich plane, genieße ich sein volles Vertrauen. Die schmutzigen Einzelheiten wird er sowieso nicht erfahren. Für ihn ist die einzige Priorität, ohne Blessuren das Problem aus der Welt zu schaffen.

Einige Stunden später erhalte ich die Auskünfte über die Frauen und auch erstaunlicherweise ungefähre Zeitangaben. Damit kann ich arbeiten. Sofort setze ich ein Meeting mit einem ausgewählten Team an. Am Anfang erstellen wir Profile von den betreffenden Personen.

»Ich will, dass ihr tief grabt. Jeder hat Geheimnisse, dunkle Punkte, und genau die sind unsere Grundlagen.«

»Konzentrieren wir uns ausschließlich auf Social Media oder treten wir direkt in Erscheinung?«, werde ich gefragt.

»Das richtet sich nach den Entwicklungen.« Vieles ist steuerbar, doch letztendlich bleibt immer eine Restunsicherheit. Menschen reagieren manchmal unerwartet.

Traurigerweise auch in dem Fall von Mr. Green. Lilian Parker, die mit ihrer Anzeige den Stein ins Rollen brachte, nutze die Social-Media-Kanäle und sogar die Presse, um ihre Aktivitäten und die Anzeige öffentlich zu machen. Sie ließ sich auf keinen Kompromiss ein, verweigerte uns die Zusammenarbeit. Im Gegensatz zu den anderen, die rasch einknickten.

Die Stimmung kippte innerhalb von einem Tag zuungunsten meines Mandanten. Sein breites und selbstsicheres Grinsen war einer panisch verzerrten Mimik gewichen.

»Wir gehen zum Äußersten, sonst fliegt uns das um die Ohren«, gebe ich die Anweisung. »Der Rest ist ein Selbstläufer, und ich bin mir sicher, dass Lilian Parker danach kooperiert.«

NEUNZEHN

Faye

Meine gesundheitliche Verfassung ist ein Drama. Dauermüde, null Energie und die morgendliche Übelkeit setzen mir zu. Im Moment kursiert eine Virusinfektion, und ich schiebe es darauf. Schließlich bin ich mit den öffentlichen Verkehrsmitteln unterwegs und im Job ständig mit anderen Menschen zusammen.

Krank zu sein, kommt in meiner Arbeitswelt eher schlecht an. Zumindest sind das meine Erfahrungen aus dem bisherigen Berufsleben. Jeder, der eine Karriere plant, versucht das zu vermeiden. Ohne die energische Aufforderung von Mrs Hunter wäre ich nicht nach Hause gefahren.

»Faye, wenn Sie eine Krankheit verschleppen, fallen Sie vermutlich viel länger aus.« Ihr mütterlicher Rat überzeugte mich letztendlich.

Um nicht wieder im Internet zu surfen und durch die Social-Media-Seiten zu stöbern, deaktiviere ich sämtliche Benachrichtigungen auf dem Handy und verschanze mich in meinem Zimmer. Zum Abschalten höre ich passende Musik, lasse die Welt außen vor und schlafe planmäßig ratzfatz ein. Wahrhaftig fühle ich mich am darauffolgenden Morgen fitter, und, oh Freude, die Übelkeit bleibt aus. Für die nächsten Abende verordne ich mir genau das. Plus ein paar extra Vitamine, damit sollte ich das Problem in den Griff bekommen. Das ist wichtig für meinen Plan. Mr Crawford *erfreut* mich ab kommender Woche wieder mit seiner Anwesenheit, und Schwächeln ist absolut tabu.

Motiviert betrete ich sogar früher die Kanzlei. Um zu meinem Büro zu kommen, muss ich an den Glaskästchen vorbei, in denen die Teams abgeschirmt arbeiten.

In einem herrscht ein riesiger Aufruhr. Das sieht nach einem erfolgreichen Deal aus. Sie klatschen sich ab und starren auf ihre Monitore. Viele der ehemaligen Mitarbeiter von James Crawford haben sich im Laufe der Zeit doch beruflich umorientiert. Bis auf Mason, der zu meiner Überraschung geblieben ist. Nachdem wir zusammen auf dem College waren, kreuzten sich unsere Wege erneut bei meinem Eintritt in die Anwaltskanzlei. Wir verstehen uns, denn er vertritt ähnliche Grundwerte, ist ein Arbeitstier, und ich bin mir sicher, er wird eine mega Karriere hinlegen.

Neugierig bleibe ich stehen. Die Tür steht offen, was gegen die Regeln verstößt. Alle reden wild durcheinander und ich blicke in strahlende Gesichter.

»Ich werde verrückt, das Posting geht ab, das ist der Wahnsinn«, jubelt besagter Kollege. Offenkundig hat er sich bestens integriert.

»Bestimmt hunderttausendmal geteilt.«

»Das wird der Alten den Wind aus den Segeln nehmen«, erwidert er. Die Worte irritieren mich, so habe ich ihn niemals reden hören.

»Ja, mit uns sollte man sich nicht anlegen.«

Niemand bemerkt mich, so sehr feiern sie irgendeinen Erfolg.

»Achtung, der Boss gibt ein Statement ab«, ruft einer, und der Fokus wandert zu dem eingeschalteten Flachbildschirm.

Ich will mir das nicht ansehen, denn Mr Crawford ist ein Genie der Selbstdarstellung. Die Kollegen hängen an seinen Lippen. Es ist nicht schwer zu erraten, dass sie davon träumen, eines Tages in seine Fußstapfen zu treten. Zzzz …

Um meine Neugier zu stillen, werfe ich einen Blick auf einen der Bildschirme. Der ursprüngliche Inhalt des Beitrags ist nicht mehr zu sehen. Das, was ich lese, sind Hasskommentare von der allerschlimmsten Sorte.

Die Fotze, wenn sie keinen abkriegt, muss sie nicht so einen Dreck behaupten.

Diese Weiber sind alle irre geworden.

Heute bist du schon ein Vergewaltiger, sobald du einer auf den Ausschnitt guckst.

Sexuelle Belästigung, die sind doch nicht mehr ganz sauber.

Die wütenden Emojis fliegen wie Laub bei einem Herbststurm über den Monitor. Erschrocken beiße ich mir auf die Unterlippe.

Dr. Green ist ein hervorragender Arzt, und die Beschuldigungen sind lächerlich, Miststück!

Emanzen, die gehören mal richtig durchgefickt.

Karriere auf Kosten ihres Mentors, pfuuiii, du Schlampe, schäm dich.

Mein Magen zieht sich zusammen und im Hals entsteht ein Kloß. Ist das eine der speziellen Verteidigungsstrategien? Schockiert eile ich in mein Büro und schalte den Rechner an. Nervös sitze ich vor dem Bildschirm und kaue an einem Stückchen Nagelhaut des rechten Zeigefingers. Weshalb mein Herz dermaßen rast, ist kein Geheimnis. Ich will nicht, dass sich meine Vermutung bestätigt. In einer der Suchmaschinen gebe ich den Namen Dr. Green ein. Sofort erscheinen zig Links, die das Thema aufgreifen.

»Das ist unfassbar.« Entsetzt halte ich mir die Hand vor den Mund. Eine Frau Namens Lilian Parker wird regelrecht zerfleischt. Die Vorwürfe seien ein Racheakt, da sie bei einer Beförderung übergangen worden sei. »Ebenso bezichtigte Miss Parker bereits einen anderen männlichen Kollegen der sexuellen Belästigung«, lese ich laut, und in mir brodelt es sofort wie auf einhundert Grad erhitztes Wasser in einem

Wasserkocher. »Und wo sind die Beweise?« Das ist typisch, im Netz braucht es keine. Gehirnlose Wesen, die anonym jeden Mist glauben und hörig die Aufforderung zum Teilen erfüllen. Gefühlt berichtet das gesamte Internet darüber. Die Erfindung ist Fluch und Segen zugleich.

Innerlich aufgewühlt, lese ich den ursprünglichen Beitrag, der von einem gewissen *Matrix* verfasst wurde. Diese Person ist hervorragend vernetzt und sorgt für ideale Verbreitung. Der Tenor ist simpel: Lilian Parker plattzumachen. Keine Sekunde zweifle ich daran, dass die Kanzlei dahintersteckt. Ja, das ist eine der Strategien, um für seine Mandanten das Optimale herauszuholen. *Joel Crawford, was bist du für ein Arschloch!*

Gezielt suche ich nach Postings und Statements von ihr, um mir einen Gesamtüberblick zu verschaffen. Mutig verteidigt sie ihren erhobenen Vorwurf des sexuellen Missbrauchs und der Nötigung. Kämpferisch verkündet sie, sich nicht unterkriegen zu lassen. Was für eine toughe Frau! Glücklicherweise erhält sie ebenfalls viel Zuspruch, sogar von einigen Prominenten, die sich in der Me-too-Debatte engagieren. *Yes, ihr Powerfrauen dieser Welt, vereinigt euch,* feiert mein feministischer Anteil.

Je intensiver ich mich mit dem Fall beschäftige, desto mehr leide ich mit ihr. Hat sie einen Anwalt, der ihr bestmöglich zur Seite steht? Im Moment kämpft David gegen Goliath. Ob ich sie kontaktieren sollte? Das wäre eine Kriegserklärung und würde meinen sofortigen Rauswurf bedeuten. Bin ich bereit, für meine Ideale die eigene Karriere aufs Spiel zu setzen? *Keine übereilten Entscheidungen,* mahnt mich die Stimme der Vernunft.

Mason hingegen hat sich entschieden. Um erfolgreich und zügig die Karriereleiter hinaufzuklettern, ist es zwingend notwendig, sich den richtigen Leuten anzupassen. Idealismus rückt schnell in den Hintergrund. Ob ihm bewusst ist, worauf er sich einlässt? Sein strahlender Gesichtsausdruck erscheint mir in dem Zusammenhang wie eine Farce.

Mit dem Mauszeiger klicke ich auf das X und schließe den Browser. Mir ist übel. Fassungslos über diesen Shitstorm lehne ich mich zurück und kreise mit den Fingern über meine Schläfen, starre ins Nichts.

Aus heiterem Himmel füllen sich meine Augen mit Tränen und mein Herz krampft sich zusammen. Die Idee, Lilian Parker zu unterstützen, ist unrealistisch und basiert darauf, Joel Crawford und seinen Machenschaften eines auszuwischen. Für so was bin ich zu feige.

Auf der Einweihungsfeier hielt er mir vor, befangen zu sein, auf meinen Vorurteilen zu beharren. Fakten nicht zu berücksichtigen. Bullshit! Jeder, der ihn beauftragt, ist bereit, Grenzen zu überschreiten. Ob sie nun Russo oder Green heißen, das Ergebnis bleibt dasselbe.

Wie viele Menschen hat Joel Crawford ruiniert, seelisch zerstört, bedroht oder Schlimmeres, um für seine Mandanten das Beste herauszuholen? Das ist eine Charaktereigenschaft, die man nicht einfach ablegt wie einen alten Hut. Die Frage, weshalb ich mich menschlich derart irren konnte, schnürt mir den Hals zu. Verblendet und voller Sehnsüchte bin ich auf diese beschissene Anziehungskraft hereingefallen. Jetzt erscheint mir die innere Gegenwehr plausibel. Unter die Trauer mischt sich ein Funke Erleichterung, bereits einen Plan zum Absprung in der Tasche zu haben. Gab es noch den Hauch eines Zweifels, ist der endgültig verschwunden. Am liebsten würde ich sofort kündigen. Möglicherweise raste ich vollends aus und bin mir sicher, dass ich seine pure Anwesenheit nicht ertrage.

Erschöpft nehme ich meinen Kopf in beide Hände und stütze mich mit angewinkelten Armen auf der Tischplatte ab. Verbittert frage ich mich, weshalb James Crawford von heute auf morgen aus dem Leben gerissen wurde. Mit der Tragödie begann das Rad sich zu drehen.

Wie absurd, Joel mit Patrick zu vergleichen. Dadurch habe ich eine Art Denunzierung an meinem toten Freund begangen, sein Andenken beschmutzt. Ganz zu schweigen von ... Nein, wenn ich darüber nachdenke, werde ich vollständig verrückt.

Unvermittelt breitet sich das schmerzhafte Bedürfnis aus, meiner einzigen großen Liebe nahe zu sein. Bislang schaffte ich es nur wenige Male, sein Grab zu besuchen, denn er ist hier in seiner Heimatstadt begraben. Die Entscheidung, in die Stadt zurückzukehren, in der wir uns kennen- und lieben lernten, bedeutete einen der ersten mutigen Schritte, mit dem Verlust und den zermürbenden Schuldgefühlen besser umzugehen. Bis heute hielt ich es für eine heilende Idee! Da hat mich das Schicksal mal so richtig in den Arsch getreten. Mein Körper steht unter Hochspannung, und ständig wippe ich mit dem linken Bein. Abrupt springe ich auf, greife nach meiner Handtasche und verlasse fluchtartig das Büro. Sage nicht einmal Mrs Hunter Bescheid. Inzwischen sind mir mögliche Konsequenzen egal.

Mein Kopf glüht, und ich vermute, wie ein Feuermelder zu leuchten. Glücklicherweise ist Mrs Miller nicht an ihrem Platz. Sie verfügt über ein sensibles Gespür, und ich befürchte, sie hätte sofort gemerkt, dass mit mir etwas nicht stimmt.

Alles in mir schreit nach Flucht, ich habe das Gefühl, kaum noch atmen zu können. Mehrmals drücke ich auf die Taste, um einen der Fahrstühle anzufordern. Mir ist klar, dass dies nichts beschleunigt, aber ich weiß eh nicht, wohin mit meinen Händen. Absoluter Ausnahmezustand. Endlich hält der Lift und die Türen öffnen sich.

Mit gesenktem Blick und ohne auf mein direktes Umfeld zu achten, stürme ich in die Kabine. Dann passiert es: Unsanft pralle ich mit Mr Crawford zusammen. Der Supergau schlechthin. Kurz scheint die Welt stillzustehen. Wir sehen uns an. In rasender Geschwindigkeit rauschen mir die schmerzhaften Fragen durch den Kopf.

Wieso ist er nicht ein ganz normaler Anwalt? Weshalb

verliere ich den zweiten Mann, der solch tiefgehende Gefühle auslöst? Warum erlaubte ich ihm überhaupt, sich in mein Herz einzuschleichen? Wie lange dauert es, bis ich über den fatalen Fehler hinweg bin?

»Miss Buttler, sind Sie wieder fit?« Das ist keine ehrliche Frage nach meiner Gesundheit, das verrät mir sein unbeweglicher Gesichtsausdruck. Wir stehen auf der Schwelle des Fahrstuhls, deshalb schließen sich die Türen nicht.

»Mir ging es noch nie besser.« Der Sarkasmus in meiner Stimme ist unüberhörbar. »Ich arbeite in einer Kanzlei, die dafür sorgt, dass irgendwelche Vollidioten eine unschuldige Frau übers Internet zerfleischen. Gratuliere.« Ganz leise füge ich »Arschloch« hinzu.

»Es reicht!« Unvermittelt packt er meinen Oberarm. Seine Augen funkeln beängstigend.

»Mir ebenfalls«, fauche ich, und mir ist klar, dass ich den Bogen weit überspanne.

»Ich bin immer noch Ihr Boss, und wir haben zu reden, und zwar sofort!« Ruppig zerrt er mich auf den Flur. »Wenn du dich nicht zusammenreißt, ich schwöre, das hat Konsequenzen für deine berufliche Zukunft.« Die messerscharfe Tonlage ist eindeutig. Nein, das ist kein banaler Spruch, sondern eine handfeste Drohung. Mit gesenkter Stimme holt er zu einem weiteren verbalen Schlag aus. »Nur weil wir Sex hatten, hast du hier keinen Freifahrtschein, angekommen?«

Der gesunde Menschenverstand rät mir, einzulenken. Inzwischen ist Mrs Miller wieder am Counter, und drei Kollegen bewegen sich in unsere Richtung.

»Miss Buttler, wir sehen uns sofort im kleinen Besprechungsraum«, gibt er vor. Genau rechtzeitig, dass niemand die Lage bewertet, so, wie sie ist, nämlich brandgefährlich und zum Bersten angespannt.

Nichts erinnert mich an den Joel, den ich erlebt habe. Auf meinem Rücken bildet sich Schweiß.

»Selbstverständlich«, presse ich hervor, um eine Eskalation zu vermeiden. Wie sehr muss ich ihn mit meinem Abgang verletzt haben. Allerdings spielt es beim Gesamtergebnis keine Rolle mehr. Trotzdem ist mir mulmig zumute, da mich seine Autorität einschüchtert. Einen Plan in Gedanken zu schmieden, ist nicht dasselbe. Theoretisch verweigere ich mich meinen Gefühlen zu ihm, in der Realität sieht es anders aus.

Nervös gehe ich zum Besprechungsraum. Ich schwöre, dass er mich warten lässt. Niedergeschlagen stehe ich vor dem Panoramafenster und weiß mal wieder nicht, wohin mit meinen Händen. Vor den Körper, auf den Rücken, nichts scheint im Moment die richtige Haltung. Obwohl ich aus dem Fenster schaue, sehe ich ins Leere, die Gedanken wandern hin und her. Vermutlich wird es nur eine einzige Lösung geben. Ich schaffe das sonst nicht. Wie ist es möglich, gleichzeitig einen Mann zu begehren und zu verachten?

Verrückterweise fehlt bei meiner gesamten Betrachtungsweise die Antwort, ob er überhaupt ähnliche Gefühle für mich hegt. Wir haben nie darüber gesprochen. Natürlich nicht, wann auch. Ebenso wenig über meine. Ich werde noch verrückt, in meinem Kopf herrscht das absolute Chaos.

Inzwischen sind zehn Minuten vergangen. Das ist unfair und passt dazu, wie er seine Position ausnutzt. Selbstverständlich ist ihm klar, wie heftig ich unter Druck stehe. Unvermittelt wird mir schwindelig, das ist völlig neu. Sowieso merke ich, dass mit meinem Körper irgendetwas nicht stimmt. Ist es ein Wunder, bei all dem emotionalen Stress? Mir bleibt nichts anderes übrig, ich muss mich setzen. Meine Energie ist wie weggeblasen.

Endlich betritt Joel den Raum, der sofort von seiner Aura ausgefüllt ist. Er sieht so unfassbar anziehend aus. Das markante Gesicht und die Augen, in denen ich trotz allem versinken möchte.

Kopf hoch, Rücken gerade, keine Schwäche zeigen heißt das Motto. Mit ernster Miene setzt er sich mir direkt gegenüber. Unsere Körpersprache könnte unterschiedlicher nicht sein. Selbstbewusst lehnt er sich zurück, und ich rutsche auf die Stuhlkante und lege meine Hände gefaltet auf den Tisch. Weiterhin schwitze ich und bin froh, einen Blazer zu tragen, da ich sicher bin, dass meine Bluse unter den Achseln durchgeschwitzt ist.

»Miss Buttler«, beginnt er förmlich. »Unterbreiten Sie mir einen Vorschlag, wie unsere künftige Zusammenarbeit aussehen soll.« Fragend hebt er beide Augenbrauen. »Der ausgehandelte Vergleich ist eine beachtliche Leistung.« Kurz atmet er tief ein und aus. »Jedoch spüre ich, dass Sie unglücklich sind.« *Kündigt er mich? Ganz schlecht für meine Vita.* Mit dem Boss vögeln ist und bleibt eine Scheißidee.

Endlich gelingt es mir, ihn anzusehen, und ich sammele allen Mut zusammen. »Du ... Sie«, ich weiß nicht, wie ich ihn ansprechen soll. »... hätten nicht darauf bestehen dürfen, dass ich hier weiterhin arbeite.«

»Sagen wir so, es hat deine Ablehnung gegenüber der Arbeitsweise meiner Kanzlei erschwert.« Soll ich mich über das Du freuen? Tatsache ist, es minimiert die so dringend benötigte Distanz.

»Lilian Parker, das hat meine Toleranzgrenze gesprengt«, bleibe ich ebenfalls bei den Fakten. Was wird er darauf antworten? Sein Handeln rechtfertigen, oder vielleicht einsehen, mit der Aktion die vertretbaren Grenzen weit überschritten zu haben? *Ich wünsche mir das so sehr.* Auf seine Reaktion zu warten, erhöht meine Anspannung.

»Faye.« Ich liebe es, wie er meinen Namen ausspricht. *Was für ein Schwachsinn.* Nun beugt er sich vor. Falls wir unsere Arme ausstrecken, würden sich unsere Hände berühren. Für einen Wimpernschlag schließe ich die Augen, stelle es mir vor, und ein sehnsuchtsvolles Magensausen dreht eine Runde und verschwindet zum Glück.

In dem Augenblick, in dem er weitersprechen will, vibriert sein Handy. »Entschuldigung, da muss ich rangehen.«

»Klar«, sage ich und zucke mit den Schultern.

Um zu vermeiden, dass ich mithöre, steht er auf und wendet sich mit dem Rücken zu mir, wandert hin und her.

»Hm, das ist eine unschöne Nachricht, okay, hm ... Darüber sprechen wir später ...« Einmal atmet er geräuschvoll aus und dreht sich zu mir, sein Gesichtsausdruck ist düster, die Stirn in Falten gelegt, das verheißt insgesamt nichts Positives. Ein mulmiges Gefühl breitet sich aus.

Joel, ich habe wieder die gedankliche Ansprache geändert, setzt sich. »Bevor du es aus den Medien erfährst ...« *Oh Gott, was ist passiert?* Angespannt halte ich die Luft an. »Lilian Parker ist tot, ein Unglück, Näheres ist mir aktuell nicht bekannt.«

Mit einem Schrei des Entsetzens springe ich auf. Das gefällt meinem Kreislauf überhaupt nicht, und ich stütze mich auf dem Tisch ab. Entgeistert starre ich ihn an. In meinen Augen zeigt er nicht die Spur von Betroffenheit, nichts. Kalkuliert er solche Geschehnisse mit ein? Ohne die Details zu kennen, steht ihr Tod im direkten Zusammenhang mit dem Shitstorm, dazu braucht man keine besondere Kombinationsgabe.

»Nein, nein ...« Mit beiden Händen halte ich mir den Kopf. Versuche irgendwie meine Atmung zu kontrollieren, glaube, dass ich ohnmächtig werde.

»Faye!« Überraschenderweise steht Joel neben mir und hilft, dass ich mich wieder hinsetzen kann. Auf dem Tisch stehen kleine Wasserflaschen, er öffnet eine und drückt sie mir in meine zitternde Hand. Dankbar trinke ich ein paar Schlucke. Die zweite Überraschung folgt prompt, denn er setzt sich direkt neben mich. Um mich vermutlich zu beruhigen, legt er seine Hand auf meinen Arm und erreicht das genaue Gegenteil. Meine Augen werden glasig, trotzdem suche ich seinen Blick, der mehr Sorge vermittelt als bei der Todesnachricht.

»Ich kann das nicht. Das ist das pure Grauen.«

»Das verstehe ich.« *Daran zweifele ich.*

»Hiermit kündige ich fristlos.« Vielleicht versaue ich mir mit dem Satz die Karriere, denn ich verstoße gegen meinen Arbeitsvertrag und bin mitten im zweiten Pro-Bono-Fall. Aber wenn ich noch einen Tag länger hierbleibe, lade ich mir weitere Schuldgefühle auf, da ich mich als ein Teil der Kanzlei betrachte. Nein, eine noch schwerere Last ertragen meine Schultern nicht. Ich sollte wütend sein, voller Hass, doch urplötzlich ist da gar nichts mehr.

»Nun, dann nehme ich das zur Kenntnis.« Um seine Mundwinkel zuckt es, und er erhebt sich. Der Schock ist mir derart in die Glieder gefahren, dass es mir schwerfällt aufzustehen.

Betreten sehe ich ihn an, wir stehen uns viel zu nah gegenüber. »Wir finden eine Lösung. Von meiner Seite aus werde ich dir keine Steine in den Weg legen.« Ein Grund zum Jubeln, da die Kündigung meiner beruflichen Zukunft nicht schadet. Doch die Leere bleibt.

»Danke, das weiß ich zu schätzen«, erwidere ich matt.

»Du wirst natürlich eine Verschwiegenheitsklausel unterschreiben müssen.«

»Klar. Ich gehe jetzt, meine persönlichen Sachen hole ich die Tage.« Dass es ein endgültiger Abschied ist, wissen wir beide.

Manchmal sind Menschen nicht füreinander bestimmt, obwohl sie sich lieben. Eine Weile wird es sicherlich dauern, bis ich all die Geschehnisse verarbeitet habe. Jetzt hole ich nach, was ich vorhin vorhatte, nämlich Patricks Grab besuchen und ihm von Joel erzählen.

ZWANZIG

Joel

Stumm verfolge ich, wie Faye den Besprechungsraum verlässt. Eines muss ich ihr lassen, sie steht zu ihren Idealen, ist bereit, persönliche Konsequenzen hinzunehmen. Diese Courage besitzen die wenigsten. Haargenau aus dem Grund werde ich nicht auf die Einhaltung ihres Vertrages bestehen. Sie hat recht, ich hätte unter den gesamten Umständen sofort darauf verzichten sollen. Verbarg sich hinter meinem Verhalten möglicherweise mein angekratztes Ego, weil sie mir eine Abfuhr erteilte? Es ist bedeutungslos geworden. Nachdenklich verlasse ich den Raum. Ich muss mich über die genauen Todesumstände informieren. Indirekt bin ich dafür verantwortlich. Ein echt beschissener Tag.

Das Desaster mit Faye bleibt nicht ohne Folge, und meine Reizschwelle ist unterirdisch.

Die Jubelstimmung im Team ist verschwunden, und beim Betreten des Glaskastens schauen mir betroffene Gesichter entgegen. Es ist mucksmäuschenstill, ich schließe die Tür und stelle mich vor sie. Ich bin der Boss und dazu verpflichtet, mit meinen Mitarbeitern darüber zu sprechen. Eine Trauerrede und Mitgefühl dürfen sie trotz alledem nicht erwarten. Im Gegenteil.

»Klären Sie mich über die genauen Umstände auf.« Auffordernd schweift mein Blick umher. Niemand reagiert, der Schock sitzt allen weiterhin in den Knochen. Bin ich denn hier nur von Idioten umgeben?

»Hier, Sie, Mason Walker«, zeige ich mit einer lockeren Armbewegung in seine Richtung. »Sie sind ein ehemaliger Mitarbeiter von James Crawford, richtig?«

Wie beim Militär springt er mit puterrotem Gesicht auf. »Ja, Sir, Mr Crawford.« Es fehlt nur, dass er salutiert. »Sie war abgelenkt, ähm ... ist von der Presse verfolgt worden und ... also das war in der U-Bahn-Station ... da kam ein Zug«, stammelt er die Umstände zusammen.

Nur mit Mühe gelingt es mir, bei dem Gefasel nicht die Augen zu verdrehen. »Setzen Sie sich wieder, wir sind hier nicht beim Militär«, fordere ich ihn mit gereizter Stimme auf. »Ach, und eines noch, Mr Walker ...«, zische ich und sehe, wie er schluckt. »Sofern Sie bei Gericht ebenfalls so grottenschlecht auftreten, sind Sie für den Beruf eines Anwalts völlig ungeeignet.« Kurz lege ich eine Pause ein, nehme eine Hand in die Hosentasche. »Das gilt für Sie alle!«

Mit dieser Stimmlage redete ich niemals zuvor mit meinen Angestellten. Ich führe sie knallhart, bereite sie auf ihre Zukunft vor, kritisiere und erwarte Höchstleistung – aber ich mache sie nicht zur Schnecke – bis eben.

»Stellen Sie mir einen ausführlichen Bericht zusammen und halten Sie alles im Blick, denn die Stimmung der Öffentlichkeit und insbesondere im Netz kann jederzeit kippen. Dann ist es notwendig, dass wir blitzschnell gegensteuern.«

»Mr Crawford, auf was ist im Besonderen zu achten?« Diese Frage, eigentlich harmlos und durchaus berechtigt, katapultiert mich in Richtung eines Beinah-Kontrollverlustes.

»Ich bin es leid, Dilettanten in meiner Kanzlei zu beschäftigen«, poltere ich los, und die Junganwälte erstarren endgültig zu Salzsäulen. »Was glauben Sie wohl, was ich von Ihnen erwarte, meine Herren?«

Mit einer Zornesfalte über der Nasenwurzel sowie zusammengekniffenen Augen wandere ich an den Arbeitsplätzen vorbei, fixiere die Würstchen, die alle in meine Fußstapfen treten wollen. *Eine, die es draufhat, ist eine Weltretterin, es ist zum Kotzen.*

»Vollständige Verantwortung von A bis Z«, fiept es aus einer Ecke.

»Ach? Dass ich das noch erlebe, eine Antwort! Herzlichen Glückwunsch, ich werde Sie für eine Beförderung in Betracht ziehen!« Purer Sarkasmus erfüllt den Glaskasten.

»Sie sind heute mit der dunklen Seite unseres Business konfrontiert worden. Das ist eher unüblich, dennoch ist es erforderlich.« Abermals wandert mein Blick umher. »Sie sind viel zu schwach, und ich sehe, wie Sie mit Ihrer Verfassung ringen.« Die jungen Männer bemühen sich zwar, aber mir können sie nichts vormachen. »DAS IST DAS REALE LEBEN!«

Ungerührt fahre ich fort. »Wenn Sie in meiner Kanzlei Karriere machen wollen, müssen Sie sämtliche Eventualitäten einkalkulieren.«

Weiterhin mit zusammengekniffenen Augen gehe ich ein paar Schritte hin und her, beobachte fortwährend die Reaktionen sowie ihre Mimiken.

»Von Ihnen, die hier sitzen, wird es definitiv ein Drittel nicht schaffen«, haue ich ruppig heraus. Ein verstörtes Räuspern ist zu vernehmen.

»Fühlen Sie sich verantwortlich für den Tod?«, konfrontiere ich das Team. Eine weitere Frage, die es in sich hat.

Bevor nur irgendjemand eine Antwort herauspresst, lege ich nach. »Wir sind hier nicht auf einem Kindergeburtstag, und Sie sind gezwungen zu kapieren, dass Sie Eigenverantwortung für Ihr Handeln tragen. Wer dazu nicht in der Lage ist, hat hier nichts verloren!«

... verdammte Scheiße – Faye schafft es, dass ich hier völlig sinnfrei das Team zusammenfalte. Durchatmen!

»Ich will von Ihnen jetzt keine Antwort«, fahre ich mit gemäßigter Stimme fort. »Jeder von Ihnen wird sich ganz allein damit auseinandersetzen.«

Vermutlich werde ich ihnen einige schlaflose Nächte bereiten.

Mit einem Nicken verlasse ich den Glaskasten, und zurück bleiben junge Anwälte, die heute lernten, über welchen Einfluss sie verfügen, der oftmals ihre hässliche Fratze zeigt – inklusive die ihres Chefs, der seine Gefühle nicht regulieren konnte.

Mein Zorn wandelt sich in Nachdenklichkeit. Bevor ich in mein Büro gehe, bleibe ich vor der offenen Tür von Pauls und Fayes Arbeitszimmer stehen. Auch Paul ist nicht da. Unvermittelt sehe ich Faye, wie sie hinter ihrem Schreibtisch sitzt und konzentriert Akten liest. Wie sie mit Herz und Seele dabei ist.

Mein Blick fällt auf eine weiße Rose in einer Stilvase. Flüchtig erinnere ich mich, dass ich ihr in der Kaffeeküche begegnete und sie eine solche Blume am Stängel abschnitt und in diese Vase stellte. Urplötzlich kommt mir in den Sinn, dass mir verblühte Blumen im Abfalleimer in der Küche auffielen. Welche Bedeutung steckt dahinter? Ich habe keine Ahnung.

Neugierig ziehe ich das Handy aus der Sakkotasche, schaue mich um, ob niemand in der Nähe ist, und frage die Suchmaschine nach einer möglichen Symbolik.

Unschuld und Reinheit – nein, das wohl eher nicht. Tatsächlich versinnbildlicht die weiße Rose ebenfalls Abschied und Neuanfang. Hat sie einen für sie wichtigen Menschen verloren? Versteckt sich dahinter die Lösung ihres seltsamen Verhaltens? Ist das aktuell von Bedeutung? Nein. Es ist sinnvoller, nicht länger über Faye nachzudenken. Arbeit, um mich abzulenken, gibt es genug.

Mrs Hunter empfängt mich mit einem bedrückten Gesichtsausdruck. Kurz kreuzen sich unsere Blicke. Ich weiß, dass sie mir am liebsten die Augen auskratzen, mich beschimpfen und wie Faye kündigen würde. Ihre besonnene Reaktion schiebe ich auf ihre Lebenserfahrung.

Wortlos verschwinde ich in meinem Büro. Statt sofort mit der Arbeit zu beginnen, wandert meine Aufmerksamkeit auf die Bildergalerie aus meiner aktiven Footballzeit. Training, Lernen, ausschweifende Partys prägten meinen Alltag auf dem College. Wir waren die Helden.

Sogar nach dem Abschluss verfolgte ich die Entwicklung meiner Mannschaft und ließ es mir nicht nehmen, auch die jungen Talente zu motivieren. Hauptsächlich bestärkte ich sie darin, ihre eigenen Entscheidungen zu treffen sowie ihren Lebenstraum zu verwirklichen. Footballkarrieren sind zeitlich befristet und können abrupt zu Ende sein, sofern sich einer von ihnen verletzt, trotzdem riet ich den Jungs, es zu wagen. Bei der NFL unter Vertrag zu stehen, bedeutet ein Leben in der Öffentlichkeit, insbesondere bei den *Giants*, und das birgt manchmal Gefahren. Leider kommt nicht jeder Spieler damit klar und stürzt ab. Wenn man sich über alle Konsequenzen bewusst ist und bereit ist, über sich hinauszuwachsen, überwiegen aus meiner Sicht definitiv die Vorteile. Vielleicht ist es auch eine Art Wiedergutmachung an mich selbst, die Jungs zu pushen. Mit einem Schmunzeln betrachte ich einige der Bilder. Es ist ein cooles Gefühl, bewundert zu werden, und es wirkt bis zum heutigen Tag nach.

Klar stelle ich mir die Frage, weshalb ich mich damals nicht gegen meinen Vater durchsetzte. Bis heute beschäftigt mich das Thema in aller Regelmäßigkeit. Fuck, jetzt überfällt mich zusätzlich eine Wehmütigkeit, die dem Tag die Krönung aufsetzt.

Seufzend setze ich mich auf den Bürostuhl, und mein Blick wandert zur Couch. Wie sollte es auch anders sein, sehe ich Faye, wie sie sich leidenschaftlich fallen lässt …

Wie aus dem Nichts rieche ich ihr Parfüm, das sich mit ihrem eigenen Körperduft mischt – schlicht und ergreifend betörend.

Ich bin erschöpft, lehne mich zurück und schließe die

Augen. Abrupt erinnere ich mich an die unbefangene Stimmung bei unserer Törtchenschlacht. Wir liebten uns, lachten, und in dieser kurzen Zeit schienen sich neue Türen zu öffnen. Schade, dass Amors Pfeile uns nur streiften.

Bin ich traurig, dass sich Fayes und meine Wege trennen? Werde ich sie auch in Zukunft vermissen? Wird sie weiterhin einen, *den,* Platz in meinem Herzen einnehmen? *Komm, Joel Crawford, sei erneut ehrlich mit dir.*

»Ja«, kommt es fast lautlos über meine Lippen. Ein aufrichtiger und zutiefst emotionaler Moment der Schwäche, nur für mich allein.

EINUNDZWANZIG

Faye

Im Laufe eines Lebens gibt es für jeden von uns Ereignisse, die einem den Boden unter den Füßen wegreißen. Ohne Frage hat dieser furchtbare Tag beste Chancen, es in meiner persönlichen Darklist weit nach oben zu schaffen. Der Besuch an Patricks Grab gab mir den Rest. Welch bekloppte Idee.

An solchen Tagen wende ich eine für mich hilfreiche Strategie an. Mir hilft es, mich komplett auszuklinken. Vergleichbar mit den drei Äffchen, die nichts sehen, hören und nicht sprechen. Ich will nicht wissen, wie Lilian Parker ums Leben kam, blende vorübergehend aus, dass ich keinen Job habe und dass ich Joel Crawford begegnet bin.

In unserer WG gibt es eine Vereinbarung, an die wir uns alle halten. Wie in einem Hotel hängen wir ein Schild mit »Bitte nicht stören« an die Türklinke, wenn wir die Realität für einen Moment ausblenden wollen und Ruhe brauchen. Nicht immer ist das erforderlich, sofern aus dem Zimmer einer der Mädels Gestöhne zu hören ist, ist ein solcher Hinweis natürlich überflüssig. Ich bin die, die davon am meisten Gebrauch macht.

Beim Betreten der Wohnung schlage ich drei Kreuze, dass niemand zu Hause ist. Das erspart mir unangenehme Fragen oder Mitleid. Auch wenn wir beste Freundinnen sind, würde mich das einfach nur stressen.

Ehrlich gestanden erinnere ich mich nicht, wann es mir seit Patricks Tod und den daraus entstandenen Folgen so beschissen ging. Ich bin in ein tiefes schwarzes Loch gestürzt, und nein, ich habe gerade null Motivation, mich ans Tageslicht zu kämpfen. Dazu bin ich zu erschöpft, ausgebrannt und von allen Illusionen beraubt. Die Welt ist düster, die dunklen Wolken sind übermächtig, und ein Sturm treibt sie rasend schnell am Horizont entlang. Die Sonne hat nicht die kleinste Chance, nicht ein winziger Sonnenstrahl der Hoffnung dringt zu mir durch.

Draußen ist es warm, dennoch friere ich. Die innere Kälte lässt sich nicht von sommerlichen Temperaturen beeinflussen. Duschen hilft, da ich mir bildlich gesprochen den Schmutz vom Körper wasche.

Ich bin so unfassbar müde, und als ich endlich im Bett liege, gibt es in meinem Kopf nur einen Gedanken. Schlafen, schlafen, schlafen. Ausnahmsweise nehme ich eine Schlaftablette, und zwar eine von der harten Sorte, die mich wegbeamt. Genau das ist es, was ich mir wünsche. Es ist verboten, ungesund und unvernünftig, aber ich spüle sie mit einem Glas Wein hinunter. Die Tablette verhilft mir zu einem traumlosen Tiefschlaf. Wirre Träume sind das Letzte, was ich gebrauchen kann.

Tschüss, Welt!

Keine Ahnung, wie lange ich geschlafen habe. Ist es Tag oder Nacht? Das lässt sich bei dem abgedunkelten Zimmer im ersten Moment nicht mit Sicherheit sagen. Langsam drehe ich mich auf den Rücken. *Wie fühlst du dich, Faye Buttler?*

Mit einer gewissen Sorge horche ich in mich hinein. Hoffentlich stecke ich nicht mehr in diesem abgrundtiefen Loch. Lastet auf meinem Herzen noch ein schwerer Stein, oder geht's? Auf jeden Fall bin ich einigermaßen ausgeschlafen. Fit wäre wohl übertrieben.

Die Ereignisse des Katastrophentages klopfen an, doch der schmerzhafte Druck, der mich komplett vereinnahmte, scheint weniger geworden zu sein. Erleichtert atme ich durch und werfe einen Blick auf die Uhr. Wenn ich das richtig verstehe, sind inzwischen fast vierundzwanzig Stunden vergangen. Das ist durchaus rekordverdächtig.

Vorsichtig setze ich mich auf – passt. Langsam stehe ich auf, und bis auf einen urplötzlich auftretenden Bärenhunger fühle ich mich so weit okay. Keine Schwindelgefühle oder Übelkeit, schließlich musste ich mich die letzten Tage zusätzlich damit rumschlagen.

Nichts gegen die Mädels, aber ich hoffe, dass ich allein bin. Ich brauche einfach noch ein bisschen mehr Ruhe, um zu mir zu kommen. Meine Hoffnung erfüllt sich.

Für einen Moment überlege ich, was überwiegt. Hunger oder das Bedürfnis zu duschen. Ich bin verschwitzt, und ein klitzekleiner Test an meinen Achselhöhlen beantwortet die Frage nach der Reihenfolge. Vielleicht sollte ich mir die nächsten Tage eine ausgiebige Beautybehandlung in einem Spa gönnen? Zeit steht mir genug zur Verfügung. Mit einem Blick in den Spiegel verfestigt sich der Wunsch. *Puh, Faye, du hattest auch schon bessere Tage.*

Mit abgestützten Händen und geschlossenen Augen stehe ich an der Fliesenwand. Das warme Wasser ist eine Wohltat, holt mich allerdings auch in die Realität zurück. Die Vorstellung, was die Freunde und die Familie von Lilian durchmachen, ist Horror. Der urplötzliche Verlust eines geliebten Menschen, der unschuldig stirbt, ist nicht in Worte zu fassen. All das nur, weil der dumme Wichser seine Griffel nicht von ihr lassen konnte. Ihm gehören die Eier abgeschnitten. Und wer ist mit dafür verantwortlich …

In Windeseile reiße ich die Augen auf. *Nein, nicht darüber nachdenken, es zieht dich erneut runter!*

Beim Haarewaschen und Einschäumen meines Körpers rede ich mantramäßig auf mich ein, um dieses Thema auszublenden. Zumindest jetzt. Ich brauche mir nichts vormachen, die Tragödie wird mich langfristig begleiten, Joel Crawford inklusive.

Perfekt in Sachen Verdrängung, erreiche ich wahrhaftig das weitere Level auf meiner Wohlfühlskala, das ich durchaus als akzeptabel einstufe. Luft nach oben ist dennoch ausreichend vorhanden. Mit lockerer Short und einem Shirt begebe ich mich in die Küche. Es wird dringend Zeit, das Loch in meinem Magen zu schließen.

Inzwischen ist Maddy nach Hause gekommen und empfängt mich lautstark. »Da ist sie ja wieder!«

»Ich war nicht auf einer Grönlandexpedition«, versuche ich ihre überschwängliche Freude zu drosseln und setze ein schiefes Grinsen auf. »Und nein, ich mag nicht über das, was passiert ist, sprechen.«

»Lass dich drücken«, übergeht sie meine Ansage. Sie weiß eh, dass ich früher oder später mit der Sprache rausrücken werde. Die Umarmung ist Balsam auf meine Seele, und ich kämpfe gegen die Tränen. Maddy haucht mir einen Kuss auf die Wange und verliert kein Wort darüber.

»Ich verschwinde erst mal im Bad.« Wir werfen uns ein kurzes Lächeln zu.

»Ich plündere den Kühlschrank!«

»Lizzy hat gestern eingekauft, glaube ich«, ruft sie mir noch zu, bevor sie in ihrem Zimmer verschwindet. *Hoffentlich!*

Inzwischen äußert sich mein Magen laut knurrend und mit einem Gluckern.

»Ja, ja, gleich wirst du gefüttert«, murmle ich und öffne die Kühlschranktür. Zunächst unschlüssig, was ich essen soll, nehme ich eine Sandwichscheibe, bestreiche sie mit Erdnussbutter und beiße ein kleines Stück ab. *Da fehlt was.* Bei einem erneuten Rundumblick stoße ich auf eine scharfe Chilisoße, die ich normalerweise nicht mag, weil ich sie nicht vertrage. Urplötzlich sammelt sich Wasser in meinem

Mund, und ich stelle mir vor, wie lecker die Soße in Kombination mit Erdnussbutter schmecken wird.

»Krass.« Begeistert beiße ich in den vermutlich einzigartigsten Belag in ganz New York City. »Hm!« *Du bist ein Genie beim Erfinden von neuen Geschmacksrichtungen.* Vielleicht sollte ich darüber nachdenken, beruflich umzusatteln.

Motiviert von der Geschmacksexplosion von süß, scharf und sauer, kreiere ich fantasievoll ein weiteres Sandwich mit zig verschiedenen Zutaten. Dabei läuft mir das Wasser im Mund zusammen.

»Was machst du da?« Maddy steht unerwartet neben mir und verzieht angeekelt das Gesicht.

»Sandwichbrote belegen und anschließend aufessen.« *Ich verstehe ihre Frage nicht.* »Willst du mal testen? Man muss für alles Neue offen sein.«

»Ich bin üblicherweise aufgeschlossen und weiterhin kulinarisch experimentierfreudig, aber nein, danke.« Ablehnend hebt sie die Hände. »Das riecht auch nicht sehr einladend.« Das liegt vermutlich an dem eingelegten Hering aus der Dose, den ich in der hintersten Ecke eines Schrankes aufspürte.

Lizzy und Jessica teilen meine Begeisterung später ebenfalls nicht. *Kulturverächter!*

Erwartungsgemäß erzähle ich am selben Abend noch von den Ereignissen des schrecklichen Tages. Das Krisengespräch findet wie üblich im Wohnzimmer statt. Ein wunderbarer Ort, sich den Frust von der Seele zu quatschen, Beistand zu bekommen und zu wissen, dass man nicht allein ist.

Die Kündigung begrüßen sie, darüber bestand bereits im Vorfeld Einigkeit. Auf die Tragödie um Lilian Parker gehen sie nicht näher ein – ich liebe sie dafür.

Joel hingegen kommt gar nicht gut weg. Der Teufel hätte seine wahre Freude an dieser Unterhaltung, denn Mr Crawford ist ein idealer Kandidat für die Hölle. Bei manchen Bemerkungen entweicht mir sogar ein Schmunzeln. Dass sich meine Herzensmenschen für mich ereifern, ist soooo süß.

Die nächsten zwei Tage verlaufen bis auf die widerliche Morgenübelkeit unspektakulär. Kein Mensch schafft es, geräuschlos zu kotzen, und es lässt sich nicht vermeiden, dass meine Mitbewohnerinnen die Würgegeräusche hören. Vorsorglich schließe ich mich ein, da ich niemanden neben mir haben möchte, der mir die Haare zurückhält und mir mit beruhigenden Worten über den Rücken streichelt. Das ist eine Aktion bei zu viel Alkohol. Bei einem Magen-Darm-Virus ist das eher ungünstig, denn schließlich besteht Ansteckungsgefahr. Bislang sind die Mädels glücklicherweise nicht betroffen.

Trotz Schonkost, Kamillentee und weiterhin Ruhe hört der Mist nicht auf. Vermutlich ist es sinnvoll, demnächst einen Arzt aufzusuchen.

An Tag drei hänge ich morgens erneut über der Kloschüssel und kotze mir die Seele aus dem Leib. Einem Ritual gleichend, sitze ich erschöpft auf dem Boden und bete, dass es endlich aufhört. Mittlerweile spüre ich, wann ich mich in den Stand kämpfen kann. Der Geschmack im Mund ist so ekelhaft, dass ich mindestens zweimal hintereinander die Zähne putze. *Was ist nur mit dir?* Der Blick in den Spiegel ist schockierend. Meine Gesichtsfarbe ist aschfahl, aber von der Anstrengung gerötet – undefinierbar.

Wie auch die anderen Tage, dauert der Spuk ungefähr zwanzig Minuten. Völlig abgekämpft verlasse ich das Bad und stehe vor einem Empfangskomitee. Ungläubig runzele ich die Stirn.

»Wir müssen reden«, überfällt mich Lizzy sofort mit ernster Miene.

»Ja, wir machen uns Sorgen«, stimmt Jessica zu, und Maddy nickt.

»Alles in Ordnung«, wiegele ich ab, und meine Stimme

klingt zickig. »Das ist der Stress, also übertreibt nicht, ist halt eine beschissene Phase.« Genervt kneife ich die Augen zusammen und verschränke meine Arme vor dem Oberkörper.

»Lass uns setzen«, bietet mir Maddy an. »Bitte.«

»Nein!« Von der einen auf die andere Sekunde verdoppelt sich mein Herz- und Pulsschlag. »Ich will nicht.« *Wenn sie das andeuten, was ich vermute, raste ich aus.*

»Du kannst die Symptome nicht ignorieren.« Lizzy tritt neben mich, legt ihre Hand auf meinen Arm.

»Das ist Schwachsinn!« Harsch schlage ich ihren Arm weg. »Geht mir nicht auf die Nerven.« Ich merke, dass ich langsam die Kontrolle verliere, balle die Fäuste. »Habt ihr mir nicht zugehört?«

»Klar ... aber es ist doch nicht ...« Lizzy sieht mich mit aufgerissenen Augen an.

»Es ist verdammte, verfickte Scheiße noch mal ausgeschlossen!« Ich brülle derart laut, dass mir die Stimmbänder brennen. Erschrocken weichen die drei zurück. Urplötzlich sind sie wieder da, diese grausamen Bilder, die so unendlich viel Leid über uns brachten. »Neeeiiiin! Ich will sie nicht sehen.« *Ich schaffe es nicht mehr zu atmen und werde ersticken.* »E-e-s-s, oh Gott, ist ... al-l-e-s m-e-i-n-e Sch-u-u-l-d.« Der Schmerz zerreißt mir das Herz und ist nicht zu ertragen. Ich muss das ausblenden, sonst drehe ich durch. Auf einmal umhüllt mich ein weißes Licht. Aus der Ferne höre ich Gebrabbel. Die Luft wird knapp. Verzweifelt kämpfe ich um jeden Atemzug.

»Ruhig, Faye, Süße, gleichmäßig ausatmen ... fffff«, dringt unvermittelt eine beruhigende Stimme zu mir durch. Die ordne ich Jessica zu und folge der Aufforderung. »So ... und nun ganz in Ruhe tiiieeeff einatmen.«

Einige Male wiederholen wir die Atemübung, und allmählich komme ich wieder zu mir. Meine Augenlider flattern, mehrmals blinzele ich, bis ich es endlich schaffe, die Augen zu öffnen. Ein peinliches Gefühl breitet sich in mir aus, und ich blicke in drei fürsorgliche Gesichter. Jetzt ist mir klar, dass ich eine Panikattacke hatte. Seit Ewigkeiten hat es mich erstmals weggeschossen. Bei all dem Scheiß, der die letzte Zeit auf mich einprasselte, rechnete ich viel eher damit.

Ich liege auf dem Fußboden vor dem Bad, und die Mädels helfen mir auf die kraftlosen Beine und verfrachten mich aufs Sofa. Maddy reicht mir eine Flasche Wasser, die ich dankbar entgegennehme.

»Oh je, falls wir gewusst hätten, wie heftig du darauf reagierst, das tut uns so leid.« Lizzy sitzt neben mir und hält meine Hand.

»Woher solltet ihr das ahnen, wenn ich es nicht einmal kann?« Ein tiefer und langer Seufzer entweicht mir, und ich schließe die Augen. »Seit damals ist es eine meiner Überlebensstrategien, gewisse Sachen konsequent auszublenden.« Tränen kullern die Wangen herunter, über den Hals und lösen sich langsam auf. Im Grunde ist es faszinierend, wie wir Menschen programmiert sind. Körper, Geist und Seele sind in der Lage, aus Selbstschutz zu verdrängen oder sogar traumatische Ereignisse komplett auszumerzen.

»Du meinst, wie die Symptome bei einer Schwangerschaft?«, fragt Lizzy leise.

»Ja.« Der Kloß im Hals ist riesig. »Das ist ein Super-GAU.« Die Schluchzer werden heftiger. »Wie soll ich denn jetzt damit umgehen?« Mit dem Handrücken wische ich unterhalb der Nase den Rotz weg und suche in den Augen meiner Freundinnen nach *der* Lösung.

»Na ja, zuerst ein Schwangerschaftstest, die sind mittlerweile relativ zuverlässig. Vielleicht ist es nur ein Fehlalarm.« Jessica zuckt mit den Schultern. »Bist du inzwischen drüber?«

»Hm, aber ich bekomme sie eh unregelmäßig.« Die zweite Offenbarung ist mir unangenehm. »Und ja, bevor ihr fragt, ich hatte mit ihm ungeschützten Sex.« Das ist mir jetzt richtig peinlich.

»Wir sind nicht die, die darauf mit erhobenem Zeigefinger reagieren, das ist uns allen schon passiert«, beruhigt mich Maddy, und die beiden anderen signalisieren ihre Zustimmung.

»Wenn du sicher weißt, dass du drüber bist, können wir den Test sogar heute machen.« Jessica sucht meinen Blick.

»Ihr habt bereits einen besorgt, stimmt's?« Mit den Händen reibe ich mir übers Gesicht. Das verlegene Grinsen spricht Bände. »Ach, ich weiß nicht.«

Objektiv betrachtet ist das vernünftig, emotional ein Desaster. Letztendlich bleibt mir nichts anders übrig, also weshalb nicht sofort Fakten schaffen? Vielleicht doch noch ein paar Tage warten? Falls ich Glück habe, bekomme ich meine Periode. Die Überlegungen springen wie ein Flummi hin und her.

Wortlos überreicht mir Jessica eine Packung mit einem Schwangerschaftstest. »Der soll der Beste sein.«

Innerlich drehe ich am Rad, versuche aber durch ruhige Atmung und ganz viel Selbstdisziplin die Anspannung zu minimieren. Eine Panikattacke am Tag reicht. Mit der Zustimmung für diesen Test löst sich unvermittelt meine Blockadehaltung. Theoretisch brauche ich den nicht, denn mein Körper reagiert wie in der Vergangenheit.

Eine halbe Stunde später starren vier Augenpaare auf die Anzeige des Schwangerschaftstests. Es herrscht eine angespannte Stille.

»Ab wann sieht man was?«

»Da steht zwischen einer bis fünf Minuten.«

»Ah, drei sind bestimmt schon um.«

Im nächsten Augenblick zeigt das kleine medizinische Wunderwerk zwei rote Balken. Unnötigerweise vergleicht Jessica das Ergebnis mit der Gebrauchsanweisung. »Eindeutig positiv.«

»Für mich ist das wohl eher negativ.« Mit einem Mega-Seufzer lehne ich mich zurück und halte mir die Hände vors Gesicht. »Ich bin völlig überfordert.«

»Willst du es behalten?«, stellt Maddy die elementare Frage.

»Eh, war das nötig?«, motzt Jessica sie an. Die Nerven der Mädels liegen ebenfalls blank. »So was ist doch nicht innerhalb von wenigen Minuten entschieden.« Sie schüttelt den Kopf.

»Nein, ist okay.« Mit Schwung richte ich mich auf. In mir tobt ein Gefühlsorkan.

Wie bei Patricks Tod verändert sich mein Leben von einem auf den anderen Tag vollständig. Sämtliche Pläne sind null und nichtig.

Tief in meinem Herzen kenne ich die Antwort, obwohl ich keinen blassen Schimmer habe, wie sich mein künftiges Leben gestaltet. Dennoch ist die Entscheidung alternativlos.

Um meiner Entschlossenheit Nachdruck zu verleihen, setze ich mich mit geradem Rücken auf das Sofa, lege die Hände in den Schoß und schaue in die Runde. Niemand sagt ein Wort.

»Ich behalte es«, verkünde ich mit fester Stimme.

An den Gesichtern der Mädels sehe ich, dass sie den Entschluss mittragen.

Den nächsten Satz auszusprechen, kostet Überwindung. Vorher muss ich ein paarmal tief durchatmen, knete meine inzwischen feuchten Hände. »Ich möchte kein drittes Leben auf dem Gewissen haben.« Eine Formulierung, die es in sich hat. »So grausam, wie es klingt, es ist der Hauptgrund.«

Ein berührender Augenblick, bei dem uns allen die Tränen in die Augen steigen.

»Puh, das geht ans Herz.« Lizzy zieht ein Taschentuch aus der Hosentasche ihrer Jogginghose und schnäuzt sich geräuschvoll. Jessica tupft sich mit dem Zeigefinger die Kullerträne weg.

»Frauenpower. Komm her, Süße, lass dich drücken.« Maddy schwingt sich zu mir rüber und umarmt mich gefühlt eine halbe Ewigkeit.

Einige Minuten sagt niemand ein Wort. Eine Entscheidung mit einer solchen Tragweite müssen wir erst einmal verdauen.

»Wirst du es Joel sagen?«, bringt Lizzy den nächsten entschiedenen Punkt zur Sprache.

»Keine Ahnung.« Matt hebe ich die Achseln. »Fair ist es, obwohl ich wirklich nicht weiß, wie er darauf reagieren wird.« Bei der Vorstellung, mit ihm darüber zu reden, schnürt es mir die Kehle zu. Joel Crawford ein liebevoller Vater? Ein bisschen fällt es mir schwer, das zu glauben.

»Ich bin deiner Meinung, und sofern er sein Arschlochgesicht zeigt, hast du dir nichts vorwerfen zu lassen«, erhalte ich Rückendeckung von Maddy.

»Genau! Er hat für das Baby und dich zu blechen, wir übernehmen alle die Rolle der Taufpatinnen, und so wuppen wir das.«

»Jessica ...« Wahrhaftig entlockt es mir einen Lacher. »Du willst ernsthaft riskieren, dass deine Designershirts mit Babyspucke und Brei besabbert werden?«

»Weshalb nicht?« Es ist fast surreal, wie sich die Stimmung gerade wandelt. »Was ich damit ausdrücken möchte, ist, dass wir für dich da sind.«

Vielleicht liegt es daran, dass wir Frauen, egal wie modern wir unser Leben gestalten, das Muttergen in uns tragen. Niemals hätte ich Jessica eine solche Aussage zugetraut.

»Genau! Wir sind ein Team.«

»Deine Eltern sind ja auch noch da, also im Notfall.«

»Mutter statt Anwältin für Menschenrechte«, werfe ich nachdenklich in die Runde. »So ganz realisiere ich das alles nicht.«

»Das ist Unsinn, natürlich wirst du das erreichen! Moderne Powerfrauen schaffen das mit Links.«

Bei so viel Liebe und Zuversicht werden meine Augen wieder glasig, trotzdem grinse ich.

»War das nicht mal so, dass ihr euch für mich entschieden habt, weil ich so langweilig sei ...«

»Na ja, Irren ist menschlich, und das, was die Wohnung

betrifft, unser bester Irrtum, stimmt's?« Jessica ist die Wortführerin, und alle nicken.

Und einfach so lichtete sich der bis eben noch wolkenverhangene Himmel und lässt ein paar Sonnenstrahlen hindurch. Vielleicht ist das Baby eine Chance, um endlich nicht mehr an den Schuldgefühlen zu ersticken. Ich wünsche es mir so sehr!

ZWEIUNDZWANZIG

Joel

Die Welt vergisst in der heutigen Zeit in Schallgeschwindigkeit. Was gestern noch die Schlagzeilen dominierte und die Kanäle auf Social Media verstopfte, verliert bei den Mitläufern ohne realen Bezug zum Thema ganz schnell an Aufmerksamkeit. Auf zur nächsten Haterparty. Die Konsequenzen, die solche Shitstorms auslösen, sind nebensächlich. Im Fall Lilian Parker verhielt es sich nicht anders. Zurück zur Tagesordnung.

Da ich aufgrund meiner Verteidigungsstrategie die Welle lostrat, verfolge ich die Entwicklung. Das Unglück und Lilians Tod bleiben heißdiskutierte Themen im Netz und darüber hinaus. Der Ursprung und weshalb es überhaupt dazu kam, verwässerte, und die Debatte verallgemeinerte sich. Ich verrate kein Geheimnis, wenn ich sage, dass die Schnelllebigkeit des Internets einen fundamentalen Teil der Planung ausmacht.

Um mein Auftreten am Tag der persönlichen Niederlagen zu kompensieren, beauftragte ich das Team mit der weiteren Mandantenbetreuung, um deren angekratztes Selbstwertgefühl aufzumuntern. Natürlich behalte ich im Auge, ob Dr. Green weiterhin bestmöglich vertreten wird.

Die Nachdenklichkeit, die mich in den ersten Tagen nach dem tragischen Vorfall vereinnahmte, löste sich täglich ein bisschen mehr auf. Moralische Grundsätze, wie sie eine Faye Buttler vertritt, sind nicht mit meiner bisherigen und zukünftigen Arbeitsweise kompatibel. Mein Weg ist ein anderer und die Vertragsauflösung die richtige Entscheidung. Ihrem Wunsch entsprechend wickelten wir die Formalitäten schriftlich ab. Dazu beauftragte ich Mr Knight, der sich um diese Angelegenheiten kümmerte.

Ich bin für die Liebe, Romantik und all den Scheiß nicht geschaffen. Insbesondere da Faye hier eine enorme Baustelle zu haben scheint. Ich sollte endlich mal nach Chicago fliegen und das Angebot von Petrow annehmen oder einfach mal wieder die Augen offen halten. Auswahl gibt es genug. Zum Ficken brauche ich keine magische Anziehungskraft, kein Herzklopfen oder so einen Mist, da reicht ein harter Schwanz und eine nasse Pussy. Zumindest ist das der Plan für die Zukunft.

Süße Wildkatze, es passt nun mal nicht. Leider.

~

In Downtown pulsiert das Leben, und für Abwechslung ist ausreichend gesorgt. In meiner Position erhalte ich unzählige Einladungen zu Vernissagen bis hin zu privaten Esseneinladungen und so weiter, bei denen ich sorgfältig abwäge, wo ich hingehe. Oftmals verbinde ich es mit geschäftlichen Interessen. Ein Abendessen bei den Russos ist eine Pflichtveranstaltung, ebenso eine Veranstaltung von Victor. Nicht zu vergessen mein Freund Jojo, von dem ich ständig mit Einladungen bombardiert werde. Würde ich sie alle annehmen, könnte ich meinen Job an den Nagel hängen und hauptberuflicher Partygänger werden.

Ungefähr drei Wochen sind wie nichts dahingeflogen.

Wie so oft erhalte ich bei für mich weniger wichtigen

Events eine Erinnerung, wie auch heute. Die x-te Eröffnung einer Kunstausstellung eines Kunstschaffenden, von dem die Szene munkelt, er sei der kommende Shootingstar. Vom wem kam die Einladung? Natürlich von Jojo.

Viele meiner Klienten legen ihr Geld in Kunstobjekte an und sind stets auf der Suche nach aufstrebenden Künstlern. Verhältnismäßig günstig einkaufen und mit dem richtigen Riecher eine beachtliche Wertsteigerung sichern. Ich ließ von einem Kenner der Kunstszene das Entwicklungspotenzial checken und er bestätigte mir die Gerüchte. Sofort beauftragte ich Mrs Hunter, für die infrage kommenden Mandanten eine Eintrittskarte zu organisieren. Seit einiger Zeit gehört Alessandro Russo zu dem Kreis. Sofern konfliktfrei möglich, vermeide ich es, diesen Idioten einzuladen. Seine Unberechenbarkeit ist ein echtes Risiko, insbesondere wenn Alkohol im Spiel ist. Siehe meine Einweihungsparty, bei der er sich auf Faye einschoss. Leider muss ich ihn aus verschiedensten Gründen berücksichtigen.

Statt meiner automatischen Erinnerung erhalte ich am Veranstaltungstag gegen elf Uhr morgens einen Anruf von Jojo. Da ich gerade in einer Videokonferenz bin, rufe ich ihn eine Stunde später zurück.

»Was gibt's so Wichtiges, dass du mich so früh anrufst? Die Uhrzeit ist bei dir üblicherweise mitten in der Nacht.«

Entspannt, die Krawatte gelockert und das Sakko über die Lehne des Stuhles gehängt, wippe ich hin und her.

»Vorbereitungen, Vorbereitungen, ach, du weißt gar nicht, unter welchem Stress ich stehe.« Ich sehe ihn völlig aufgelöst, vermutlich mit einer Gesichtsmaske und seidenem Morgenmantel, wie ein aufgescheuchtes Huhn hin- und herlaufen. Niemand versteht es besser, in Theatralik zu verfallen und das Ende des Abendlandes zu verkünden. Um eine weitere Nervenkrise des Armen vorzubeugen, checke ich parallel die Einträge meines synchronisierten Kalenders auf dem PC und erinnere mich.

»Habe ich dir nicht abgesagt?« Fragend lege ich die Stirn in Falten und kratze mich am Kinn.

»Schnuckelhase, du wirst doch das Event des Jahres nicht versäumen wollen.« Nun kommt der Fächer zum Einsatz, ich kenne ihn. »Nein, das darfst du mir nicht antun.«

Der Grund, weshalb ich keinen Bock habe, ist einfach erklärt. Seit Wochen freue ich mich auf ein äußerst spannendes Footballspiel, das ich ganz sicher nicht verpasse. Fürs gute Gewissen steht eine Runde Sport an, um beim Spiel ein paar Bierchen weg zu zischen. Ihm mein Motiv zu erklären, spare ich mir, er versteht es eh nicht. Unabhängig davon verfällt er in einen Redeschwall, um mich zu überzeugen.

»Eigentlich darf ich dir das gar nicht sagen, aber es geht um Leben und Tod, und, mein Gott, du musst kommen«, beendet er inzwischen mit schriller Stimme seine Argumentationskette.

»So dramatisch.« Es entlockt mir ein Schmunzeln. »Wer oder was stirbt, sofern ich nicht komme?«

»Nein, nein, das ist absolut geheim, ich werde von ... gevierteilt ... Ach herrje, nun habe ich mich fast verquatscht.«

»Raus mit der Sprache.« In dem Fall tappe ich wirklich im Dunkeln. Jetzt bin ich dran zu taktieren, um ihm die Info zu entlocken. »Du bist der Einzige, der mich ungestraft Schnuckelhase nennen darf oder was dir sonst gerade in den Sinn kommt. Du weißt, meine Kontakte zur Mafia sind exzellent.« Es kostet mich Mühe, ernst zu bleiben. »Ein Anruf und die Jungs werden es aus dir herauskitzeln. Glaube mir, die sind nicht zimperlich.«

»Das ist ein Spaß, oder, Joel?« Jojo ist ein genialer Kopf, hat mega Ideen, die im Anschluss unter seiner Aufsicht von einem Stab an Mitarbeitern umgesetzt werden. Auf der anderen Seite ist er schräg und in manchen Bereichen hoffnungslos einfältig, weshalb er wahrhaftig in Betracht zieht, ich würde es ernst meinen.

»Doch, wir kennen uns, und ich rede nicht nur daher«, untermauere ich in einem strengen Ton meine *Androhung*.

Sofern er nicht mit der Sprache rausrückt, werde ich bestimmt nicht mein Footballspiel verpassen. Was lebenswichtig ist oder nicht, da unterscheiden uns Welten.

»Bitte schwöre, dass du von all dem nichts weißt, und schon gar nicht von mir.« Das Wackeln in seiner Stimme verrät mir, wie angespannt er ist.

»Ja, ich verspreche es dir«, beruhige ich ihn. Langsam nervt er mich. »Erzähl …«

Absolut unerwartet überzeugte er mich, meine Pläne neu zu überdenken. Zwar fehlte ihm das Wissen über die genauen Hintergründe, aber das, was er verriet, weckte meine Neugier. Erwartungsgemäß regte er sich mächtig darüber auf, dass man ihm wesentliche Details verheimlichte, und berief sich auf seine uneingeschränkte Verschwiegenheit. Ein verrückter Paradiesvogel, dessen Gedankengänge ich oftmals nicht verstand, denn Anwälte ticken völlig anders. Die Vielfältigkeit der Charaktere und Lebensphilosophien ist jedoch das, was mich an solchen Freundschaften reizt.

Das Event findet in einer hippen Location statt. Ein noch leeres Industriegebäude aus dem vorigen Jahrhundert, vergleichbar mit dem Baustil meines Lofts. Durch den morbiden Charme entsteht eine ausgefallene Atmosphäre, und die hochmodernen Kunstobjekte stellen einen gelungenen Kontrast dar. Der betriebene Aufwand, um eine Partylocation für das anspruchsvolle Publikum zu gestalten, dürfte ziemlich hoch gewesen sein. Tatsächlich gefällt es mir. Auch die Skulpturen und Designobjekte treffen meinen Geschmack. Doch ich lege zunehmend meinen Fokus auf die wenigen Gäste, die bislang hier sind. Da ich keine Info über den zeitlichen Ablauf habe, stelle ich mich an einen der Stehtische und mein Blick schweift umher. Unablässig rennen Servicekräfte mit Tabletts an mir vorbei, und ich gönne mir ein Glas Champagner. Nach einer halben Stunde und etwas Small Talk bin ich mir nicht sicher, ob es sinnvoll ist, weiterhin zu warten.

Was mich ebenfalls stört, ist, dass ich den Überraschten mimen soll. Das ist albern. Fünf Minuten gebe ich der Aktion noch. Dann würde ich zumindest den Rest des Spiels mitbekommen.

»He, du bist Joel?«, quatscht mich eine attraktive Frau an. Das Duzen in der Szene ist üblich.

»Ja, richtig.« Ist das zu fassen, ich werde nervös.

»Hallo, ich bin Maddy, eine Freundin von Faye«, stellt sie sich vor und hält mir die Hand zur Begrüßung hin. »Ich bin übrigens Mitinhaberin der Galerie, die das zusammen mit Jojo veranstaltet.«

»Respekt.« Bewusst stehe ich etwas breitbeinig und stütze mich mit ausgestreckten Armen auf dem Tisch ab. Eine Haltung, die Selbstbewusstsein und auch eine gewisse Überheblichkeit signalisiert.

»Danke.« Ihr Mund umspielt ein Lächeln.

»Maddy, lassen wir das Herumeiern«, gebe ich postwendend die Richtung vor. »Ich weiß, dass Faye hier ist.«

»Ah, ja dann.« Ihre Überraschung hält sich in Grenzen. »Umso besser, dass du trotzdem hier bist.« Punkt für sie.

»Wieso der Aufwand? Ehrlich gestanden verstehe ich das nicht.« Fragend ziehe ich eine Augenbraue hoch und konzentriere mich auf ihr Gesicht. »Die Welt verfügt über hervorragende technische Errungenschaften, um mit geringem Arbeitsaufwand in Kontakt zu treten.« Die Ironie in der Stimme hebe ich deutlich hervor. Ich will unter keinen Umständen, dass sie nur den Hauch meiner Anspannung bemerkt.

»Es ist zu wichtig und sie hat sich nicht getraut, und deshalb sind zwei weitere Freundinnen und ich auf diese Idee gekommen.«

»Aha.«

»Faye hat damit nichts zu tun und wir mussten sie überreden.« Sie hebt ihren Zeigefinger, um die Bedeutsamkeit zu unterstreichen.

»Weshalb traut sie sich nicht? Üblicherweise ist sie nicht auf den Mund gefallen.« *Cool bleiben.*

Maddy verdreht ihre Augen. »Möchtest du mit ihr sprechen? Es ist wichtig, bitte, Joel«, ignoriert sie ansonsten meinen Kommentar.

»Wäre ich sonst hier?« *Fuck, wieso prickelt es in meiner Magengegend?* »Wo ist sie?«

Maddys Telefon klingelt. »Moment, das ist Lizzy, eine von uns.«

Kopfschüttelnd atme ich tief durch. Alles, was mit der Frau zusammenhängt, ist speziell.

»Wie, weg?« Sofort entgleisen ihr sämtliche Gesichtszüge. »Ruf sie an!« Nun höre ich genauer hin und verstehe, was die andere sagt. »Die Info mit der Toilette ist ja bereits eine Weile her.«

»Habe ich mehrfach, und du weißt, das haben wir vereinbart, schließlich ist es ein Teil des Plans.« Ihre Stimme klingt aufgeregt.

»Dafür gibt es sicherlich eine harmlose Erklärung«, versuche ich die beiden zu beruhigen, obwohl ich nichts Genaues weiß. »Vielleicht hat sie sich kurzfristig dagegen entschieden und ist nach Hause gefahren.« Obwohl sich ebenfalls ein leichtes Unwohlsein in mir breitmacht, suche ich simple Antworten.

»Wenn dem so wäre, verschwindet sie nicht wortlos, das ist nicht ihr Stil«, wischt Maddy mein Argument vom Tisch. Ihre Gelassenheit ist wie weggeblasen. »Hilfst du uns?«

»Vorher möchte ich den Grund erfahren.« Durchdringend sehe ich ihr in die Augen, und ein grimmiger Unterton lässt keine Zweifel, dass ich nicht scherze.

»Komm, sag es ihm«, höre ich Lizzy durchs Telefon. »Ist doch jetzt egal.«

»Ja, okay«, erwidert sie zerknirscht.

»Ich lege auf und suche sie. Wir bleiben in Kontakt.«

»Einverstanden.« Verkrampft umklammert sie ihr Handy.

»Also, was?«, hake ich abermals ungeduldig nach. Bislang überzeugt mich die Nummer ihres Verschwindens nicht. Vermutlich geistert sie hier herum und kommt nicht auf die Idee, dass ihre Freundinnen sie vermissen.

»Faye ist schwanger«, haut Maddy unvermittelt heraus. »Von dir, damit das geklärt ist, bevor du diese dämliche Frage stellst.«

Sämtliche Gesichtszüge entgleiten mir, und mir fällt keine vernünftige Antwort oder Reaktion ein.

»Joel Crawford – sprachlos?« Auf den Mund ist sie jedenfalls nicht gefallen.

»Ja«, gebe ich unverblümt zu und fahre mir durch die Haare. Tatsache ist, das verändert mit einem Paukenschlag alles. »Will ... sie es ... behalten?« Beim Aussprechen der Frage zieht sich mein Magen zusammen.

»Ja, darüber gab es keinerlei Diskussionen.« Wahrhaftig verspüre ich eine gewisse Erleichterung. »Und in so einem Fall gibt es so einiges zu klären.« Ihr Mund verzieht sich zu einem winzigen Lächeln. »Gibst du mir deine Telefonnummer?«, fragt sie mich, und ich blicke sie verdutzt an. »Ich rufe dich an und wir sind connected.«

»Klingt plausibel«, stimme ich zu und schaue mich nervös um. Faye zu finden, besitzt urplötzlich eine völlig neue Dimension. »Gibt es neben der Fläche noch eine weitere?«

»Einen VIP-Bereich, dort halten sich die Gäste auf, die dafür eine Einladung erhalten haben«, erfahre ich. »Ebenso begleiten wir kaufwillige Interessenten in die Lounge.« Aufgewühlt wippt sie mit dem Fuß.

»Wo sollten wir uns laut eurem genialen Plan treffen?« Trotz der inneren Ruhelosigkeit bin ich weiterhin davon überzeugt, dass es sich um ein Missverständnis handelt.

»Im VIP-Bereich, aber da ist sie nicht mehr.«

»Ich gehe mit dir«, biete ich an. Unmöglich, ihre Bitte abzulehnen. »Was hat sie an?« Das Stimmengewirr fängt an, mich zu nerven.

»Jeans und eine weiße Oversized-Bluse.« Mit der Info schränkt es den Kreis der Frauen bei der visuellen Suche ein. »Ach Mann, das ist unfassbar.« Maddy rollt mit den Augen und verzieht den Mund.

»Da widerspreche ich dir nicht …« *Faye Buttler, du hast es dir zur Aufgabe gemacht, mein komplettes Leben auf den Kopf zu stellen.*

Gemeinsam eilen wir in die ausgewiesene Zone. Es herrscht reger Betrieb, und wahrhaftig sehe ich einige Mandanten, denen ich zu einer Einladung verhalf, und wir begrüßen uns flüchtig.

Konzentriert schweift mein Blick umher. Das ist wirklich schräg. Ich werde Vater und Faye ist verschwunden. *Bleib mal cool, sie ist nicht verloren gegangen.*

Kurz darauf lerne ich die beiden anderen Freundinnen von Faye kennen, die ergebnislos von ihrem Rundgang zurückkehren.

»Wollen wir ihr Bild den Gästen zeigen?« Jessica hat rote Flecken am Hals und fuchtelt mit ihrem Handy herum.

»Und wenn sie doch nach Hause gefahren ist?«, bringe ich die Möglichkeit wiederholt ins Spiel.

Sofort ernte ich entrüstete Blicke und Proteste.

»Niemals!«

»Nicht Faye.«

»Insbesondere nicht an einem Tag wie heute. Wir haben das X-Mal durchgesprochen und waren uns einig.«

Ratlos stehen wir zusammen. Im Grunde bin ich der, der am wenigsten dazu beitragen kann, Faye zu finden.

»Hier sollte sie auf dich warten.« Maddy zeigt mit der Hand in Richtung einer roten extravaganten Couch.

»Setzen wir uns«, schlage ich vor. Meine Wangenknochen bewegen sich und die Unruhe steigt. Gerade wird mir bewusst, welche Bedeutung Faye trotz allem hat. *Das Kätzchen fehlt mir.*

Geräuschvoll atme ich aus und lasse mich auf das Sofa fallen, das aus unzähligen Einzelteilen zusammengeschraubt ist und wenig bequem aussieht. Die Sitzfläche besteht aus ungefähr fünfzig Zentimeter großen Polsterkissen. Prompt spreche ich dem Teil die Alltagstauglichkeit ab. Die

Ritze zwischen den Kissen ist ein Sammelbecken für Chipskrümel, verlorene Ohrringe oder sonstigen Kram.

»Ich rufe sie noch mal an.« Nervös drückt Jessica die Wahlwiederholung.

Nachdenklich beuge ich den Oberkörper vor und lege die Unterarme auf die Oberschenkel, knete meine leicht schwitzigen Hände.

Unvermittelt registriere ich ein Vibrieren zwischen meinen Beinen, was urplötzlich wieder verschwindet.

»Scheiße, sie geht nicht ran.« Jessica lässt sich nach hinten fallen.

»Versuchs noch mal!«, fordere ich sie auf.

»Das bringt doch nichts«, murmelt eine.

»Mach!« Mein Ton verschärft sich unbeabsichtigt.

Bewusst lenke ich meine Aufmerksamkeit auf meinen Sitzplatz. Ohne Zweifel – es hört sich an wie ein vibrierendes Telefon.

Hektisch rutsche ich zur Seite und fummele zwischen den Kissen in den Ritzen und werde tatsächlich fündig.

»Oh mein Gott!« Lizzy reißt die Augen auf.

»Eindeutig, es ist Fayes Handy«, presst Jessica hervor. »Ist das jetzt ein gutes Zeichen?«

Stumm nehme ich das Handy ständig von der einen in die andere Hand und zucke mit den Schultern. »Keine Ahnung.«

»Ich fahre sofort in die Wohnung.« Jessica springt auf. »Ich werde sonst verrückt.«

»Wir zeigen ihr Foto herum«, greift Maddy die Idee noch einmal auf. »Damit haben wir sie damals … also, du weißt ja, auch indirekt ausfindig gemacht.«

Fragend stutze ich. »Nein, ich weiß es nicht.« Die Truppe scheint prädestiniert für skurrile Aktionen zu sein. »Bitte die Kurzfassung«, füge ich hinzu, um sicherzustellen, dass wir so wenig Zeit wie möglich verlieren.

In knappen Sätzen erklärt sie mir, was an dem Abend passierte.

Kopfschüttelnd lausche ich und sehe das Bild vor mir,

wie ich sie über die Schulter warf und aus dem Lokal transportierte. Ein warmes Gefühl fließt mir von Kopf bis Fuß. Seit dem Tag hat sich mein Leben verändert – ist das übertrieben, so was zu behaupten? Nein.

»Hallo Maddy«, kommt eine junge Frau auf uns zu. Modisch nach dem letzten Schrei gekleidet, hält sie ein Glas Champagner in der Hand.

»Hey Lola!« Maddy springt auf. »Ich freue mich, dass du gekommen bist«, switcht sie in ihre Rolle der Gastgeberin. »Gefällt es dir?«

»Der Stil trifft nicht so meinen Geschmack, aber ich unterhalte mich prächtig.«

»Das freut mich, und das gehört zu einem gelungenen Abend.«

»Können wir uns kurz hinsetzen, meine Füße brennen.« Lola grinst, und auch mir entlockt es ein Schmunzeln.

»Klar.« Fayes Freundinnen setzen sich, denn sie sind Leidensgenossinnen.

»Ich möchte hier keine Unruhe stiften, aber mir ist vorhin aufgefallen …«

»Ach was, erzähl«, beruhigt Maddy sie.

»Ich hatte den Eindruck, dass einer der Gäste eine Frau, die hier saß, bedrängt hat.«

»Waaasss?« Die drei Freundinnen reißen gleichzeitig die Augen auf.

»Wann war das?« Meine Nasenflügel bewegen sich, und unbeabsichtigt balle ich meine Hand zur Faust.

»So genau weiß ich das nicht, vielleicht vor einer Stunde. Ist was passiert?« Ihr Blick wandert zwischen uns hin und her.

Sofort zeigt Lizzy das Foto von Faye. »War sie das? Eine Freundin von uns.«

»Ja.« Abrupt wirkt Lola beunruhigt. »Es ist immer schwierig zu beurteilen, ob man eingreift, zumal wir uns in einem privaten Rahmen bewegen.« Nervös dreht sie an ihren Armreifen.

»Und der Typ, kannst du ihn beschreiben?« Mein Herzschlag erhöht sich, und in der Magengrube breitet sich ein bedrückendes, aber auch wütendes Stechen aus.

»Untersetzt, teuer gekleidet und, nun ja, ein Mann ...« Sie räuspert sich. »... der Frauen nur wegen seines Geldes kriegt. Prollig und fürchterlich unsympathisch.«

Innerhalb von Sekunden ist mir klar, wen sie meint. Hastig nehme ich mein Handy und suche im Internet nach einem Bild. »Der?« Obwohl ich die Antwort kenne, warte ich mit zusammengekniffenen Augen auf die Bestätigung.

»Ja, da bin ich mir sicher.«

»Wer ist das?« Jessica und die beiden anderen starren mich an. »Ist sie entführt worden?« Alle sind kreidebleich.

»Sein Name ist Alessandro Russo.« Die Worte kotze ich hasserfüllt hervor. »Und ja, er ist gefährlich, wenn er nicht das bekommt, was er will.«

DREIUNDZWANZIG

Faye

Zwei Stunden zuvor

Welcher Weg ist der Richtige, um Joel beizubringen, dass er Vater wird? Eine wahre Denksportaufgabe, mit viel Herzklopfen und Magengrummeln, da ich mir zig Szenarien in meinem Kopf zusammenreimte. Von Ablehnung und Rauswurf bis zu einem spontanen Heiratsantrag seinerseits war alles dabei. Betrachte ich Joel und mein Verhältnis, ist nichts ausgeschlossen.

Die Überlegungen reichten von einer banalen Mail über einen Termin in seinem Büro bis hin zur Vermittlung der Nachricht über eine dritte Person. Ich sah mich nicht in der Lage, um ein fucking einfaches Treffen zu bitten, fühlte mich überfordert, verunsichert und innerlich zerrissen. Wäre es nicht sinnvoll, bis zur zwölften Schwangerschaftswoche abzuwarten? Das Risiko einer Fehlgeburt ist bis dahin erhöht. Bei all dem lastet die Vergangenheit weiterhin schwer auf meinen Schultern, auch wenn ich mir eine zweite Chance erhoffe. Allerdings in den düsteren Momenten überwiegen die Zweifel.

Gott sei Dank gab es zum Schluss fleißige Unterstützung von den Mädels. Die alle übrigens völlig am Rad drehen und schon die erste Babyausstattung anschleppten.

Letztendlich überredeten die drei mich zu diesem Plan, der aus meiner Sicht nicht funktioniert. Zu viele Details, die ineinandergreifen müssen, damit wir uns überhaupt treffen.

Dennoch sitze ich heute auf einer mäßig bequemen Couch des ausstellenden Künstlers und harre schweißgebadet aus, ob Joel tatsächlich auftaucht und sich bereit erklärt, mit mir zu reden.

»Hast du einen besseren Vorschlag, du Schisserin?«

»Nein«, stimmte ich zerknirscht zu. »Das ist genauso crazy wie die gesamte Geschichte.« Gegenargumente zwecklos.

Letztendlich fühle ich mich sicher. Egal wie es ausgeht, ich bin nicht allein. Dass Jojo sich verplapperte, war Teil der Idee, und auf ihn ist Verlass. Ob Joel ahnt, weshalb es um *Leben und Tod* geht? Vermutlich nicht, denn ich bin davon überzeugt, dass er mich vollständig aus seinem Gedächtnis ausmerzte und die möglicherweise theatralische Einladung niemals mit mir in Verbindung bringt.

Meine Gedanken springen hin und her, und wenn ich an das Drama bei der Auswahl meines Outfits denke, entlockt es mir wahrhaftig ein Grinsen. Ich, Faye Buttler, der Modemuffel schlechthin, geriet in Panik und jammerte erstmals, nichts Passendes zum Anziehen zu besitzen. Völlig bescheuert, denn es geht ja letztendlich nur darum, Joel über seine anstehende Vaterschaft zu informieren. Emotionslos, in einem geschützten Rahmen.

Heute half mir Maddy aus der Not und stellte für mich ein angesagtes Outfit zusammen. Ich schwöre, dass ich nicht wusste, dass übergroße Hemden modisch eine Rolle spielen. Ob ich will oder nicht, grätscht wieder der eine Satz dazwischen: *Ein Mann wie Joel Crawford legt Wert darauf, dass seine Partnerin keine Modelegasthenikerin ist.*

Seit über einer halben Stunde sitze ich zwischenzeitlich steif wie ein Stock auf diesem Designersofa und stehe kurz davor, die Flucht zu ergreifen. *Leider* bin ich schwanger, was bedeutet: Mir Mut anzutrinken, fällt aus. Ich muss zwingend aus dem Gedankenkarussell aussteigen, sonst werde ich vollständig bekloppt. Mein Mund ist ausgetrocknet. Nichts spricht dagegen, aufzustehen und sich an der in meiner unmittelbaren Nähe aufgebauten Theke eine Coke oder ein Wasser zu holen. Direkt daneben ist das Buffet, und der Duft der Speisen weht verführerisch zu mir herüber. Vor Nervosität bekam ich bislang keinen Bissen herunter, was sich jetzt rächt. Außerdem muss ich auf die Toilette.

Mit einem Seufzer lehne ich mich zurück. Leider ist es bei dem Schauspiel unmöglich, eine Timeline zu erstellen. Was ist, wenn ich gerade auf einem dieser mobilen Klohäuschen hocke und Joel auftaucht, sich einmal umsieht und, zack, wieder verschwindet?

Nervös frage ich im Gruppenchat nach, ob es bereits Neuigkeiten gibt. Natürlich nicht, vermutlich ist es zu früh.

Nicht zum ersten Mal spekuliere ich, wann es einer der Spermien schaffte, sich ungewollt einzunisten. Passierte es in der Dusche? Nein, das schließe ich aus, das passt zeitlich nicht. Rechnerisch kommt eigentlich nur der Abend nach der Einweihungsfeier infrage. In der Sekunde, in der wir verschmolzen und ich für diesen Moment daran glaubte, mein Trauma endlich hinter mir zu lassen. Emotional gesehen ein würdiger Zeitpunkt, um neues Leben zu zeugen. Sofern ich die Geschehnisse im Anschluss vollends ausblende, empfinde ich pures Glück und höchste Erregung. Nein, ich darf nicht darüber nachdenken, denn es triggert mich, und heute ist es wichtig, souverän rüberzukommen, schließlich will ich das Kind alleine großziehen. Natürlich würde ich ihm ein Besuchsrecht einräumen. Falls er überhaupt Interesse hat. Scheiße, verdammter Mist – alles steht in den Sternen.

Endlich harmonieren Körper und Geist wieder miteinander und ich springe dynamisch auf. Um sicherzugehen, schicke ich ein Klo-Emoji und die rennende Frau in den Gruppenchat. Die zurückkommenden tränenlachenden Emojis erinnern mich daran, die besten Freundinnen auf der Welt zu haben. Ein Hauch von Optimismus breitet sich aus. Vielleicht wird das Treffen gar nicht soooo schrecklich.

Schließlich verhielt er sich fair und hielt sein Versprechen, mir keine nachteilige Empfehlung aufs Auge zu drücken.

Auf dem Weg zu den Klohäuschen schlängele ich mich zwischen den Leuten hindurch, die sich unterhalten und den kostenlosen Champagner in sich hineinschütten. Ob sich überhaupt noch jemand für die Kunstobjekte interessiert?

Erwartungsgemäß kenne ich keine Menschenseele, und es bleibt für mich weiterhin ein skurriler Kosmos, in dem ich mich wie ein Fremdkörper fühle.

Urplötzlich schießt mir ein mörderischer Schreck in sämtliche Glieder. *Nein, nein, das darf nicht wahr sein.*

Alessandro Russo, was in aller Welt hat der hier zu suchen? Klar, die Mafia mischt mit Sicherheit im Kunsthandel mit. Ich hätte sogar lieber Mr. Green hier gesehen, was schon was heißt.

Blitzartig senke ich den Kopf und hoffe inständig, dass er durch seine Selbstperformance abgelenkt ist. Ich will nicht, dass dieser Arsch mich sieht, möglicherweise anspricht. *Scheiß Plan, ich möchte nach Hause.*

Erneut bricht mir der Schweiß aus, und ich flüchte regelrecht auf eine der Toiletten.

Ich muss einen Notruf absetzen, brauche eine meiner Freundinnen hier bei mir, oder, noch besser, wir brechen die Aktion ab.

Der zweite Schock lässt nicht lange auf sich warten. Wo zum Teufel ist mein Handy? Blitzartig verdreifachen sich Puls- und Herzschlag. Das Schlimmste, was einem Menschen in der heutigen Zeit passieren kann, ist der Verlust seines digitalen Gehirns. Ich kriege gleich einen Herzinfarkt – vor fünf Minuten habe ich doch noch eine Nachricht geschickt. Ist es mir aus der Hosentasche gerutscht? Was für eine dämliche Idee, auf eine Handtasche zu verzichten. Keine Frau auf der Welt verlässt ihre Wohnung ohne eine solche. Mir steigen die Tränen in die Augen. Dieser dauerhafte körperliche und seelische Ausnahmezustand ist daran schuld. Mehr denn je fühle ich mich in die Zeit zurückversetzt, die meine Lebensträume zerstörte.

Hastig reiße ich die Tür auf, schaue nicht nach rechts oder links, drängle panisch zwischen den Leuten hin und her, um schnellstmöglich zu meinem Platz zurückzukehren. Unvermittelt hält mich jemand am Handgelenk fest.

»Miss Faye Buttler, so hektisch unterwegs?«

»Mr Russo …« Was in aller Welt habe ich verbrochen, dass der einzige Mensch, den ich hier kenne, er ist? Harsch schlage ich seine Hand weg. »Was soll das?«

Unsere Blicke treffen sich direkt, und mir stellen sich sämtliche Nackenhaare auf. Das selbstgefällige Grinsen, überhaupt seine Anwesenheit, ist der pure Horror, was sich durch den Verlust des Telefons vervielfacht. Ob er die Panik in meinen Augen sieht?

»Sie sind mir noch ein Glas Champagner schuldig.«

»Natürlich, klar, später«, entscheide ich mich spontan für eine Notlösung. Unglaublich, aber wahr, gelingt mir eine Art Lächeln.

»Ich nehme Sie beim Wort«, geht der Plan auf.

Unkommentiert hetze ich weiter, schicke ein Stoßgebet nach dem anderen gen Himmel. Hoffentlich liegt das Telefon auf dem Sofa. Wenn ich es auf dem Weg zur Toilette verloren habe, sehen die Chancen, es zu finden, miserabel aus. Endlich stehe ich vor dem roten Sitzmonster. Meine Blicke scannen jeden Zentimeter. Ein paar Schrecksekunden später entdecke ich es, nehme es wie ein Heiligtum in die Hand und drücke es an meine Brust.

»Oh, Gott sei Dank.« Erleichtert lasse ich mich auf die Sitzfläche fallen und fühle mich wieder vollständig. Das Trägerhemdchen und der BH sind komplett durchgeschwitzt, die Handflächen kleben, aber egal. Zwei Anrufe in Abwesenheit. Einen Augenblick brauche ich zum Durchatmen und werde in ein paar Minuten zurückrufen. Außerdem brennt meine Kehle vor Durst. Wie durch ein Wunder läuft eine Servicekraft mit einigen Flaschen Wasser in der Hand an mir vorbei, und ich bekomme eine, ohne mich bewegen zu müssen. Zumindest eine kleine Entschädigung bei dem Schreck. Zurückgelehnt und die Augen geschlossen, atme ich mehrmals tief ein und aus.

»Gemütliches Plätzchen«, reißt mich die Stimme des Grauens aus meinem minimalen Glücksmoment. Erschrocken reiße ich die Augen auf und setze mich aufrecht hin. Tatsächlich steht der Arsch mit einer Flasche Champagner und zwei Gläsern vor mir.

»Nun holen wir das nach, was Sie mir wie gesagt noch schuldig sind.«

Mit viel zu wenig Abstand setzt er sich neben mich. Der dicke Bauch hängt über seinen Gürtel, und den Hals vermisse ich auch heute. Was ebenfalls geblieben ist, ist der prollige Schmuck. Reflexartig rücke ich ein Stück von ihm weg.

»Ich schulde Ihnen überhaupt nichts«, blaffe ich ihn unklugerweise an. Mir ist nicht nach Diplomatie zumute, das kriege ich gerade nicht hin. »Und nein, ich möchte nichts trinken.«

Sofort verengen sich seine Augen zu engen Schlitzen. »Liebe Faye, weshalb sind Sie denn so zickig?« Ungerührt von meinen deutlichen Worten, stellt er die Champagnergläser auf den Tisch und füllt sie. Höflichkeit? Respekt? Fehlanzeige.

»Mr Russo ... ich bin nicht zickig, sondern mag lediglich keinen Alkohol trinken.« Im Normalfall hätte ich sicherlich mit ihm angestoßen, damit er seinen Willen bekommt, aber es ist ja nichts mehr *normal*.

»Nennen Sie mich doch Alessandro, das ist, wie bereits auf der Einweihungsfeier gesagt, viel persönlicher.« Wie zu erwarten, ignoriert er meine Worte erneut und überreicht mir das Glas.

Am liebsten würde ich es ihm aus der Hand schlagen, stattdessen nehme ich es an. Wenn ich kurz daran nippe, gibt er sich damit vielleicht zufrieden. Wir prosten uns zu, und tatsächlich bleibt ein Kommentar aus. Fix stelle ich das Glas wieder auf das Tischchen und tausche es mit meinem

Wasserglas. Keine dumme Bemerkung? Ehrlich gestanden beunruhigt mich das.

»Wie ich hörte, hat Joel Crawford Sie gefeuert«, haut er die nächste Unverschämtheit heraus.

»Nein, es war eine Trennung im beiderseitigen Einvernehmen.« Innerlich merke ich, wie die Anspannung erneut zunimmt. »Das ist ein gravierender Unterschied.« *Weshalb rechtfertige ich mich vor dieser Witzfigur eines Möchtegern-Mafioso?*

»Nun, wie dem auch sei ... Sie können jederzeit für mich arbeiten.« Selbstgefällig prostet er mir zu. In der Sitzposition spannt sein Hemd, und der Diamantenring an seinem wurstigen kleinen Finger ist zu eng. Egal wohin ich gucke, mir sticht dauernd etwas neues Schmieriges ins Auge. »Sie sind eine Augenweide und dazu noch ein kluges Köpfchen, was für eine perfekte Kombination.«

»Vielen Dank, aber ich habe bereits andere Pläne.«

»Vielleicht ist es auch besser so ...« Fragend lege ich die Stirn in Falten. »Man sollte nicht mit seinem Boss ficken.« Ein schmutziges Lachen unterstreicht die Formulierung. Mir wird unwohl – weiß er was? Nein, vermutlich ist es nur ein primitiver Russo-Spruch. »Liebe Faye, ich muss sagen, Sie sind eine attraktive Frau, und wenn Sie schon nicht für mich arbeiten wollen, lernen wir uns privat etwas persönlicher kennen.«

»Danke für das Kompliment.« Aufspringen und losrennen, das wäre jetzt das Sinnvollste. Weshalb ich sitzen bleibe, bleibt mir ein Rätsel. »Ich bin liiert.« Vielleicht zieht das.

»Ha, ha, das ist doch kein Grund.« *Du Wichser.* »Ich will dich ja nicht heiraten.« Nun rückt er offensiv an mich heran und neigt sich zu mir. Instinktiv lehne ich mich im Gegenzug ein bisschen zurück, und mein Anspannungslevel steigt. »Ich bin mir sicher, dass wir beide eine Menge Spaß miteinander haben werden.« Bei einer solch ausgeprägten Arroganz und Dreistigkeit verschlägt es mir die Sprache. »Ich lade dich in die besten Restaurants ein, verwöhne dich mit den schönsten und teuersten Sachen.« Ich spare es mir, auszurechnen, wie viele bei dem Angebot einknicken. Vermutlich baggert er überwiegend solche Tussen an, die darauf abfahren.

»Ich lasse mich nicht fürs Ficken bezahlen«, platzt es unvermittelt aus mir heraus. Er hat meine rote Linie endgültig überschritten.

Bei dem Versuch, aufzuspringen, packt er meinen Arm. »Vorsicht!«, zischt er, und seine Nasenflügel beben. »Vergiss nicht, mit wem du redest.« Drohend zeigt er mit dem Finger auf mich, und ich sehe förmlich, wie sich in ihm eine gefährliche Aggressivität aufbaut.

»Lassen Sie mich in Ruhe.« Entschlossen reiße ich mich los und schieße in die Höhe. Obwohl um mich herum etliche Menschen stehen, steigt meine Angst vor seiner Unberechenbarkeit und mir wird hundeelend. *Das ist fürs Baby gar nicht gut.* Äußerlich bleibe ich tough.

»Das ist ein gehöriger Fehler«, ätzt er und kippt den exklusiven Champagner in sich hinein. Die Flasche ist inzwischen fast leer, und ich erinnere mich an Joels Worte, dass er betrunken gefährlich schnell die Kontrolle verliert. Welche Mengen er im Vorfeld getrunken hat, ist die berühmte Unbekannte. Am sinnvollsten erscheint es mir, seine Drohung zu ignorieren und so rasch wie möglich das Weite zu suchen.

Mittlerweile sind immer mehr Gäste eingetroffen. *Wo kommen urplötzlich die vielen* Leute her? Menschenansammlungen sind mir seit jeher megaunangenehm, und mein Magen zieht sich zusammen. Langsam werde ich kopflos und quetsche mich ohne Orientierung zwischen den Partygästen hindurch. *Ich muss hier raus!*

Ich kenne mich nicht aus, und die Etage des üblicherweise ungenutzten Industriebaus ist ungeheuer groß. Glücklicherweise verläuft sich dadurch die Ansammlung und ich atme erleichtert durch. Viel weiter möchte ich mich jedoch nicht wegbewegen, da das Teilstück nur noch von dem sternenklaren Abendhimmel erhellt wird. Erschöpft lehne ich mich an eine der Betonsäulen. Ich sehne mich nach meinem Refugium. Diese Scheißidee ist gestorben. Ein einigermaßen vernünftiges Gespräch inklusive der Hiobsbotschaft einer Schwangerschaft in Gegenwart von Joel – nein, das übersteigt mittlerweile jegliche meiner Kräfte.

Beherzt greife ich in die Vordertasche meiner Jeans, um mit einem Anruf den Wahnsinn zu beenden. Nichts! Panisch taste ich die anderen Hosentaschen ab, obwohl mir klar ist, dass sich da kein Telefon versteckt. Es muss beim Aufspringen vom Sofa passiert sein.

Das ist endgültig zu viel. Die Tränen schießen aus meinen Augen, ich beuge mich vor und halte beide Hände vors Gesicht. Wenn ich bei dem Stress das Kind verliere, würde es mich nicht wundern – all das kenne ich. Menschenleben Nummer drei.

Wie aus dem Nichts taucht ein Schatten vor mir auf. Innerhalb von Sekunden werde ich an die Säule gepresst, bin völlig überrumpelt und jemand drückt mir rücksichtlos den Mund zu.

»Hat die kleine Faye etwa Kummer?« Es gibt keinerlei Zweifel, wer mich aufs Übelste bedrängt.

Angstvoll starre ich Alessandro Russo an. Unsere Gesichter sind sich so nah, dass ich direkt seinen stinkenden Atem auf meiner Haut spüre. Bis auf ein paar Laute bekomme ich nichts heraus, so fest drückt er zu. Normalerweise müsste ich um mich schlagen oder ihm in die Eier treten. Todesangst stülpt sich wie eine enge Plastiktüte über meinen gesamten Körper und ich erstarre.

»So, jetzt hole ich mir, was mir zusteht«, grunzt er, und dicke Wurstfinger begrapschen meine Brüste. Zeitgleich presst er seinen Unterleib gegen meinen. Obwohl sein Schwanz – zum Glück – noch in seiner Hose steckt, überkommt mich schon der Ekel.

»Ich rate dir, kleine Faye, sei ganz lieb, und dann werde ich dir auch nicht wehtun.« Der verzerrte Gesichtsausdruck, die

Spucke, die ihm aus den Mundwinkeln tropft, gleicht er einer Bestie in Menschengestalt. Angewidert versuche ich meinen Kopf zur Seite zu drehen, um das Unvermeidliche doch noch irgendwie abzuwenden. Die Handfläche löst sich von meinem Mund und legt sie um meine Kehle. Ich schaffe es nicht ... Ich kann es nicht verhindern. Der Griff wird fester und seine Zunge drängt zwischen meine Lippen. Ich schmecke ihn und kämpfe gegen einen Würgereiz. Niemals zuvor erlebte ich etwas ähnlich Abartiges. Sein Speichel läuft mir mittlerweile das Kinn hinunter.

»So, süße kleine Faye, jetzt wirst du mir schön einen blasen, und ich warne dich, gib dir Mühe, klar?« Am Ende sämtlicher Kräfte nicke ich. »Ich habe nämlich kein Problem, dir in dein hübsches Gesicht zu schlagen, oder wer weiß, was mir sonst noch so einfällt.«

Es existiert nur ein einziger Gedanke. Ich muss das irgendwie ertragen, um zumindest zu versuchen, mein ungeborenes Kind zu beschützen. Besoffen, aggressiv, skrupellos – ein brandgefährlicher Cocktail, der jederzeit explodieren kann. Ein unkontrollierter Hieb in die Magengegend könnte das Ende des winzigen Lebewesens in mir bedeuten.

»Hinknien«, befiehlt er mir in einem harschen Ton. »So, du geiles Miststück, jetzt wirst du erleben, was du verpasst hast.«

Bemüht, jegliche Schluchzer zu vermeiden, knie ich auf dem harten, staubigen Betonboden. Kleine Steinchen drücken sich durch den Stoff an meinen Knien. Tränen rinnen mir die Wangen herunter, und mit fahrigen Fingern fummele ich an dem Gürtel herum, aber ich kriege die Schnalle nicht geöffnet.

»Du dumme Kuh.« Breitbeinig steht er vor mir. »Tempo, ich will vorher noch ein bisschen in den Genuss kommen, bevor ich dir in den Mund spritze. Ich bin so geil ...«

Mit ein paar Handgriffen hat er seinen Schwanz ausgepackt.

»Mund auf!« *Ich kann nicht, nein, ich schaffe es nicht.*

Das pure Grauen! Ich halte die gesamte Zeit die Augen geschlossen ... Seine Eichel drückt auf meine fest zusammengepressten Lippen ... oh mein Gott ...

»Du armseliger Wichser«, dringt unvermittelt eine Männerstimme zu mir durch. Gleichzeitig höre ich ein Klatschen, bin orientierungslos, weiß nicht, was passiert. Der Schwanz vor meinem Gesicht ist verschwunden. Vorsichtig drehe ich meinen Kopf und sehe Russo auf dem Boden liegen. Jemand tritt ihm mit voller Wucht in die Seite. »Verpiss dich, bevor ich mich vergesse.« Ich erkenne die Stimme, sinke in mich zusammen und realisiere, dass ich in allerletzter Sekunde einer Vergewaltigung entkommen bin.

»Crawford, das hat Folgen ...«, blafft er und rappelt sich mühselig auf, zieht die Hose hoch und wischt die blutende Nase mit dem Handrücken ab. »Du bist gefeuert! Du Arsch kriegst hier keinen Fuß mehr auf den Boden, ich mach dich fertig.« Ständig wankt er hin und her. »Die Schlampe kann ebenso einpacken.«

»Halte dich zurück!« Drohend baut Joel sich vor ihm auf. Seine Augen blitzen gefährlich. Es hinterlässt bei mir den Eindruck, als verfärbe sich seine Iris schwarz. Die gesamte Körperspannung verrät, wie sehr er sich zusammenreißt, um nicht wiederholt zuzuschlagen.

»Crawford, ich rate dir, dich ab sofort zweimal umzudrehen!« Das ist eine Morddrohung, bei einem solchen Kerl besteht Lebensgefahr. Mir wird schwummrig.

Bevor Joel darauf antwortet, stolpert Alessandro zurück zu den Feiernden, die zum Glück nichts davon mitbekommen haben.

Einen kurzen Moment später heben mich kräftige Arme in die Höhe, und ich schlinge meine um seinen Oberkörper. »Kätzchen, es ist vorbei.«

Stumm presse ich mein Gesicht an seine Wange, rieche sein Parfüm ... Es ist wie ein Wunder. Joel hat mich gerettet.

VIERUNDZWANZIG

Joel

Pures Glück und eine Portion Intuition halfen mir, Faye in letzter Sekunde zu retten.

Von Jessica wusste ich, wie sehr sie überfüllte Orte hasst. Insbesondere wegen ihrer Schwangerschaft vermuteten wir, dass sie sich etwas abseits des Trubels aufhielt. Durch die einhelligen Beteuerungen ihrer Freundinnen schloss ich aus, dass Faye die Feier kommentarlos verließ. Dennoch suchte Lizzy den Platz rund um den Eingang ab.

Faye in einer solch gefährlichen Lage zu erleben, fachte meine Wut derart an, und ohne nur eine Sekunde zu zögern, stürzte ich mich auf Russo. Eventuelle Konsequenzen rückten vollends in den Hintergrund. Möglicherweise bremste mich mein Unterbewusstsein, ihn nicht krankenhausreif zu prügeln.

Mein traumatisiertes Kätzchen in den Armen zu halten, erfüllte mich mit einer unbeschreiblichen Erleichterung. Ohne zu übertreiben, erinnere ich mich nicht daran, in der Vergangenheit Ähnliches empfunden zu haben. Jede Faser meines Körpers bebt, Schweiß hat sich auf meiner Stirn gebildet, und ich bin schlichtweg dankbar, das Schlimmste verhindert zu haben.

Für uns alle eine Erlösung, und die kreidebleichen Gesichter ihrer Freundinnen nahmen langsam wieder Farbe an. Faye kann sich glücklich schätzen, auf solche Menschen zählen zu können. Unabhängig davon, wie schräg der ausgeheckte Plan war.

Die neugierigen Blicke beim Verlassen der Location entlockten mir fast ein Grinsen, denn schließlich trug ich sie nicht das erste Mal hinaus. Die Mädels boten sich an, Faye nach Hause zu begleiten, sogar Maddy, als Gastgeberin, zögerte keinen Moment. Für mich hingegen war klar, sie zu mir in mein Loft zu nehmen. Niemals würde ich sie in einer solchen Lage allein lassen. Jeglichen möglichen Protest ihrerseits hätte ich ignoriert. Sie ist ein süßer Dickkopf, bei dem ich mit allem rechnete. Auf die Frage, ob sie einverstanden sei, nickte sie und drückte ihren Körper fester an meinen.

Inzwischen sitzen wir in einem Taxi, und ich spüre, wie sie bebt. Ihre Augen sind glasig, die Hände eiskalt. Unablässig streiche ich ihr über ihre Haare, genieße es, wie sie ihren Kopf an meine Schulter lehnt. Wir schweigen, nutzen die Fahrt, um durchzuatmen. Die Rolle eines Beschützers einzunehmen, ist eine neue Erfahrung für mich und löst unbekannte Glücksgefühle aus. Parallel brodelt es weiterhin, sobald ich die Szene gedanklich abspiele, was umgehend meinen Pulsschlag in die Höhe treibt. Niemand auf dieser Welt wird ihr in Zukunft zu nahekommen. Ihr und meinem ungeborenen Kind!

Endlich sind wir angekommen, und der Wagen hält vor dem Haus. Kurz bevor wir aussteigen, höre ich sie eine Frage murmeln.

»Du weißt es?«

»Ja.« Wahrhaftig kriege ich gerade nicht mehr heraus.

Ein wenig hebt sie den Kopf, und wir sehen uns an. In der Sekunde entwickelt sich eine Verbindung, die nur entsteht, wenn ein gemeinsames neues Leben wächst. Ein Blick für die Ewigkeit. Trotzdem treibt mich eine Frage um. Wird sie wieder weglaufen?

Lediglich das Räuspern des Fahrers erinnert uns daran, dass wir in einem Taxi sitzen und es an der Zeit ist, auszusteigen.

Inzwischen ist es fast Mitternacht, und Faye ist dermaßen erschöpft, dass ich sie stütze, damit ihr nicht die Beine wegknicken. Endlich betreten wir mein Loft. Was in ihrem Kopf herumschwirrt, ist schwer zu beantworten. Vielleicht i verunsichert es sie, hier zu sein. Deshalb übernehme ich die Regie. Für mich wäre das nachvollziehbar, wenn ich nach den geballten Ereignissen in der Wohnung meines Chefs sitzen würde. Unabhängig davon kann ich nicht einschätzen, wie viel Nähe sie zulässt. Sie bestimmte das Tempo.

»Setzen wir uns erst einmal an den Esstisch«, schlage ich vor. »Ich bringe dir Wasser, oder möchtest du einen selbst gemachten Eistee?«

»Du machst so was?« Ihre Überraschung ist nicht gespielt.

»Nein, meine Haushälterin«, gestehe ich und grinse. »Absolut empfehlenswert.« Ein Eistee dient dazu, das Eis zu brechen – wie passend.

»Okay …« Müde setzt sie sich auf einen der Stühle und sinkt mit einem Seufzer in sich zusammen.

Sie so zu sehen, ist schrecklich. Das Beste wäre, sie sofort unter die Dusche und im Anschluss ins Bett zu verfrachten, aber ich halte eine kurze *Aufwärmphase* für sinnvoll. Sie soll sich nicht überrumpelt fühlen.

Ich hole die Karaffe mit dem erfrischenden Getränk sowie zwei Gläser, setze mich neben sie und schenke uns ein.

»Hm, lecker.« Ein dezentes Lächeln huscht ihr übers Gesicht. »So wie dein Kaffee.« Ein klitzekleines bisschen verzieht sie ihren Mund zu einem Grinsen.

»Sage ich doch.« Vorsichtig greife ich nach ihrer Hand, und sie lässt es zu.

»Hoffentlich ist dem Baby nichts passiert«, bricht es urplötzlich aus ihr heraus, und sie drückt meine Hand, ihre Finger klammern sich feste um meine.

»Stress ist Gift in dem frühen Stadium.« Ihre Stimme zittert. »Ich würde es nicht ertragen.«

»Du gehst gleich morgen Vormittag zu deiner Frauenärztin.« ... *Gern begleite ich dich,* verkneife ich mir. Die Neuigkeit wühlt mich logischerweise auf, ich verberge es jedoch, denn jetzt steht Fayes Wohlbefinden im Vordergrund.

»Hm, ja.« Sie weicht meinem Blick aus, lässt meine Hand los und stützt sich mit den Ellenbogen auf dem Tisch ab. Ihren Kopf stützt sie mit beiden Händen, um sich die Haare zu raufen. Laute Schluchzer unterstreichen ihre Verletzlichkeit, die sie fest im Griff hat. Ich halte mich zurück, vermute, sie würde mich eher wegstoßen, als meine Nähe zuzulassen. Mein Herz schlägt mir bis zum Hals. *Faye, du schaffst es, meine geheimsten Emotionen aus der Tiefe an die Oberfläche zu katapultieren.*

Abrupt springt sie auf. »Wenn es wieder passiert, überlebe ich das nicht.« Sie brüllt den Schmerz heraus und mir fährt ein Schreck in sämtliche Glieder. »Ich würde es mir niemals verzeihen.«

Russo, ich schwöre dir, falls dem Kind etwas zustößt, töte ich dich!

Unvermittelt atmet sie stoßweise, beugt ihren Oberkörper nach vorn, ringt um Luft. *Eine Panikattacke?*

Mit dem kurzzeitigen Wissen, Vater zu werden, verstehe ich die Qualen, die sie aushält, besser denn je. Ich weiß nicht, wie sie reagiert, aber ich nehme es in Kauf, dass sie mich abweist. Beherzt springe ich auf, packe sie und presse sie fest an mich. Ich bin dafür da, sie zu beschützen, sie in ihrer Not aufzufangen, und davon wird mich niemand abhalten. Auch Faye nicht – das wird sie akzeptieren müssen.

»Wir atmen gemeinsam tief ein und aus«, fordere ich sie auf, und sie folgt mir. Ganz langsam beruhigt sie sich. »Noch zweimal.«

Ihre Muskulatur entspannt sich, und ich bin erleichtert, dass die Attacke nicht länger dauert.

Einen Moment harren wir aus, es ist still. Meine Welt steht Kopf.

»Ich schlage vor, dass du unter die Dusche gehst und anschließend schlafen«, flüstere ich.

»Ja, das ist wohl das Beste.«

»Komm ...« Ich nehme sie an die Hand.

»Joel?« Mit ihren wunderschönen, aber so unendlich traurigen Augen sieht sie mich an. »Darf ich bei dir im Bett schlafen?«

Ich nicke, streiche über ihre Wange. Was für eine Frage!

Kurze Zeit später liegt sie, mit einem meiner Shirts bekleidet, in die leichte Sommerdecke eingekuschelt und wirkt bereits viel entspannter. Ich setze mich auf die Bettkante und zupfe noch einmal an der Bettdecke, um sicherzugehen, dass sie optimal zugedeckt ist.

Auf dem Rücken liegend, flattern ihre Augenlider und sie kämpft gegen den Schlaf.

»Danke.« Ein wenig dreht sie den Kopf in meine Richtung, einige Haarsträhnen bedecken ihr Gesicht.

»Ach Kätzchen, ich wünschte, ich wäre eher da gewesen.«

»Irgendwie neigen wir dazu, immer alles noch ein bisschen besser machen zu wollen«, murmelt sie mit geschlossen Augen.

Nachdenklich nicke ich. Darauf zu antworten, ist nicht erforderlich, da sie eingeschlafen ist. Sicherheitshalber bleibe ich ein paar Minuten sitzen. Ich persönlich bin zu aufgewühlt, um zur Ruhe zu kommen, obwohl die Müdigkeit sich langsam in meinem Körper ausbreitet. Seufzend trinke ich den Eistee aus und gönne mir einen Whiskey. Das

Glas in der Hand, sitze ich auf dem Sofa, lehne mich zurück und bin von all den Ereignisse überfahren. Viele Fragen türmen sich in meinem Kopf auf. Die, die mich am meisten umtreibt, ist die, ob wir trotz aller Gegensätze einen gemeinsamen Weg finden. Zu lieben, bedeutet oftmals auch zu kämpfen, Kompromisse einzugehen. *Joel Crawford, das wird eine Herausforderung!*

Für einen ausgeprägten *Singleschläfer* beginnt die erste Herausforderung, das Bett zu teilen. Kann ich überhaupt einschlafen?

Leise lege ich mich neben Faye, die gleichmäßig atmet. Ihre persönliche Duftnote kitzelt in meiner Ihre Seitenlage erlaubt es mir, direkt hinter ihr eine bequeme Schlafposition zu finden. Wie von selbst lege ich den Arm um ihre Taille. Urplötzlich bewegt sie sich, und, mir stockt fast der Atem, sie greift meine Hand, und unsere Finger greifen ineinander. Uns trennt kein Blatt Papier – nennt man das Kuscheln? Ich vermute ...

FÜNFUNDZWANZIG

Faye

In Joels Armen aufzuwachen, verursacht tausend Schmetterlinge in meinem Bauch, die wie wild hin- und herfliegen. Ich liebe sie und finde es faszinierend, wie sie mit einer solchen Leichtigkeit herumflattern. Ihre Existenz scheint ein einziger Tanz zu sein, den sie genießen.

In meinem früheren Leben lag ich an einem besonders schönen Sommertag mit Patrick auf einer Wiese in einem Park, um uns herum viele blühende Blumen, und es summte und brummte. Die Sonne schien von einem wolkenlosen Himmel und wir beobachteten eine Vielzahl von farbenfrohen Faltern. Wir verhielten uns ruhig, bewegten uns kaum, und urplötzlich flatterten drei oder vier auf zu uns, hielten für winzige Augenblicke auf meinem Arm und Patricks Schulter inne. Ohne dass wir uns ansahen oder ein Wort sagten, empfanden wir beide diese unfassbare Begeisterung. Ich erinnere mich ganz genau an meine Gedanken. *Glück ist wie ein Schmetterling, es lässt sich nicht jagen oder fangen. Doch wenn man wartet, wird es sich irgendwann auf einem niederlassen.*

Mein Kopf liegt auf Joels Brust. Seinen Körper an meinem zu spüren, die ruhigen und gleichmäßigen Atemzüge, die mir verraten, dass er noch schläft, sind ergreifende Minuten. Im Laufe der Nacht wachte ich auf und bemerkte, wie wir eng zusammenlagen, unsere Beine ineinander verschlungen, und was soll ich sagen ... eine wundervolle neue Erfahrung. Mit einem Glücksgefühl schlief ich wieder ein und erwachte exakt mit demselben – ohne schlechtes Gewissen, keinerlei Fluchtgedanken.

Trotz des gestrigen Tages mit der Beinahvergewaltigung, die mich wie so oft in der letzten Zeit an meine persönliche Schmerzgrenze brachte, bin ich entgegen den eigenen Erwartungen positiv gestimmt. Warum wohl? Die Antwort liegt schlummernd neben mir. Weil ich den Moment mit all meinen Sinnen auskosten will, traue ich mich kaum, mich zu bewegen. Ich liebe den Duft seines Körpers. Eine Mischung aus Parfüm und seiner natürlichen Männlichkeit.

»Na du ...«, reißt mich Joels Stimme aus meinen Überlegungen. »Hast du gut geschlafen?«

Seine Gesichtszüge sind weich, und das Schmunzeln überträgt sich auf seine Augen. Mein Herz schlägt freudige Purzelbäume.

»Wie im siebten Himmel.« Trotz der intimen Situation scheue ich mich, ihm einen Kuss zu geben. Seine Haare sind ebenso zerwühlt wie meine, und die ersten Bartstoppeln sind sichtbar.

Genüsslich streckt er sich. »Unsere erste gemeinsame Nacht.«

»Und ... hast du ... War es für dich okay?« *Oh fuck, die verdammte Unsicherheit übernimmt die Regie.*

Mit den Ellenbogen stützt er sich ab und hebt seinen Oberkörper. »Von Note eins bis zehn ... hm, also ohne zu übertreiben, erhältst du die volle Punktzahl.« Spontan haucht er mir einen Kuss auf die Nasenspitze. »Wie geht es dir?« Seine Stimme nimmt nun einen besorgten Klang an.

»Alles ein wenig verwirrend«, gestehe ich. »Ich vermute, mir wird die Tragweite dessen, was der Arsch mir angetan hat, erst später bewusst.« Da ich die Königin der Verdrängung bin, hoffe ich, damit einigermaßen zurechtzukommen.

»Das hat Konsequenzen.« Sein Blick verdüstert sich.

»Können wir das Thema wechseln? Meine Seele möchte nicht darüber reden.«

»Kätzchen, wie du magst. Außerdem gebe ich dir recht, dass dieser Penner sich nicht in unseren ersten gemeinsamen Morgen schleichen sollte.« Seine Gesichtszüge entspannen sich, und er legt sich wieder auf den Rücken.

Aus dem Augenblick heraus und von mir selbst erstaunt setze ich mich auf ihn. »Danke«, hauche ich erleichtert.

Die unvorhersehbaren Erlebnisse wollen nicht enden. Ich weiß nicht, wie mir geschieht, doch unvermittelt packt mich das unbändige Verlangen, mit ihm zu schlafen. Das erregende Gefühl springt mich regelrecht an. Jede Faser vibriert, und innerhalb von wenigen Augenblicken bin ich nass. Spielerisch, vorsichtig bewege ich mich auf ihm.

Joel schließt kurz die Augen und genießt sichtlich die Bewegungen.

»Sag mal ... ist es jetzt schräg, unpassend?« Blöderweise erröte ich bei der Frage.

»Nein.« Spontan packt er mit den Händen meine Pobacken und knetet sie. »Im Gegenteil, ich bin dabei ...« Mit einem spitzbübischen Grinsen zwinkert er mir zu. Erregt und aufgeregt ziehe ich das Shirt über den Kopf.

Durch die Berührungen kribbelt es sündhaft. Lediglich eine dünne Decke trennt mich von seinem Schwanz, der sich zu meiner Freude regt. Ehe ich mich versehe, zieht er die Bettdecke zwischen uns weg.

Seine verführerische Härte schmiegt sich jetzt an mich. Die Lust und die Feuchtigkeit zwischen meinen Schenkeln sind wie eine Einladung, die einzig für ihn ausgestellt wurde.

»Vorspiel fällt aus«, gebe ich leise vor. Es ist nicht erforderlich, mich anders hinzusetzen.

»So?«

»Hm ...« Lustvoll seufzend genieße ich, wie er eindringt.

»Verboten nass«, raunt er und schließt die Augen.

Durch sein angespanntes Becken empfinde ich alles noch intensiver als sonst.

Eine Gänsehaut überzieht meine Haut und ich beuge den Oberkörper vor. Ich will, dass er an meinen Brustwarzen saugt, was er ohne ein Wort erkennt. Eine Mischung aus Lecken und Beißen, das ist eine bittersüße Kombination aus Lust und erregendem Schmerz.

Langsam bewegen wir uns in einem gemeinsamen Rhythmus. Wie eine Katze, die sich streckt, beuge ich mich weiter vor, strecke die Arme aus und kralle meine Finger in die Laken. Mal knetet er meine Pobacken, dann wieder wandern seine Hände über meinen Rücken. Jede Berührung gleicht einem winzigen Stromschlag.

»Ich liebe es ... «, raunt er genießerisch und leckt nun an meiner Ohrmuschel.

Meine Zustimmung fällt ziemlich eindeutig aus. »Ohhh jaaaa ...«

Die Intensität in mir steigt immer weiter. Ich will ihn noch tiefer in mir spüren. Mein Herz rast, und ich öffne und schließe abwechselnd meine Augen, während sich die Hitze in mir vervielfacht. Joels und meine Hände krallen sich ineinander, die Anspannung seines muskulösen Körpers, wie sich sein Brustkorb hebt und senkt, zu erleben, wie er gleich kommt, puscht mich. Ein rauschender Augenblick, die Sekunde, in der wir dieses unbändige Verlangen nicht mehr kontrollieren, sich die Gefühle wie ein aufbrausender Sturm in uns ausbreiten, verbindet uns aufs Neue. Der gemeinsame Höhepunkt entlädt sich lautstark, aus dem tiefsten Inneren unendlich lang und wunderschön.

Erschöpft sinke ich zusammen, drücke meinen Oberkörper auf seinen, doch die leidenschaftlichen Küsse wollen nicht enden. Ich will in ihn hineinkriechen. Ein solcher Start in den Tag sollte gesetzlich verpflichtend sein.

Der Sturm ist abgeklungen. Wir liegen auf der Seite. Unsere Nasen berühren sich, meine Beine sind mit seinen verknotet, und ich genieße es, wie sein Atem mein Gesicht wärmt. Joels Fingerspitzen streichen unablässig über meinen Rücken. Die Zärtlichkeiten lösen ein Gefühl der Geborgenheit in mir aus. Eigentlich würde ich ihm gern sagen, dass ich ihn liebe, aber ich möchte nichts übereilen, fühle mich fast verpflichtet, ihm erst von meinem früheren Leben zu erzählen.

Trotz den besten Vorsätzen und dem grenzenlosen Willen auf einen Neustart lösen sich die Schuldgefühle nicht einfach so in Luft auf. Das wäre toll – ich würde ihnen gewiss nicht nachwinken. Ich wünsche mir, sie mit Joels Hilfe besser auszuhalten – sofern er sich nicht von mir abwendet. Nein, ein solcher Gedanke ist toxisch, öffnet den bösen Geistern Tür und Tor. Aber ich bin fest entschlossen, denen den Kampf anzusagen. *Ihr habt lange genug in mir gewütet.*

Es steht außer Frage, dass ich ihm erzählen muss, dass ich die Schuld am Tod zweier Menschen trage. Das ist nur fair ihm gegenüber. Es zu verheimlichen, ist Unsinn und würde zwischen uns stehen. Egal, was gestern passiert ist, ich muss es noch heute loswerden, denn sonst fürchte ich, daran zu ersticken.

»He, wo bist du mit deinen Gedanken?« Tatsächlich schrecke ich hoch. »Ist alles okay?«

»Wie kommst du darauf?« Ein bisschen fühle ich mich ertappt.

»Es ist nur so eine Vermutung und nach dem gesamten Mist absolut nachvollziehbar.«

»Na ja, mein Leben ist sozusagen von einem auf den anderen Tag auf den Kopf gestellt worden.« Der leichte Druck auf der Brust ätzt mich an, dennoch lässt es sich nicht verhindern.

»Meines auch.« Ein Kuss auf meine Nasenspitze vertreibt die Sorge, er meine es negativ. »Um diese Uhrzeit an einem stinknormalen Arbeitstag im Bett zu liegen, gehörte bislang auch nicht zu meinen Gewohnheiten.« Lachend richtet er sich auf.

»Habe ich dich jetzt von wichtigen Terminen abgehalten?« Erschrocken stütze ich mich mit den Unterarmen ab.

»Manchmal muss man Prioritäten setzen.« Mit einem Augenzwinkern springt er auf. »Duschen, frühstücken, und dann sehen wir weiter.«

»Einverstanden.« Eilig springe ich ebenfalls aus dem Bett. Gemeinsames Duschen darf ich mir nicht entgehen lassen. Der Anblick von Joels Traumkörper ist das beste Mittel, die ekligen Bilder von gestern aus meinen Gedanken zu verbannen.

Eine halbe Stunde später sitze ich auf einem der Barhocker an der Küchentheke und genieße einen fantastischen Kaffee aus der Wundermaschine. Da ich wie beim ersten Mal in schmutzigen und leicht in Mitleidenschaft gezogenen Klamotten hier gelandet bin, trage ich weiterhin eines seiner Shirts. Joel trägt nur Boxershorts, und ich hänge trotz meiner tausend Gedanken mit den Augen an diesem unverschämt heißen Sixpack.

Mit beiden Händen umklammere ich die Kaffeetasse, überlege, ob ich ihn schon heute nach einem Treffen fragen soll. Die Entscheidung nimmt er mir glücklicherweise ab.

»Du hast recht, wir sollten uns kurzfristig unterhalten.« Ebenfalls mit einer Tasse in der Hand stellt er sich neben mich und sieht mich prüfend an.

»Äh, woher …« Blöderweise werde ich ein bisschen rot. Die Antwort gebe ich mir selbst. »Anwaltliches Einfühlungsvermögen?!«

»Unabhängig davon ist es logisch, dass wir die geplante Unterhaltung nachholen müssen.« Liebevoll streicht er mir eine Strähne aus dem Gesicht und klemmt sie hinter mein Ohr. Eine Geste, die nicht zum ersten Mal Gänsehaut auslöst.

»Ja.« Einen tiefen Seufzer zu unterdrücken, gelingt mir nicht. »Es gibt da so einiges.«

»Vorschlag ... falls du es dir körperlich und emotional zutraust«, schränkt er fürsorglich seine Idee im Vorfeld ein.

»Ja!«, erwidere ich mit fester Stimme. »Fettkloß wird mein Leben nicht kaputt machen!« Ich sehe ihn neugierig an.

»Nach meinem letzten Meeting, das dürfte gegen sieben Uhr zu Ende sein, treffen wir uns zum Essen in einem Restaurant in unmittelbarer Nähe des Büros und haben unbegrenzte Zeit, uns erste Gedanken zu machen.«

»Danke! Das ist perfekt.« Erleichtert lächele ich ihn an. »Mir brennt so vieles auf der Seele ...« Meine Stimme zittert sofort, so sehr legt sich die Anspannung über meinen Körper.

»Egal was es ist ... Kätzchen, du musst dich schon mächtig anstrengen, dass du mich schockst oder in die Flucht schlägst.« Obwohl er mich mit dem Kosenamen anspricht, ist sein Gesichtsausdruck ernst. »Wir reden über unser künftiges Leben und wie wir es gestalten, da ist Offenheit eine Selbstverständlichkeit.«

»Ja ... aber das gilt für beide Seiten.« Im Grunde ist er ein Fremder, der bislang gewiss nichts anbrennen ließ. *Oh fuck, ist da jetzt sogar Eifersucht?*

»Faye, du hast in meiner Kanzlei gearbeitet, viel mehr gibt es bei mir nicht zu offenbaren.« Achselzuckend trinkt er einen Schluck Kaffee. »Du kennst meine Mandantinnen und Mandanten und meine Geschäftspraktiken ... Okay, seit gestern bedroht mich der cholerische Sohn eines einflussreichen Mafiabosses mit dem Tode, aber sonst – nein, im Grunde ist alles gesagt.«

»Du bist bescheuert.« Aufgrund seines Grinsens knuffe ich ihn spielerisch auf den Arm.

»Ist dir das bislang nicht aufgefallen?«, feixt er weiter, und ich ziehe den Mund zur Seite. »Faye, Scherz beiseite«, kehrt er zur Ernsthaftigkeit zurück. »Wir sind an einem Punkt angekommen, an dem wir uns endlich kennenlernen, und das ist die Basis für das, was kommt.«

Da gibt es nichts mehr hinzuzufügen, und heute Abend

werde ich mich durchringen, sämtliche Kräfte zusammenfassen und ihm erzählen, wie Patrick und unser ungeborenes Kind starben. Es gehört definitiv zu dem von mir lang ersehnten Neustart hinzu. Ein gefühlsmäßiger und seelischer Kraftakt, aber ich schaffe das!

~

Das Phänomen, weshalb das Zeitgefühl abhängig von der jeweiligen Situation mal im Schneckentempo oder mit Tempo zweihundert verstreicht, ist fies. Auf ein Ereignis hinzufiebern, verlangsamt das Zeitempfinden. Ist es endlich so weit ... wusch, und schon ist es zu Ende.

Joel bringt mich mit seinem sündhaft teuren Cabriolet nach Hause. In seinem Businessoutfit sitzt Mr Crawford neben mir, was sich gerade etwas gewöhnungsbedürftig anfühlt. *Egal.* Obwohl wir das Verdeck nicht öffnen, um eine Abgasvergiftung im Stau zu vermeiden, genieße ich die Fahrt an seiner Seite, und natürlich verfliegt die Zeit im Rennwagenmodus.

»Eine gute Wohngegend«, bewertet er ausgesprochen sachlich den Bezirk, in dem ich wohne.

»Deshalb teilen wir uns die Miete, obwohl wir alle eigentlich gut verdienen ... na ja, außer ich ... gerade.« Verlegen fummele ich an dem Anschnallgurt herum, weiche seinem Blick aus.

»Faye, sieh mich an.« Hört sich seine Stimme strenger an oder bilde ich mir das ein? »Die beruflichen Differenzen sind ein anderes Thema, und wir kommen mit Sicherheit besser klar, wenn wir das voneinander trennen.« *Der Anwalt – ganz eindeutig!* Ich bin ebenfalls Anwältin, fühle mich aber gerade armselig, und ein wenig nervt mich diese Belehrung. Zu meiner Beruhigung nimmt er meine Hand, küsst sie, und ich sehe ihn an. *Nein, doch nicht mein ehemaliger Boss, dafür sind seine Gesichtszüge viel zu entspannt.*

»Ich versuche es.« Eilig beuge ich mich zu ihm herüber und küsse ihn auf die inzwischen rasierte Wange.

»Wir treffen uns wie verabredet um sieben Uhr?!« *Ist das eine Frage? Oh Mann, was ist denn auf einmal mit mir los?*

»Ja klar.« Sein liebevoller Kuss beruhigt mich, und ich steige mit einem besseren Gefühl aus. Nachdenklich schaue ich dem Wagen hinterher. *Noch eine Baustelle?*

In der Wohnung angekommen, besteht die erste Amtshandlung darin, die Klamotten von gestern loszuwerden. Fix ziehe ich mir frische Unterwäsche und ein lockeres Shirtkleid an.

Da der Heißhunger mich packt, muss ich dem erst mal entgegensteuern und kreiere mir eines meiner speziellen Sandwiches.

Kauend und mit klebrigen Fingern teile ich per Textnachricht den Mädels meine Gefühlswallungen und Sorgen mit. Zunächst sind sie froh, dass ich den gestrigen Abend relativ taff wegstecke und konkret an meiner Zukunft arbeite. Ihre Meinungen sind eindeutig:

Bei dem heutigen Treffen nicht einen Piep über die beruflichen Verstrickungen – es geht um das künftige Miteinander, weil du ein Baby von ihm erwartest. Um Gefühle ... um Liebe!

Das nehme ich mir zu Herzen und konzentriere mich darauf, gedankliche Impulse in die Richtung vehement auszublenden. Ab sofort gilt es, sieben Stunden zu überbrücken. Inzwischen breitet sich eine leise Müdigkeit aus, und ich beschließe, ein wenig zu dösen. Sicherheitshalber stelle ich jedoch den Wecker auf dem Handy. Das wäre der Hammer, wenn ich dieses Treffen verschlafen würde.

Innerlich aufgewühlt schlüpfe ich aus dem Kleidchen und lege mich ins Bett. Aber mein Gedankenkarussell lässt mich nicht zur Ruhe kommen. Was ist das für ein Restaurant? Prompt greife ich nach dem Handy und rufe die Website auf. Die Bilder zeigen eine typisch hippe Location im Lifestyle-Look und mit einem Publikum, zu dem ich nach wie vor keinen Bezug habe. Modisch und hochpreisig gekleidet, aufgelockerte Businesskleidung, was so viel bedeutet wie: gelöste Krawatten, hochgekrempelte Hemdsärmel, ausgezogene Sakkos. Das ist Joels Welt. Die Wahl meiner Garderobe ist damit überraschend easy geklärt. Ich ziehe einen meiner Hosenanzüge an. Damit kann ich nicht falschliegen.

Mit einem Seufzer lege ich mich auf den Rücken und streiche mir über den Bauch. Es sind keine beunruhigenden Symptome aufgetreten, deshalb ziehe ich das Treffen mit Joel dem Besuch bei meiner Frauenärztin vor. Wahrscheinlich haben die Endorphine durch den Sex eine entspannende Wirkung. Sex mit Joel birgt Suchtgefahr. Suchtkranke Schwangere übertragen ihre Abhängigkeit oftmals auf ihre Babys. Ob das bei Sexsucht ebenso ist? Wenn dem so wäre, ist das positiv oder eher negativ? Mit solchen schwachsinnigen Gedankenspielen versuche ich mich abzulenken.

Ständig fallen mir die Augen zu. Bilder aus der Kanzlei, die Diskussionen mit Joel über unsere gegensätzlichen Einstellungen, sein gefühlloses Vorgehen, sein eiskalter Blick rauschen trotz innerer Gegenwehr unablässig durch meinen Kopf.

Gibt es bei solch gravierenden beruflichen Differenzen überhaupt die Chance, ein gemeinsames Leben zu führen? Sofern dem so ist, wird er umziehen müssen. Das Loft ist für Kinder völlig ungeeignet. Da setze ich mich durch! Frauenpower!

Wie fühle ich mich, wenn er abends nach Hause kommt und vor Gericht einen Freispruch für einen Mörder erwirkt hat? Wie erkläre ich es unserem Kind? *Dad verteidigt Verbrecher, besticht Richter und Geschworene, damit sie nicht verurteilt werden und ungehindert weitere Straftaten begehen können?*

Vielleicht erwartet er, dass ich meinen Job aufgebe, damit ich mich ausschließlich auf unser Kind konzentriere. Nein, niemals – Beispiele von Working Mums gibt es ohne Ende.

Was ist, wenn er überhaupt keine Partnerschaft mit mir plant, sondern die Rolle eines Teilzeit-Daddys anstrebt? Bei der Variante wird es hundertprozentig irgendwann eine andere Frau in seinem Leben geben! Eine, mit der er zusammenzieht, mit der er möglicherweise ein zweites Kind zeugt! Logischerweise wird er sein regelmäßiges Besuchsrecht beanspruchen. So weit kommt es noch, dass ich mein Kind in der Zeit einer fremden Tussi anvertraue. Vielleicht planen die beiden, dass unser Kind dort lebt? Schließlich gibt es ein Geschwisterchen. Nein, nicht mit mir! Ich bin bereit, bis auf den letzten Blutstropfen um mein Kind zu kämpfen.

Von meinen Szenarien selbst genervt, halte ich die Hände vors Gesicht, stampfe mit den Füßen auf die Matratze und kreische undeutliche Laute. Ich werde wahnsinnig!

Sogar der gefühlt langsamste Uhrzeiger der Welt erreicht irgendwann einmal sein Ziel. Pünktlich betrete ich das Restaurant und werde höflich, dennoch distanziert von einer Dame am Empfang nach meiner Reservierung gefragt. Zwar fühle ich mich unwohl, trete trotzdem souverän auf.

»Mein Name ist Faye Buttler, und ich bin um sieben Uhr mit Joel Crawford verabredet.«

Mit einem prüfenden Blick tippt sie auf ihrem Tablet herum. *Glaubst du mir etwa nicht?* Innerlich ziehe ich eine Grimasse. Scheinbar ist sie fündig geworden, denn ihr Gesicht erstrahlt wie beim Einschalten eines Kronleuchters.

»Miss Buttler, herzlich willkommen. Mr Crawford ist noch nicht da, aber ich begleite Sie gern zu Ihrem Tisch.«

Die Lady führt mich durch das gut besuchte Lokal, das mit einer immensen Geräuschkulisse bei mir postwendend zwei Minuspunkte auf einer Skala von minus zehn bis plus zehn kassiert. *Wie sollen wir uns denn hier unterhalten?*

Glücklicherweise führt sie mich in einen ruhigeren Raum mit nur wenigen Tischen. Erleichtert atme ich durch und setze mich.

»Darf ich Ihnen bereits einen Aperitif bringen?«

»Ja, ein Wasser.« Ich finde es selbst doof, aber so ist es nun mal. Außerdem muss ich mich nicht rechtfertigen.

Ein paar Minuten später kommt ein Kellner und bringt mir das Mineralwasser. Inzwischen habe ich jedoch die Cocktailkarte entdeckt und bestelle mir einen alkoholfreien Drink. So lässt sich die Wartezeit besser überbrücken.

Mein Handy liegt auf dem Tisch, und ständig checke ich die Uhrzeit und ob vielleicht eine Nachricht eingetroffen ist. *Zehn Minuten über der Zeit – na klasse.* Meine Hände werden feucht und mein Unwohlsein erreicht das nächsthöhere Level.

Das Zusammenreimen von Szenarien geht in die nächste Runde. Was er wohl gerade plant? Einen neuen Shitstorm oder eine Übergabe an Bestechungsgeldern? Obwohl ich versuche, nicht darüber nachzudenken, für welchen Verbrecher er *mich* warten lässt, pflanzt sich diese ablehnende Haltung gegen seine Mandanten in mein Hirn. Das ist ein echtes Problem, mal abgesehen von unserem hammermäßigen Sex haben unsere Leben so ungeheuer viele Facetten, die wir aufeinander abstimmen müssen.

Ein Gefühlsmix bestehend aus Grübelei und Angenervtsein überlagert inzwischen die Vorfreude auf unser Treffen. *Ich hasse es zu warten!*

Verärgert sauge ich an dem Strohhalm, um mit einem schlürfenden Geräusch die letzten Tropfen des zugegebenermaßen leckeren Cocktails zu retten. Soweit ich das insgesamt überblicke, bin ich die Einzige, die mutterseelenallein wartet, was mir peinlich ist. In einem Restaurant allein zu warten, in dem man sich unbehaglich fühlt, ist doppelt blöd. Was die wohl denken? Joel ist anscheinend ein Stammgast, und mir stellt sich die Frage, mit wie vielen Frauen er bereits hier aufgeschlagen ist. Nervös spiele ich mit einer Haarsträhne, kaue auf meiner Unterlippe herum, bis dieses störende Stückchen Haut abreißt. Obwohl es erst zwanzig Minuten sind, kommt es mir wie eine Ewigkeit vor. Endlich bequemt sich Joel anzurufen.

»Sag mal, wo bleibst du denn?«, zicke ich ihn ohne eine Begrüßung an. »Hervorragender Start.« *Ja, ich bin richtig angepisst, und das bringe ich deutlich rüber.*

»Faye ...« Lediglich bei der Nennung meines Namens erkenne ich die scharfe Tonlage und schlucke. » ... du solltest am besten wissen, dass sich Mandantengespräche nicht immer auf den Punkt planen lassen.«

»Es ist halt echt dämlich«, versuche ich einzulenken.

»Wir können das auch verschieben, wenn du nicht bereit bist, eine halbe Stunde auf mich zu warten.« *Oh ja, das Alphatier duldet keinen Widerspruch.*

»Es ist für mich eben eine unangenehme Situation, hier allein zu sitzen. Du hättest die Dame am Empfang mal sehen sollen, wie sie gestrahlt hat, aber erst nachdem ich deinen Namen erwähnt habe«, erwidere ich und komme mir vor wie ein trotziges Kind.

»Was ist so schlimm daran?« Da muss ich ihm leider zustimmen.

»Nein, nein, ich will unser Treffen nicht verschieben«, lenke ich ein, da ich merke, wie angespannt er ist. »Entschuldige, ich bin ausgesprochen nervös«, versuche ich meine Reaktion zu erklären.

»Deshalb möchte ich dir einen Vorschlag unterbreiten«, fährt er mit einer weiterhin distanzierten Tonlage fort. »Das Meeting zieht sich unerwartet in die Länge ...«

»Oh nein!«, rutscht es mir entsetzt heraus, und ich sehe mich bereits mit hochrotem Kopf aus dem Lokal schleichen.

»Das war leider nicht abzusehen, deswegen meine Frage ...«

»Ja?« Nervös wippe ich permanent mit dem linken Fuß.

»Du wartest in meinem Büro.«

»Oh.« *In seinem Heiligtum?*

»Ich lasse dir eine Gästekarte hinterlegen, und da du dich auskennst, ist alles Weitere kein Problem.« *Oh, wie süß!* »Falls du damit einverstanden bist.«

»Wow, ja, das ist echt ... danke ...«, stammele ich herum.

»Das war übrigens die Faye Buttler, mit der ich mich regelmäßig in der Kanzlei auseinandersetzen musste«, legt er eine Spitze nach.

Ich halte es für sinnvoller, die Aussage nicht zu kommentieren, obwohl ich schon einen passenden Spruch auf Lager hätte.

»Okay, wir sehen uns später, und im Notfall gibt es Lieferdienste.« *Gott sei Dank, jetzt spricht wieder Joel.*

Der Zwischenfall zeigt mir abermals deutlich, dass er ein Alphatier ist. Das ist, was mich anmacht – keine neue Erkenntnis.

Letztendlich hat mich beim Verlassen des Restaurants niemand mitleidig oder abschätzig angesehen und unser frei gewordener Tisch wurde ratzfatz neu vergeben. Mir im Vorfeld Katastrophenszenarien auszumalen, ja, darin bin ich eine Meisterin. Keine Ahnung, von wem ich das geerbt habe.

Ein bisschen fühlt es sich seltsam an, um die Zeit meine ehemalige Arbeitsstätte zu betreten. Mrs Miller hat längst Feierabend. In drei der Glaskästen sitzen einige Anwälte und wälzen Akten. Auf dem Weg zu Joels Büro schüttele ich den Kopf. Was für eine verrückte Entwicklung. Die Tür zu meinem Ex-Arbeitszimmer steht einen Spalt offen. Ob mein Arbeitsplatz bereits wieder besetzt ist? Neugierig öffne ich die Tür und werfe einen Blick hinein. Durch den beleuchteten Flur sehe ich deutlich, dass dieser noch verwaist ist. Einen Moment harre ich aus, denn eine Welle unterschiedlichster Gefühle wälzt sich urplötzlich durch meinen Körper. Am ersten Tag in der Kanzlei schienen meine angestrebten Ziele klar und zum Greifen nah. Und heute? Werde ich trotzdem Anwältin für Menschenrechte? Es steht alles in den Sternen. Nichts ist vorhersehbar. Das macht mir Angst. Am besten gar nicht darüber nachdenken. Ein bisschen beklommen gehe ich weiter und erreiche Joels Büro. Ein Ort, an dem ich die krassesten Emotion erlebte. Durch die Türschwelle scheint Licht, was das Zurechtfinden erleichtert. ER denkt stets vorausschauend.

Einen Moment bleibe ich vor der geschlossenen Tür stehen. Komischerweise sehe ich mich in die Zeit zurückversetzt, in der das einer Todsünde gleichkam, sich ohne seine ausdrückliche Genehmigung in seinem Büro aufzuhalten. Also nie. *Sei nicht albern, los.*

Beim Betreten schweift mein Blick umher. Sofort fällt mir auf, dass die Wände mit Erinnerungen aus seiner aktiven Footballzeit dekoriert sind. Ich wusste davon, allerdings gab es bislang keine wirkliche Gelegenheit, darüber zu sprechen. Footballspieler erkenne ich sowieso umgehend an ihrer Figur. Bei Joels und meinem ersten Zusammentreffen fiel es mir direkt auf.

Neugierig nähere ich mich der Fotogalerie. Es entlockt mir ein Lächeln, denn die Aufnahmen ähneln sich, egal in welchem Team man spielt. Stolze Kerle in ihren Trikots, Armpolstern, den Helmen, die sie insgesamt martialisch aussehen lassen. Wie auf Knopfdruck rauschen die Bilder aus meiner Cheerleaderzeit durch meinen Kopf. Eine traumhafte Zeit mit einem bitterbösen Ende.

Ein signierter Football von einem Player der *Giants*, eine wirklich wertvolle Trophäe, das sehe ich sofort. WOW, sogar einer, der beim Super Bowl eingesetzt wurde! Ein Hauptgewinn.

In zwiespältigen Erinnerungen schwelgend, die zwischen Trauer und Spaß hin- und herschwanken, schaue ich genauer auf die Teamaufnahmen. Abrupt stutze ich. Die Fotografie kommt mir bekannt vor. Die Footballmannschaft des New Yorker College meines Jahrgangs. Meine Gesichtsmuskeln zucken, ich kneife die Augen zusammen, so als sähe ich die Details besser. Mein Blick wandert zu weiteren Aufnahmen. Urplötzlich entweicht mir ein schriller Schrei, und ich schlage die Hände vor den Mund. Das, was ich sehe, ist eine Illusion, eine Sinnestäuschung. Paralysiert fixiere ich diesen ... Horror. Der entstandene Kloß im Hals nimmt ungeahnte Ausmaße an. Endlich schaffe ich es, mich wieder zu rühren, und hänge das Bild mit kalten und zitternden Händen von der Wand ab. Mir wird schwummerig. Nein, das ist unmöglich. Nein, ich irre mich nicht. Auf wackligen Beinen schleiche ich zu dem Sofa und setze mich. Fest umklammere ich die Fotografie, starre unablässig darauf. Ein typischer Moment für eine der grauenhaften Panikattacken. Aber es passiert nichts.

Wer ist verantwortlich für das Schicksal, welches uns durchs Leben führt, das aus meiner Sicht von Geburt an besteht? Grausames oder Wundervolles ... Doch wie soll ich *damit* umgehen? Vielleicht wird es wieder alles zerstören? Wie so oft schweigt das Arschloch, das für diesen unfassbaren Scheiß zuständig ist. Fick dich, Schicksal.

SECHSUNDZWANZIG

Joel

Der scharfe Ton gegenüber Faye bei unserem Telefonat tat mir im Nachhinein leid. Meine gereizte Stimmung hängt mit dem Meeting zusammen. Bereits in der vergangenen Nacht versuchte Enrico Russo mich einige Male zu erreichen. Unabhängig davon, dass ich es tatsächlich erst viel später bemerkte, ignorierte ich seine weiteren Bemühungen. Ich sah ihn gedanklich, wie er bei jedem erfolglosen Anruf mehr und mehr tobte und wütend schnaubte. Dass Alessandro sofort heulend zu Papa rannte, bewies aufs Neue, was für ein armseliger Wichser er ist. Wie ich ihn einschätzte, log er und würde seinem Vater eine völlig andere Darstellung präsentieren.

Damit Faye nichts mitbekam, setzte ich mich auf eine Hantelbank am Ende des Lofts, um Russo ungestört zurückzurufen. Seit geraumer Zeit fuckte mich der Umgangston des Familienoberhauptes ab. Bei meinem Rückruf verhielt er sich dementsprechend ungalant. Es kostete mich erhebliche Beherrschung, nicht die Kontrolle zu verlieren.

»Crawford, ich will Sie auf der Stelle bei mir sehen«, schnauzte er. »Es gibt Klärungsbedarf!«

»Mr Russo, ich bin Ihrer Meinung, aber ich bin beschäftigt.« Ich hörte, wie er hin und her wanderte und auf Italienisch wüste Beschimpfungen ausstieß. Dass sein Sohn mir unverhohlen mit Mord drohte, sprach ich nicht an. Egal wie angespannt die Stimmung war, solche Themen sind telefonisch tabu.

Um ihm noch einmal zu verdeutlichen, dass ich nicht sein Lakai, sondern sein Rechtsberater bin, schlug ich ein Meeting um fünf Uhr in meiner Kanzlei vor. Ich plante maximal eine Stunde und kalkulierte eine provokante Verspätung von dreißig Minuten ein. Daraus wurde letztendlich eine volle Stunde. Tatsächlich überraschte er mich, da er mit einigen Clanmitgliedern auftauchte. Unfassbarerweise kniff Alessandro und glänzte mit Abwesenheit. Ob der Umstand zu einer zügigen Abwicklung führte oder es sich dadurch in die Länge zog, blieb die große Unbekannte.

Selbstbewusst ging ich zunächst davon aus, das Treffen mit Faye pünktlich einhalten zu können. Beim Betreten des Konferenzraumes ahnte ich jedoch, dass ich mich irrte. Zum ersten Mal sah ich mich der geballten Wut des Russo-Clans ausgesetzt. Dennoch wartete ich anfänglich den Verlauf ab, bevor ich sie kontaktierte.

Den Sohn des Clanchefs zusammenzuschlagen, betrachteten sie als einen Angriff auf die Familienehre. Dabei spielen Hintergründe generell keine Rolle. Ein Fauxpas sondergleichen. Es würde einiges an Taktik und Fingerspitzengefühl benötigen, um sie auf den Boden der Tatsachen zurückzuholen. Ich bin ein brillanter Verhandlungsführer und kenne meine Position. Dennoch sind meine Klienten in manchen Punkten unberechenbar. Mich mit dem Russo-Clan zu überwerfen, ist sogar für mich problematisch. Ich falle gewiss nicht zitternd auf die Knie. Allerdings brauche ich keinen weiteren Stress. Und eine Kugel im Rücken ebenfalls nicht – mein Kind soll schließlich nicht ohne Vater aufwachsen. Dass ich das Mandat niederlege, ist eine Option, die ich durchaus in Erwägung ziehe. Mich nervt dieses Mafiosi-Gehabe, insbesondere das von Alessandro und einigen anderen Söhnen einflussreicher Clanmitglieder. Sie nutzen ihren Status aus und überlassen die Geschäfte den Alten.

Mrs Miller bereitete wie üblich den Konferenzraum vor, musste jedoch aufgrund des Familienschwarms an Getränken nachlegen. Auch dies kostete Zeit. Bevor wir begannen, begrüßte ich jeden persönlich. Ja, die Stimmung war enorm frostig. Bei zwanzig angefressenen Mafiosi ebenfalls eine zeitaufwendige Angelegenheit. Einige von ihnen zeigten mir subtil, dass sie eine Waffe trugen. Darauf reagierte ich nicht, verzog keine Miene. Mentalitätsbedingt folgte ein riesiges Palaver, bei dem sich alle aufregten, Konsequenzen forderten oder eine persönliche Entschuldigung. Das jedoch können sie sich abschminken.

In dem Moment, in dem endlich Ruhe einkehrte, war es bereits nach sieben Uhr. Angenervt verließ ich nach einer kurzen Ankündigung, ein wichtiges Telefonat führen zu müssen, den Konferenzraum, was logischerweise für erneuten Aufruhr sorgte.

Die innere Anspannung legte sich, nachdem ich mit Faye gesprochen habe und klar ist, dass wir uns später noch sehen werden. Verrückt, wie sich die neue Lebenssituation unbewusst auf meine Stimmung auswirkt.

Mit festen Schritten, gestrafftem Körper und meinem gewohnt unbeweglichen Gesichtsausdruck, der nichts über meine Gefühle aussagt, betrete ich den Konferenzraum.

»So, meine Herren, nun stehe ich Ihnen uneingeschränkt zur Verfügung.« Für einen optimalen Überblick setze ich mich ans Kopfende des Tisches. »Sie baten um dieses Treffen.« Erwartungsvoll schaue ich in die grimmigen Gesichter.

»Crawford, Sie wissen genau, weshalb wir hier sind, also verkaufen Sie uns nicht für dumm.« Enrico Russos Nasenflügel beben, sein Blick ist düster.

»Natürlich. Allerdings vermisse ich Ihren Sohn Alessandro, der den Hauptakteur in dem Fall spielt.« Kurz hebe ich beide Augenbrauen.

»Weil Sie, Mr Crawford, ihn krankenhausreif geschlagen haben.« Erbost springt er auf und stützt seine Hände auf den Tisch. »Unsere Familie duldet ein solches Verhalten nicht.«

Die Männer nicken mit grimmigen Mienen. Einer holt sogar demonstrativ ein kleines Taschenmesser heraus, klappt die Klinge auf und kratzt den Dreck mit der Spitze unter einem Fingernagel heraus. Ein anderer lehnt sich auffällig lässig zurück.

»Die Meinung Ihres Sohnes hätte mich nun schon interessiert. Vielleicht nimmt er per Videotelefonie an unserem Treffen teil?«

»Wollen Sie uns verarschen, Crawford?«, blafft der Alte. »Sie können sich glücklich schätzen, dass wir das Gespräch suchen.«

Langsam schwillt mir der Kamm. »Ihr Sohn hat mir bereits den Tipp gegeben, mich künftig zweimal herumzudrehen.« Ich frage mich ernsthaft, wie man derart kleingeistig sein kann. »Hier ist definitiv nicht der richtige Ort, mir zu drohen.« Meine Stimme nimmt an Schärfe zu. Für einen Moment überlege ich, ebenfalls aufzustehen. Allerdings würde es wie eine Drohgebärde aussehen, da wir uns direkt gegenüberstehen. »Ihr Sohn hat beinah eine Frau vergewaltigt, und zwar eine, die mir ...« *Stopp, das ist zu persönlich!*

»Crawford, was reden Sie da für einen Scheiß?« Tatsächlich verschlägt es mir jetzt die Sprache. »Sie legen es wirklich darauf an ...«

Wie eine Rakete schieße ich in die Höhe. Das hier ist eine Farce. »Ich habe keine Ahnung, was Ihr Sohn Ihnen für einen Schwachsinn erzählt hat, aber unter diesen Voraussetzungen sehe ich keine Basis für ein klärendes Gespräch.« *Hoher Einsatz, Joel!* Nun beuge auch ich mich etwas vor, und über meiner Nasenwurzel bildet sich eine tiefe Falte. »Sie kennen ihn, wissen, wie cholerisch und völlig irrational er handelt, insbesondere wenn er getrunken hat ...« Klar und deutlich ist die Szene in meinem Kopf präsent. In mir brodelt es gefährlich.

»Mr Russo, ich respektiere Sie und Ihre Familie und

weiß um die Familienehre.« Wir sehen uns fest in die Augen. Allerdings ist nicht zu erkennen, was in ihm vorgeht. »Ich habe Ihrem Sohn sowie einigen anderen Familienmitgliedern unzählige Male die Ärsche gerettet, aber das übersteigt sogar meine Toleranzgrenze eines Anwaltsmandantenverhältnisses.« Die Männer beginnen zu tuscheln. »Faye Buttler, sagt Ihnen der Name etwas?« Ohne eine Antwort abzuwarten, kläre ich ihn auf. »Die junge Frau auf meiner Einweihungsfeier, die bereits dort von Alessandro bedrängt wurde, ist das Opfer.«

Urplötzlich sinkt der Alte auf seinen Stuhl, holt ein Taschentuch hervor und tupft sich den Schweiß von seiner Stirn. Fast tut er mir ein bisschen leid. Mit einem solchen Sohn gestraft zu sein, ist für einen Mann wie ihn sicherlich schwer zu ertragen. *Wie lange wird er ihn noch in Schutz nehmen?* Ich sehe, wie er kämpft, die Fassung zu behalten.

Einer der Männer, von dem ich weiß, er ist einer der Ranghöchsten, steht auf und wendet sich flüsternd an seinen Boss. Im Raum herrscht absolute Stille. So geräuschlos wie möglich setze ich mich wieder. Beobachte, wie der Alte nickt. Sein Gesicht sieht unvermittelt alt und eingefallen aus. Hat er heute erst realisiert, wie sein Sohn tickt? Sogar das Oberhaupt eines berüchtigten Mafiaclans ist gegenüber seinem seigen Fleisch und Blut schwach und blind.

»Ihr könnt gehen, ich habe mit Mr Crawford noch etwas unter vier Augen zu besprechen«, gibt er seinen Männern die Anweisung. Mit dem Satz leitet er eine unvorhersehbare Wende ein.

»Eine meiner Mitarbeiterinnen wird Sie hinausbegleiten.« Dynamisch springe ich auf und bin erleichtert über den Verlauf. Meine Neugier ist geweckt.

Nachdem wir allein sind, setze ich mich ihm direkt gegenüber. Wahrhaftig sehe ich den üblicherweise knallharten und emotionslosen Mafiaboss erstmals in einer derartigen Verfassung. Er sieht müde aus. Allerdings empfinde ich keine Häme. Um weiterhin einen souveränen Eindruck zu vermitteln, nehme ich eine entspannte Sitzposition ein.

»Was hat urplötzlich Ihre Meinung geändert?« Klar ist, dass es mit der Information seines Neffen zusammenhängt.

Bevor er antwortet, lockert er seine Krawatte und räuspert sich. »Vor einem halben Jahr ist es zu einem ähnlichen Vorfall gekommen.« Unschwer zu erkennen, wie er sich die Worte abringt. Schwer atmet er tief ein und aus. *Weshalb wundert mich das nicht?* »Ich wusste von dem Vorkommnis nichts, und so etwas toleriere ich nicht«, fährt er fort und starrt geradeaus. »Wir respektieren Frauen, insbesondere die, die in einem engeren Verhältnis zur Familie stehen.«

»Das ist bedauerlich, und auch in unserer Angelegenheit ist es nachvollziehbar, dass Sie Ihren Sohn schützen wollten.«

Unvermittelt steht er auf und geht ein paar Schritte zum Fenster, wendet sich von mir ab. »Mein eigen Fleisch und Blut ist ein elendiger Lügner und bringt uns alle in eine beschämende Lage.« Ein Geständnis, was ihm nur schwer über die Lippen gekommen sein dürfte.

Einen Moment überlege ich, ob ich mich neben ihn stellen soll, und ich entscheide mich dafür, lasse seine Worte allerdings unkommentiert. Egal, was ich sage, er wird es wie eine Demütigung auffassen.

»Mr Crawford, ein Leben in meiner Position erfordert Härte und Unnachgiebigkeit.« Er nimmt die Arme hinter den Rücken und verschränkt die Hände. »Bei meinem Sohn sind die Wesenszüge offensichtlich verloren gegangen.« Mit starrem Gesichtsausdruck schüttelt er den Kopf. »Ich war zu nachsichtig, hätte ihm früher seine Grenzen aufzeigen müssen.«

»Vermutlich sind diese Entscheidungen stets eine Gratwanderung.«

»Mr Crawford, wir haben Ihnen eine Menge zu verdanken.« Er wendet sich zu mir.

»Das ist mein Job, Sie in allen Angelegenheiten optimal zu vertreten.« Solch sanfte Töne sind mir bislang bei ihm völlig unbekannt.

»Alessandro ist ein Zwilling, und sein Bruder Francesco ist kurz nach der Geburt gestorben …« Die Stimme ist gedämpft und die Trauer deutlich zu hören.

»Das wusste ich nicht.« Ich bemühe mich, meine Betroffenheit zu verbergen. Mitleid bedeutet für einen Mann wie ihn Schwäche.

»Tja, nun wissen Sie es.« Die rührselige Stimmungslage ist abrupt verschwunden, der Ton wieder kühl und distanziert.

»Mr Russo, Ihnen ist klar, dass wir über unsere künftige Zusammenarbeit sprechen müssen.« Ich nehme eine Hand in die Hosentasche. »Heute ist viel Porzellan zerschlagen worden.«

»Melden Sie sich die Tage bei mir, und wir vereinbaren einen Termin«, lässt er mich ohne eine Regung wissen.

»Werde ich.«

»Für den Augenblick ist alles gesagt.«

»Ich begleite Sie hinaus.« Bevor ich die Tür öffne, halte ich kurz inne. »Mr Russo, danke für Ihre Offenheit.«

»Jede Angelegenheit hat seine Zeit.« Zu meiner Überraschung hält er mir seine Hand entgegen. Seit all den Jahren unserer Zusammenarbeit ist das niemals vorgekommen. Eine Geste, die mich überrascht, wie so vieles an dem heutigen Tag.

Vor dem Fahrstuhl warten zwei seiner Männer, die ihn nach unten begleiten werden. Die Verabschiedung fällt wie gewohnt auch jetzt distanziert aus, und ich bin froh, als sich die Fahrstuhltüren geschlossen haben.

Von der einen auf die andere Sekunde lege ich den Schalter um. Ein freudiges Kribbeln breitet sich aus, und ich kann es kaum erwarten, endlich mit Faye den Abend zu verbringen. Ich eile regelrecht durch den Flur und reiße schwungvoll die Tür zu meinem Büro auf. Sofort merke ich, dass etwas mit ihr nicht stimmt. Mein Herzschlag erhöht sich. Sie sitzt wie paralysiert auf dem Sofa und hält eines der Fotos von der Bildergalerie in den Händen.

»Faye, was ist mit dir?« Besorgt setze ich mich neben sie und schaue mir die Fotografie an. Das Bild entstand zwei Jahre nach meinem Collegeabschluss zusammen mit einem der hoffnungsvollsten Nachwuchsspieler und einem klaren Kandidaten für die NFL. Die Aufnahme löst bei mir auch heute noch bedrückende Erinnerungen aus.

»Du kanntest ihn?«, presst sie tonlos hervor. Ihre Hände zittern. »Jo-Crow, richtig?«

Verdutzt nicke ich. Ein äußerst dämlicher Spitzname, von dem ich nie erfuhr, wer ihn in die Welt gesetzt hat.

»Patrick McAlister, Running Back der Collegemannschaft auf der *School of Law* hier in New York«, fährt sie fort, und ihre Augen haften nach wie vor auf dem Foto.

»Ja …« Weshalb ist sie derart durch den Wind?

»Die Aufnahme entstand bei einem Match gegen die Mannschaft aus Harvard. Wir haben verloren«, konfrontiert sie mich mit weiteren Fakten.

Zurückhaltend berühre ich ihren Arm, und sie zuckt zusammen. »Auch das stimmt.«

»Patrick hat immer von Jo-Crow geschwärmt. Er wollte unbedingt … dass ich ihn kennenlerne.« Weswegen spricht sie über mich in der dritten Person? »Dazu ist es leider nicht mehr gekommen.« Ihre Stimme klingt von Mal zu Mal brüchiger.

Am liebsten möchte ich sie in den Arm nehmen, halte mich dennoch zurück, weil ich mir sicher bin, sie will meine Nähe gerade nicht.

»Ein unfassbar tragischer Unfall.« Mit Schrecken erinnere ich mich an die Nachricht und wie die Collegegemeinschaft trauerte. Die Beisetzung war ein tiefberührendes Ereignis, denn viele seiner Kommilitonen hielten Reden und seine Lieblingsmusik wurde gespielt. Eine riesige Anteilnahme, die bis weit über die NYLS hinausging. Wie grausam ist es für die Eltern, ihr Kind von der einen auf die andere Sekunde zu verlieren? Das Leid auch der engsten Familienangehörigen möchte ich mir nicht ausmalen.

»Es war kein Unfall«, setzt sie ihre verwirrende Erzählung fort. Große Tränen fallen aus ihren Augen auf das Glas des Bilderrahmens.

Wie vom Blitz getroffen, schießt mir das damalige Gequatsche durch den Kopf. Patricks langjährige Freundin nahm nicht an der Beerdigung teil, da sie sich ebenfalls im Krankenhaus befand, was laut der Gerüchteküche nicht zutraf. Bei der Vermutung verengt sich meine Kehle. Der gesamte beschissene Tagesablauf katapultiert mich in eine hoch berührende Situation, und vor allem eine, die eine verdammte Hilflosigkeit auslöst. Sie sitzt mit zitternden Händen in sich zusammengesunken da, die Trauer scheint sie gerade in ihre schmerzhafte Vergangenheit zurückzuversetzen.

»Bist du es?« Ich flüstere, bin gehemmt, diese Frage zu stellen.

Nicht ein Wort kommt über ihre bebenden Lippen. Das ist nicht nötig, da ich mir sicher bin, dass ich richtigliege. Aber was meint sie damit, dass Patrick McAlister nicht durch einen Unfall starb?

SIEBENUNDZWANZIG

Faye

Joel und Patrick kennen sich – ist die Welt jetzt völlig durchgedreht? Ist es denn nicht genug an Irrungen und Wirrungen? Darüber nachzudenken, auf das Schicksal zu schimpfen, ist müßig, es ändert nichts an der Realität. Eines ist klar, heute ist der Zeitpunkt gekommen, um Joel alles zu erzählen. Ich will nicht mehr vor meiner Vergangenheit weglaufen. Sie drückt wie ein zu enger Schuh auf die Gegenwart.

»Was meinst du damit, dass Patrick nicht durch einen Unfall gestorben ist?«, hakt er logischerweise nach. »Ein tragischer Verkehrsunfall … so grausam es ist, solche Unglücke passieren.«

Mit einem Satz springe ich hoch. Umklammere weiterhin das Bild. »Niemand hat je gefragt, weshalb er so unaufmerksam war, abgelenkt …«, brülle ich die traurige Wahrheit heraus.

»Ist das von Bedeutung?« Er steht auf, hält aber Abstand. Nähe ist gerade das Letzte, was ich gebrauchen kann. Klar, er meint es gut, möchte mich beruhigen, dennoch gießt er mit der Frage Benzin ins Feuer.

»Ja, ja, ja, verdammt noch mal, es ist wichtig, lebenswichtig, entscheidend.« Mit einer Hand packe ich mir in die Haare, drehe mich einmal um die eigene Achse. »Kein Einziger hat mich verstanden. Diese Scheiße von wegen ich sei nicht schuld, ich solle mir das nicht ständig einreden.«

»Faye«, beruhigend hebt er die Arme. »Ich kann nichts dazu sagen, dir nicht zur Seite stehen, da du mir immer nur Häppchen hinwirfst.«

»Ja, du hast recht.« Aufgewühlt setze ich mich wieder und lege den Bilderrahmen auf den kleinen Beistelltisch, direkt vor mir.

»Das ist so unfassbar wichtig.« Fürsorglich hockt er sich vor mich. »Was macht es für einen Sinn, eine gemeinsame Zukunft zu besprechen, wenn deine Vergangenheit für mich ein dunkler Fleck ist – einer, die dich vor Kummer zerreißt.« Laut seufze ich. Dem ist nichts hinzuzufügen. »Deshalb spring über deinen Schatten.«

»Aber nicht hier.«

»Schlag was vor.« Seine Gesichtszüge entspannen sich.

»Kommst du mit zu mir?«, frage ich zaghaft. »Ich brauche mein Refugium.«

»Gern, ich freue mich zu sehen, wie du wohnst.« Dynamisch springt er hoch.

»Wir wissen so wenig voneinander.« Ich hingegen rappele mich mühselig auf. Mein Körper fühlt sich an wie der einer alten Frau.

»Nun, wir sind dabei, das zu ändern.« Mit einem Augenzwinkern versucht er die Stimmung etwas aufzulockern. »Außerdem, wer in aller Welt gibt die Reihenfolge vor?«

»Wie meinst du das?« Fragend sehe ich ihn an.

»Zum Beispiel, dass wir ein Kind zusammen bekommen ohne ein echtes Date im Vorfeld.«

Die Begründung entlockt mir wahrhaftig ein Schmunzeln. »Danke.« Ich lege beide Handflächen auf seinen Oberkörper.

»Für was?«

»Dass du es schaffst, mich zu beruhigen.« *Bitte, bitte, das soll so bleiben.*

»Mit Panik ist niemandem geholfen. So …« Entschlossen

nimmt er meine Hände, küsst sie. »Hast du Hunger? Sollen wir was bestellen? Holen?«

»Ich weiß nicht.« Appetit habe ich nicht – aber es ist wohl auch fürs Baby sinnvoll, etwas zu essen.

»Eine gesunde Ernährung ist wichtig«, bestätigt er meine Gedanken und triggert mich gleichzeitig. Patrick wäre sicherlich ebenso fürsorglich gewesen. *Darf ich ihn weiterhin vermissen? Vielleicht finde ich darauf künftig eine Antwort, mit der ich im Hier und Jetzt leben kann.*

Kurze Zeit später fahren wir zu meiner Wohnung. Joel hat mit der Begründung, dass er sich auf mich konzentrieren möchte, ein Taxi angefordert. Schweigend sitzen wir auf der Rückbank. Obwohl mein Herz danach schreit, seine Hand zu ergreifen, bin ich wie gelähmt. In meinem Kopf entstehen Bilder, wie Patrick und Joel miteinander umgegangen sind. Haben sie eventuell über andere Themen gesprochen oder hat sich der Austausch auf Football beschränkt? Komischerweise kommen tausend Fragen auf. Vielleicht wird Joel es mir erzählen, sofern er sich nicht von mir abwendet. Schließlich hat er große Stücke auf Patrick gesetzt. Die scheiß Spekulationen bringen mich um.

Die Fahrt vergeht viel zu schnell. Mit zitternden Beinen steige ich aus dem Wagen, gehe ein paar Schritte voraus und werfe einen Blick über meine Schulter. Er bezahlt den Taxifahrer. Seine Ausstrahlung zieht mich magisch an.

Fakt ist, es existieren zwei Joel Crawfords. Der eine ist ein knallharter Anwalt, der keine Skrupel kennt. Emotionen? Fehlanzeige! Und der zweite, der mein Herz eroberte und den ich liebe, mit einfühlsamen Charakterzügen, die nur wenige Menschen kennen. Es fröstelt mich, gleichzeitig fühlt es sich an wie ein wohliger Schauer. Eine komische Mischung.

Ich gehe die Treppenstufen hoch und schließe die Haustür auf. Unvermittelt steht er direkt hinter mir, so nah, dass wir uns berühren. Für ein paar Sekunden vergesse ich alles um mich herum und lehne mich kaum wahrnehmbar an ihn und nehme seine Anspannung wahr.

Mit dem Lift fahren wir in den dritten Stock. Wir stehen uns gegenüber und ich versinke in Joels Augen, und mein trauriges Herz schlägt noch ein bisschen aufgeregter. Das Lächeln, was er mir schenkt, fühlt sich wie eine Umarmung an.

»Ich habe ein solches Glück mit der Wohnung gehabt«, versuche ich zumindest den Hauch einer Kommunikation.

»Nicht nur damit ... Deine Mitbewohnerinnen sind einmalig.« Ein Schmunzeln umspielt seine Lippen, die ich am liebsten jetzt sofort küssen würde.

»Oh ja ...« *Genau genommen sind sie schuld, dass wir uns begegneten*, füge ich in Gedanken hinzu.

Der Lift stoppt, und bis zu der Wohnung sind es nur wenige Meter. Ist es besser, wenn die Mädels da sind, oder eher nicht? Beim Betreten herrscht Stille, niemand hält sich im Wohnzimmer auf. *Ja, es ist angenehmer*.

»So wohne ich.« Verlegen werfe ich ihm einen Blick zu, so als müsse ich mich entschuldigen.

»Ich kenne den Grundriss und ich finde es optimal.« Neugierig sieht er sich um.

»Das ist natürlich nicht mit deinem Loft vergleichbar«, verfalle ich erneut in einen Entschuldigungsmodus. In meinem eigenen Zuhause stehe ich etwas verloren im Wohnzimmer.

»Faye ...« *Sieh mich an*, braucht er überhaupt nicht zu sagen.

»Hm.« Die innere Anspannung ist so riesig und ein unangenehmes Pochen an meinen Schläfen unterstreicht dieses Gefühl. Selbstverständlich sehe ich ihn an.

»Ist das wichtig?«

»Nein«, erwidere ich weinerlich – kann der Sehnsucht nicht widerstehen, schlinge meine Arme um seinen Oberkörper und schmiege den Kopf an seine Brust.

»Eben.« Liebevoll erwidert er die Umarmung. Er ist mein Fels in der Brandung. Aber was, wenn ich weggespült werde – ist die Gewalt des Meeres unerbittlich? Patrick war eine Art Freund für ihn ...

»Gehen wir in dein Zimmer?«

Wir lösen uns voneinander, ich gehe vor und öffne die Tür. Ein komisches Gefühl, ihm erst jetzt meinen Rückzugsort zu zeigen, obwohl uns inzwischen weitaus mehr verbindet. Aber Joel hat recht – manchmal laufen die Dinge anders.

»Das hier spiegelt dich wider.« Wieder lockert er die Stimmung auf, denn er zwinkert mir zu und wendet seinen Kopf zum Schreibtisch mit zig Stapeln Fachliteratur.

»Das Studium und die Arbeit haben mich abgelenkt, und dadurch ... bekam ... ich ... eine ... neue Perspektive.« *Im Grunde hat es mir das Leben gerettet.* Das traue ich mich nicht auszusprechen.

»Wollen wir uns aufs Bett setzen?«, ergreift er glücklicherweise erneut die Initiative. Vermutlich würden wir sonst noch Ewigkeiten hier herumstehen. Eine Alternative gibt es sowieso nicht, denn auf meinem Sessel ist nur Platz für einen. Meine Kehle ich staubtrocken. »Ja ... ich hole nur was zum Trinken.«

Irgendwie fühlt sich alles unwirklich an. In der Küche lehne ich mich an die Anrichte und schließe die Augen, atme mehrmals tief durch. Übertreibe ich bei all dem? Aber ich kann nicht aus meiner Haut. Die Schuldgefühle sind seit Jahren ein Teil von mir und die Verlustängste riesig. Meine Mädels verurteilten mich nicht – das ist etwas völlig anderes. Für das neue Leben in mir muss ich endlich loslassen, über meinen Schatten springen.

Mit einer Wasserflasche in meinen feuchten Händen kehre ich zurück. Joel hat die Schuhe ausgezogen und sitzt auf dem Bett. Die Vorhänge sind zugezogen und nur eine kleine Lampe spendet Licht, dadurch ist eine angenehme

Atmosphäre entstanden. *Dieser Mann ist nicht von dieser Welt.*

Stumm setze ich mich neben ihn und reiche ihm die Flasche. Meine Nerven flattern, doch die Zeiten des Weglaufens gehören der Vergangenheit an.

»Ich weiß nicht, ob du überhaupt möchtest, dass wir ein Kind zusammen bekommen«, flüstere ich, und die schmerzvolle Angst zerreißt mich. Mit glasigen Augen sehe ich Joel an.

Sanft streichelt er meine Wange. Zwischen uns ist ein zartes Band, und wir sind uns so nah wie noch nie.

»Faye, ich habe diesen Satz bislang nie ausgesprochen.« Seine Fingerspitzen berühren meine Haut, und ich wünsche mir so sehr, dass er es nicht bereut. »Ich liebe dich.« Die drei Worte treffen mich mitten ins Herz. Niemals zuvor erlebte ich Joel so emotional. Ich glaube ihm, seine tiefgründigen Augen verraten es. »Bei dir fällt es mir erstmals leicht, meine Gefühle unverfälscht und offen zu zeigen.« Kurz schweigt er, die Welt um uns herum verschwindet im Nebel. »Nichts, was du mir jetzt erzählen möchtest, wird daran etwas ändern.«

Die Tränen kullern mir die Wangen herunter, ich presse die Lippen aufeinander und zucke mit den Achseln.

»Komm, Kätzchen.« Er lehnt sich mit dem Rücken ans Kopfende, die Beine ausgestreckt und gespreizt. »Lehn dich an mich, ich werde dich halten, du bist nicht allein.«

Stumm nicke ich, krabbele zu ihm, drücke meinen Oberkörper an seinen, lege meinen Kopf an seine Schulter. Mit kräftigen Armen umschließt er mich und nimmt meine Hand. Mit der anderen streichelt er mir über die Haare. Die Position vermittelt mir Sicherheit, aber bietet mir dabei trotzdem einen gewissen Freiraum, da wir uns nicht ansehen können. Ich liebe sein Gespür für solche Feinheiten.

Einmal atme ich tief durch, schließe die Augen, und die ersten Bilder aus jener Zeit erobern meine Gedanken. Noch sind sie leicht verschwommen. Urplötzlich höre ich Musik,

Stimmen, die typischen Geräusche, wenn zwei Footballteams von ihren Fans angefeuert werden.

»Du kennst die Atmosphäre bei einem Footballspiel, das ist so genial«, beginne ich leise.

»Ja, es ist etwas, was ich nie vergessen werde.«

»Patrick und ich treffen das erste Mal bei einem Match unserer Collegemannschaften aufeinander. Harvard gegen New York. Beide Mannschaften schenken sich nichts, und wir Cheerleader übertreffen uns gegenseitig, um unsere Teams lautstark anzuheizen.«

»Warst du damals mit dabei?«

»Ich war ein festes Teammitglied, das war eine der schönsten Zeiten meines Lebens.«

»Ihr Mädels müsst sehr fit sein. Das ist echter Hochleistungssport.«

»Na ja, im Augenblick ist da nicht mehr viel von übrig«, wiegele ich ab und bin erleichtert über den lockeren Einstieg und genieße seine Berührungen.

»An jenem Tag verlieren wir, aber die Konkurrenz findet nur auf dem Spielfeld statt. Bei der Party am Abend lernen Patrick und ich uns kennen.«

»Ja, die Afterpartys sind legendär«, murmelt er, und ich höre ein Lächeln aus seiner Stimme heraus.

»Um es kurz zu machen, es war Liebe auf den ersten Blick.« *Gibt es so was zweimal?* »Obwohl wir weit auseinander wohnten, verkörperten wir ein Dream-Team. Es hat gepasst, und früh stand fest, dass wir zusammenbleiben wollen.« *Niemals hätte ich geglaubt, mit meinem ehemaligen »verhassten« Boss ein solches Gespräch zu führen. Das Leben geht manchmal seltsame Wege …*

Ich spüre Joels Atem in meinem Nacken. »Die Pläne für unsere Zukunft waren schnell geschmiedet. Ich wollte Anwältin für Menschenrecht werden, und Patrick arbeitete darauf hin, bei der NFL einen Vertrag zu ergattern.« Tatsächlich entspannen sich die Muskeln. *Joel, was machst du mit mir?*

»Oh ja, Patrick war ein Ausnahmetalent«, bestätigt er

mir. »Die *New York Giants* hatten ihn auf dem Schirm, und nicht nur die.«

»Er wäre nirgendwo anders hingegangen.« In dem Moment sehe ich seine leuchtenden Augen genau vor mir. Das schmerzt, und der Kloß im Hals kehrt zurück. »Verrückt, dass er auch von dir geschwärmt hat.« Fassungslos über diesen Zufall, schüttele ich den Kopf. »Na ja, und plötzlich veränderten sich unsere Pläne ...« Wieder atme ich tief durch. »Ich wurde überraschenderweise ...« Langsam schlägt mein Herz schneller. Welch ein Kampf. Zögerlich spreche ich es aus. »Sch-wan-ger.« Eilig füge ich hinzu: »Aber eine Abtreibung kam nie infrage.« Das fällt mir wiederum leicht. »So wie jetzt.« Es ist eine Berg- und Talfahrt, mal klinge ich gefestigt und dann bleiben mir die Worte im Hals stecken.

»Ich bin unendlich erleichtert, dass du dies nie in Erwägung gezogen hast.« Zärtlich haucht er mir einen Kuss auf die Stirn.

»Vielleicht hätten wir uns damals für einen Abbruch entscheiden sollen«, spreche ich einen Gedankengang aus, der der mir so manche Nacht den Schlaf raubte. »Das Ergebnis ist das Gleiche, aber Patrick wäre noch am Leben.« Meine Anspannung steigt, ich bin froh, dass Joel nicht nachfragt, sondern nur meine Hand fester drückt. »Manchmal glaube ich an einen bösen Zauber, der uns unser Glück nicht gegönnt hat.« Wie oft stellte ich mir die Frage, ob es so was gibt. Der Teufel suchte sich bewusst uns aus, weil bei uns die Welt in Ordnung war. »Warum sonst ist das alles passiert?« Die Frage ist rhetorisch, ich erwarte keine Antwort.

Zunehmend wird mein Körper von einer eisigen Kälte eingehüllt. Ich bekomme eiskalte Füße, bewege meine Zehen und reibe sie aneinander. Wortlos winkelt er seine Beine an und stellt seine warmen Füße auf meinen Spann. Tatsächlich hilft es.

»Hätte ich ihm doch niemals dieses Foto geschickt«,

bricht der Schmerz aus mir heraus, und in Sekunden presst sich ein schwerer Eisklotz auf meine Brust.

»Hast du noch die Kraft weiterzusprechen?« Besorgt drückt er mich fester an sich. Die Geborgenheit, die er vermittelt, ist ein Segen, dennoch ringe ich mit mir. Habe ich die Stärke dazu? Ich muss es trotzdem durchziehen, wissen, wie er reagiert.

»Die grausamen Bilder gehen mir nicht aus dem Kopf.« Das Zittern wird heftiger.

»Kätzchen, legen wir uns auf die Seite«, flüstert er, und ich vermute, er meint die *Löffelchenstellung*, eng ineinander verschlungen, zusammengerollt wie ein Embryo.

Stumm nicke ich, und wahrhaftig vermindert sich die eisige Kälte. Meine Augen brennen, ich halte meine geballten Hände vors Gesicht. Der Tränenschleier lässt inzwischen nicht mehr zu, dass ich etwas erkenne – außer das, was damals passierte. Nur stoßweise kommen die Worte über meine Lippen.

»Das ... das ... worauf sich werdende Eltern ... so freuen ... Ich hätte es nicht tun dürfen.« Obwohl ich es aussprechen will, ist meine Zunge bleischwer.

»Ich halte dich, nimm dir die Zeit, die du brauchst«, erreicht mich Joels Stimme, und wahrhaftig beruhigt sich mein Körper erneut. Die Seele, das Herz hingegen leiden Höllenqualen. Nach ein paar Minuten finde ich den Atem, um weiterzusprechen.

»Ich war in meiner Heimatstadt bei meiner Frauenärztin für ein erstes Ultraschallbild. Da ich sie seit meiner Pubertät kenne und ihr vollends vertraute ... verdammte Scheiße ... hätte ich doch nie diese blöde Idee gehabt.«

Der Film startet in meinem Kopf.

Ein sonniger Tag, und ich trage ein lockeres weißes Sommerkleid im Rockabillystil mit roten Pünktchen. Patrick mag das. Auch wenn ich mir mit einem Band die Haare so frisiere wie mit einem Haarreif.

»Direkt beim Verlassen der Praxis schreibt Patrick, dass er

nun endlich angekommen ist, Scheißverkehr, und ob er zu spät sei. Wo bist du, habe ich ihn gefragt ...« Jede Handlung spielt sich lebensecht ab. Wie ich vor der Arztpraxis stehe und die Nachricht tippe und voller Freude das erste Bild unseres Kindes in den Händen halte. Glücksgefühle schwirren durch meinen Körper – die berühmten Schmetterlinge geben alles. »... Kurz schreibt er mir seine Position und wo er geparkt hat.« Abermals versagt mir die Stimme, doch Joels Berührungen sind Balsam und ich flüstere weiter. »Lass uns treffen, schlage ich vor, und in meinem Lieblingsdiner was essen ... Der Heißhunger bringt mich irgendwann um. Sein Lachen höre ich bis heute ... und biete ihm an, uns an der Hauptstraße zu treffen, das sei von unseren jeweiligen Standorten nur ein paar Hundert Meter entfernt.« Nun muss ich es aussprechen, das, was ich mir nie, nie verzeihen werde. »Ich ... i-c-h ... h-a-b-e ... wieso?« Wieder kämpfe ich. »Ich habe ihm ein Foto mit dem Smartphone geschickt«, bricht es schlagartig aus mir heraus.

Wie ausführlich soll ich Joel über die tragischen Verknüpfungen berichten? Eigentlich ist es eine Beichte. Seltsam unvermittelt vermischen sich die schnell aneinanderreihenden Bilder mit den Worten, beides scheint sich zu verselbstständigen.

»Die Durchfahrtsstraße ist in dem Kaff nicht stark befahren, es bedarf nicht einmal eines Zebrastreifens oder Fußgängerampeln. Urplötzlich entdeckte ich ihn auf der anderen Straßenseite ... wie er auf sein Handy sieht. Uns trennen nur ein paar Meter. Nur einige verfickte Meter. Aus den Augenwinkeln bemerke ich einen Pick-Up mit viel zu hoher Geschwindigkeit heranrasen. Ein schwarzes Modell mit einem mächtigen chromblitzenden Grill an der Vorderseite. Ohne nach rechts oder links zu sehen, abgelenkt von der ersten Aufnahme unseres Kindes ... geht er los ... Das tiefbrummende Motorengeräusch dröhnt in meinen Ohren! Ich schreie: *Bleib stehen ... Paaattrrick! Bleib stehen* ... Kurz schaut er zu mir. Ich erlebe es wie in Zeitlupe, das dumpfe Geräusch ... das Quietschen der Bremsen. Es sieht aus, als fliege eine Puppe durch die Luft – unwirklich!

Neeeeiiinn! Panisch, schreiend renne ich los ... Ich weiß nicht, wie viele Meter ich zu ihm getaumelt bin, falle auf die Knie. Sein Körper ist seltsam verdreht. Seine Augen sind so komisch. Bis heute höre ich mich schreien, fasse ihn an den Schultern. *Baby, es wird alles wieder gut ... Wir brauchen dich.* Immer und immer wieder wiederhole ich diesen Satz. Ich sinke auf seinen Oberkörper, zerre an seinem Hemd. *Bleib bei uns, bitte geh nicht weg.* Das Zeitgefühl hat mich verlassen. *Sag doch was, bitte!* Blut, überall Blut, mein weißes Sommerkleid ist urplötzlich rot. Um mich herum sind Menschen, die ich nur schemenhaft wahrnehme. *Miss, lassen Sie los*, höre ich unvermittelt eine Stimme. Hände ziehen an mir. Wie wild schlage ich um mich. Das viele Blut, das an meinen Beinen herunterläuft, bemerke ich nicht ... der Fötus ... eine Fehlgeburt.« Wie mit einem Fingerschnippen bin ich zurück, liege in den Armen des Mannes, dessen Freund ich getötet habe. »I-c-h h-a-b-e zwei, Joel, hörst du ... zwei Leben an einem Tag ausgelöscht.« Das Bedürfnis, mich loszureißen, zu fliehen, ist übermächtig. Bevor er mich wegstößt, will ich lieber von mir aus gehen. Dass ich nicht schuld bin, soll er mir erst gar nicht versuchen einzureden. Schlotternd bemerke ich, wie die Welt sich aus dem Nichts heraus in rasender Geschwindigkeit um sich selbst dreht. Für einen Augenblick stehe ich auf meinen Füßen, und auf einmal ist alles um mich herum schwarz – so wie damals. Wiederholt sich das Schicksal? Das hat Joel nicht verdient. Ich bin jedoch zu erschöpft, um wegzulaufen.

ACHTUNDZWANZIG

Joel

Fayes Geschichte zu hören, erschüttert mich bis ins Mark. Welche Höllenqualen durchlebt sie seit Jahren? Es wäre eine Lüge, wenn ich behaupte, nur den Hauch einer Ahnung davon zu haben. Erschreckend, wie sie derart von Schuldgefühlen zerfressen ist, dass sie in Betracht zieht, ich wende mich von ihr ab. Niemals! Ich werde sie beschützen, ihr die Ängste nehmen. Falls sie aufgrund des immensen Stresses unser Kind verliert, wird sie endgültig daran zerbrechen. Das kann ich nicht zulassen. Wie ich vorgehe, weiß ich noch nicht. Es wird ihr nicht helfen, sofern ich versuche – so wie zig Menschen vorher –, ihr die Fakten vor Augen zu halten. Nur wenn sie selbst erkennt, dass sie nicht schuld an dem Unfall ist, wird es ihr gelingen loszulassen. Offen für ein neues Leben zu sein, eines, was ich mit ihr teilen möchte – und mit unserem Kind. Was ich aktuell tun kann, ist, sie mit all meiner Liebe aufzufangen. Diese Gedanken behalte ich für mich, stattdessen schenke ich ihr meine Nähe und schweige. Natürlich werde ich mit ihr darüber sprechen, doch der Zeitpunkt will bedächtig gewählt sein.

Erleichtert höre ich wenige Minuten später ihre gleichmäßige Atmung. Detailliert über ein solch traumatisches Erlebnis zu reden, ist zutiefst anstrengend. Es dauert eine Weile, bis ich in einen unruhigen Schlaf falle. Nach ein paar Stunden erinnert mich meine Smartwatch an einen Termin am kommenden Morgen – was bedeutet, ich bin gezwungen, sehr früh aufzubrechen. Das Meeting mit diesem Mandanten ist trotz der Brisanz nicht aufschiebbar. Das Business nimmt auf meine angespannte Gefühlslage keine Rücksicht.

Es wäre herrlich, wenn sie von sich aus aufwacht. Wecken werde ich sie nicht. Tatsächlich dreht sie sich zu mir und öffnet die Augen. Sie sind traurig und erinnern mich an den ersten Moment, in dem ich sie sah. Fast wirkt sie überrascht, mich zu sehen.

»Kätzchen, ich muss zu einem Termin.« Zärtlich küsse ich ihre wundervollen Lippen.

»Hm, ja ...« Ihre Augenlider flattern, und ich hoffe, sie hat es wahrgenommen, da der Schlaf sie umgehend wieder einfängt. Einen Augenblick harre ich aus. Bis zur Nasenspitze unter der Decke verschwunden, betrachte ich sie schweigend. Am liebsten möchte ich bleiben. Sanft berühre ich eine der blonden Haarsträhnen, die sich auf dem Kopfkissen verteilen.

Sicherheitshalber schreibe ich ihr später eine Textnachricht, damit sie nicht annimmt, ich hätte mich tatsächlich von ihr abgewandt. Leise sammele ich meine Sachen zusammen und verlasse nur in Shorts begleitet Fayes Zimmer.

Genau in dem Moment kommt Lizzy – zum Glück in Shirt und Höschen – aus dem Badezimmer und scheint wenig überrascht, mich zu sehen.

»Guten Morgen, willst du einen Kaffee?« Sie gähnt und ist weit entfernt, motiviert in den Tag zu starten.

»Dir auch.« Eilig springe ich in meine Kleider. Für mich ist das eine völlig ungewohnte Situation. Wieder einmal bestätigt es sich – Faye Buttler stellt mein gesamtes Leben auf den Kopf.

»Wieso müssen die Menschen um acht Uhr ein Meeting

einberufen? Um sechs Uhr aufzustehen, ist für mich eine Höchststrafe.«

»Zu einem Kaffee sage ich nicht Nein.« Mein Zeitfenster bis zu dem Termin ist großzügig bemessen. Wenn ich eines hasse, ist es unnötiger Stress.

»Ist auch bereits fertig.« Müde schlurft sie zur Küchenzeile und ich folge ihr. Mit mehr Aufmerksamkeit sehe ich mich um. Eine typische Frauenwohnung mit allerlei Dekozeugs. Auf dem Sofa liegen zig Kissen und Wolldecken. Eine liegt ausgebreitet auf der Sitzfläche, unter dem Wohnzimmertisch steht eine halb leere Flasche Wein. Das komplette Gegenteil von mir. Bevor ich ins Bett gehe, räume ich die Sachen weg. Dennoch eine liebenswerte Unordnung. Diese findet sich genauso in der Küche wieder. In meiner ist unnötiges Zubehör in den Schränken verstaut. Das erwarte ich ebenfalls in der Kanzlei, was aber oftmals nicht klappt. Mich darüber zu ärgern, ist inzwischen in der Prioritätenliste weit nach hinten gerutscht. Sobald das Baby auf der Welt ist, wird das anders aussehen. *Ob ich mein Loft aufgeben soll?*

»Joel?« Lizzys Stimme holt mich aus den Gedanken.

»Äh, ja ...« Sie überreicht mir eine Tasse Kaffee. Zu meiner Freude gibt es frischen Italienischen, den sie in einer speziellen Kanne auf dem Herd zubereitet hat und der angenehm duftet.

»Das ist Fayes Lieblingstasse.« Sie lächelt.

»Hat sie euch von ihrer Vergangenheit erzählt?« Die Frage brennt mir unter den Nägeln. Weiterhin kostet es mich Mühe, meine Gefühle zu kontrollieren. Deshalb lehne ich mich mit der Schulter an den Kühlschrank und sehe sie neugierig an.

»Über das Wesentliche ...« Lizzy schließt kurz die Augen und seufzt. »Das ist so krass ... Wir leiden alle so mit ihr.« Auch ich spüre einen Stich im Herzen. »Das Schlimme ist, sie beharrt auf ihrer Sichtweise.«

»Unglücklicherweise.« Nachdenklich nippe ich an der

Tasse. »Als sei das nicht genug, gibt es eine weitere unfassbare Verknüpfung.« In wenigen Worten schildere ich die Verbindung zwischen Patrick und mir.

»Ach du Scheiße!« Lizzy reißt entsetzt die Augen auf.

»Auf die Art von Zufällen kann ich gern verzichten.« Kopfschüttelnd fahre ich mir durch die strubbeligen Haare.

»Wie siehst du das insgesamt?« Höre ich da einen leichten Anflug von Schärfe? Sie zieht die Augenbrauen zusammen, sodass eine kleine Zornesfalte sichtbar wird.

»Sofern sie es zulässt, stehe ich zu einhundert Prozent zu ihr.« Mit einem Schluck trinke ich die Tasse leer.

Sie stutzt. »Was heißt das?«

Da langsam die Zeit drängt, erläutere ich Fayes Ängste in aller Kürze.

»Fuck ...«

»Du sagst es ...« Zeitgleich bestelle ich mir über die App ein Taxi. »Leider muss sie von sich aus einsehen, dass sie keine Schuld daran trägt.« Meine Mundwinkel bewegen sich und ich hebe die Achseln.

»Ja, das sehe ich genauso.« Sie stützt sich mit ausgestreckten Armen auf der Küchenanrichte ab, und es ist ihr anzumerken, wie traurig sie die gesamte Angelegenheit stimmt. »Wenn es jemandem gelingt, dann dir, Joel.« Mit ernster Miene sieht sie mich an.

»Ich hoffe es, auch im Hinblick auf unser Baby ... Wir bleiben in Kontakt, und grüß mir die anderen beiden.« Mit festen Schritten gehe ich zur Wohnungstür. »Also, wir sehen uns sicherlich bald mal wieder.«

Mein Aufbruch ist abrupt, jetzt wird es mir zu emotional. Es muss nicht die gesamte Welt von meinen inneren Gefühlswallungen erfahren. Eine für mich komplett neue Situation, und mir fällt im Moment kein Weg ein, wie mir der Drahtseilakt gelingen soll. Das ätzt mich an, und ich könnte aus der Haut fahren. Hoffentlich kommt mir schnell ein Geistesblitz. Sie hat verdammt lang genug gelitten. Sofern mir nichts einfällt, die Last von ihren Schultern zu nehmen, wird unsere Liebe von ihrer Vergangenheit überschattet werden. Ich bin bereit, damit zu leben, aber Faye? Das bereitet mir offen gestanden Sorgen.

NEUNUNDZWANZIG

Faye

Die Dunkelheit, in der ich mich unvermittelt bewege, ist üblicherweise beängstigend, dennoch nicht neu. Ich kenne das beschissene Gefühl, wenn mich die Schuldgefühle übermannen und sich wie eine Eisenkette um mich schlingen. Heute ist es anders. Zwar wirbele ich durch den Tunnel, überraschenderweise ist der Druck auf meinen Brustkorb und den Schultern nicht so heftig. Friere ich für gewöhnlich, spüre ich eine ungewohnte Wärme, die mir diese schreckliche Panik nimmt, Joel zu verlieren. Extrem befremdlich ist das helle Licht – niemals gab es das. Was hat das zu bedeuten?

»Kätzchen, ich muss zu einem Termin.« Ist das Joels Stimme? Ja! Es fällt mir schwer, die Augen zu öffnen, und ich wälze mich auf die andere Seite.

»Hm, ja …«, höre ich mich murmeln. Das Gefühl der Wärme bleibt, und unvermittelt glaube ich, dass ich geküsst werde. *Ach, das ist soooo schön, es darf nie wieder aufhören.*

In der ersten Sekunde, in der ich erwache, erinnere ich mich an den Traum. In meinem Kopf herrscht ein mittelschweres

Durcheinander. Schlief ich mit extremen Verlustängsten ein, sind diese jetzt komischerweise nicht mehr dominierend. Lag es daran, dass ich in Joels Armen eingeschlafen bin? Ist er noch da? Blitzartig schieße ich mit dem Oberkörper in die Höhe, sehe mich um – aber da ist niemand. Er hat mich geküsst, oder? Seine Stimme hallt nach, und ich bin mir sicher, dass er mich mit meinem Kosenamen, den ich so sehr liebe, angesprochen hat. Habe ich das alles nur geträumt? Werde ich nun langsam völlig verrückt? Wie spät ist es? Hektisch suche ich mein Handy, das auf dem Nachttisch liegt. Gott sei Dank, zumindest eine Kleinigkeit, was meiner Gewohnheit entspricht. Bevor ich überhaupt die Uhrzeit realisiere, sehe ich auf dem Display eine Benachrichtigung von Joel. *Oh je – ist es etwas Positives oder teilt er mir mit …* Nein, darüber will ich nicht nachdenken. Sofort beschleunigt sich mein Herzschlag. Um das Handy zu entsperren, benötige ich meinen Fingerabdruck. Dieser und ich stehen seit jeher auf Kriegsfuß. Blöderweise klappt es meistens nie auf Anhieb. Liegt es an meinem Daumen? Spinnt das Display? Natürlich ist es heute morgen genauso, da meine Finger zittern. Jede Sekunde wird zur Ewigkeit. Endlich! Ich bin unsicher, aufgeregt, aber Angst? Nein, irgendwie ist das Gefühl nicht vorherrschend.

In Windeseile lese ich die Nachricht laut vor. »Liebe Faye! Ich danke dir für deine schonungslose Offenheit, das ist ein erster Schritt, der uns geholfen hat, uns wieder ein bisschen anzunähern.« Sofort steigen mir die Tränen in die Augen, ich presse das Telefon an die Brust und lege mich auf den Rücken. »Ich musste leider wegen eines Termins früh aufbrechen …« Der Nebel lichtet sich. » … sei unbesorgt, du wirst mich nicht mehr los.« In meinem Bauch fliegen die Schmetterlinge umher, und es ist unmöglich, dieses großartige Gefühl der Erleichterung in Worte zu fassen.

Die Müdigkeit steckt mir weiterhin in den Knochen, das Aufstehen fällt mir echt schwer. Aber ich muss dringend auf die Toilette und mir knurrt der Magen. Zum Glück bleibt mir heute die morgendliche Übelkeit erspart. *Danke, du kleiner Mensch!*

Obwohl ich die Mädels liebe, bin ich froh, dass niemand da ist. Nun, die drei haben ja einen Job.

Auf der Anrichte steht meine Tasse. Jemand hat sie benutzt. Jede von uns hat ihren eigenen Kaffeebecher. Sonst teilen wir alles. Eine einfarbig pinke Tasse aus relativ dünnem Porzellan. Ich finde, der Kaffee schmeckt aromatischer. Vermutlich ist es Einbildung. Egal.

In Anbetracht der Tatsache krause ich die Nase und mache ein Schnütchen. Doch die Stimmung ändert sich blitzartig, denn ein gelbes Post-it pappt an der anderen Seite.

He Süße, dein Joel ist es wert, über deinen Schatten zu springen. Knutschi Lizzy PS: Er ist der Übeltäter ;-)

Eine gefühlte Ewigkeit starre ich wie paralysiert auf die Nachricht. *Über den eigenen Schatten springen, loslassen, die Vergangenheit versuchen hinter sich zu lassen ...* Wie sehr wünsche ich mir das. Darf ich das? Sofort stellt sich mir diese Frage, die wie ein spitzer Dolch in mein Herz eindringt.

Ich nehme die Tasse und sehe bildlich, wie er sie in der Hand hält, seinen Lippenabdruck und wie vorsichtig er den heißen Kaffee kostet. Ob es ihm geschmeckt hat? Schließlich ist das für ihn eine heilige Kuh. Mit dem Daumen streiche ich über den Rand, neige den Kopf zur Seite, stehe einfach so herum. In der Küche meiner Wohnung, mit zerwühlten Haaren, die gefürchtete Offenbarung ist geschafft, und ich erinnere mich an Traumbilder, die eine Art Schlüsselerlebnis zu sein scheinen.

Bislang habe ich nicht auf Joels Nachricht geantwortet. Das möchte ich ändern und gehe zurück in mein Zimmer. Setze mich aufs Bett und schnuppere. Es riecht nach ihm! Beherzt angele ich mir das Handy. Verrückt – ich brauche überhaupt nicht nachdenken. Die Worte tippen sich fast wie von allein. *Lieber Joel, ich bin glücklich, dass ich dir meine Geschichte erzählen konnte – und ja, es ist ein großer Schritt für uns. Herzensgrüße von Faye*

Für nicht einmal eine Sekunde zögere ich und schicke sie mit einem positiven Gefühl ab. Logischerweise bin ich neugierig und aufgeregt, wann er sie liest. Wie wird seine Reaktion ausfallen? Bei einem Mann wie ihm brauche ich Geduld. *Ist völlig okay!*

Eines ist sicher, die Schuldgefühle verschwinden nicht von heute auf morgen, aber zumindest bin ich erstmals bereit, mich überhaupt mit dem Thema auseinanderzusetzen.

Inzwischen ist es zehn Uhr. Seitdem ich aufgehört habe, in der Kanzlei zu arbeiten, bin ich nicht durchstrukturiert. Ein bislang höchst ungewohntes Gefühl.

Durch die Turbulenzen der vergangenen Tage ist allerhand liegen geblieben.

»Ich vereinbare sofort einen Termin bei meiner Frauenärztin, versprochen!« Zärtlich streiche ich über meinen Bauch. *Ups, das ist das erste Mal, dass ich mit dem kleinsten Mitbewohner der WG gesprochen habe.*

Weiterhin gibt es soooo viel vorzubereiten, zu recherchieren. Wie ein aufgeregtes Kind klatsche ich vor Freude in die Hände.

Eines ist sonnenklar: Weiterer Stress ist Gift. Idealerweise beginne ich augenblicklich und schalte in den Entspannungsmodus. Das gestaltet sich allerdings nicht leicht. Die unterschiedlichsten Fragen wirbeln kreuz und quer durch meinen Kopf. Am besten erstelle ich eine genaue Timeline, damit ich nichts vergesse. Unzählige Emotionen, die auf mich einstürmen. Mein Hirn qualmt.

Welche Windelmarke wird empfohlen? Hä? Mal eins nach dem anderen …

Bei aller Zuversicht möchte ich vermeiden, in allzu ausgeprägte Euphorie zu verfallen. Was mir irgendwie schwerfällt. Ein ausführliches Freundinnengespräch ist dringend erforderlich.

Das Vibrieren meines Telefons holt mich zurück. Mit

Verwunderung erkenne ich die Nummer. »Die Personalabteilung der Kanzlei?« Fragend runzele ich die Stirn und nehme das Gespräch an.

»Miss Buttler, hier ist Mr Knights.«

»Ja?« Obwohl es keinen Anlass gibt, bin ich unruhig.

»Es tut mir sehr leid, aber wir benötigen noch eine Unterschrift von Ihnen. Könnten Sie dafür zu uns kommen? Es handelt sich um die Verschwiegenheitsklausel …«

Es ist ihm deutlich anzuhören, wie unangenehm ihm der Anruf ist.

»Ja, das richte ich mir ein.« Vor ein paar Tagen wäre ich im Dreieck gesprungen. So ändern sich die Umstände.

Wir verabreden uns spontan für den heutigen Nachmittag, denn auch mir ist es wichtig, die Angelegenheit sauber abzuschließen, unabhängig davon, in welchem privaten Verhältnis ich zum Boss der Anwaltskanzlei stehe. Vielleicht laufen wir uns ja zufällig über den Weg. Zaghaft melden sich die Schmetterlinge.

In dem Zusammenhang nehme ich mir vor, bei Mrs Hunter vorbeizuschauen. Sie fehlt mir ein bisschen.

Die Sozietät zu betreten, verursachte ein unterschwelliges Kribbeln, schließlich ist das der Ort, an dem mein Leben auf den Kopf gestellt wurde. Bei der Wahl meiner Garderobe entschied ich mich für eines meiner Businessoutfits. So fühle ich mich wenigstens halbwegs dazugehörig. Mrs Miller empfängt mich herzlich am Empfang und spart es sich, mich in Mr Knights Büro zu begleiten. *Ob ich Joel begegne?* Natürlich würde er sich distanziert verhalten, eben wie man es von Mr Crawford kennt. Unabhängig von diesem Gefühl rückt jedoch auch das Wissen über seine Mandantschaft in den Fokus. *Kann ich das vollständig ausblenden?* Einen Schritt nach dem anderen, meldet sich die Optimistin in mir. *Gar nicht so leicht.*

Die Formalität hake ich zügig ab, marschiere beschwingt zu Mrs Hunter und hoffe, dass sie an ihrem Platz sitzt.

Ich habe Glück und sehe, wie sie in ihre Arbeit vertieft ist. Freudig gehe ich auf sie zu.

»Mrs Hunter – guten Tag.« Gleichzeitig werfe ich einen schnellen Blick auf Joels Bürotür, die verschlossen ist.

»Faye!« Erfreut sieht sie mich an und nimmt ihre Brille ab, die wie eh und je an einer schmalen Kordel hängt. »Das ist ja eine Überraschung.«

Kurz informiere ich sie, weshalb ich hier bin. »Das wollte ich gern nutzen, um Sie zu sehen.« Fast ist es mir ein wenig peinlich. *Was würde sie wohl zu den Ereignissen der letzten Tage sagen?*

Zunächst tauschen wir Belanglosigkeiten aus. Es gibt keinen konkreten Anlass, dennoch fühle ich mich zunehmend unwohl, das wiederum entgeht ihr nicht.

»Was halten Sie davon, wenn wir gemeinsam meine Mittagspause verbringen?« Fragend und mit einem Lächeln hebt sie die Augenbrauen.

»Oh ja, sehr gern«, platzt es mir heraus, und ich merke, wie meine Augen leuchten.

»Na dann. Mr Crawford ist außer Haus, da brennt nichts an.«

Blöderweise erröte ich und presse die Lippen zusammen. *Auffälliger kann man sich nicht verhalten.* Ihren sensiblen Antennen bleibt nichts verborgen. Mich würde es nicht wundern, sofern sie die gesamten Hintergründe ahnt. Durch ihre diskrete Art ist dies allerdings nur eine Vermutung.

Wie so oft suchen wir den Park auf. Der Duft der unzähligen Verkaufsstände ist heute enorm ausgeprägt. Dummerweise packt mich gerade jetzt eine Heißhungerattacke, der ich trotz bester Absichten nicht widerstehen kann. Meine Wahl fällt auf eine XXL-Portion Hot Dogs und zwei Donuts mit einer üppigen Zuckergussglasur, verziert mit diesen künstlichen bunten Zuckerperlchen und einem Milchshake.

Mrs Hunter steht neben mir und mustert mich. Verlegen zucke ich mit den Schultern, und mein Kopf nimmt die Farbe einer überreifen Tomate an. Ihr Blick verrät alles. Ich komme mir mit den drei Papiertüten ziemlich blöd vor und ärgere mich, dem Gefühl unkontrolliert erlegen zu sein. Das hektische Treiben auf der Straße nervt mich, und ich bin froh, dass wir zügig eine Parkbank ergattern. Im krassen Gegensatz zu mir packt sie aus ihrer Tasche eine Frischhaltebox mit Salat aus.

»Ich kenne das …« Sie lächelt mich an.

»Sie haben Kinder?« In meiner Tonlage spiegelt sich meine Verwunderung.

»Ja, einen erwachsenen Sohn, der aber seine eigenen Wege geht.« Die Stimme klingt nicht nach der toughen Assistentin, sondern nach einer Mutter, die ihr Kind vermisst. Am liebsten würde ich sie in den Arm nehmen. Mit Sicherheit haben einhundert Prozent der Menschen, die täglich von den gläsernen Hochhäusern am Morgen verschluckt werden, ebenfalls zwei Gesichter. In dieser Welt ist kein Platz für die privaten Befindlichkeiten.

Einen Moment schweigen wir, und ich stopfe mir einen der Hot-Dogs in den Mund. Urplötzlich kippt meine Stimmung. *Ich muss den ganzen Scheiß sofort mit jemandem teilen, sonst ersticke ich daran.*

»Faye, was haben Sie auf dem Herzen?« Ist sie ein Medium, das Gedanken lesen kann?

Seufzend knülle ich die Papiertüte mit den Resten des Hot Dogs zusammen und sauge, leider viel zu geräuschvoll, an dem Strohhalm im Milchshake. Eigentlich liegt es daran, dass ich mich derart darauf fokussiere, nicht loszuheulen. Ob sie weiß, dass ihr Boss der Vater ist? Ist das eine kluge

Idee, es ihr zu erzählen? Aber wenn ich ehrlich bin, ist das egal, denn ich erhoffe mir von dieser lebenserfahrenen Frau einen Rat.

»Ach, mein gesamtes Leben ist komplett aus den Fugen geraten, und ich muss versuchen, mit meiner Vergangenheit abzuschließen, sonst wird es unmöglich sein, unbeschwert in die Zukunft zu blicken«, beginne ich und wundere mich über den klar ausformulierten Satz.

»Ja, der Alltag ändert sich rapide, wenn ein Baby unterwegs ist. Es beginnt ein völlig neuer Lebensabschnitt, und es ist gut, Faye, dass Sie sich Gedanken darüber machen.« Aufmunternd nickt sie mir zu.

»Ich fühle mich für den Tod meines damaligen Freundes verantwortlich und ich kämpfe mit fürchterlichen Schuldgefühlen.« Die Worte sprudeln hervor und meine Augen werden glasig. Der Shake schmeckt unvermittelt eklig süß. Ich habe mich gestern offenbart, also weshalb nicht jetzt noch einmal? Mein Bauchgefühl signalisiert mir, dass Mrs Hunters Meinung mir helfen wird. Was habe ich zu verlieren?

»Das ist ein schreckliches Gefühl«, erwidert sie völlig unerwartet.

»Sie … Sie k-e-n-n-e-n das?« Irritiert schaue ich sie mit aufgerissenen Augen an. Meine innere Aufregung steigt. Urplötzlich fällt mir ein, dass sie sich in ihrer Mittagspause befindet und nicht unendlich Zeit hat. Ist es sinnvoll, das Thema zu vertiefen? Nachher sitze ich hier allein mit all den beschissenen Gefühlswallungen.

»Ich höre Ihnen gern zu.« Mir zugewandt schenkt sie mir ein Lächeln. Nicht das übliche Unverbindliche, sondern eines, welches von Herzen zu kommen scheint.

»Geht das denn zeitlich … ich meine, wegen Mr Crawford …« Tatsächlich musste ich kurz innehalten, um nicht *Joel* zu sagen.

»In den letzten Tagen verhält er sich mir gegenüber ungewöhnlich respektvoll. Vielleicht beginnt er langsam meine

Erfahrungen schätzen zu lernen.« Hier spricht wieder die professionelle Assistentin. »Da er außer Haus ist, steht es mir frei, die Mittagspause zu verlängern.« Dass sie unzählige Überstunden auf ihrem Konto hat, wissen wir beide.

Erleichtert atme ich durch und lehne mich zurück. Parkbänke sind schrecklich unbequem, und diese hier stellt keine Ausnahme dar. Egal ... Am liebsten würde ich meine Sonnenbrille wieder ins Gesicht schieben, die einen kleinen Schutzschild darstellt. Das wäre jedoch unhöflich. Joel erfuhr gestern Abend jedes Detail, und ich erlebte viele Augenblicke erneut brutal real. Hier nehme ich mir vor, mich auf das Wesentliche zu beschränken. Ob mir das gelingt?

Unruhig rutsche ich angespannt hin und her, sodass sich meine seitliche Nackenmuskulatur verhärtet.

»Faye, versuchen Sie, sich zu entspannen.«

Ein paarmal rücke ich noch hin und her, bis ich eine Sitzposition finde, in der ich mich einigermaßen wohlfühle. Mrs Hunters Augen ruhen auf mir, und das beruhigt mich irgendwie.

»Ich wünsche mir so sehr, dass ich mit ihm, also ... dem Vater, dem Mann ...« *Meine Fresse, was eiere ich herum.* » ... dass ich dem Ganzen eine Chance geben kann.« Direkt ansehen, nein, das schaffe ich nicht und verfolge, wie eine kleine Papiertüte über den Boden weht. *Wozu gibt es Mülleimer?*

Bis ich weiterspreche, dauert es einen Moment. Ab und zu zittert meine Stimme. Mrs Hunter unterbricht mich nicht, hört aufmerksam zu. Hin und wieder werfe ich ihr einen flüchtigen Blick zu, dennoch lässt sich aus ihrem Gesichtsausdruck nichts ablesen.

Endlich sehe ich sie direkt an. Aus reinem Reflex ziehe ich nun doch die Sonnenbrille ins Gesicht. »Aber ...« Ein viel zu lauter Seufzer entweicht mir. » ... wie soll das gelingen, wenn die schrecklichen Schuldgefühle wie Tonnen auf meinen Schultern lasten?«

Unerwartet legt sie ihre Hand auf meinen Arm, und ich

bekomme tatsächlich eine Gänsehaut. »Faye, bevor ich etwas dazu sage, möchte ich Ihnen kurz meine Geschichte erzählen.«

»Oh«, rutscht es mir heraus. Meine Kehle ist staubtrocken, und ich greife in meiner Handtasche nach der kleinen Wasserflasche, die ich glücklicherweise in letzter Minute vor dem kopflosen Verlassen der Wohnung einpackte. Aufgeregt trinke ich ein paar Schlucke.

»Mein Ehemann starb bei einem Autounfall.«

»Das tut mir leid.« Mit einem kurzen Augenaufschlag bedankt sie sich stumm, und ihre Hand ruht weiterhin auf meinem Arm. »Wir erwarteten Gäste zum Barbecue, und ich war stinksauer, dass er viel zu spät dran war, und blaffte ihn am Telefon an, er solle sich gefälligst beeilen.« Mir wird heiß und kalt, denn ich ahne, was sie sagen wird. »Auf der Heimfahrt geriet er aufgrund einer Ölspur auf der Straße ins Schleudern, der Wagen überschlug sich mehrfach. Er hatte keine Chance und verstarb noch an der Unfallstelle.« Meine Gesichtszüge entgleiten mir. »Über unzählige Jahre fühlte ich mich für seinen Tod verantwortlich – genauso wie Sie sich die Schuld für Ihren Schicksalsschlag aufbürden.« Eindringlich sucht sie meinen Blick.

»Wie ... Wie ist es Ihnen gelungen?« Es ist *die* elementare Frage, die mich seit dem ersten Tag quält. Gibt es eine Antwort, die mir hilft?

»Nur wenn Sie bereit sind loszulassen, werden Sie in der Lage sein, das Unglück aus einem neuen Blickwinkel zu betrachten.« Kurz legt sie die Stirn in Falten, und ich sitze ihr mit geöffnetem Mund gegenüber. »Die Ölspur verschmutzte so oder so die Straße, und er hatte sich an das Tempolimit gehalten und nicht von meinem Drängeln beeinflussen lassen.«

»Das ist was anderes«, protestiere ich matt.

»Ich konnte die Selbstvorwürfe überwinden, weil ich mich nach Jahren neu verliebte und der Liebe eine Chance geben wollte.« Die ehrlichen Worte berühren mich. »Deshalb gelang es mir, meinen Mann, den ich über alles geliebt habe, endgültig loszulassen.«

Das ist zu heftig. Ich schaffe es nicht mehr, die Tränen zurückzuhalten. Mitten in New York City, auf einer Parkbank in der Nähe der 5th Avenue, einem Ort, an dem Sentimentalitäten keine Rolle spielen, nimmt mich meine ehemalige Arbeitskollegin in den Arm. Findet die richtigen Worte.

»Ergreifen Sie die Chance, Faye.« Der mahnende Unterton ist unüberhörbar.

»Ich habe mir seitdem jegliches Gefühl verboten, ich glaube, ich wollte mich selbst bestrafen«, flüstere ich verschnupft, bin fassungslos, dass ich mir ehrlich eingestehe, weshalb ich mich bislang so verhielt.

»Manchmal hilft auch das nichts.« Ein Schmunzeln umspielt ihren Mund. »Die Liebe lässt sich nicht steuern, und niemand weiß, wann und ob sie uns einholt.«

»Stimmt.« Mit meinem letzten Papiertaschentuch tupfe ich mir die Tränen aus dem Gesicht.

»So ...« Mrs Hunter wirft einen Blick auf die Uhr. »Ich will die neue Gelassenheit von Mr Crawford nicht überstrapazieren.«

Gleichzeitig stehen wir auf. Dem Impuls, sie ein zweites Mal zu umarmen, widerstehe ich, da ich mich nicht traue. »Vielen Dank für das Gespräch ... es hat ... einiges bei mir ausgelöst.«

»Das freut mich.« Herzlich schütteln wir uns zum Abschied die Hände. »Die wahre Liebe wirkt manchmal Wunder, Menschen beginnen sich zu verändern.« Hat sie mir gerade zugeblinzelt? Nun bin ich mir sicher, dass sie sehr genau weiß, wen ich meine. Wundert mich das? Nein! Außerdem ist es unerheblich. Von mir aus darf es die gesamte Welt erfahren. Aus einem Gefühlsmix von Euphorie und Nachdenklichkeit trete ich den Heimweg an.

Loslassen – ja, das ist der Schlüssel. Mit dem wird es mir gelingen, neue Türen zu öffnen. Ich werde Patrick ewig lieben und er wird immer einen Platz in meinem Herzen behalten. Ein Hauch von Zuversicht breitet sich in mir aus, das unterscheidet sich schon einmal gravierend von der Vergangenheit. Urplötzlich springt mich eine geniale Idee an, damit Joel und ich gemeinsam durch die Tür hindurchgehen können. Ein Schauer von Aufregung und Nervosität überzieht meinen Körper!

DREISSIG

Joel

Die Textnachricht von Faye erreicht mich während des Mandantengesprächs. Völlig untypisch, bei einem solch wichtigen Termin auf private Nachrichten zu reagieren, öffne ich sie, da der angezeigte Text der Benachrichtigung eine kribbelige Neugier auslöst. Das, was ich lese, hört sich zuversichtlich an. Offensichtlich haben die vergangene Nacht und ihre Offenbarung einen Denkprozess in Bewegung gesetzt. Mein kurzes Schmunzeln nehmen die Herrschaften durchaus wahr. Einige kenne ich seit Längerem, und eines weiß ich mit Gewissheit – sie haben mich niemals so gelöst gesehen. Meine entspannte Haltung wirkt sich positiv auf das gesamte Meeting aus. Eine völlig neue Erfahrung.

Nach einem zufriedenstellenden Abschluss fahre ich mit dem Fahrstuhl in die Tiefgarage. Bereits auf dem Weg dorthin überlege ich fieberhaft, was ich antworten soll. Frauen würden sich bei solchen Themen Herzchen und Kuss-Emojis zuschicken. Das geht natürlich überhaupt nicht. Bei dem Gedanken muss ich breit grinsen. Eine passende Reaktion fällt mir trotzdem nicht ein. Eine, die mich widerspiegelt. Verliebt zu sein und vor lebenswichtigen Entscheidungen zu stehen, ist absolutes Neuland. Unabhängig davon bin ich eh kein Freund davon, auf diese Art zu kommunizieren. Fehlinterpretationen sind bei sensiblen

Themen vorprogrammiert. Ein Daumen-Hoch-Emoji finde ich ebenfalls ungeeignet. In Gedanken versunken setze ich mich in das Cabriolet. Statt sofort loszufahren, meine Mailbox abzuhören und in den üblichen Stressmodus zu verfallen, lehne ich mich zurück und schließe die Augen. Dass ich ihre Nachricht gelesen habe, verraten die blauen Häkchen. Heute bleibt nichts mehr unentdeckt. Unfassbar – ich vertrete die gefährlichsten Männer, wende des Öfteren eher fragwürdige Methoden an und zerpflücke im Zeugenstand widerwillige Zeugen der Gegenseite. Alles easy, da gibt es kein Zögern. Weshalb? Die Frage beantwortet sich von selbst. Bei all dem bin ich emotional nicht eingebunden, es lässt mich kalt. Sogar das problematische Verhältnis zu meinem Vater löste bislang kaum tiefgreifende Gefühle aus. Eines wird mir in diesen Minuten deutlich. Nicht nur für Faye beginnt eine Zeitenwende. Inwieweit sich mein Leben verändern wird, vermag ich nicht einzuschätzen. *Joel Crawford, hast du Sorge vor dem, was dich erwartet?* Im Geiste nicke ich mir stumm zu. Ich strebe zum Perfektionismus, aber in einer zwischenmenschlichen Beziehung ist das unmöglich. Kompromisse einzugehen, gehörte bislang nicht zu meinen Stärken. Bei all den Überlegungen, die in meinem Kopf kreisen, ertappe ich mich dabei, wie gewohnt alles zu hinterfragen, wie ein Jurist die Eventualitäten aufzudröseln. Tja, eigentlich ist es eindeutig – auch ich werde loslassen müssen. Diese bahnbrechende Erkenntnis verursacht urplötzlich eine Art Aufbruchsstimmung. Da haben Faye und ich einen gemeinsamen Nenner. Wenn wir uns gegenseitig unterstützen, wird uns das gelingen! Mit einem positiven Gefühl starte ich den Motor, dessen tiefes Röhren wie Musik in meinen Ohren klingt. Kurz bevor ich endgültig losfahre, antworte ich auf Fayes Nachricht. *Ich freue mich auf die Zeit, die vor uns liegt.* Für einen bislang nüchternen SMS-Schreiber gar nicht so schlecht. Einen Moment überlege ich, ob ich ein Emoji verwende. Kurzerhand wähle ich eine Rose. Nein, das ist mir zu albern. Doch bevor ich es löschen kann, schicke ich die

Message versehentlich ab. Sofern sie das irgendwie kommentiert, berufe ich mich auf meinen Anfängerstatus.

Noch am selben Abend erhalte ich von Faye einen Anruf, der mich in gewisser Weise beunruhigt. Sie bittet mich, mich mit ihr morgen Nachmittag um drei Uhr am Haupteingang des *Woodlawn* Friedhofs zu treffen.

»Ich weiß, dass du keinen Termin hast«, teilt sie mir mit einem entschlossenen Unterton mit, der die Wichtigkeit unterstreicht. Bevor ich nachhake, was sie plant, kommt sie mir zuvor.

»Hinterfrage jetzt nicht den Grund«, bittet sie mich, und unvermittelt wackelt ihre Stimme.

»Muss ich mir Sorgen machen?« Sofort erwacht mein Beschützerinstinkt.

»Nein, Joel, das ist nicht nötig.« Da ich ihr vertraue, belasse ich es dabei. Ebenso akzeptiere ich ihren Wunsch, allein zu sein. Vermutlich hat sie recht, denn eine nicht zu leugnende Müdigkeit breitet sich in mir aus. Wir werden in der Zukunft noch viele gemeinsame Nächte miteinander verbringen. Kurz vor dem Einschlafen fällt mir ein, wer dort begraben liegt. Das Ereignis ist bereits zig Jahre her, und bei den etlichen Friedhöfen war mir der Name entfallen. Das macht das Treffen um ein Vielfaches spannender. Was plant sie?

EINUNDDREISSIG

Faye

Nervös warte ich um die vereinbarte Zeit am Haupttor. Obwohl Patrick hier beigesetzt wurde, ist es einer der schönsten Friedhöfe New Yorks. Über die gesamte Fläche verteilen sich Bäume, die unfassbar alt sind, sie symbolisieren an einem Ort der Trauer auf ihre eigene Weise das ewige Leben. Unzählbare sandfarbene Mausoleen, die in ihrer Bauweise kleinen Villen ähneln, moderne und historische, liebevoll gepflegte Grabstätten hinterlassen bei mir, so komisch es klingt, ein Gefühl der Geborgenheit. Ein nahezu idyllischer Ort, an dem die Hinterbliebenen in Ruhe um ihre Liebsten trauern können. Durch die unzähligen Vogelstimmen und das sanfte Rauschen der Baumkronen verliert sich insbesondere an einem sonnigen Tag wie heute die düstere Beklommenheit. Die Atmosphäre half mir bei der Überwindung der Blockade, Patricks Grab zu besuchen. Seine Eltern haben für ihn ein farbenfrohes Blumenmeer geschaffen, an dem es brummt und summt. Eine kleine, leicht verwitterte Holzbank bietet ihnen Platz zum Verweilen. Hauptsächlich Mrs McAlister verbringt hier mehrmals in der Woche einige Stunden. Heute ist sie nicht da. Tatsächlich traute ich mich, sie anzurufen, um das in Erfahrung zu bringen. Weiterhin fällt es mir schwer, den Kontakt zu pflegen, obwohl sie und auch ihr Mann mir nicht die Schuld gaben. Aber was nützt das, wenn ich mir selbst nicht vergeben konnte? Vielleicht wird ab jetzt vieles einfacher. Es ist ein Versuch, die Vergangenheit mit der Gegenwart zu verknüpfen.

Trotz des luftigen dunkelgrauen Leinenkleids schwitze ich, denn die Sonne knallt direkt auf den Vorplatz. Meine Augen sind gereizt, und ich befürchte, dass die Wimperntusche hinter der dunklen Sonnenbrille verläuft. Hoffentlich glaubt Joel nicht, dass ich geweint habe. Überraschendweise halten sich die Trauer- und Kummertränen zurück. Na ja, bislang stehe ich noch vor dem Tor.

Mit ein paar Minuten Verspätung fährt Joel, dieses Mal mit einem SUV, auf den staubigen Parkplatz. Es genügt bereits, ihn im Auto sitzen zu sehen, um Magensausen zu verursachen. Die getönten Scheiben verhindern das Gefühl auch nicht.

Es ist ungewöhnlich wenig los, was mir absolut entgegenkommt. Augenscheinlich findet heute keine Trauerfeier statt. Ein gutes Omen? Zumindest gibt es ausreichend Parkplätze. Mit Herzklopfen gehe ich auf den Wagen zu. In der Sekunde, in der er mich wahrnimmt, erhellt sich sein markantes Gesicht, und dynamisch steigt er aus. Mit seiner schwarzen, leger sitzenden Leinenhose und einem luftigen kurzärmligem Hemd beweist er wieder einmal sein Gespür für Mode. Die Sneakers von einer Edelmarke komplettieren das Outfit.

»Hey Faye!« Sofort schiebt er seine schwarze Sonnenbrille hoch und umarmt mich spontan und herrlich ungezwungen.

»Hey«, flüstere ich und erwidere die kurze Umarmung. »Schön, dass du gekommen bist.« Ein verlegenes Lächeln verrät meine vorhandene Unsicherheit.

»Kätzchen, das ist selbstverständlich.« Durch das Drücken des Autoschlüssels schließen sich die Wagentüren mit einem zweifachen *boing*. »Dass ich keinen dringenden Termin habe, macht die Angelegenheit besonders einfach.« Verschmitzt zwinkert er mir zu.

»Manche Sachen sind zu wichtig, um sie dem Zufall zu

überlassen.« Auch ich nehme die Sonnenbrille ab und suche seinen Blick.

Mit einem wortlosen Nicken bestätigt er meine Worte.

»Ich möchte heute gern mit dir zusammen Patricks Grab besuchen«, komme ich sofort auf den Punkt. Ein klitzekleiner Kloß bildet sich in meinem Hals. »Ist das okay?«, füge ich blitzschnell hinzu.

»Faye.« Liebevoll nimmt er meine schwitzige Hand. »Natürlich ist es in Ordnung. Außerdem dachte ich mir so etwas, nachdem mir der Name des Friedhofes wieder einfiel.«

Erleichtert atme ich durch. »Grundsätzlich bin ich davon ausgegangen ... Das wird sich jetzt blöd anhören ... Wir kennen uns kaum.«

»Es entspricht absolut den Tatsachen, und ja, es ist schräg, aber wunderschön.« Dabei drückt er fest meine Hand, und unsere Finger verschlingen sich miteinander.

»Komm mit ...« Gemeinsam gehen wir zu dem Haupttor. Kurz halten wir inne. Schweigen. Es bedarf keiner Worte, wir sind uns so unfassbar nahe. Eine Verbundenheit, an die ich mich in dieser Sekunde erinnere und die ich verloren glaubte.

Der Weg schlängelt sich zwischen den Grünflächen und den Gräbern entlang. Langsam wandern wir über den hellen feinkörnigen Kies, der unter unseren Füßen knirscht.

»Erstaunlich, wie schnell die unterschwellige Beklommenheit hier verschwindet.« Der Klang seiner Stimme ist nachdenklich. Abermals halten wir inne und lauschen den Vogelstimmen, die fröhlich und auch motzig vor sich hin zwitschern. Joel empfindet Ähnliches, und das ist fantastisch.

Nach knapp zehn Minuten sind wir am Ziel. Ehrfürchtig stehen Joel und ich gemeinsam dicht beieinander, unsere Körper berühren sich, und stumm schweifen unsere Blicke über das Blumenmeer. Aus den Augenwinkeln bemerke ich, wie Joel die Lippen aufeinanderpresst, als er die

Inschriften des schlicht gehaltenen, grau melierten Grabsteins liest.

»Lass uns setzen.« Mit dem Kopf deute ich auf die Holzbank, die zum Glück im Schatten steht.

Erneut schweigen wir. Eine Stille, die uns vereint.

»Danke, dass ich mit dir zusammen an diesem Teil deines Lebens teilnehmen darf.« Joels Stimme ist leise, und er sieht geradeaus, drückt meine Hand, und ich spüre eine unterschwellige Anspannung, die sich durch ein kaum wahrnehmbares Zittern zeigt.

»Loslassen heißt für mich, Vergangenheit, Gegenwart und Zukunft einen gemeinsamen Raum zuzugestehen.« Auch ich sehe geradeaus, und zu meiner Freude entdecke ich zwei bunte Schmetterlinge, die in der von mir geliebten Leichtigkeit hin- und her flattern. »Deshalb bist du hier.«

»Ja.« Liebevoll legt er seinen Arm um meinen Oberkörper. Seufzend lehne ich meinen Kopf an seine Schulter. Endlich ist es zurück – das Gefühl von Liebe und Vertrautheit, ausgerechnet an diesem Platz. Verrückt!

ZWEIUNDDREISSIG

Joel

Manchmal sind es unvorhersehbare Ereignisse, die zum Gamechanger werden. Neben Fayes unerwarteter Schwangerschaft zählt der Besuch an Patricks Grab dazu. *Faye Buttler, du veränderst mich!* Das bedeutet nicht, sein gesamtes bisheriges Leben von der einen auf die andere Sekunde auf den Kopf zu stellen, dies wäre zu einfach und fernab jeder Realität.

Auf der Holzbank verliere ich jegliches Zeitgefühl. Mein bislang durchgetakteter Lebensrhythmus verkriecht sich in eine Ecke und hält sich diskret im Hintergrund. Die Gedanken wandern nicht zu Mandanten, Gerichtsverhandlungen und auch nicht zu den sonstigen alltäglichen Aufgaben. Gelassen und dem Ort mit friedlichen Stimmen angemessen, verselbstständigt sich die Unterhaltung. Zunächst dreht es sich hauptsächlich um Football, Erlebnisse, die mit Patrick in Zusammenhang standen. Letztendlich stellt sich heraus, dass Faye und ich uns damals begegneten. Was für ein irrwitziger Zufall.

Zwangsläufig kommen wir auf unsere Familien zu sprechen, und sie erzählt die eine oder andere Begebenheit.

»Zum Glück ist das Verhältnis zu meinen Eltern total entspannt«, berichtet sie. »Wir telefonieren manchmal, schicken uns Mails, na ja, das Übliche eben. Im Grunde lebt jeder sein Leben. Aber wenn es brennt, sind wir füreinander da.«

»Wissen sie bereits von deiner Schwangerschaft?«, frage ich neugierig.

»Oh nein.« Sie schüttelt den Kopf, und ihre Mundwinkel fallen ein Stück nach unten. »Das werden sie erst, wenn die kritische Phase vorüber ist.« Tief durchatmend erklärt sie, dass sie ihren Eltern einen erneuten Schicksalsschlag ersparen möchte.

»Kätzchen, versuche positiv in die Zukunft zu schauen.« Liebevoll nehme ich ihre Hand.

»Ja, schon ... aber die Angst ist so tief verwurzelt.« Wir beide wissen, dass es ein langer und vermutlich an manchen Stellen steiniger Weg sein wird.

Unsere Unterhaltung ist immer wieder von schweigenden Momenten durchzogen. Ein Ort der Trauer, der uns zusammenbringt, Romantik inklusive.

»Und bei dir?«, kommt die ungeliebte Frage. »Du wirkst nachdenklich. Ist es wegen des Verhältnisses zu deinen Eltern?«

»Es ist kompliziert«, weiche ich aus und entdecke einen Schmetterling, der direkt neben mir herumflattert. »Lass uns ein anderes Mal darüber sprechen.« Nein, mir steht an einem solchen Tag nicht der Sinn danach, über die Art von Problemen zu reden. Ihr Gesichtsausdruck verrät mir jedoch, dass ich um das ungeliebte Thema nicht herumkommen werde.

Faye lehnt ihren Kopf an meine Schulter. Um mein aufkommendes Unwohlsein in die Schranken zu weisen, schlage ich einen gemeinsamen Restaurantbesuch vor. Begeistert stimmt sie zu.

Mit einem neuen Gefühl der Vertrautheit verlassen wir den Friedhof.

»Was hältst du davon, dass ich uns etwas koche?«, entfährt es mir, kurz nachdem wir in den aufgeheizten Wagen eingestiegen sind. Glücklicherweise erfüllt die Klimaanlage in wenigen Minuten ihre Pflicht. Wollte ich nicht gerade noch ins Restaurant mit ihr? Woher kommt der plötzliche Sinneswandel? *Oh Mann, gefühlsmäßiger Ausnahmezustand!*

Überrascht hebt sie eine Augenbraue und schnallt sich an. »Tiefkühlpizza oder was Richtiges?« Belustigt schneidet sie eine Grimasse. Parallel zieht sie ihre staubigen Ballerinas aus und streckt ihre Füße, um so viel wie möglich von der kalten Luft, die aus dem Fußraum strömt, einzufangen.

»Traust du mir das etwa nicht zu?«, frage ich mit gespielt entrüsteter Stimme und starte den Motor.

»Nein«, erhalte ich ihre unverblümte Antwort, und ihre Mimik verdeutlicht, dass sie es ernst meint. »Oder sagen wir so … Ich habe gehofft, dass du es nicht kannst.« Nun grinst sie.

»Aus dir werde einer schlau.« Statt loszufahren, drehe ich mich zu ihr und lockere mit der Hand mein verschwitztes Hemd.

»Na, weil ich ebenfalls kochen kann, und da wird es wohl auf ein Battle hinauslaufen.«

»Oha, das wird spannend.« Insgeheim bin ich begeistert, denn ich bin sicher, mit ihr wird es amüsant, sofern sie einen ähnlichen Ehrgeiz wie bei ihrer Arbeit entwickelt.

»Aber heute lasse ich dir gern den Vortritt.« Seufzend lehnt sie sich zurück und schließt die Augen.

»Einverstanden.« Liebevoll streiche ich über ihre Wange. »Dann kümmere ich mich mal um den Einkauf.«

»Ich schätze, du hast einen Lieferservice?«, murmelt sie und lächelt.

»Dafür, dass wir uns kaum kennen, bist du bestens informiert.« Langsam fahre ich los.

»Mrs Hunter …« Ihre Stimme klingt unvermittelt schläfrig.

»So, so.« Das ist wohl ein typisches Frauending, sich über so etwas auszutauschen, und das, obwohl wir miteinander auf Kriegsfuß standen.

Der Verkehr ist wie üblich eine Katastrophe, und eine riesige Blechlawine kriecht gemächlich vor sich hin. Innerhalb weniger Minuten höre ich Fayes gleichmäßige Atemzüge. Nachvollziehbar, dass sie eingeschlafen ist, denn sie durchlebt eine aufreibende Zeit. Ab sofort wird es keinerlei Aufregungen mehr geben, dafür werde ich sorgen. Mein Herz ist butterweich und zerfließt geradezu vor Liebe.

Auf der Fahrt bestelle ich die Zutaten, die tatsächlich zeitgleich mit unserer Ankunft im Loft geliefert werden. Faye ist völlig erschöpft. Kurzerhand hebe ich sie aus dem Auto und trage sie unter ihrem grummelnden Protest nach oben. Da dieser mäßig ausfällt, bleibe ich unbeeindruckt. Von ihrem mir durchaus bekannten Kampfmodus, sofern ihr etwas nicht passt, ist sie meilenweit entfernt. Die Wohnung ist angenehm temperiert, und ich lege sie auf das Sofa. In der Zeit, in der sie schläft, werde ich mich seit Ewigkeiten mal wieder in der Küche austoben.

Zwischendurch wandert mein Blick immer wieder zu ihr. Obwohl ich das erste Mal für eine Frau koche, fühlt es sich ungezwungen und nicht verkrampft an. Bei der Vorstellung, dass wir eigentlich zu dritt sind, könnte ich vor Glück in die Luft springen.

Gedankenversunken schneide ich Zwiebeln, schnippele, rühre, brutzle. Ich frage mich, wann *ich* meine Eltern über die Neuigkeiten informieren soll. *Informieren*, was für ein unpersönliches Wort. Selbstverständlich ist es wichtig, dass sie Faye kennenlernen. Ich bin sicher, sie werden begeistert sein. Schätzungsweise wird sich das Verhältnis zu meinem alten Herrn entspannen. Das erhoffte Enkelkind ist im Anmarsch, verbunden – zumindest aus seiner Sicht – mit einer standesgemäßen Hochzeitsfeier ... Weshalb fühlt sich das in Bezug auf ihn befremdlich an? Bei der Vorstellung eines steifen Treffens mit ihm und meiner Mutter kriege ich schlechte Laune.

»Hm, das riecht lecker«, holt Faye mich aus meinen grüblerischen Gedankenspielen.

»He, Kätzchen, ausgeruht?« Obwohl ich sofort switche, merkt sie prompt, dass etwas nicht stimmig ist. »Gleich ist es so weit.«

Neugierig schweift ihr Blick über den Herd, taucht einen Finger in die dunkle Soße und probiert. Statt in Jubel über die Geschmacksexplosion zu verfallen, sieht sie mich durchdringend an.

»Schmeckt es nicht?«, frage ich irritiert.

»Mega!« Unerwartet stellt sie sich hinter mich und schlingt ihre Arme um meinen Rumpf, lehnt ihren Kopf an. »Ich beobachte dich schon einen Moment. Du bist in Gedanken ganz woanders.«

»Erwischt.« Ich genieße ihre Umarmung, und urplötzlich sprudeln die Worte quasi von allein heraus. »Extreme Erwartungshaltungen, schließlich ging es darum, die Familie Crawford auf dem College angemessen zu repräsentieren.« Ich atme tief ein und aus. »Das wiederum hat bei mir das genaue Gegenteil bewirkt.« Mein Blick führt über die Töpfe ins Leere. »Trotzdem hat er sich letztendlich durchgesetzt.«

Faye löst sich von mir und stellt sich direkt neben mich. »Womit kann ich dir helfen?«

»Den Salat waschen und klein zupfen.« Manchmal dienen die alltäglichen Tätigkeiten dazu, ungezwungen zu reden. *Sie ist ein Geschenk!*

»Mit nichts konnte ich ihn mehr demütigen. Die ehrwürdige Anwaltsdynastie hat einen Abweichler, der den Abschaum der Gesellschaft juristisch vertritt.«

»Das erklärt so einiges ... eine clevere Art, ihm aufzuzeigen, dir seinen Willen aufzuzwingen.«

»Rebellion im ehrwürdigen Hause Crawford.«

»Klingt wirklich stressig.« Kurz wirft sie mir einen Blick zu und braust den Lollo Rosso gründlich ab. »So etwas nagt an einem.« *Wieso spricht sie eigentlich immer das aus, was ich gerade fühle? Der Tag haut mich emotional um.*

»Wo finde ich das Geschirr?« Sie registriert, dass ich eine Pause benötige.

Beim Essen reden wir über andere Themen – an Auswahl mangelt es uns bestimmt nicht. Faye ist voll des Lobes meine Kochkünste betreffend. Nachdem wir gefühlte Stunden noch am Tisch saßen, obwohl wir längst aufgegessen hatten, räumen wir in aller Selbstverständlichkeit die Küche zusammen auf.

»Ich dachte vorhin darüber nach, dass unsere Beziehung und die Tatsache, dass wir ein Baby zusammen bekommen, einem Gesichtsverlust ihm gegenüber gleichkommt. Weil ich indirekt genau das tue, was er erwartet.« Eine krasse Offenbarung beim Einräumen der Geschirrspülmaschine. Aber es ist perfekt, und es hilft mir, ungezwungener zu sprechen.

»Joel ...« Sie stellt sich unerwartet direkt vor mich. Völlig unbefangen berührt sie mit ihren Händen meine Wangen, und mein Herz schlägt mir bis zum Hals. Die Beine werden weich, als sie mir einen innigen Kuss gibt. »Loszulassen sowie neue Sichtweisen anzunehmen, braucht seine Zeit, und wir sind nicht mehr allein.«

»Loslassen scheint die Basis für unsere Zukunft zu sein«, flüstere ich.

Funken sprühen, die Luft vibriert.

»Hatte ich eigentlich mal erwähnt, wie sehr ich dich liebe, Mr Crawford?« In ihren Augen spiegelt sich das, was exakt das ausmacht.

»Nein«, flüstere ich ergriffen.

»Von der Erde bis zum Mond und zurück.«

Sofern ich mein Leben bis heute Revue passieren lasse, zählen diese Sekunden und Minuten zu den emotionalsten, an die ich mich erinnere! Ich liebe Superlative in Bezug auf Faye!

DREIUNDDREISSIG

Faye

Krisengespräch in der Mädels-WG, in der ich wohlgemerkt weiterhin wohne! *Faye Buttler kurz vor einem Nervenzusammenbruch!*

»Nein, ich will das nicht.« Mit verkniffenem Gesichtsausdruck hocke ich im Schneidersitz auf dem Sofa und meine Freundinnen um mich herum.

Lizzy wirft sich mit einem verzweifelten »Das ist totaler Unsinn!« zurück an die Lehne und strampelt mit ihren Beinen.

»Dickkopf.« Sie schüttelt den Kopf und verdreht gleichzeitig die Augen. Dabei rutscht sie auf der Sitzfläche hin und her, als habe sie Hummeln im Hintern. »Das gehört nun einmal dazu.«

Jessica drückt sich wiederholend und in schierer Verzweiflung eines der Sofakissen ins Gesicht. »Arrgggrrr.« Was sie sonst noch so von sich gibt, verstehe ich zunächst nicht, reime es mir jedoch zusammen. »Ich würde dafür töten!« *Absolut übertrieben.*

Zusammengefasst: völliges Unverständnis – da hätte ich definitiv mehr Einfühlungsvermögen erwartet.

»ICH LASSE MICH NICHT AUSHALTEN!«, wiederhole ich das Argument, das den Ausnahmezustand auslöste.

Einige Minuten später kehrt Ruhe ein, und die drei fixieren mich mit erröteten Gesichtern.

»Raus mit der Sprache, was ist der wahre Grund?« Jessica zieht fragend ihre Stirn in Falten.

»Dass dir Joel angeboten hat, die Klamotten zu bezahlen, ist völlig normal, ihr seid ein Paar und er verfügt, im Gegensatz zu dir, über die erforderlichen finanziellen Mittel«, führt Maddy sachlich aus. »Also?«

»Hm, ja, nein, ach Mensch«, murmle ich zusammenhangslos und angle nach meinem uralten Lieblingsteddy, drücke ihn an die Brust und fühle mich hundeelend.

»Ihr wisst doch genau, wie mich die Events annerven und die Leute …«

»… die übrigens in dem Fall Joels Freunde und Bekannte sind.«

»… die nichts mit der Kanzlei zu tun haben.«

»Ja, ja, ist schon gut«, lenke ich ein. Unvermittelt zittert meine Unterlippe. »Was ist, wenn die mich nicht mögen, und dann auch noch die anderen heißen Frauen, da bin ich ein hässliches Entlein gegen.« So, nun ist die Wahrheit ausgesprochen. »Ich hasse High Heels«, ergänze ich kleinlaut und erinnere mich nur zu deutlich an die Ladys, die auf Jojos Releaseparty auf ihren Stilettos über den Boden schwebten.

»Süße, oh mein Gott, darüber zerbrichst du dir den Kopf?« Lizzy schwingt sich zu mir herüber und ergreift meine Hand.

»Joel ist ein Mann, dem alle Frauen zu Füßen liegen«, jammere ich weiter, und mir graut es vor der Vorstellung, auf solche zu treffen, mit denen er vor mir gevögelt hat.

»Hm, soweit ich das jetzt richtig einordne, liegt er *dir* zu Füßen. Das ist, was zählt.«

»Die Angst ist absolut unbegründet. Sofern du auf Ex-Affären von ihm triffst, werden sie grün vor Neid.« Jessica simuliert einen Nervenzusammenbruch.

» ... oder mich hassen.« Sorgenvoll presse ich den Teddy fester an mich.

»... und wenn dem so ist, ist das nicht dein Problem.« Maddys Stimme klingt nach Unverständnis, und von dem ständigen Kopfschütteln befürchte ich, dass sie ein Schleudertrauma riskiert.

»Die Beziehung zwischen uns ist noch nicht sooo gefestigt, und ich habe Angst, dass er ...« Den Gedanken auszusprechen, verursacht einen Kloß in meinem Hals. *Ich will zurück zu meinen Aktenbergen, da fühle ich mich weiterhin selbstbewusst.*

»Deine Verlustängste sind nachvollziehbar, aber es ist ebenfalls ein Teil, den du loslassen musst.« Jessica beugt sich zu mir und legt ihre Hand auf meine Knie. Seufzend löse ich den Schneidersitz auf und strecke die Beine.

»Ja, schon.« Mir ist klar, dass ich diese beschissenen Ängste zum Teufel jagen muss, dennoch fällt es mir schwer.

»Faye Buttler, du steckst sie alle in die Tasche, und stell dein Licht verdammt noch mal nicht unter den Scheffel.« Maddys Stimmlage ist bestimmend und erlaubt nicht dem Hauch eines Widerstands. Die anderen zwei nicken zustimmend.

»Ich bin trotzdem mit dem Zusammenstellen der Outfits komplett überfordert.«

»Hallo?«, entrüsten sich gleichzeitig drei Fashionvictims. »Du bist doch nicht allein, wir unterstützen dich.«

»Außerdem ...« Lizzy hebt den Zeigefinger. »Es gibt megaschöne Styles, die ideal zu deinem Typ passen und nicht aufgedonnert oder überzogen wirken.«

»Genau! Wichtig ist, dass du authentisch bleibst.«

»Eben! Joel liebt dich und nicht irgendwelche Designerfummel.«

Die Worte der Mädels sind wie so oft Balsam auf meiner Seele. Meine Welt steht Kopf und sie stellen mich wieder auf die Füße.

»Okay!«, gebe ich die Ablehnung auf. »Dann will ich aber auch eine neue Frisur.«

»So wollen wir dich hören!«

Motiviert klatschen wir uns ab. Ein klitzekleines bisschen freue ich mich auf die Shoppingtour. Das sage ich jedoch nicht. Euphorie ist mir weiterhin unheimlich.

Der Grund ist die *eine* gewaltige Baustelle: Wie geht es beruflich für mich weiter? Joels Auffassung und Umsetzung unseres Rechtssystems ist ein echter Konflikt für mich. Das verschwindet nicht, nur weil ich ihn liebe. Wendet er erneut eine *Lilian-Parker-Verteidigungsstrategie* an? Bei dem Gedanken dreht sich mir der Magen um. Wir meiden das Thema, wenngleich ich mir wünschte, er würde den ersten Schritt machen.

Andererseits ist Joels und meine Beziehung ein zartes Pflänzchen. Vielleicht ist es besser, dass wir abwarten, bis die Wurzeln gewachsen sind. Das verschafft Stabilität, sofern es hakt. So, wie wir es bislang hegen und pflegen, bin ich zuversichtlich. Trotzdem ist die verdammte unterschwellige Angst vorhanden, dass wir das nicht hinkriegen.

VIERUNDDREISSIG

Joel

Eine ungewohnte Zeit liegt hinter mir, denn ich gestalte den Alltag nicht mehr ausschließlich nach meinen eigenen Vorstellungen und Bedürfnissen. Faye Buttler hat sich endgültig in mein Herz eingeschlichen.

Die neue Frisur steht ihr fantastisch. Ein sogenannter Longbob, so wurde ich aufgeklärt. Ausgesprochen gut gefallen mir die goldfarbenen Strähnchen, die ihren blonden Haaren einen hellen Glanz verleihen. Übrigens sah ich das ohne einen extra Hinweis. Dass uns Männern das nicht direkt auffällt, ist eine Tatsache. Vorher gehörte ich zu denjenigen, die sich für so was nicht interessierten, doch bei Faye entgeht mir nichts. Jedes Mal, wenn wir uns treffen, *sauge* ich sie mit allen Sinnen *auf*. Ehrlich gesagt bin ich über meine Aufmerksamkeit selbst ein wenig verwundert.

Die anfängliche Unsicherheit bei unseren gemeinsamen Auftritten und die damit verbundene Dickköpfigkeit, finanzielle Unterstützung für ihre Outfits anzunehmen, ist überwunden. Ihren Freundinnen sei Dank. Grundsätzlich stelle ich mir oft die Frage, weshalb die, die sich nicht verstecken müssen, voller Scheu sind. Im Gegensatz zu denen, denen es ganz gut zu Gesicht stände, sich nicht mit überschätztem Selbstbewusstsein in den Vordergrund zu drängen. Faye besitzt eine geradezu vornehme diskrete Art, die sie interessant macht. Ich bin stolz, sie an meiner Seite zu wissen.

Zum größten Glück zählt, dass ihre Schwangerschaft vorbildhaft verläuft. Bei dem ersten Ultraschallbild, bei dem ich sie in die Praxis begleitete, schwappten erwartungsgemäß all die Erinnerungen des Unglücks an die Oberfläche. Ich litt mit ihr, denn ich erlebte beim Ansehen der Aufnahme das wahnsinnige Glücksgefühl hautnah. Kaum vorstellbar, dass da ein Menschlein heranwächst. Wie muss es sich anfühlen, wenn einem in einer Sekunde all das entrissen wird? Purer Horror!

Das Thema, wie wir künftig auf beruflicher Ebene miteinander umgehen, ist heikel. Ehrlich gestanden fehlte mir bislang die Motivation, darüber zu sprechen. Okay, normalerweise gehe ich Konflikten nicht aus dem Weg. Trotz dass in meinem Kopf bereits eine erste Idee zur Lösung herumgeistert, vermeide ich es, diese anzusprechen. Unsere rosarote Wolke zu verlassen, ist mir im Moment zuwider.

Gefühlt ist die gesamte Stadt im Juli in den Sommerferien. Was liegt näher, als mit Faye ebenfalls eine kleine Auszeit zu nehmen? Ich möchte endlich die Gelegenheit nutzen, ihr mein *Gartenhäuschen* in den Hamptons zu zeigen. Ein idealer Ort, um elementare Entscheidungen zu treffen.

»Wir fahren mit der Harley dorthin«, verkünde ich und blicke in ein strahlendes Gesicht. »Du siehst megasexy in den Lederklamotten aus.« Die heißeste Mitfahrerin, die je hinter mir saß. »Die Strecke ist der perfekte Einstieg, um in Urlaubsstimmung zu verfallen.«

»Das klingt klasse!« Zusammen sitzen wir bei unserem neu entdeckten Lieblingsitaliener auf der Terrasse und lassen den Tag mit einem leckeren Essen ausklingen.

»Das Gepäck bringt uns ein Kurier«, füge ich hinzu. »Das ist bequemer.«

Lächelnd beugt sie sich über den Tisch und simuliert einen Kuss. »Mr Crawford, du denkst an alles.«

»Wundert dich das?«, scherze ich.

»Nein, eigentlich nicht.« Genussvoll pickt sie die letzte Nudel einer extragroßen Portion von ihrem Teller.

Um ihr weitere Fotos von meinem Feriendomizil zu zeigen, greife ich mein Handy, öffne eine Fotogalerie und schiebe es zu ihr herüber.

»Wahnsinn, ich freu mich soooo!« Verträumt scrollt sie durch das Album.

»Oh ja, das ist es, und ich bin mir sicher, du wirst es ebenso lieben.«

Eine Weile plaudern wir über unseren ersten Urlaub. Ihre Vorfreude ist ansteckend. Eine Woche, in der wir uns hoffentlich erneut ein Stück näherkommen.

Unerwartet verändert sich Fayes Blick ins Nachdenkliche. Wie so oft, wenn es in ihrem süßen Köpfchen arbeitet, streichelt sie ihren Bauch.

»Was?« Ihre Hand liegt auf dem Tisch, und ich streiche über ihren Handrücken.

»Ich frage mich, ob der Ort der Richtige ist.«

»Das würde ich, ohne genau zu wissen, was du konkret meinst, bejahen«, antworte ich lachend.

»Um unsere beruflichen Angelegenheiten zu besprechen.« Ihre Stimme ist leiser geworden. »Wir dürfen das nicht länger aufschieben.« Um ihre Mundwinkel zuckt es, und zack, umgibt sie eine spürbare Anspannung.

»Ja, das stimmt«, bestätige ich und streichle ihre Finger, die sich sofort verhaken. »Dort haben wir Ruhe sowie Zeit.«

»Was ist, sofern wir uns ... also, das hört sich blöd an, irgendwie nicht ... Ach, du weißt, was ich meine.«

»Kätzchen, es gibt für alles eine Lösung.«

»Und falls nicht?« Völlig überraschend werden ihre Augen glasig. »Es geht ja um unsere gemeinsame Zukunft.«

Spontan fasse ich einen Entschluss. »Lass uns das Gespräch nicht länger aufschieben.« Auffordernd nicke ich ihr zu und suche ihren Blick. »Gehen wir es noch vorher an!«

»Vielleicht war es keine so schlaue Idee, das Thema totzuschweigen.« Seufzend hebt sie die Achseln.

Die Formulierung ist aus meiner Sicht unpassend und negativ behaftet, ich gehe allerdings nicht weiter darauf ein. »Wieso sagst du denn nichts?«

»Ich habe gehofft, dass du auf mich zukommst.« *Ach?*

»Ein klassisches Paradebeispiel für ein unausgesprochenes Missverständnis«, versuche ich die sich anbahnende Dramatik abzuwenden.

»Du kennst unsere unterschiedlichen Positionen, und ... Ich tue mich schwer damit, sofern alles so bleibt.«

»Das ist mir durchaus klar.« Ich runzle die Stirn. »Nun, ohne Kompromissbereitschaft funktioniert so eine gravierende Veränderung nicht.« Unabsichtlich nimmt meine Stimme eine unterschwellige Schärfe an. Ist sie grundsätzlich dazu bereit oder beharrt sie uneingeschränkt auf ihre Sichtweise?

»Warum reagierst du so harsch?« Zwischen ihrer Nasenwurzel entsteht eine kleine Falte, und sie presst die Lippen zusammen. *Zicke!* Zur Krönung entzieht sie mir ihre Hand.

»Ich? Ganz und gar nicht.« Ohne überhaupt nur ein sachliches Wort über die Angelegenheit verloren zu haben, ist unsere Stimmung abrupt merklich abgekühlt.

»Ich wusste es!«, schmettert sie mir aus heiterem Himmel schrill entgegen. Wenn ich eines hasse wie die Pest, sind es solche Phrasen.

»Was wusstest du?«

»Dass du nicht im Geringsten darüber nachdenkst, dein Verhalten zu verändern.« *Sind das die Hormone?* »Ich werde keine zweite Lilian Parker aushalten!« Ihr Fauchen beschert uns erste Blicke vom Nachbartisch. »Das kannst du vergessen.« Mit erhobenem Kopf sitzt sie mir gegenüber, ihre Wangen glühen.

Oha! Da teilt ja jemand mal so richtig aus. *Faye Buttler im Kampfmodus!* Dennoch bleibe ich sachlich.

»Komm mal wieder runter«, versuche ich sie zu beschwichtigen und hebe die Hände zur Untermauerung. »Aus welchem Grund eskalierst du derart?«

»Weil ... weil es um unsere Zukunft geht. Weshalb bist du nicht auf mich zugekommen? Das bedeutet, dass es dir egal ist.«

Ist sie jetzt total durchgeknallt? Erstmals fühle ich mich in unsere Anfangszeit zurückversetzt. Ist ihr bewusst, dass sie mich gerade aufs Äußerste gedemütigt hat? Ihre Worte treffen mich mit enormer Wucht. Ich bin nicht bereit, so etwas mit einem Hormonstau zu entschuldigen.

»Ist das deine Meinung?« Meine Tonlage bleibt abgeklärt, und ich verschränke die Arme vor der Brust. Innerlich bin ich aufgewühlt und enttäuscht.

»Na ja, sonst hättest du was gesagt oder sogar gehandelt«, beharrt sie auf ihrer unsensiblen Äußerung. »Ich bin in dem Fall nämlich die, die den passiven Part aushalten muss.«

Nein, ganz sicher nicht. Dennoch nicke ich stumm. »Okay, dann nehme ich das so zur Kenntnis.«

»Du willst also nichts dazu sagen?« *Kein Einlenken, schade.*

»Nein, Faye.« Mit einer Handbewegung signalisiere ich dem Kellner, dass ich zahlen möchte. »Im Moment erscheint mir das wenig zielführend.«

»Typisch Männer, wenn es heikel wird, weichen sie dem aus.« Inzwischen ist ihr Kopf feuerrot.

Kurze Zeit später verlassen wir mit eisigem Schweigen das Lokal. Sie allein dort sitzen zu lassen, verbietet mir der Anstand.

Mit verkniffenem Gesichtsausdruck und die Handtasche fest umklammert, steht sie neben mir.

»Dir ist bewusst, was du mir eben unterstellt hast?« Am liebsten würde ich sie anbrüllen und schütteln.

»Darf ich nicht mal mehr über meine Gefühle sprechen, ohne dass du – ach, vergiss es.«

»Begeben wir uns gerade auf das Niveau von früher?«,

platzt es aus mir heraus. Meine Wangenknochen bewegen sich vor Anspannung.

»Ich bin also niveaulos?« Ihre Augen blitzen mich an.

Resigniert schüttle ich den Kopf und wende mich schweigsam zur Straße. Die Diskussion weiterzuführen, ist sinnlos.

»Ich rufe dir ein Taxi.«

»Ich sag ja – sobald es kompliziert wird, haut ihr Männer ab.«

Mir platzt der Kragen, und ich fasse sie an ihrem Oberarm. »Faye, ich empfehle dir, genau zu überlegen, was du sagst.« Verdattert sieht sie mich an. »Kapierst du eigentlich, was du hier anrichtest?«

»Dazu gehören immer zwei!« Mit einem Seufzer lasse ich ihren Arm los.

»Taxi!« Ich winke einen der gelben Wagen heran. Ungewöhnlich zügig hält eines an der Bordsteinkante. Auch wenn es mich unendlich traurig stimmt, aber ich werde hier und jetzt nicht den Friedensengel mimen. Ihre Unterstellungen haben mich mitten ins Herz getroffen.

»Tja, dann eben kein Gespräch über unsere Zukunft.« Sie ist ein solcher Dickkopf.

Ohne ein Wort öffne ich die hintere Wagentür. »So ist es.« Beim Einsteigen treffen sich unsere Blicke. Unvermittelt wirkt sie zart und schwach. *Weshalb all das?* Bevor ich die Autotür schließe, neige ich mich vor. Stocksteif sitzt sie auf der Rückbank. »Faye, meine Liebe zu dir ist grenzenlos … aber sie ist kein Freifahrtschein.«

FÜNFUNDDREISSIG

Faye

Ab der Sekunde, in der ich Joel den Vorwurf an den Kopf schmetterte, war ich mir bewusst, dass ich absolute Scheiße baue. Gefangen in mir selbst und den Ängsten, bin ich unfähig, ihm entgegenzukommen.

Die Tür fällt zu und das Taxi fährt los.

»Wohin, Miss?«, höre ich den Fahrer und sehe, wie er mich durch den Rückspiegel ansieht.

»Äh, ach ja.« Mein Hals ist wie zugeschnürt, und nur krächzend bringe ich meine Adresse hervor. Mit einem Nicken ordnet er sich in den laufenden Verkehr ein. Ich sinke in mich zusammen und stiere aus dem Fenster.

Wenn Frauen sich nicht äußern, gehen Männer davon aus, dass alles in Butter ist. Irgendein schlaues weibliches Wesen hat das mal von sich gegeben. Wie hieß sie gleich? Ach richtig, Faye Buttler.

Das ganze Thema hat sich wie eine Lunte unbemerkt entzündet. Obwohl ich es zischen hörte und die kleinen Blitze bemerkte, bin ich nicht eingeschritten. Habe mich vollends auf Joel verlassen, dass er eingreift. Weshalb bin ich heute ausgetickt? Wenn ich das nur wüsste. Trennt er sich von mir? Tränen der Angst kullern die Wangen herunter. Kein Freifahrtschein ... hallen die Worte nach.

»So, Miss, wir sind da«, holt mich der Fahrer zurück.

Statt jedoch in irgendeiner Form zu reagieren, rühre ich mich nicht.

»Wo möchten Sie denn in Wahrheit hin?«, fragt er mich. Ein freundliches und leicht rundliches Gesicht mit einer Schirmmütze beobachtet mich über den Rückspiegel.

»Wie ... Wie meinen Sie das?« So unauffällig wie möglich wische ich mir die Tränen mit dem Zeigefinger am unteren Lid weg.

»Seit zwanzig Jahren fahre ich Passagiere kreuz und quer durch die Metropole. Obwohl ich überwiegend nur einen winzigen Ausschnitt sehe, sind sie wie offene Bücher, die eine Geschichte zu erzählen haben.« Seine Stimme wirkt komischerweise beruhigend und vertrauenswürdig. »Auf dieser Rückbank wurde geküsst, gezankt, lauthals diskutiert, es wurden Heiratsanträge gemacht, Trennungen vollzogen, einmal wurde sogar ein Baby zur Welt gebracht.«

»Es ist nicht schwer zu erraten, dass ich mich mit meinem Freund gestritten habe.« Das Anhängsel *Ex* verdränge ich. »Warum denken Sie, dass ich hier nicht aussteigen möchte?« Die Antwort ist er mir weiterhin schuldig.

»Menschen, die an ihrem Fahrziel angekommen sind, bewegen sich. Sie schauen auf das Taxameter, nehmen Geld aus ihren Taschen, bereiten sich durch allerlei vor, das Taxi zu verlassen.«

Ja, ich will nicht hier sein, sondern bei Joel. »Ich bin diejenige, die Mist gebaut hat.« Ich rede mit mir selbst und verdeutliche meine Gefühle. Einmal atme ich tief durch und nenne ihm den Ort, wo ich dringend hinmuss. Verrückt, dass ein New Yorker Taxifahrer dazu beiträgt, dies zu kapieren. Mit seiner Intuition lag er goldrichtig.

»Wird gemacht, Miss.« Auf der Fahrt zu Joels Wohnung mustert er mich nicht mehr. Achtsam und eher automatisch verfolge ich mein Verhalten, bevor ich aussteige, und es ist exakt so, wie er sagte.

Das mindert meine Nervosität in keiner Weise. Mit zitternden Händen überreiche ich ihm das Geld und steige mit puddingweichen Beinen aus. Verunsichert nähere ich mich im Schneckentempo dem Hauseingang. Was ist, wenn er nicht zu Hause ist? Der Gedanke kam mir gar nicht in den Sinn. Ein mulmiges Gefühl platziert sich in einer Nanosekunde in meiner Magengegend. Gründe, sich von einer hormongesteuerten und zur Hysterie neigenden Schwangeren zu erholen, existieren genug. *Solange du nicht den Klingelknopf drückst, wirst du es nicht erfahren.* Ein toller Tipp meines *Ichs*. Mein Herz schlägt schneller, ich traue mich nicht. Zögerlich gehe ich ein paar Schritte zurück. Ob Licht brennt, ist von hier aus allerdings nicht zu erkennen.

Durch die mit Videoüberwachung ausgestattete Klingelanlage bin ich gezwungen, die richtige Körperhaltung einzunehmen, aber welche das ist – keine Ahnung. Eine Galgenfrist bis zur Wohnungstür, um sich auf ihn und seine Reaktion einzustellen, fällt aus. Blöd, dass ich ihn nicht sehe, ein dämliches Konzept, zumindest in einer speziellen Ausnahmesituation wie meiner.

»Eins, zwei, drei«, murmele ich und halte den Finger vor die Taste mit Joels Wohnungsnummer. »Vier, fünf, sechs.« Yes – geschafft. Bange Augenblicke vergehen.

Ein Geräusch, und ich spüre, wie er mich durch die Kamera ansieht.

»Ich bin es.« Ängstlich beiße ich mir auf die Unterlippe. Pfeilschnell füge ich hinzu: »Also wir beide!« Kleiner taktischer Schachzug.

»Das sehe ich«, höre ich seine Stimme.

»Falls du mich jetzt fragst, warum ich hier bin, schreie ich.«

»Schon klar.« Endlich ertönt der Summer, und hektisch stürme ich in das Treppenhaus. Völlig außer Atem erreiche ich das dritte Stockwerk und stehe vor einer verschlossenen Wohnungstür. Langsam öffnet sie sich. Vor mir steht ein Kerl in einer engen schwarzen Unterhose eines Markenlabels und einem figurbetonten Tanktop. Ich liebe diesen verdammt sexy Anblick. Definierte Muskeln von den Waden bis zu den Schultern, barfuß, die Haare ein bisschen feucht ... sein kantiges Gesicht, ebenso die tiefgründigen Augen, die seine Enttäuschung widerspiegeln.

»Es tut mir so unendlich leid.« Zerknirscht stehe ich vor ihm und halte die Handtasche mit beiden Händen fest. »Ich habe mich wie eine Idiotin benommen.«

»Und das ist gelinde gesagt harmlos formuliert.« Er verzieht keine Miene. »Komm aber erst mal rein.«

»Ich bin so froh, dass du mich, uns, reinlässt.« Ohne eine Sekunde zu zögern, falle ich ihm um den Hals. Wie reagiert er? Atemzüge einer echten Panik. Gott sei Dank erwidert er meine Umarmung. Glücklich küsse ich ihn zigmal auf den Mund, inhaliere seinen Duft, so als hätten wir uns wochenlang nicht gesehen. Die Schmetterlinge drehen sich im Looping.

»Da du dir die Mühe machst, wäre es unfair, dich draußen stehen zu lassen.« Die Ironie in der Stimme nehme ich durchaus wahr. Mit seinen Händen wühlt er durch meine Haare, was mich beruhigt.

»Ich möchte dir das gern erklären«, setze ich schuldbewusst an.

»Nein, nicht jetzt. Glaube mir, es ist sinnvoll, das auf morgen zu verschieben und uns in Ruhe auszusprechen.«

»Vielleicht hast du recht.«

»Mit Sicherheit.« Endlich ein Lächeln – das ist Balsam für meine ängstliche und durchaus zickige Seele. »Lust auf eine Serie?«, fragt er zu meiner Überraschung.

»Gemütlicher Abend?« Meine Augen leuchten. In der Situation ist es ausnahmsweise besser als Sex.

»Wenn man das so nennt, dann ja.«

Eine Viertelstunde später liegen wir eng beieinander auf dem großen Sofa, und ich bin fasziniert von der Fernsehtechnik, die wie von Zauberhand aus der Wand kommt.

»Was hast du dir vorgestellt?«, frage ich neugierig.

»Mafia mit einer Lovestory«, erwidert er zu meinem Erstaunen.

»So was schaust du?« Ich verrenke meinen Kopf, um ihn anzusehen.

»Nein, ich nicht.« Verschmitzt grinst er.

»Für mich?«

»Korrekt.«

»Sag nur ... ahhh, der Benedetti-Clan? Cesare und Giuliana? Die Serie ging gestern online!« *Oh Gott, der Mann ist nicht von dieser Welt.* Ein einziges Mal erwähnte ich, dass ich mich darauf freute.

Mit Cola und Chips eingedeckt, liege ich in den Armen meines Traummannes und muss bereits nach der ersten Folge heulen.

Ich liebe es, dass er mir keine riesige Entschuldigung abverlangt. Obwohl ich es verdient hätte. Die Panik, dass wir an unserer Problematik scheitern, ist weitgehend verschwunden. Und natürlich geht es nicht ohne Kompromisse.

SECHSUNDDREISSIG

Joel

Insgesamt vier Folgen später und nach diversen emotionalen Ausrastern zum Verhalten der Akteure schalte ich das Gerät aus. Leider kann ich nicht beurteilen, ob das Drama tatsächlich in dem Ausmaß stattfand, da mir regelmäßig die Augen zufielen.

Faye bleibt sich treu. Im wahren Leben sowie beim Fernsehschauen. Das ist ein Grund, weshalb ich sie liebe. Authentisch und eben *anders*.

Zusammen mit ihr einzuschlafen und sie die gesamte Nacht in meiner Nähe zu wissen, ist beruhigend. Manchmal werde ich wach und lausche ihren gleichmäßigen Atemzügen. In dem abgedunkelten Schlafzimmer sehe ich zunächst lediglich ihre Konturen, erst wenn ich ganz nah an sie heranrücke, erkenne ich die unzähligen Details. Oft liegt sie auf dem Rücken. Den Kopf seitlich in meine Richtung gedreht, den rechten Arm angewinkelt und die Bettdecke meistens weg gestrampelt, verliere ich mich in ihrem Anblick. Das minimale Zucken ihrer Augenlider, das Heben und Senken ihres Brustkorbes und da wir nackt schlafen, ist es immer eine Herausforderung, sie nicht zu berühren.

In dieser Nacht, so mein Empfinden, schlafen und erwachen wir in ein und derselben Position. In der Löffelchenstellung liegt sie seitlich, ihr Arm ruht auf meinem

Oberkörper und wir halten uns an den Händen. Eine vertraute und innige Atmosphäre, wichtig für das Gespräch, das heute ansteht. Um nicht in Zugzwang zu geraten, schrieb ich vorm Schlafengehen schnell eine Mail an Mrs Hunter, mit der Bitte, sämtliche Termine des Tages abzusagen. Alles andere wird warten müssen, wenn ich mit der Frau meines Herzens über den einzigen Knackpunkt unseres Miteinanders spreche.

»M-o-r-g-e-n«, höre ich Faye nuscheln und drehe mich zu ihr um, drücke ihr einen Kuss auf den Mund.

»Reden wir heute?«, fragt sie leise und kraust ihr Näschen. »Ich schäme mich für das, was ich dir da an den Kopf geworfen habe.«

»Aus dem Kätzchen wird nun ab und zu eine fauchende Wildkatze.«

»Hm.« Eine dezente Röte überzieht ihr Gesicht.

»Ich kümmere mich um ein Frühstück, ist das okay?« Ich will die Ereignisse von gestern Abend nicht hier aufdröseln.

»Einverstanden.« Mit einem Seufzer streckt sie ihre Glieder und die Decke rutscht herunter. Ihre Brüste und jeder Zentimeter ihres schlanken Körpers sind verführerisch. Die aufkommende Erregung bekomme ich ausschließlich mit dem Verlassen des Schlafzimmers in den Griff.

Inzwischen dient mein Kühlschrank nicht mehr ausschließlich zur Dekoration, sondern beherbergt eine Auswahl an Essbarem, um ein gesundes Frühstück zuzubereiten. Schließlich trage auch ich einen Teil der Verantwortung, dass das Minimenschlein und Faye ausgewogen essen.

Eine halbe Stunde später sitzen wir zusammen am Tisch, und Faye kämpft mit Zurückhaltung, um nicht sofort mit der Tür ins Haus zu fallen.

»Übrigens gibt es einen konkreten Vorschlag.« Ich muss gar nicht näher darauf eingehen. »So viel zum Thema ...«

Die kleine Spitze kann ich mir nicht verkneifen und grinse sie breit an.

»Ist angekommen.« Mit einer Grimasse schiebt sie sich einen Löffel Müsli in den Mund.

»Ohne Spaß, Faye.« Ich suche ihren Blick und fahre mit nachdrücklicher Stimme fort: »Wenn wir nicht offen reden, besteht die Gefahr, dass wir uns öfters streiten – wohlbemerkt grundlos.«

»Ich verspreche es, weil mir das von gestern echt nachhängt.« Beschämt schaut sie an mir vorbei.

»Lass uns darunter einen Strich ziehen und in die Zukunft sehen.«

Erleichtert atmet sie laut aus. »Ich bin neugierig, was du für einen Plan hast.« Von ihr geht eine spürbare Anspannung aus.

In meinen Businessmodus geswitcht, erläutere ich ihr das Geschäftsmodell. Je mehr ich ausführe, desto größer werden ihre Augen und die Kinnlade klappt herunter.

»Du meinst es genau so, oder?«, stammelt sie.

»In geschäftlichen Angelegenheiten mache ich keine halben Sachen, und Witze gleich gar nicht.« *Das sollte sie nun mal genau wissen.*

»Uff!« Fassungslos lehnt sie sich an die Stuhllehne und streicht über ihren Bauch. »Also, ich fasse kurz zusammen, nur dass ich nichts falsch verstehe.«

»Meinetwegen.« Auch ich lehne mich zurück und nippe an meinem Kaffee.

»In deiner neu gegründeten Gesellschaft bietest du mir für *einen* obligatorischen Dollar eine Partnerschaft an?«

»Stimmt.«

»Ich werde eigenständig ein Team aufbauen und Mandanten akquirieren, die finanziell, sozial benachteiligt sind, Pro-Bono-Fälle ... eben Menschen, die mir am Herzen liegen.« Ungläubig schüttelt sie den Kopf.

»Für die Rentabilität deines Handelns trägst du die alleinige Verantwortung und wirst quartalsweise einen Rechenschaftsbericht erstellen.« Das erwähne ich lediglich pro forma. Wenn ich eines weiß, ist es, dass Fay penibel ist in allem, was mit ihrem Job zusammenhängt.

»Logo, ich will keine Sonderbehandlung.« Ständig wischt sie mit ihren Handflächen über die Tischplatte.

»Es ist wichtig, Berufliches und Privates zu trennen.« Die Entscheidung birgt Risiken, das ist mir bewusst. Trotzdem ist es eine optimale Lösung.

Eifrig nickt sie. »Ja, ja, klar. Ich bin völlig sprachlos.«

»Und es darf deine Schwangerschaft nicht beeinträchtigen.« Mahnend wie ein Schullehrer hebe ich den Zeigefinger. »Wie wir vorgehen, sobald das Menschlein auf der Welt ist, besprechen wir, wenn es so weit ist.«

Völlig aus dem Häuschen springt sie unvermittelt auf und fällt mir stürmisch um den Hals.

»Im Gegenzug akzeptierst du meine speziellen Klienten, mit denen du nichts zu tun haben wirst«, ergänze ich und erwidere die Umarmung, spüre, wie unsere Herzen heftig klopfen. »Dass ich künftig keine Lilian-Parker-Strategien anwende, da musst du mir eben vertrauen.«

»Joel ... ich liebe dich so sehr.« Mit Tränen in den Augen sieht sie mich an. »Eine geniale Idee!«

»Du bist eine hervorragende Anwältin, und ich wäre blöd, wenn ich dich gehen lassen würde.«

»Danke! Danke!«, nuschelt sie verschnupft und drückt sich fester an mich.

»Selbstverständlich werden wir den Deal im Detail vertraglich fixieren ... damit es für den Fall, na ja, für die unwahrscheinliche Annahme, dass ...« Da spricht der Anwalt, zumindest versucht er es.

»Psst!« Zärtlich legt sie ihren Zeigefinger auf meine Lippen und schüttelt den Kopf. »Hier und jetzt!«

»Loslassen!«, bestätige ich flüsternd. Die Formel, die uns weiterhin begleiten wird.

Die vertraglichen Modalitäten sind rasch erledigt. Fairerweise biete ich ihr an, den Inhalt von einem unabhängigen Anwaltskollegen gegenchecken zu lassen. Ich möchte, dass Faye mit einem hundertprozentigen Sicherheitsgefühl die Vereinbarung unterzeichnet.

»Natürlich nicht!«, entrüstet sie sich. »Sofern ich dir nicht vertrauen würde, gäbe es weder einen Deal noch unsere Beziehung.«

Damit war die Sache für sie vom Tisch. Die Vertragsunterzeichnung wickeln wir professionell und zügig ab. Die Planung steht nach der Rückkehr aus den Hamptons an. Drei Tage später ist es endlich so weit, und wir cruisen mit der Harley in unseren ersten gemeinsamen Urlaub. Eine Woche, sieben Tage und Nächte, vierundzwanzig Stunden am Tag, sechzig Minuten in einer Stunde – Zeiteinheiten, in denen wir nonstop zusammen sein werden.

Empfand ich meinen letzten Aufenthalt vergleichsweise trist, scheinen dieses Mal das Haus, der Strand und der Himmel direkt bei der Ankunft in einem anderen Licht zu strahlen. Faye zaubert einen Glanz in mein Leben.

Die Sonne brennt, und wir sind froh, unser Ziel erreicht zu haben.

»Schwarze Lederkombi und Helm sind eher suboptimal«, keucht sie beim Absteigen und zieht sich den Sturzhelm vom Kopf. »Ich brauche dringend eine Abkühlung.«

»Das Haus ist klimatisiert, das ist schon mal ein riesiger Vorteil.«

Ebenfalls total verschwitzt steige ich ab und strecke mich. Mit der Fernbedienung öffne ich den in passender Holzbauweise errichteten Anbau, in dem ich die Harley unterstelle.

»Es ist wunderschön hier.« Der sanfte Wind, der vom Wasser herüberweht, streift ihre Haare. »Machen wir nachher einen Spaziergang am Strand? Ich war schon Ewigkeiten nicht mehr am Meer.«

»Davon wirst du hier genug bekommen.« Ich nehme ihre Hand, verschließe den Anbau und wir gehen zum Hauseingang. »So, Lady, hier sind wir.« Mit einer einladenden Armbewegung öffne ich die Tür. Die Temperatur ist eine Wohltat.

Faye schaut sich begeistert um. »Wow, ist das hell und großzügig.« Parallel schlüpft sie aus den Bikerboots. »Erst mal aus den Klamotten raus.« Flott folgen die Motorradkombi und das Shirt.

Sie in Unterwäsche zu sehen, ist immer wieder ein Highlight. Langsam zeigt sich ein kleiner Bauchansatz, und ich bin mir sicher, dass sie einen dieser wunderschönen runden Babybäuche bekommen wird.

»Gute Idee.« Erleichtert entledige ich mich ebenfalls der schweren Lederklamotten. »Hausführung, duschen, auspacken?«

»Nein.« Ausgelassen springt sie auf mich zu, wirft mit einem Lächeln ihre Arme um meinen Hals und schlingt ihre Beine um meine Hüften.

»Zeigst du mir unser Schlafzimmer, der Rest kann warten.«

»Da bin ich dabei.« Sie ist federleicht, und es kostet mich kaum Mühe, sie nach oben zu tragen. Meine Erregung ist binnen weniger Augenblicke sichtbar.

Die Fensterläden sind geschlossen, und nur ein paar Sonnenstrahlen schlängeln sich durch die Lamellen. Zärtlich lege ich sie auf die Matratze, und der unbedeutende Rest unserer Klamotten fliegt im hohen Bogen auf den Boden.

Ich verfolge, wie ihr Körper erschaudert und trotz der Wärme mit einer Gänsehaut überzogen ist. Alles in ihr schreit nach mehr. Mehr Berührung, mehr Küsse, mehr, mehr, mehr. Mein Schwanz ist hart, zuckt, und am liebsten möchte ich sofort in ihr versinken. Meine Zunge wandert ihren Hals entlang, und ich spüre, wie schnell das Blut durch ihre Halsschlagader pumpt. Sanft zwirbele ich mit Daumen und Zeigefinger an ihren aufgestellten Nippeln, was Faye ein lustvolles Stöhnen entlockt.

»Lass mich nicht so zappeln.« Unruhig bewegt sie ihr Becken hin und her.

»Fass dich an«, raune ich. »Es macht mich an, wenn ich dir dabei zusehe. Du weißt, ich liebe diesen tiefen Einblick.«

Bereitwillig spreizt sie ihre Schenkel, und ich knie mich direkt vor sie.

»Wie nass du bist.« Die Feuchtigkeit ist wie ein Glitzern.

Langsam bewegen sich ihre Finger in Richtung ihres Venushügels. Sanft massiert sie ihre Lustperle, legt die andere auf ihre Mitte und stimuliert sich, taucht mit einem Finger und dann mit dem zweiten ein. Der antörnende Druck steigt – aber ich wollte genau das.

»Schmeck dich.«

Seufzend führt sie ihren Finger zwischen ihre halb geöffneten Lippen, kostet ihre eigenen Säfte. Wie prickelnd!

Nein, ich halte es keine Sekunde mehr aus und richte meinen Oberkörper auf. Jeder Muskel steht unter aufregender Spannung. Faye reagiert. Sie legt ihre gespreizten Beine auf meine Schultern und hebt ihr Becken. Wie von selbst finden wir zusammen. Beim langsamen Eindringen koste ich ihre Enge aus. Wir sind wie geschaffen füreinander. Ein Genuss ist der Anblick, wie ich mich in ihr bewege, sie sich meinem Rhythmus anpasst. Immer wieder spielt sie mit ihrer Klitoris. Der Schweiß strömt uns aus allen Poren. Das intensive Hecheln, wie sie mich anfeuert, verrät mir, dass sie kurz davor ist zu kommen.

Ich liebe es, wenn wir gleichzeitig in einem stürmischen Orgasmus versinken. Mit Hingabe krallt sie ihre Fingernägel in die Haut meines Rückens. Der Sturm fegt durch uns hindurch. Unvergleichlich!

Einen Moment verharren wir, lassen die Wucht der Gefühle abklingen.

»Das hat unserem Menschlein wieder gefallen.« Wie

ein Teenager kichert sie. »Schwangere, die viel Sex haben, sind ausgeglichener und die Babys gesünder.«

»Ah, das hast du mir bislang verschwiegen.« Mit einem breiten Grinsen ziehe ich mich zurück und lege mich neben sie.

»Das stand auf irgendeiner der Websites, die sich mit werdenden Eltern beschäftigen.« Mit Schwung dreht sie sich auf die Seite. In ihren Augen blitzt der Schalk. »Ab sofort gelten neue Regeln.«

»Mit denen werde ich mich problemlos anfreunden.«

Albern wälzen wir uns ein paarmal hin und her, knutschen wie die Weltmeister, und ich kitzele sie, was sie hasst und weswegen sie wie eine Irre quietscht und strampelt.

»Hör mal!«, unterbreche ich.

»Okay!« Atemlos hält sie inne.

Wir schweigen.

»Meeresrauschen!« Beinah klingt sie ehrfürchtig.

»Moment.« Flink springe ich aus den zerwühlten Bettdecken und gehe zum Fenster. Seitlich ist ein Knopf, mit dem ich die Lamellen der mannshohen Fensterelemente öffne. Das Licht der Sonne durchflutet sofort das Schlafzimmer.

»Oh wow!« Mit großen Augen stellt sie sich neben mich. Die Gischt der strandenden Wellen ist bis hier zu sehen. Möwen drehen ihre Kreise und schreien, vermutlich zanken sie.

»Das ist der ideale Einstieg in den Urlaub. Wie in einem Märchen.« Unsere verschwitzten Körper lehnen aneinander und sie schmiegt ihren Kopf an meine Schulter.

»Darauf habe ich nur eine Antwort.« Bei der Eingebung breche ich in lautes Gelächter aus. »Kitsch pur.«

»Jaaaa, ich will so etwas hören.«

»Prinzessin Faye, ich lege dir die Welt zu Füßen.«

»Mehr davon.« Theatralisch seufzend wirft sie sich mir noch einmal um den Hals.

»Später ... Jetzt gibt es eine erfrischende Dusche, eine Hausführung, und danach schmeiße ich den Grill an.«

»Hmmmm, ja, hervorragend, phänomenal.«
»Ich hätte es nicht besser ausdrücken können!«

Diese Frau ist dabei, mich zu verändern, sie kitzelt unendlich viele neue Seiten aus mir heraus. Ich bin gespannt, was ich weiterhin an unbekannten Charaktereigenschaften entdecke.

SIEBENUNDDREISSIG

Faye

Fühlte ich mich anfangs in Joels Bekanntenkreis unbehaglich, verliert sich das in den kommenden Tagen. Okay, es sind überwiegend Superreiche, aber nicht alle sind affektiert und prahlen mit ihrem Vermögen. Das ist an so einem Ort wie in den Hamptons nicht nötig, denn die, die hier sind, wissen um ihren Reichtum.

Unfassbar und ein Schock ist die Erkenntnis, dass ich am Shoppen Gefallen finde. Was ich erst einmal für mich behalte. Schließlich habe ich einen Ruf zu verlieren.

Die Zeit verfliegt, und leider werden wir am nächsten Tag abreisen. Das, was meine Wehmut in Grenzen hält, ist, dass es nur ein vorübergehender Abschied sein wird. Trotzdem würde ich am liebsten ewig in diesem Paradies bleiben.

In den vergangenen Tagen redeten wir wenig über unsere private Zukunft. Irgendwie ergab es sich nicht. Ich bin nicht besorgt, dennoch bin ich so gestrickt, dass ich Gewissheit benötige und vorbereitet sein möchte, was mich erwartet. Um nicht wieder in eine ähnliche Stresssituation zu geraten, plane ich, Joel an unserem letzten Abend darauf anzusprechen. Schließlich bin ich lernfähig.

Gemeinsam sitzen wir auf dem noch warmen Sand am Strand und genießen den Sonnenuntergang.

»Ich werde das Rauschen des Meeres vermissen«, gestehe ich leise. Ab und an lasse ich die feinen Sandkörner durch meine Finger rieseln. Die Luft kühlt sich langsam ab und das Gekreische der Möwen verstummt allmählich.

Joel wirkt nachdenklich und schaut in die Ferne. Verliebt betrachte ich das Profil seines Gesichts. Die Bräune steht ihm fantastisch. Manchmal bewegt er den Mund, fährt sich einige Male mit der Hand durch die Haare. Sein Dreitagebart lässt ihn verwegen und unfassbar sexy aussehen. Wenn es nach mir ginge, bliebe das auch in New York so.

»Wie stellst du dir eigentlich unsere Zukunft vor?«, platzt er unerwartet heraus und dreht seinen Kopf in meine Richtung.

Seufzend und glücklich, dass er es anspricht, rücke ich ein Stück näher an ihn heran und hake meinen Arm bei ihm unter. Gleichzeitig spielen wir mit unseren Zehen im Sand, der sich in der zweiten Schicht kühl und feucht anfühlt.

»Was hältst du davon, dass wir vor der Entbindung heiraten?« Seine Stimme klingt ein bisschen nach *»Willst du auch noch einen Kaffee«* oder *»Miss Buttler, haben Sie die Fallakte parat?«* Innerlich grinse ich. Ich kenne ihn inzwischen, und manchmal verfällt er zurück in eine gewisse Unnahbarkeit. Ein originaler Antrag des Joel Crawford.

Ein warmes Gefühl durchströmt mich und eine Armee von Ameisen setzt sich in Bewegung.

»Ja, ja, ja!«, erwidere ich mit zitternder Stimme. »Du Vollromantiker«, füge ich mit einem Augenblinzeln hinzu und suche seinen Blick. So, wie wir uns ansehen, braucht es kein Tamtam mit Kniefall und dergleichen. Fest umklammern wir unsere Hände. Seine sind tatsächlich etwas schwitzig. *Faye Crawford, klingt gut.* »Ein wundervolles Ende unseres gemeinsamen Urlaubs.« *Ach, ich könnte in ihn hineinkriechen.* Die Wärme seines Körpers an meinem zu spüren, ist wie ein Sonnenstrahl.

»Ja, das finde ich ebenso.« Kurz hält er inne. »Diese Atmosphäre, all das, es fühlt sich hier und jetzt richtig an.«

Wie so oft schafft er es, die Tränenmaschinerie in Gang zu setzen. Leise schniefe ich von Glück erfüllt vor mich hin.

»Moment.« Mir nichts, dir nichts löst er sich von mir, streckt sich und greift in die Tasche seiner knielangen Jeanshose.

»Was machst du da?«, frage ich verwundert und verfolge, wie er ein Silberpapier, in dem ursprünglich ein Kaugummi lebte, faltet.

Sein Grinsen wirkt unvermittelt spitzbübisch. Im zweiten Schritt rappelt er sich auf und wendet sich kurz ab.

Verwirrt stehe ich ebenfalls auf. »He, was treibst du da?« Seltsames Gebaren nach einem Heiratsantrag.

»So, fertig.«

»Was?« Ich lege die Stirn in Falten.

»Bitte deine linke Hand.«

Von seinem Antrag weiterhin aufgewühlt, strecke ich sie ihm zitternd entgegen.

»Ich freue mich auf ein Leben mit euch beiden!« *Ich liebe dich bis zum Mond und wieder zurück.*

»Vorsicht, er ist nicht ganz so stabil.«

Die blutrote Sonne verschwindet langsam am Horizont, und es sieht so aus, als falle sie einfach so herunter. Wohin auch immer. Fasziniert schaue ich auf meinen linken Ringfinger.

Wer hätte gedacht, dass dem Stanniolpapier einer Kaugummiverpackung eines Tages mal die Ehre zuteilwürde, mich zum glücklichsten Menschen zu küren. Kein Brillantring auf dieser Welt besitzt einen höheren Wert für mich! Unbezahlbar!

Ende

DANKSAGUNG

Wieder einmal trugen viele fleißige Menschen dazu bei, dass die Liebesgeschichte zwischen Joel und Faye auf euren Readern oder Buchregalen landen wird.

Insbesondere möchte ich Lisa (auf Instagram: wort_liebt_schrift) erwähnen. Wir sind ein echtes Dreamteam! Danke für deine grenzenlose Unterstützung!

Danke an den Federherz-Verlag und dem gesamten Team im Backoffice.

Danke an dich, dass du das liest!

Herzensgrüße von May

TALKRUNDE MIT MAY – 1 JAHR SPÄTER

Faye & Joel erkämpften sich mit ihrem Ja-Wort endlich ihr lang ersehntes Happy End. Die Zeit rennt, und im Leben der beiden und deren Umfeld hat sich so manches verändert. Aus dem Grund treffen wir uns gemeinsam im »Triple«, Jojos Club mit Bar und Restaurant. Die Location, in der die Liebe von Faye und Joel begann. Das bequeme Loungesofa ist ideal, um zu plaudern.

Alle sind sie gekommen: Maddy, Lizzy, Jessica, Jojo und die Hauptakteure Faye und Joel mit ihrem putzmunteren Söhnchen. Joel im Freizeitlook mit lässiger Destroyed Jeans und einem körperbetonten weißen Kurzarmshirt. Die Haare sind etwas länger und mit Gel in Form gestylt. Ein bisschen Fünfzigerjahre-Optik. Neben ihm die glückliche Mrs Faye Crawford. Wegen der sommerlichen Temperaturen trägt sie ein hellblaues kurzärmliges Kleid, das mich ebenfalls an die Rockabillymode erinnert.

»Ist das nicht aufregend, dass wir alle noch einmal zusammen sind?« Aufgekratzt rutscht sie hin und her.

»Ja«, erwidert er ruhig, aber um seine Mundwinkel zuckt es. »Es ist schön.« Joel wirkt cool und wie immer ein wenig distanziert.

»Schön? Das ist mega, der Knaller, fantastisch.« Spielerisch knufft sie ihn in die Seite. »Mr Crawford, ein bisschen mehr Begeisterung.«

»Baby, wenn du wie ein junges Kitten, dem eine Spielangel vor die Nase gehalten wird, fast Purzelbäume schlägst, muss ja einer für Gelassenheit sorgen.«

»Tzzz«, lautet Fayes Antwort und sie zieht einen Schmollmund. Vermutlich hauen sie sich ständig irgendwelche Methapern um die Ohren. Ach, was für ein verliebtes Paar!

Endlich sitzen wir alle, und ich sehe in zufriedene Gesichter.

»May, was siehst du uns so verträumt an?«, höre ich Joels Stimme. Sein verschmitztes Grinsen ist einfach sexy.

»Ist das ein Wunder? Ihr beide seid ein Traumpaar!«

Aus der Runde kommt zustimmendes Nicken.

»Eine echte Berg-und-Tal-Fahrt liegt hinter uns.« Faye neigt sich zu Joel, er nimmt ihre Hand und streichelt sie zärtlich. Heillos verliebt schauen sie sich in die Augen.

»Erzählt doch mal, wie ist es euch ergangen?«

»Schau mal.« Stolz streckt sie mir ihre rechte Hand mit einem mit Brillanten besetzten Platinring an ihrem Ringfinger entgegen.

»Ihr habt relativ unspektakulär im kleinen Kreis geheiratet?«

»Heiraten ist nie unspektakulär«, korrigiert mich Joel.

»Die große Party haben wir ja nachgeholt.« Belustigt blickt Faye zu Jojo. »Er hier hat das Fest organisiert.«

»Genau, und eine solche bombastische Feier gab es niemals zuvor.« Ladylike schlägt er die Beine übereinander. »Oder stimmt das etwa nicht?« Seine Stimmlage nimmt einen leicht schrillen Ton an.

»In der Villa meiner Familie trifft das definitiv zu.« Unvermittelt kichern alle, was Jojo dazu veranlasst, pikiert seinen Kopf anzuheben. »Was kann ich denn dafür, dass deine Eltern so ... schwache Nerven besitzen. Zzzzz.«

»O-k-a-y, das müsst ihr mir näher erklären.«

»Im August holten wir unsere Hochzeitsfeier nach. Das Wetter spielte natürlich mit.« Abermals richtet sie ihr Augenmerk auf Jojo.

»Es hätte durchaus sein können, dass es regnet und stürmt«, verteidigt er sich. Was nun genau dahintersteckt, ist mir gerade noch nicht klar. »Die Party wäre in dem Fall sprichwörtlich ins Wasser gefallen.«

»Wie dem auch sei«, fährt sie mit einem Schmunzeln fort. »Insbesondere Joels Dad wünschte es sich, und wir erklärten uns damit einverstanden.«

Joel räuspert sich. »Ich vermute, er bereut es«, offenbart er im Flüsterton.

»Jojo, der Partygott schlechthin …« Faye wirft ihm einen erneuten Blick zu, was ihn besänftigt, »hat, wie bereits gesagt, die Organisation übernommen.«

»Das war ich meinem besten Freund schuldig.«

»Fassen wir kurz zusammen, die Party war wundervoll. Mal abgesehen von dem mittelschweren Trauma, das Joels Eltern in der Vorbereitungsphase erlitten.«

»Nennen wir es eine eigenwillige Vorbereitung«, schaltet sich Joel ein. »Ein dezenteres Outfit beim ersten Besuch wäre vielleicht ebenso nicht ganz sooo verkehrt gewesen.«

Eine Mischung aus Mitleid und Gelächter macht sich breit.

»Nicht eigenwillig!«, grätscht der Partygott dazwischen. »Professionell! Man muss auf sämtliche Eventualitäten vorbereitet sein.«

»Abgehakt«, fährt Joel fort. »Mit einer äußerst großzügig bemessenen Vorlaufzeit von mehreren Wochen das Erdgeschoss nebst Gartenanlage zu beschlagnahmen, ist schon eine Hausnummer.«

»Ein im Detail abgestimmtes Ambiente benötigt nun mal seine Zeit«, rechtfertigt er sich und fuchtelt mit den Armen umher.

»Er hat das alles umgeräumt, ausgeräumt, also für meine Eltern, das absolute Chaos.«

»Was?« Aus vollem Hals lache ich los.

»Bitte vergiss nicht, dass er das Gemüsebeet meiner Mutter sozusagen abgeerntet hat.«

»Vernichtet, trifft es wohl eher.« Faye schlägt sich lachend auf die Schenkel.

»Das Grünzeug hat nicht in mein Konzept gepasst!«, ereifert er sich. »Es s-t-ö-r-t-e!«

»Mum hat einen echten Nervenzusammenbruch erlitten, da sie dort einige neue Sorten gezüchtet hat.« Joel zuckt mit den Schultern. »Da hat ihr Herz sehr dran gehangen.«

»Ja, sie hat mir so unendlich leidgetan«, ergänzt Faye. »Aber sie hat es überwunden.«

»Wenn ihr im Hause deiner Eltern gefeiert habt, nehme ich an, dass sich dein Verhältnis zu ihnen gebessert hat?« Interessiert lege ich die Stirn in Falten.

»Es wird«, antwortet Joel knapp.

Faye schüttelt den Kopf. »Er nur wieder. Die beiden haben sich ausgesprochen und angenähert.«

»Ist doch super!«

»Nun, die beste Ehefrau der Welt hat sozusagen die Türen bei ihrem Antrittsbesuch aufgestoßen.«

»Ein Satz hat genügt«, ergänzt sie und haucht ihm einen Kuss auf die Wange. »Bei der Begrüßung habe ich seinen Dad locker umarmt und ihm zugeflüstert, dass ich mich sehr freue, ihn endlich persönlich kennenzulernen, da Joel mir bereits viel Gutes über ihn erzählt hätte.«

»Clever!«

»Ob er es nun geglaubt hat oder nicht, spielt jetzt keine Rolle mehr. Letztendlich hat es offenbar ein Gefühl, eine Erkenntnis bei ihm ausgelöst.« Dass er in der Runde nicht in Euphorie ausbricht, ist für ihn typisch, was weiterhin völlig okay ist.

Einen Moment reden alle durcheinander, bis ich die Gelegenheit nutze, um eines der wichtigsten Themen des Tages anzusprechen.

»Ich wollte euch endlich zur Geburt eures Söhnchens gratulieren!« Ungelogen klopft mein Herz schneller. »Wie ich sehe, wird er bestens betreut.« Mit einer Kopfbewegung schaue ich zu Jessica, die den Fratz auf dem Arm hält und ihr Designershirt mit einem Lätzchen schützt. Alle Augenpaare richten sich auf sie.

»Was?«, fragt sie erstaunt, blinzelt jedoch gleichzeitig.

»Du hast dein Versprechen wahr gemacht.« Die Mädels kichern.

»Babyspucke auf Luxusshirt ... Das hat niemand für möglich gehalten«, ergänzt Maddy.

»Wahrlich stürmische Zeiten.« Lizzys Stimme klingt wehmütig.

»Ich muss jede Minute nutzen, in der ich noch in der Stadt bin!« Dabei herzt und knuddelt sie den Kleinen.

Maddy, Faye und Lizzy schauen sich betrübt an.

»Ja, richtig, du gehst nach Europa, um für ein bekannte Agentur Models zu casten.«

»Absoluter Wahnsinn, ich bin bei dem Gedanken echt geflasht.«

»Weil wir gerade bei Neuigkeiten sind«, greife ich das Wort auf und richte mein Augenmerk auf Maddy. »Wie ich hörte, hast du ebenfalls Mr Right gefunden?« Lizzy und Faye verfallen kollektiv ins Seufzen.

»Manchmal glaube ich, es ist ein Traum ... Wir haben uns auf einer Ausstellung kennengelernt.« Ihre Wangen glühen. »Inzwischen wohnen wir zusammen.«

»Deshalb haben wir die Wohnung letztendlich aufgelöst«, ergänzt Lizzy, und es ist ihr anzumerken, dass sie dem nachtrauert. »Ich hätte zwar neue Mitbewohnerinnen suchen können, aber ...« die Mädels tauschen Blicke aus. »Nein, das wäre niemals dasselbe.«

»Es sind bestimmt viele Tränen am Tag der Schlüsselübergabe geflossen«, hake ich nach, und zig Bilder der Erlebnisse rauschen mir durch den Kopf. »Du hast dir ein eigenes Appartement gemietet?«

Sie nickt.

»Wollen wir denn nicht endlich das Geheimnis lüften?«, schaltet sich Jojo unvermittelt ein. »Das ist nämlich so rührend, dass ihr den Fratz ...«

»Jojo, kein Wort! Denk daran, meine Kontakte zur Mafia bestehen weiterhin.« Joel beugt sich vor und hebt mahnend die Augenbrauen.

»Ich? Wer behauptet, ich könne nichts für mich behalten, lügt!« Völlig entrüstet schürzt er die Lippen.

»Schon klar!« Faye schmeißt sich lachend zurück.

»Aber ich stimme ihm zu«, unterstütze ich Jojo.

Abrupt ist es mucksmäuschenstill.

»Okay?« Joel wendet sich zu Faye, die sich wieder aufgesetzt hat.

»Ja.« Sie schluckt und er streicht ihr sanft über die Wange. »Ich liebe dich dafür, dass du den Namensvorschlag akzeptiert hast.«

Unvermittelt entsteht eine emotionale Stimmung, und die ersten Tränchen werden unauffällig weggetupft. Joel nimmt seinen Sohn auf den Arm.

Die kleine Familie rückt eng zusammen. Wie sie sich ansehen ... Ach, so sieht echte Liebe aus.

»Wir waren uns zügig einig.« Es ist ihnen anzusehen, wie wertvoll ihnen beide die Auswahl des Vornamens war. »Wir haben uns entschlossen, ihn Patrick zu taufen.«

»Eine Herzensangelegenheit«, wispert Faye und strahlt pures Mutterglück aus.

Was für eine phänomenale Entwicklung. Im Herzen ewig verbunden.

Langsam ist es Zeit, sich endgültig zu verabschieden, und wir erheben uns.

»May, vielen Dank für deine Geduld und dass du uns nicht aufgegeben hast.« Faye drückt meine Hand, und Joel nickt.

»Hätte ich nie wirklich«, lenke ich ein. »Manchmal ist es erforderlich, die Dinge reifen zu lassen.«

»Bleibst du bei Romance?« Sie blickt mich gespannt an.

»Das werde ich! Wenn ich euch erlebe, fühle ich mich in der Entscheidung bestätigt!«

Ein letztes Mal winken wir uns zu, und sie verschwinden aus meinem Sichtfeld.

Zehn Minuten später ist die Loungeecke leer und ich bin allein. Wie so oft ist mein Herz ein wenig schwer. Die Trennung von liebgewonnenen Protagonisten ist schmerzlich, sie werden mir fehlen. Dennoch überwiegen Zufriedenheit und Stolz, etwas geschaffen zu haben, das Freude und Ablenkung verspricht!

Du warst meine beste Freundin.
Dann hatte ich dich verloren.
Heute bist du so viel mehr für mich.

Nach etlichen Jahren sieht Alexander seine heimliche Jugendliebe Summer wieder. Doch nichts ist mehr so wie damals. Alexander ist ein erfolgreicher Millionär, der versucht, sein Herz zu schützen. Jegliche Beziehungen sind von Oberflächlichkeit geprägt, bis er seiner ehemals besten Freundin Summer näherkommt, die ihn und sein Herz herausfordert. Sie ist warmherzig, chaotisch und steckt in der Klemme. Durch eine finanzielle Notlage lässt sie sich auf eine erzwungene Beziehung mit Orlando ein – Alexanders Erzrivalen. Als Alexander mitbekommt, wie mies Orlando sie behandelt, schlägt er ihm einen unmoralischen Deal vor: zwei Millionen Dollar für Summers Freiheit.

Kann Alexander mit diesem Deal Summers Freiheit erkaufen, ohne sie dadurch in noch größere Gefahr zu bringen?

Einnehmend. Prickelnd. Sinnlich – All das verspricht dir der Friends-to-Lovers Liebesroman von Patricia Christina.